JAMES BARNETT

Das
Echo jener Jahre

THE FIRING SQUAD

Kriminalroman

Deutsche
Erstveröffentlichung

Wilhelm Goldmann Verlag

Aus dem Englischen übertragen von
Friedrich A. Hofschuster

Herausgegeben von Friedrich A. Hofschuster

Made in Germany · 10/82 · 1. Auflage · 119
© der Originalausgabe 1981 by James Barnett
© der deutschsprachigen Ausgabe 1982
by Wilhelm Goldmann Verlag, München
Umschlagentwurf: Atelier Adolf & Angelika Bachmann, München
Umschlagfoto: Richard Canntown, Stuttgart
Gesamtherstellung: Mohndruck Graphische Betriebe GmbH, Gütersloh
Krimi 5233
Lektorat: Friedrich A. Hofschuster · Herstellung: Peter Papenbrok
ISBN 3-442-5233-5

Die Hauptpersonen

Die Polizei
vom Distrikt Cobb Comman:

Owen Smith	Detective Chief Superintendent
George O'Brien	Detective Chief Inspector
Marion Elstow	Detective Sergeant
John Marrasey	pensionierter Detective Inspector, jetzt Zivilangestellter
Carey Hessen	District Commander

Die Männer
vom 1404. Munitionszug
beim R.A.S.C.:

Captain Antony Pyrnford	Commanding Officer
Lieutenant Derek Boswell	sein Stellvertreter
Michael Lugard	Sergeant
Albert Loach Alexander Bruce }	Gemeine

Die anderen:

Professor Simonson	Gerichtspathologe
Lady Constance Lowderton	Antony Pyrnfords Schwester
Alfie Joss	Boxmanager
Joe ›Bim-Bam‹-Bailey	Berufsboxer
Nicolas Kyriacon	Detective Superintendent bei Scotland Yard

Der Roman spielt in London

ERSTER TEIL

Die Ermittlung

Kapitel
1

Er hatte resigniert und ging ohne weitere Fragen davon aus, daß die beiden das waren, was sie behaupteten, als sie ihn hinter der Zollabfertigung auf dem Flughafen Gatwick in Empfang nahmen. Vor allem der eine, schlanke, legte die selbstsichere Haltung eines Mannes an den Tag, der seit vielen Jahren einen autoritären Posten innehatte, als er ihn mit festem Griff am Arm packte, einen in Folie geschweißten Personalausweis in seiner Handfläche sehen ließ und kurz angebunden erklärte: »Spezialabteilung. Sie kommen mit uns.« Die eisige Endgültigkeit dieser Erklärung ließ jeden Protest verstummen. Nicht, daß ihm die betäubende Müdigkeit nach den vielen Flügen noch Energie zu Protesten übriggelassen hätte. Seine Nerven waren in den letzten zehn Tagen vor allem aber in den letzten zehn Minuten zu sehr beansprucht worden, als daß sie noch halbwegs positiv reagieren konnten; ihm war nichts übriggeblieben als sich dem Unvermeidlichen zu fügen. Dabei hätte er es beinahe geschafft: Von Rio nach Paris. Von Paris nach Madrid. Zwanzig goldene Krügerrands für den Mann von Eckert. Von Madrid nach Malaga. Fünf goldene Krügerrands an den Kurier der Ferienpaket-Reisegruppe. Warum nannte man so etwas eigentlich Ferienpaket? Um anzudeuten, wie man diese schrecklichen Leute in die Flugzeuge packte? »Gehen Sie einfach mit den anderen«, hatte der Kurier gesagt. »Nicht zu schnell und nicht zu langsam. Halten Sie sich in der Mitte. Schade, daß Sie keine Frau bei sich haben, das würde noch echter aussehen. Aber bei diesem Flug haben wir vier oder fünf Schwule; wenn Sie auf dem Weg zur Paßkontrolle ein bißchen mit dem Hintern wackeln, fallen Sie nicht weiter auf. Wie? O nein, Sir, das habe ich nicht persönlich gemeint. War nur ein kleiner Scherz, klar?« Ein ekelhafter Kerl.

Dennoch war er besonders geziert auf den Schalter zugegangen, hatte den Trippelschritt eines gertenschlanken, blondlockigen Knaben vor sich imitiert. Der Beamte der Einwanderungsbehörde hatte fast bewundernd gelacht: »Wenn mehr Leute diese Burschen auf die Schippe nehmen würden, wären sie nicht so unverschämt und herausfordernd.« Er hatte ihn einfach durchgewinkt und kaum einen Blick auf seinen Paß geworfen. Dabei hatte er sich gerade darüber so viele Gedanken gemacht. Doch dann kam noch eine Klippe, die es zu umschiffen galt. Er wartete, bis sein Gepäck auf dem Förderband-Karussell auftauchte, ging damit direkt auf die Grüne Zone zu. Zwei uninteressierte Zöllner; ein Augenblick, eine Bewegung, ein heißer Schwall, der ihm das Rückgrat entlanglief: »Bitte treten Sie einen Augenblick zur Seite.« Aber nein, sie meinten nicht ihn, sondern das schwer beladene Paar vor ihm.

Durch die Haupthalle, mit allmählich versagenden Nerven, dann in einem Knäuel von hin und her schießenden, verwirrten, kofferschleppenden, wagenschiebenden Menschen, unschlüssig. Mußte er zur Paddington oder zur Waterloo Station, um nach Taunton, zu dem Häuschen in Somerset zu gelangen? Mein Gott, warum fiel es ihm denn nicht ein? Lebte Constance noch? Konnte er es wagen, mit ihr in Kontakt zu treten? Der Schock...! Ja, vielleicht, wenn ein wenig Zeit vergangen war. Bevor sie starb. Bevor sie beide starben. Und sie hatten nicht mehr viel Zeit zum Leben. Aber nein, er wollte sich nicht vom Alter unterkriegen lassen. Schon jetzt fühlte er die Kühle der Frühlingsluft. Englischer Frühling. Eine Woge von Erleichterung. Vorfreude. In London übernachten? Das Ritz, der Savoy-Grill – das Café Royal, der Cav Club? Ob die alten Kameraden noch anzutreffen waren? Alte Kameraden, wahrhaftig. Ob sie überhaupt noch lebten, wenigstens der eine oder andere? Sei kein Narr, leb nicht in der Vergangenheit, denk lieber an die Zukunft. Ein Häuschen in der Nähe von Porlock... Esmoor, das Meer. Vielleicht fand er einen einigermaßen anständigen Taxifahrer. Die Zukunft? In deinem Alter gibt es keine Zukunft mehr, nur noch Vergangenheit. Er hatte das Zucken an der Rückgratbasis gespürt und gerade ein Nivaquine geschluckt – als ihn die Hand am Arm packte.

Der Magere von der Spezialabteilung hielt ihm die Wagentür auf. Er versuchte, ein paar freundlich klingende Worte zu seiner Verteidigung zu sagen, aber alles, was aus seiner trockenen Kehle ratterte, war: »Ich bin über fünfundsechzig und miserabel beisammen.« Lächerlich. Und eine Lüge. Oder war das unbewußtes Mitleidheischen? Ein dünnes Lächeln als Antwort. »Geht uns allen eines Tages so. Bitte steigen Sie ein.« Der Luxus des Wagens überraschte ihn. Ein Daimler-Jaguar! Das Land ging vor die Hunde, aber die Polizei, nein, die Spezialabteilung fuhr mit Daimlers herum! Erste Zweifel an der Identität der beiden erwachten in seinen Gedanken, erstarrten zu Eiszapfen. Wieder erschauerte er, und ein unwillkürliches Stöhnen drang von seinen Lippen. Er drehte sich um, wollte es in den tiefen, weichen Lederpolstern ersticken. War das vielleicht der israelische Geheimdienst? Oder waren es Agenten des »alten Juden«? Hatte Schellenberg ihn belogen? War seine Akte nicht vernichtet worden mit den anderen? Aber selbst wenn sie noch existierte – er hatte nicht direkt mit den Verschleppungen zu tun gehabt, nicht direkt mit den Liquidationen. Wenigstens nicht damit. Aber er hatte als Kurier gedient, als Kurier für Eichmann, bevor dieser geschnappt wurde. Er hatte Heydrich die Hand geschüttelt, war neben Himmler fotografiert worden, hatte mit Pieter zusammengearbeitet, um die Ausschreitungen der Russen und der Polen einzudämmen. Vielleicht waren es Männer vom KGB? Nein, bestimmt nicht. Nicht mit einem Daimler-Jaguar.

Man mußte nur unverschämt genug sein und sich durchsetzen. Wie die Schwulen? Pieter hatte sich schließlich durchgesetzt, auf seinem geradezu exotisch-luxuriösen Besitz mitten in seinem Heimatland. Durchgesetzt? Er hatte sich freigekauft! Verdammt, das hätte er selbst auch tun sollen. Es gab genügend Leute, die ihm dabei hätten helfen können. Die geradezu verpflichtet gewesen wären, ihm zu helfen. Pinkie, beinahe im Kabinett, als sie sich damals trafen, dreiundfünfzig in Lissabon. »Vergiß es, alter Junge. Wir würden beide den Kopf in die Schlinge legen. Laß dir noch ein paar Jahre Zeit. Paraguay soll doch gar nicht so schlecht sein, oder? Rosario: Es heißt, es ist sehr hübsch dort. Und man kommt doch auch ein bißchen herum. Von Zeit zu Zeit nach Buenos Aires, hier herüber nach Lissabon, nach Madrid. Ich würde meinen Augenzahn geben für ein sorgloses Leben wie das deine; du kommst herum, siehst Menschen, die schönen Städte . . . Sicher, du bist ein wichtiger Mann für sie. Du kannst herumreisen, stehst nicht auf der Abschußliste. Nein, das weiß man nicht genau. Vielleicht paßt es unseren Leuten, daß du so herumsumpfst. Hoffentlich ist dir klar, was für ein Risiko ich eingehe, wenn ich dich hier treffe. Du weißt schließlich, wie sie sind. Na schön, du weißt es vielleicht nicht, aber ich weiß es. Sie existieren nur durch Betrug und Ausflüchte. O ja, sie würden auch mich belügen. Du kommst zurück, und bevor du überhaupt merkst, daß du da bist, hast du schon einen Platz in der Erschießungsanlage des Towers. Und für uns, für mich und manchen anderen, bleibt nicht viel mehr als das Gott-sei-deiner-Seele-Gnädig von irgend so einem Schwarzhut.« Ernst, ernsthaft, bedächtig. Eine beschwörende Hand auf seinem Handgelenk. »Die ganze Regierung hätte ich auf dem Hals.« Jovialität, Aufmunterung. »Warte noch ein paar Jährchen, alter Freund. Du hast ja keine Ahnung, wie es heutzutage zu Hause zugeht. Du bist gut dran, da, wo du jetzt bist.« Schweinehund. Hüllt sich in den ererbten Hermelin und meckert über den Niedergang Britanniens. Ein schöner Patriot. Hat nie einen Finger gerührt. Läßt mich im Dreck sitzen wie einen Mistkäfer, der für alle Zeiten seine Scheißekugel um die Erde rollen muß. Hätte ihm gar nicht zuhören dürfen. Einer, der bereit war, seine besten Freunde hinterrücks zu erdolchen. Was war es noch, was hatte Pinkie, der Pinkie vor dem Krieg, über ihn gesagt? Sybil hatte es ihm prompt hämisch und boshaft berichtet: »Antony ist der geborene Prolet. Er reiste nur auf Kosten des Vermögens, das sein Vater besaß, auf Kosten des Titels, den sein Onkel führte, auf Kosten von Rosalinds Pferden und Rosalinds hübschen Titten. Jetzt, wo Familienoberhaupt und Vater pleite sind, der Neffe enterbt ist, und wo Rosalind mit einem Sozi schläft, ist er zum natürlichen Proleten geworden, ein ganz fauler Hund, der mit ungedeckten Schecks reist.« Die Erinnerung rief ein schwaches Lächeln hervor. Es gab auch eine Zeit, in der Erinnerungen die Wut in ihm hochsteigen ließen. Aber jetzt lag alles so weit zurück.

Zum Teufel, wer waren diese Leute mit ihrem Daimler-Jaguar? Eckert hatte recht gehabt. Eckert hatte immer recht. So zynisch und unbeirrbar, so weise.

»Ich fürchte, du machst einen schweren Fehler, Antony, wenn du nach Hause zurückkehrst. Glaub nicht, daß sich die Haltung dort geändert hat – nur wegen eines einzigen Mannes. Außerdem gehörst du nicht in seine intellektuelle Liga. Nostalgie kann eine fatale Krankheit sein, Antony. Glaubst du vielleicht, ich werde nicht auch hier und da vom Heimweh geplagt? Heimweh nach meiner bayerischen Heimat. Oh, Antony, und wie ich leide. Aber bei dir scheint es eine Art Todessehnsucht zu sein, und genauso unheilbar. Also kann ich sagen, was ich will – du wirst doch gehen. Paß bloß auf, daß dich der ›alte Jude‹ nicht erwischt. Ich weiß nicht, warum dieser Mann so unversöhnlich, so unerbittlich ist. Dabei könnten uns die Juden eher ein *Kaddisch* sagen. Wir haben ihnen einen Heiligenschein verpaßt, der den sämtlicher katholischer Heiliger aussticht. Wir haben ihnen viele Kalvarienberge gegeben. Sechs Millionen Heilige, für die Ewigkeit auf heiligem Zelluloid festgehalten. Schattenspiele! Daneben sind die Pietà in Rom und alle Statuen christlicher Märtyrer kalte Marmorklötze. Aus den Verbrennungsöfen haben wir ihnen Auferstehung verschafft, neues Leben, einen neuen Staat. Man könnte denken, die Juden wären uns dankbar dafür, Antony. Zum erstenmal in der Geschichte stehen sie moralisch über den Christen, auch wenn diese das nur murrend und unwillig zugeben wollen. Wenn der Christ fragt: ›Hast du unsere großartige Kathedrale aus dem zwölften Jahrhundert in Chartres gesehen?‹ kann der Jude nur still lächeln und erwidern: ›Nein, aber hast du unser miserables Mausoleum aus dem zwanzigsten Jahrhundert in Belsen gesehen?‹«

Konnten das Leute von der Mossad sein? Nein, Unsinn, denen bedeutete er nichts. Die waren jetzt vor allem hinter PLO-Leuten her. Aber die *Wogs,* der britische Geheimdienst! Das war die Antwort. Er lehnte sich zurück in die kühlen Lederpolster, entspannte sich und gab sich gelassenem Gleichmut hin, den angenehmen Illusionen von falscher Klarheit und Logik samt voraussehbaren, beruhigenden Folgerungen. Mühelos ordneten sich die Fakten. Während sich der magere, autoritäre Mann unwohl zu fühlen schien im Luxus des Wagens, war der andere – älter, weicher, schlaffer – wortlos nervös und unsicher gewesen auf dem Flughafen, jetzt dagegen selbstsicher und zuversichtlich auf seinem Platz hinter dem Lenkrad. Es war offensichtlich sein eigener Wagen. Ein Wagen, der zu ihm paßte, das Fahrzeug eines schlaffen, erfolgreichen Mannes. Ein sicherer Besitz auf vier Rädern, völlig seinem Befehl und seinem Willen unterworfen. Ja, dieser Mann war zweifellos eine jener wenigen diskret-mächtigen Gestalten des Civil Service. Höchstwahrscheinlich ein höherer Rang beim britischen Geheimdienst. Einer, der selbst begütert war. Ein Gentleman.

Immerhin, der Geheimdienst zeigte begründetes Interesse für ihn. Er konnte ihnen eine Menge erzählen. Eine Hand wäscht die andere. Wenn ihr mitspielt, bin auch ich dazu bereit. Mein Gott – was um alles in der Welt rief diese banalen Gedanken hervor? Etwas Vertrautes an dem mageren Mann neben ihm. Er mußte ihm schon einmal irgendwo begegnet sein ... Jetzt wanderten seine Gedanken zurück. Rio ... Asuncion ... Buenos Aires ... Montevideo ...?

Nein, die Erinnerung wollte sich nicht einstellen. Madrid? Lissabon? Nichts. Leopoldville, gleich nach dem Krieg? Im Krieg? Beim Heer? Verschwommene Bilder zogen wie Nebelschwaden dahin, junge, vergessene Gesichter ohne Gestalt und Form versanken in sorgenvolle Dunkelheit. Er tauchte nach ihnen, versuchte näherzukommen, sie deutlicher zu sehen. Aber die Gesichter waren in der Vergangenheit allzu übereilt vergraben worden, als daß er sich jetzt noch an sie hätte erinnern können.

»Ausgegangen wie eine Kerze«, sagte der Magere zum Fahrer.

»Wenn du so sicher bist, brauchen wir ihm keine Kapuze über den Kopf zu ziehen.«

»Ich bin ganz sicher.«

»Vermutlich das erste Mal, daß er uns – ohne es zu wissen – geholfen hat.«

Als er erwachte, fand er sich in einem Keller; fensterlos, mit ein paar Treppen, die zu einer Holztür hinaufführten. Außer der Pritsche, auf der er lag, bestand die Einrichtung aus einem Tisch und einem Stuhl. Beleuchtet von einer Bürolampe auf dem Tisch: eine Thermosflasche und eine Schüssel mit Brot, Käse und Obst – und noch etwas: ein Notizbuch. Ein dickes, altmodisches Notizbuch, mit zerfetztem, rotem Leineneinband. Die Wände waren weißgekalkt und nackt bis auf ein weißes Waschbecken aus Porzellan, darunter die unverkleideten Zuleitungen. Sein Koffer lag offen auf dem Boden. Seine Papiere waren weg, aber der Gürtel, der zweihundert goldene Krügerrand enthielt, lag obenauf, achtlos auf die Kleidung geworfen. Jetzt schleppte er sich die Treppe hinauf zu der soliden, schweren Hoztür und zerrte am Griff. Das Schloß war stabil und ließ sich keinen Millimeter bewegen. Zweimal hämmerte er mit der geballten Faust gegen die Füllung. Es klang dumpf und leer.

Erinnerungen an seinen vorherigen Traum kehrten zurück. Der britische Geheimdienst. Das war wohl eine Art Sicherheitsverwahrung. Nicht unbedingt ein schlechtes Zeichen. Im Gegenteil: Es war sehr aufmerksam von ihnen, daß sie ihn erst einmal schlafen ließen. Normalerweise verhielt man sich anders. »Seht zu, daß der Kerl wachbleibt und auf den Beinen, bis er das Maul aufgemacht hat.« Er selbst war es, der den Befehl in der leeren Zelle brüllte, daß seine Stimme dröhnte. Albern. Er mußte sich zusammenreißen. Sicher gab es eine Abhörvorrichtung. Er mußte sich in Zaum halten, formell und höflich bleiben. Jetzt ging er wieder hinunter, achtete nicht auf die Nahrung, die man ihm bereitgestellt hatte, nahm statt dessen eine Toilettentasche aus dem Koffer. Erst waschen, rasieren und umkleiden. Dann wollte er einen Bissen essen.

Der Kaffee in der Thermosflasche war stark, schwarz und gesüßt. Genau, wie er ihn mochte. Eines mußte man dem britischen Geheimdienst lassen: Sie wußten offenbar genau Bescheid über ihn, besaßen vermutlich ein umfangreiches Dossier. Besaßen sie wirklich eines?

Er trank den Kaffee und fragte sich, wie viele von den Exilanten, die er in Südamerika kennengelernt hatte, für den Geheimdienst arbeiten mochten. Sie alle hatten wöchentliche Berichte geliefert. Wer von ihnen konnte es sein? Sinnlos, eine Vermutung anzustellen. Na schön, jedenfalls ein gutes Zeichen. Wenn sie etwas gegen ihn unternehmen wollten, hätten sie das schon vor Jahren tun können. Jetzt, wo er zurückgekommen war ... Er war für sie vermutlich nichts weiter als eine Störung, ja, er versetzte sie in Verlegenheit. Das war es: Sie wollten mit ihm handeln. »Wenn Sie den Mund halten, unternehmen wir nichts und lassen Sie in Frieden. Wir wollen nicht, daß jetzt noch alte Skelette aus den Schränken gezogen werden, daß die Gespenster der Vergangenheit erneut auftauchen.«

»Schon gut, Freunde. Ich hatte nicht vor, vernarbte Wunden neu aufzureißen. Wollte nur meine Tage in der Heimat beschließen. Ein bißchen angeln. Ein bißchen reiten, hinter der Meute. Verlaßt euch auf mich. Ich bin nicht gerade stolz auf das, was ich getan habe. Im Gegenteil – ich schäme mich dessen. Bin verführt worden durch die, zu denen ich aufschaute; sie waren älter als ich und erfahrener. Ihre Namen? Nein? Alte Wunden, nicht wahr? Wette, daß Sie sie ohnedies kennen. Die ganze Zeit kannten, was? Ich habe euch immer bewundert. Ihr habt beinahe den Krieg gewonnen, für uns.«

Für uns?

Während er ein Stück Cheddar aß, hefteten sich seine Augen auf das große Notizbuch, das jenseits des Lichtkegels der Schreibtischlampe lag. Er langte danach, zog es zu sich her. Zwischen den Seiten steckte ein Blatt in Aktenformat, mit Schreibmaschinenschrift. Er setzte sich die Brille auf, nahm das Blatt heraus und las ...

Standgericht für
Captain Antony Pyrnford,
Royal Army Service Corps.
ANKLAGE UND AUSFÜHRUNG DER
EINZELNEN PUNKTE

Er starrte ungläubig auf das Dokument. Merkte, daß seine linke
Kniescheibe heftig zitterte. Legte eine Hand darauf und las weiter.

ANKLAGEPUNKT 1	Hochverrat, Abschnitt IV der Landesverratsakte, 1351
AUSFÜHRUNG	Während Ihrer Dienstzeit, beauftragt mit einer Sonderaufgabe der Krone, zwischen dem 3. September 1939 und dem 7. Mai 1945, zu einem Zeitpunkt, als Ihr Land sich im Kriegszustand mit Deutschland befand, haben Sie sich auf die Seite der Feinde des Königs und unseres Landes geschlagen und ihnen Unterstützung und Hilfe gewährt, und zwar sowohl im Königreich als auch außerhalb.
ANKLAGEPUNKT 2	Mord
AUSFÜHRUNG	Begangen während Ihrer Dienstzeit, am 24. Mai 1940 am Quai Maritim in Dünkirchen, Frankreich. Opfer: der Fahrer Samuel Quarrie, R.A.S.C., ein Mitglied der Streitkräfte Seiner Majestät.

Zur Information für den Angeklagten:
  Sie werden hiermit darüber unterrichtet, daß sie im Fall eines
Schuldspruchs in einem oder beiden Anklagepunkten das Todesurteil zu gewärtigen haben.
  Hiermit ergeht an Sie der Rat, den Inhalt des Tagebuchs, in welchem diese Anklageschrift steckt, genau zu studieren, da es die
einzelnen Anklagepunkte erläutert, auf denen die Anklage beruht.

Trotz des Druckes seiner Hand auf das linke Knie zitterte das Bein
so stark, daß sein Fuß in raschem Rhythmus auf den Boden klopfte.
Er legte auch die andere Hand darauf und drückte mit aller Kraft

auf das zuckende Bein. Selbst dann noch hörte das Zittern nicht auf. Er *mußte* das Zittern unter Gewalt bringen, seine Augen, die wie hypnotisiert auf das Blatt starrten, abwenden. Alles, was du hast, ist Vergangenheit. Denk nach. Nach all diesen Jahren konnten sie doch nicht . . . Nicht offiziell, ja. Wo war er eigentlich? In einem Verlies des Towers? . . . Zu bizarr. Dieser feige Fahrer, der seine Waffe im Stich gelassen hatte! Er hatte ihn erschießen müssen. Hatte es noch einen anderen Grund gegeben? Quarrie? Er konnte sich nicht erinnern, konnte sich kaum an einen der Namen erinnern. Namen, Gesichter – nichts. Dieser Sergeant! Viel zu schlau. Sergeants lernen rein mechanisch und wiederholen das Gelernte wie Papageien. Sie zitieren nicht Clausewitz, Fuller und Liddell-Hart oder diskutieren den Schlieffen-Plan wie einer vom Stab. Ein hochgekommener Bolschewik der Arbeiterklasse. Wie hieß er? Wie sah er aus? Nichts. Nur vage, anonyme Umrisse, Gestalten in groben Kampfanzügen. Warum konnte er sich an keines der Gesichter erinnern? Nicht einmal an das eine, das Gesicht des Mannes, den er erschossen hatte? Doch, da war etwas. Zähne, ein Gebiß, das ihn anblickte, als er sich hinter die Hinterräder des Lastwagens duckte. Rauhes, gutturales Schottisch: »Bitte, Sir; nicht, Sir. Der Serg'nt hat befohlen, daß ich in Deckung gehe.« Es mußte getan werden. Der Zug hatte am Rand einer Panik gestanden, er drohte sich aufzulösen. Das sollte ihre Knochen zusammenreißen. Oder gab es noch einen anderen Grund?

Wieder richtete sich sein Blick auf das Blatt. Verdammt, was machte er denn da? Er überlegte sich eine Verteidigungsrede gegen diesen – diesen Blödsinn. Das Ganze war alles andere als offiziell; nicht einmal die Sprache des Juristen. Quatsch mit Jargon. Er hatte selbst an Standgerichten teilgenommen, damals. Dieser Blödsinn hier erinnerte nur schwach an die vorgeschriebenen Formulierungen und Prozeduren. Was, um alles in der Welt, ging hier vor? Wem war er in die Hände gefallen? Wer es auch sein mochte – es handelte sich keineswegs um eine offizielle Behörde. Britische Extremisten, die im Auftrag des KGB tätig waren? Nein – nicht mit einem Daimler-Jaguar.

Er stand auf, versuchte durch Aufstampfen das taub gewordene Bein zu beleben, warf hier und da einen Blick auf das zweifelhafte Dokument. Dann zerknüllte er es in seiner Hand und warf das Knäuel in eine Ecke. Ging zurück zum Tisch, schlug das rotgebundene Notizbuch auf und begann zu lesen. Namen tauchten auf, Gesichter nahmen Gestalt an, bekamen Konturen. Wieder begann seine linke Kniescheibe zu zittern. Denn das, was er las, war die faszinierende Beschreibung seines Lebens, gesehen mit den Augen eines Außenstehenden.

Kapitel

2

Der Mann im Trainingsanzug mit dem Handtuch um den Hals war fünf Meilen mit gleichbleibendem Tempo gelaufen, und das rhythmische Klatschen seiner Sohlen auf der Straße hatte nach und nach einen beinahe hypnotischen Zustand bewirkt, der ihn die schrillen Töne der Vögel und das Herannähern der Morgendämmerung vergessen ließ. Sein Kopf war gesenkt, seine Gedanken konzentrierten sich ausschließlich auf die Schrittlänge, auf die Hebung seiner Knie; bedauernd stellte er fest, daß die Schritte jetzt allmählich kürzer wurden, die Knie sich nicht mehr so weit hoben und die Beine so schwer waren, als ob er die sandgefüllten Gamaschen umhätte, die er früher beim Laufen getragen hatte, um seine Beinmuskeln zu stärken.

Denn für ihn waren die Beine wichtiger als für die meisten anderen Menschen. Er war Joe ›Bim-Bam‹-Bailey, ein Mittelgewichtsboxer, und sein nächster Kampf war sein letzter Versuch, den britischen Meistertitel zu gewinnen. Bis vor kurzem hatte man gesagt, daß er schon auf dem absteigenden Ast sei – in Wirklichkeit war er gerade erst zur Hälfte oben –, ein Acht- oder Zehnrundenfüller vor den eigentlichen Kämpfen; gut für ein paar das Publikum begeisternde zweihändige Angriffe mit gesenktem Kopf und auf Distanz – aber meistens ein Verlierer nach Punkten, blutig, mit aufgeplatzten Lippen, verletzt. Dann, vor achtzehn Monaten, war noch einmal ein Umschwung gekommen. Sie hatten ihn als Füller gegen einen hoch bewerteten jungen Kämpfer eingesetzt, der auf leicht zu erwerbenden Ruhm aus war, zum Anwärmen sozusagen, und er hatte den jungen Burschen in der siebten Runde auf die Bretter gelegt, trotz einer Wunde am Auge und aufgeplatzter Lippen. Als ihn danach die Sportreporter besuchten und ihn fragten, wie er das wohl geschafft hätte, da hatte er mit einer Spontaneität, die von Erleichterung getragen war, geantwortet: »Na schön, ich hab' ihn einfach bim-bam umgelegt.« Zu seiner eigenen großen Freude wie auch der seines Managers, Alfie Joss, erhielt er prompt in der Schlagzeile zum Bericht über den Kampf den Spitznamen ›Bim-Bam‹-Bailey. Drei weitere Kämpfe waren gefolgt, gegen zunehmend bessere Gegner. Und in allen dreien hatte er sich den Weg zum Bim-Bam-Sieg gebahnt, blutig, aber mit Erfolg. Jetzt, nach neun Jahren im Geschäft, war der Gipfel endlich greifbar, samt der Aussicht, großes Geld zu verdienen . . . Wenn nur seine Beine hielten!

Er sah den roten Briefkasten, der sein Markierungspunkt war, und das riß ihn aus dem tranceartigen Zustand. Ein Blick auf seine Stoppuhr sagte ihm, daß er eine Minute langsamer geworden war als zu Beginn seines Trainings. Jeden Tag der letzten Woche war er langsamer, waren seine Beine schwerer und schwerer geworden. Vielleicht trainierte er zuviel? Aber der Kampf fand erst in einem Monat statt; jetzt konnte er noch nicht nachlassen. Jeder Schritt wurde zur Qual, nur noch durch eisernen Willen beherrscht – die Beine würden ihn keine fünfzehn Runden tragen –, aber er machte weiter, war wild entschlossen. Der Kampf brauchte ja nicht über die volle Distanz zu gehen; er würde seinen Gegner in zehn Runden erledigen, bim-bam . . . Jetzt sah er das grinsende Gesicht des Champions vor sich und boxte danach mit einem schnellen linken Haken, dem eine harte Rechte in die Herzgegend folgte. Die geschickte Arbeit seiner Fäuste und Arme ließ ihn die Sorgen über seine Beine vergessen, und er trottete noch hundert Meter weiter, wobei er die Fäuste in wiederholten Schlagkombinationen durch die Luft sausen ließ. Jetzt fühlte er sich wesentlich wohler; er hörte auch die Vögel und pfiff sogar ein paar Töne dazu. Ja, seine Luft war besser denn je; solange er genügend Luft hatte und seine Fäuste dazu, konnte er des Burschen ohne weiteres Herr werden.

Mein Gott, das war die beste Zeit zum Joggen, eine Zeit, wo ihn keiner angaffte. Kein Verkehr weit und breit. Nur die Vögel, die sich die Kehle aus dem Hals schmetterten. Noch eine halbe Meile, und er war im *Common,* dem parkartigen Wäldchen angekommen, wo er verschnaufen konnte – nicht, daß er es nötig gehabt hätte, aber es war hübsch in der kleinen Lichtung mit dem umgestürzten Baum, wo er ausrasten würde, die Füße auf den Stamm gelegt, damit die Bleischwere daraus entwich. Jeden Morgen freute er sich auf diesen Teil seines Trainings, wenn er ausrastete, hinaufschaute zum Himmel und über die großen Börsen nachdachte, die jetzt bald in erreichbare Nähe kamen. Jetzt konnte er vielleicht eines der Häuser hier in der Gegend kaufen, für Shirl und die Kinder.

Er hatte ein paar Minuten auf dem Rücken gelegen und zugesehen, wie sich der Himmel veränderte, wie die grauen Wolken immer dünner wurden, bis schließlich hier und da schon Blau hindurchspitzte. Die Vögel waren verstummt; alles was er hörte, war das Pochen in seinen Ohren. Es beunruhigte ihn nicht, er hatte sich daran gewöhnt. Alfie hatte ihm gesagt, daß man sich daran gewöhnen konnte, und außerdem würde er es niemandem verraten, sicher nicht dem Sportarzt; schließlich hörte er immer noch gut genug ... So, wie er jetzt hörte: einen entfernten Wortwechsel, scharfe, schneidende Worte, wie ein Ringrichter, der bis zehn zählt ... Ein klapperndes, metallisches Geräusch. Wieder scharfe Worte ... Break? ... Dann ein Krachen und Knattern, ein durchdringender Laut, der die Stille mit ohrenbetäubendem Dröhnen durchbrach und sogar die Zweige bewegte – bis er merkte, daß das die Vögel waren, die protestierend von den Bäumen aufflatterten, unter wütendem Tschilpen und Krächzen.

Bailey drückte sich gegen den Baumstamm. Er wußte, daß das, was er eben gehört hatte, Schüsse waren, und fragte sich einen Augenblick lang, ob sie ihm galten. Als er den Jungen k.o. geschlagen hatte, war das für die Wetteilnehmer, die gegen seinen Sieg gesetzt hatten, ein herber Verlust gewesen. Es hatte sogar Drohungen gegeben. Aber aus ihnen waren Angebote geworden – damit er beim nächstenmal den Gegner gewinnen ließ. Er hatte die Drohungen und die Angebote ignoriert; schließlich war er ›Bim-Bam‹-Bailey, der kommende Weltmeister im Mittelgewicht ... Ob sie ihm vielleicht Angst einjagen wollten? Ja, das mußte es sein ... Diese Schweinehunde ... Jetzt war es wieder still, aber das Dröhnen in seinem Kopf wollte nicht verstummen. Wütend erhob er sich, aber nur so weit wie es seine übliche Kampfstellung war, ein niederes Abducken, den rechten Arm tastend vorgestreckt, die gefährliche Linke dicht am Körper. So hüpfte er wie im Ring vorwärts, sprang um die Kiefern herum, als wären sie der Gegner, den es zu täuschen galt, in die Richtung, aus der er die Schüsse gehört hatte, und erreichte schließlich eine tiefe, sandbedeckte Senke in der Mitte des Gemeindewäldchens.

Auf dem Boden, fünfzehn Meter unter ihm, zogen dünne, bläuliche Wolken durch die ruhige Luft; eingehüllt in die Wolken war ein schwerer Holzstuhl, auf dem ein Mann gefesselt saß, die Arme an den Seiten ausgestreckt; sein Kopf war nach hinten über die Lehne gekippt, und aus seinem Mund tropfte Blut in den Sand. Als Bailey genauer hinsah, erkannte er die Stricke, mit denen der Mann an den Stuhl gebunden war – die Arme an die hinteren, die Füße an die vorderen Beine. Eine Bewegung lenkte die Aufmerksamkeit Baileys zum entgegengesetzten Ende der Senke, und noch immer vom Rauch eingenebelt sah er vier Männer – nein, fünf –, die langsam hinauf zur Böschung kletterten. Jeder von ihnen hatte ein Gewehr bei sich; drei der Männer stützten sich mit dem Gewehr, um leichter nach oben zu kommen, wo ein weiterer Mann stand und auf sie wartete, einem nach dem anderen die Hand entgegenstreckte und ihn heraufzog auf die Kante.

Als die fünf Männer auf ebenem Boden waren, warf keiner von ihnen auch nur einen Blick zurück; sie verschwanden nacheinander zwischen den Bäumen und waren gleich darauf nicht mehr zu sehen. Nur der sechste Mann, der den anderen heraufgeholfen hatte, stand noch an seinem Platz und schaute hinunter zu dem Toten auf dem Stuhl. Bailey sah, daß der Mann die Hand hob wie zum Salut. Ein Salut war es zweifellos, die Bewegung so langsam und bedächtig, daß es wie ein spöttisches und verächtliches Lebewohl wirkte. Danach drehte sich auch dieser Mann um und folgte den übrigen.

Bailey überlegte sich, was er tun sollte, und die Entscheidung fiel ihm schwer. Warum war Alfie nicht mitgekommen? Er hatte eine Erkältung – von wegen! Natürlich war er die halbe Nacht mit dem verdammten Buchmacher unterwegs gewesen. Sollte er die Polizei anrufen? Scheißbullen. Einmal hatten sie ihn, vor Jahren schon, einbuchten wollen, als er sich ein paar schnelle Blaue als Türsteher eines Nachtklubs verdiente. Seitdem hatte er genug von der Polizei. Wenn Alfie ihm damals nicht beigestanden und die Geldstrafe bezahlt hätte, wäre er glatt in den Knast gewandert . . . Ja, Alfie, das war die Lösung. Er würde hinaufjoggen zur Station und mit dem ersten Zug zurückfahren. Alfie würde schon wissen, was zu tun war.

»Du hast es ganz richtig gemacht, Junge.« Alfie saß auf der Bettkante und versuchte Bailey mit einem Lächeln zu beruhigen. Er hatte ihn die Geschichte zweimal wiederholen lassen. Als er sie das erste Mal hörte, war er ganz schön erschrocken, nicht wegen dem, was da geschehen sein konnte, sondern weil er fürchtete, der Junge hätte den Verstand verloren. Als er sie zum zweitenmal hörte, wußte er, daß es sich wirklich so ereignet hatte, aber der Schrecken blieb, denn es war ja offensichtlich die Wahrheit. »Du hast es ganz richtig gemacht, mein Junge«, wiederholte er eher für sich als für Bailey. »Das fehlte uns gerade noch, daß wir Ärger mit den Bullen bekommen.«

»Aber wenn sie kommen und uns Fragen stellen, Mr. Joss? Ich meine, ich lauf' da ja schon seit Jahren durch die Gegend beim Training. Da gibt's viele, die das wissen und die mich dort gesehen haben. Früher, bevor ich so gut angekommen bin wie jetzt, haben sie mich manchmal ausgelacht und blöde Witze gerissen.«

»Du willst doch auch weiter so gut ankommen, oder? Dann paß auf: Niemand hat dich heute früh gesehen, oder?« Joss wartete auf eine Antwort.

Bailey schüttelte den Kopf. »Nee, glaub' ich nich', Mr. Joss.«

»Dann halt die Klappe, klar? Wenn die Bullen kommen: Du warst nicht in der Nähe des Gemeindewäldchens. Du bist links zur Eisenbahnstation hinauf und direkt hierher gefahren.« Joss stand auf und fummelte an seiner Pyjamahose herum, dann ging er hinaus in die Toilette auf dem Treppenabsatz. Bailey hörte zu, wie sein Manager die Blase entleerte. Er machte sich noch immer Sorgen wegen der Polizei und rief hinaus: »Sind Sie sicher, daß wir keinen Ärger kriegen, Mr. Joss? Nicht, daß man uns dann alles mögliche vorwirft.«

Joss kam zurück ins Schlafzimmer und kratzte sich am Bauch. »Hör mal, Ärger bekommen wir sowieso. Allein, daß du es gesehen hast, ist schon Ärger genug. Darum sage ich dir, du solltest die Klappe halten.« Er kratzte sich jetzt am Kopf, den ein spärlicher Haarwuchs zierte. »Abgesehen von den Bullen, können uns die Leute aus der Gegend Ärger machen.« Jetzt strich er sich mit den Fingern über die Stoppeln um sein Kinn. »Wer kann das denn gewesen sein, Junge, was meinst du?« Darüber hatte Bailey noch gar nicht nachgedacht, und jetzt breitete er einfach seine großen Hände aus.

»Vielleicht eine Bande aus Süd-London«, meinte Joss. »Oder vielleicht welche von der I.R.A.? Ja, danach sieht es aus. Aber so oder so – das soll uns nicht kümmern. Wir halten die Klappe, Junge. Das ist die richtige Politik: Immer zu, die Klappe.«

»Es ist schon komisch, Mr. Joss. Ich glaube nicht, daß es eine Bande war oder die von der I.R.A. Sie wissen schon – wie die sich bewegt haben . . . Steif, wie alte Männer. Ich kann es natürlich nicht sicher behaupten, meine Augen sind auch nicht mehr so gut wie früher, aber sie haben sich wie alte Männer bewegt.«

Joss schob Baileys Vermutung mit einer ärgerlichen Handbewegung beiseite. »Es ist egal, wie alt sie sind. Sie haben jemanden erschossen, oder?« Er zeigte mit dem Finger auf das ruinierte Gesicht des Boxers. »Und deshalb hältst du die Klappe, hast du verstanden? Und noch etwas: Du hältst auch die Klappe, was deine Augen betrifft. Oder willst du, daß man uns die Lizenz entzieht?«

Kapitel

3

Smith beantwortete den Funkruf mit seinem Code. Daraufhin gab ihm der Mann in der Zentrale die Nachricht durch. »Oboe Delta fünf-fünf – Standort: drei neun – Foxtrott fünf. Treffen Sie ihren DCI an der Straßenkreuzung oben links; Buchstaben S – wie Sierra und B – wie Bravo, dringend! Ende.«

Smith funkte ein kurzes »Verstanden« zurück und fuhr an den Straßenrand, um die Straßenkarte der Polizei auf Seite 39 aufzuschlagen und das Planquadrat F 5 zu suchen. Die Kreuzung war an der Sandpit Lane und der Birbeck Avenue, direkt am Rand von Cobb Common, und damit auch am Rand seines Distrikts und an dem der Metropolitan Police. Ein grüner Gürtel, ein bewaldeter Park, ein paar verstreute Häuser, von Leuten mit viel Geld bewohnt, mit Swimming-pools und Tennisplätzen.

Er legte den Gang ein und wendete. Dringend, wie? Dann konnte es sich nur um Mord handeln. O'Brien, der örtliche Detective Chief Inspector, berief sich auf die Buchstabenbezeichnungen aus der Polizeikarte, um die Reporter der Presse und des Fernsehens fernzuhalten, die auf der Suche nach sensationellen Storys grundsätzlich den Polizeifunk mithörten. Wahrscheinlich bedeutete das auch, daß das Opfer irgendwo im Freien lag, also zugänglich. Auch nicht schlecht. Erst vor ein paar Tagen hatte man ihn vom Yard in den Außenbezirk Nummer fünf versetzt, wo man annahm, daß es keinen Ärger geben würde – und vor allem, daß er selbst keinen Ärger machen konnte – und schon hatte er einen Mordfall zu bearbeiten! Wenn er sich im Common, im Gemeindepark ereignet hatte, höchstwahrscheinlich ein Mord mit Vergewaltigung. Oder vielleicht ein Mord an einem Kind? Hoffentlich war das Opfer kein

Kind, dachte er. Trotzdem, er war froh, daß ihn die Meldung um diese Tageszeit erreichte, auf der Fahrt in sein Büro. So bekam man ein gutes Team für die Untersuchung zusammen – alle noch freundlich und frisch. Außerdem gab es eine ziemlich neue Zweigstelle in der kleinen Ortschaft Cobb Common. Genügend Platz, um ein eigenes ›Mordbüro‹ einzurichten, falls es sich um eine längere Untersuchung handeln sollte. Vielleicht wurde ein erstrangiger Fall daraus, mit allem Drum und Dran . . . Wenn es sich um eine Sache handelte, die hier in der Gegend entstanden war, wenn das Opfer von hier stammte und der Täter ebenfalls hier zu suchen war, würde er O'Brien damit beauftragen. Würde O'Brien sicher guttun, als frischgebackener DCI die Leitung bei der Untersuchung eines Mordfalls zu übernehmen. Aber auch in diesem Fall mußte er selbst hier und da ein wachsames Auge auf die Ermittlungen werfen, dachte er. O'Brien war ein bißchen schlampig . . . So oder so – wenn man einen Mordfall anging, war dies die beste Tageszeit. Er bog von der Schnellstraße in die nach Westen führende Abfahrt ein und sang leise vor sich hin.

Nicht lange danach sah er die latschige, schlaffe Gestalt von O'Brien an der im Funkspruch genannten Kreuzung stehen. Er mußte bald einmal ein Wörtchen mit ihm reden; O'Brien war inzwischen nicht mehr korpulent, sondern fett. Kein Wunder, daß er viermal vor dem Ausschuß erscheinen mußte, bis man ihn zum Chief Inspector beförderte. Wahrscheinlich nur deshalb, weil sie seinen Anblick nicht mehr ertragen konnten. Und O'Brien wirkte gar nicht fröhlich –, aber das wirkte er nie um diese Zeit am Morgen. Smith hielt am Randstein.

»Morgen, George – schauen Sie doch nicht so verdammt miesepeterig drein. Was haben wir denn?«

O'Brien antwortete nicht gleich, sondern winkte ihn zu dem nahegelegenen Parkplatz. Die kleine Kiesfläche war mit Polizeiwagen vollgeparkt. Smith sah mit einiger Überraschung die Limousine des District Commanders und die Talbots der niedrigeren Chargen, dazu drei blau-weiße Pandas. »Nun, was haben wir?« fragte er noch einmal und begann sich ein wenig über den anderen zu ärgern.

O'Brien schüttelte traurig das Haupt. »So was haben Sie noch nie gesehen, Chef. Warten Sie nur – gleich da hinter den Bäumen.«

Er folgte O'Brien durch die dunklen Kiefern, bis sie den Rand der Senke erreicht hatten. Sein Blick richtete sich direkt auf den Leichnam, der dort unten auf einem Stuhl festgebunden war, und verweilte eine Weile darauf. O'Brien beobachtete ihn erwartungsvoll, während Smith die Szene unten betrachtete. Der District Commander unterhielt sich mit dem Chief Superintendent der Abteilung. Zwei uniformierte Inspektoren trieben sich in der Nähe herum. Und dazu sechs Wachleute, die den Sand mit ihren Stiefelspitzen durchpflügten. O'Brien wartete auf einen Wutausbruch seines Chefs.

»Was, zum Teufel, ist da unten los, George? Soll das eine griechische Tragödie sein? Und Sie verkaufen wohl die Eintrittskarten? Verdammt noch mal, wie konnten Sie es zulassen, daß ein Haufen von Blauen uns den Tatort so versaut, daß wir nichts, aber auch gar nichts mehr damit anfangen können?«

O'Brien ließ es mit einem traurigen, zugleich philosophischen Lächeln über sich ergehen. »Sie waren alle schon vor mir da, Chef.«

»Was?« Smiths Gesicht drückte Unglauben und Abscheu aus.

O'Briens trauriges Lächeln vertiefte sich noch; er betrachtete Smith, wie man ein unwissendes Kind betrachtet. »Sie waren zu lange beim Yard, Chef. Hier draußen im Distrikt sind die uniformierten Kollegen unsere Führer und Ratgeber in allen Dingen. Sie als Blaue zu bezeichnen, grenzt fast an Rassismus.« Und das klang keineswegs scherzhaft! O'Brien fuhr fort mit dem Fatalismus eines Mannes, der gelernt hatte, die Veränderungen hinzunehmen, weil sie hinzunehmen waren. »Die Reihenfolge der Ereignisse beginnt mit einem Anruf kurz nach fünf Uhr morgens aus einem der Häuser in der Gegend; jemand hatte eine Schießerei im Gemeindewäldchen gehört. Der zuständige Wachmann schaute nach, fand den Toten und rief seinen Wachhabenden an, der sich mit dem Divisional Chief in Verbindung setzte, und dieser bestand darauf, den Commander ... Erst dann hat man mich verständigt. Als ich von Croydon hierherkam, waren sie bereits alle versammelt.«

»Halloooo, Owen!« Die Begrüßung war laut, herzlich und lange. Carey Hessen, der District Commander, war ein großer Mann mit einer noch größeren Stimme und einem Arm wie ein Leuchtturm. Smith hob seine Hand, um das Winken des Leuchtturms zu erwidern. Er kannte den Mann dort unten nicht persönlich, aber er hatte sich natürlich erkundigt und wußte, was Hessen gemacht hatte, bevor er auf diesen Posten versetzt worden war.

Hessen war ziemlich jung für seinen hohen Rang, selbst in diesen Zeiten. Erst Mitte Dreißig, war er gleich nach dem Studium an der Universität die Erfolgsleiter emporgeklettert, ohne den Fuß auch nur auf einer der Sprossen längere Zeit stehenzulassen, und jeder Schritt schien seiner Aufwärtsbewegung zusätzlichen Schwung zu verleihen. Immer vornedran und überall die Nase drin. Ein Tag-und-Nacht-Mann, der ebensogut um drei Uhr morgens wie um drei Uhr nachmittags auftauchen konnte. Seine Distrikte hatten die niedrigsten Krankenziffern von ganz London, denn sobald sich einer seiner Leute krank meldete, besuchte ihn Hessen mit einer Tüte Obst und einem langen, freundlichen und ermutigenden Gespräch. Niemand meldete sich in seinem Bezirk krank, wenn er nicht mindestens an einer doppelseitigen Lungenentzündung oder einer schweren Gehirnerschütterung litt. Hessen beobachtete aufmerksam jede neue Entwicklung aus dem Bereich des Menschen-Managements und stellte sich jedem Wohlfahrtsunternehmen, jeder Sportveranstaltung und jedem Komitee für Polizeiangelegenheiten zur Verfügung.

Smith hoffte inbrünstig, daß all diese Tätigkeiten Hessen davon abhielten, ihm ins Gehege zu kommen, aber – da war er schon, unten in einer Sandgrube, wedelte mit seinem langen Arm und verpatzte ihm einen Tatort! Seine Zuversicht von vorhin war geschwunden; was er da unten sah, trug alle Anzeichen von klebrigem Fliegenleim ... Genau die Art von Job, bei dem man dem D.I. antwortete, wenn er nach besonderen Ausrüstungen für die Untersuchung fragte: »Eine Flasche Scotch und einen Gebetsteppich.« Inzwischen war Smith nach unten geklettert, hatte Hessen zunächst ignoriert und sich den Toten auf dem Stuhl betrachtet. Die Austrittswunden auf der Rückseite des Hemds konnte man deutlich erkennen, da sie kaum blutverschmiert waren. Das Blut war vor allem auf der Vorderseite aus den Eintrittswunden gequollen.

»Eine Maschinenpistole, nehme ich an. Was meinen Sie?« Hessens Stimme, die ihm über die Schulter dröhnte und eine Theorie zur Überlegung stellte. Smiths Antwort war eine scharfe Kopfbewegung und eine zweifelnde Miene.

»Jedenfalls nicht aus geringer Entfernung«, fuhr Hessen ernsthaft fort. »Auf einem weißen Hemd wären die Schmauchspuren deutlicher zu sehen – ich meine, wenn die Schüsse aus geringer Entfernung ...« Seine Worte verklangen, als sei ihm klargeworden, daß er sich auf unsicherem Boden bewegte. »Jedenfalls nach der Theorie des alten Tom Palmer. Sie wissen schon, der Leiter der Ballistik-Abteilung im Labor.« Jetzt klang seine Stimme wieder selbstbewußt, und er sprach vom ›alten Tom Palmer‹ mit einer Vertraulichkeit, als hätte er mit ihm in kurzen, regelmäßigen Intervallen alle Möglichkeiten der Ballistik durchdiskutiert. »Haben Sie jemals Toms Vorlesungen auf dem Polizeicollege gehört? Ich kann mich noch gut daran erinnern.«

Wahrscheinlich die einzige Gelegenheit, bei der er dem ›alten Tom‹ begegnet war, dachte Smith. »Dann haben Sie vermutlich die Lektion über unachtsame Spurenvernichtung am Tatort verpaßt«, sagte er und zwang sich zu einem säuerlichen Lächeln, um seinen Worten die Schärfe zu nehmen.

»Niemand hat den Toten berührt, Owen.« Hessens Ärger war deutlich, aber zurückhaltend. »Als der Polizeiarzt den Tod feststellte, habe ich ihm nicht einmal erlaubt, den Leichnam auch nur mit dem Stethoskop zu berühren. Abgesehen davon reichte ihm der äußere Anschein.« Die Zurschaustellung von Hessens Überlegenheit, nicht nur, was seinen Rang, sondern auch was seine Erfahrung betraf, fiel wie glühende Kohlen auf das Pulver von Smiths Abneigung gegen diesen Mann. Als er noch beim Yard gearbeitet hatte, schenkte er den Klagen seiner Kollegen aus den Distrikten wenig Gehör, wenn sie sich über die Einmischung der Uniformierten bei größeren Untersuchungen beschwerten. Aber jetzt war er selbst im Distrikt und mußte es am eigenen Leib erfahren. Das gefiel ihm ganz und gar nicht.

Er wandte sich kurz dem Toten auf dem Stuhl zu und spuckte wütend: »Die Leiche ist mir scheißegal!« Dann, sich zu Hessen umdrehend und noch wütender: »Ich spreche vom Tatort!« Und mit einer weiten Armbewegung deutete er auf die Sandgrube und die Gegend ringsherum. »Jeder Zentimeter dieses Bodens kann wichtig sein. Vielleicht finden wir Geschosse im Sand oder Patronenhülsen. Es gibt Fußabdrücke, oder es hat sie gegeben, bevor diese – diese Leute hier überall herumtrampelten.« Jetzt drehte er sich wieder um und wiederholte, am Gipfel seines Wutausbruchs angekommen: »Die Leiche ist mir scheißegal!«

Während seiner Tirade hatte sich Hessens gelassene Haltung deutlich versteift; jetzt war der Commander geradezu ein Monument starren Ernstes. Mit seinen einssechsundachtzig und seinen neunzig Kilo machte Hessen trotz seines jugendlichen, faltenlosen Gesichts auch körperlich eine durchaus zu seinem Rang passende Figur. Die Erscheinung eines Mannes, der zu kommandieren verstand. Sein Blick fiel gebieterisch auf Smith, und seine Worte klatschten dem anderen um die Ohren.

»Dies hier ist *mein* Distrikt, Mr. Smith, und ich lasse nicht zu, daß auch nur ein Teil davon dem Ermessen von Kriminalbeamten unterworfen wird. Der Tatort ist längst nicht mehr der heilige Boden, auf dem die Hohenpriester und Akolyten des CID-Kults ihre Messen zelebrieren und ihre Mystik entfalten. In *meinem* Distrikt gibt es keine esoterischen Kriminalzeremonien. Das ist fauler Zauber, mit dem Gott sei Dank vor einiger Zeit aufgeräumt wurde.« Und wie um seine unerreichbare Höhe zu demonstrieren, kletterte Hessen ein paar Schritte die Böschung empor, ehe er sich wieder an Smith und alle anderen Anwesenden richtete.

»Und noch etwas: Bitte prägen Sie sich ein, daß ich in meiner Gegenwart keine Gossensprache dulde. Heute, wo jede Anstrengung unternommen wird, um innerhalb des Polizeidienstes ein neues Verständnis für die Morallehren des Christentums zu entwickeln, steht es einem Beamten Ihres Ranges und Ihrer Position schlecht an, sich in der Sprache der Gosse auszudrücken. Die englische Sprache ist ein Geschenk Gottes und sollte nicht entehrt und mißbraucht werden.« Hessens Stimme dröhnte durch dieses natürliche Amphitheater und brachte alle Bewegungen zum Stillstand, während er seinen Blick über das Publikum schweifen ließ. Niemand war da, der ihm widersprochen hätte, obwohl Smith einen der älteren Inspektoren beobachtete, wie er die Hände faltete und ihm den Trost gespielter Frömmigkeit spendete. »Der weinende Jesus«, sagte er leise zu sich selbst.

Hessen kam wieder herunter und rief seinen Divisional Chief. »Arbeit zu tun, Peter, Arbeit zu tun.« Dann, nachdem er ein paar Schritte gegangen war, blieb er nachdenklich stehen, ging zurück zu Smith und sagte in verletztem, aber einlenkendem Tonfall: »Ich werde Sie jetzt Ihrem Tatort überlassen, Owen. Wenn Sie die Hilfe meiner Männer brauchen, teilen Sie es mir mit . . .« Dann wartete er geduldig auf die Antwort von Smith.

»Ich wäre Ihnen dankbar, wenn ein Inspector und die Wachleute hierbleiben könnten, *Sir*«, sagte Smith mit der Unterwürfigkeit des berufsmäßigen Heuchlers.

»Mr. Packer!« Hessens Stimme rollte zufrieden über Smiths gebeugtes Haupt. Der alte Inspektor mit den gefalteten Händen ließ das Grinsen rasch verschwinden und kam näher. »Sie und die sechs Wachleute bleiben hier, um Mr. Smith zu assistieren.« Der Inspektor bellte ein »Jawoll, Sir.«

Jetzt wandte sich Hessen wieder an Smith, und auf seinen Lippen erschien ein verzeihendes Lächeln. Ein langer, muskelbepackter Arm umschlang Smiths Schultern, und Hessen zog den Widerstrebenden näher zu sich heran. »Wissen Sie, Owen, diese Antipathie zwischen den Uniformierten und der Kriminalpolizei muß endlich aufhören. Wir müssen sie bis auf die Wurzeln ausrotten.« Der Griff um Smiths Schultern verstärkte sich noch. »Ich weiß, es ist schwer für ein altes Schlachtroß von der Kriminalpolizei wie Sie, die Veränderungen zu akzeptieren. Aber das muß nun einmal sein. Was der Polizeipräsident für die gesamte Polizei fordert und was ich für diesen Distrikt fordere, ist eine Zusammenarbeit in Harmonie . . . Alles zum Wohl und zur Sicherheit der Bürger, zur moralischen und geistigen Erneuerung, nicht nur innerhalb der Polizei, Owen, sondern innerhalb unserer ganzen Nation.«

»Eine gewaltige Aufgabe, Sir«, erwiderte Smith ernst.

»Aber wir können es schaffen, Owen, wir können es.« Smith blickte auf und sah, wie Hessen sein stolzes Kinn himmelwärts gerichtet hatte; dabei wurde ihm klar, daß er selbst in den Plural nicht unbedingt einbezogen war. Hessens Arm glitt von seiner Schulter. »Wenn Sie es so betrachten, Owen, dann haben Sie die Gnade, einer der ersten Männer der neuen, denkenden Polizei sein zu dürfen. Unser neues Image kann man in zwei Worten ausdrücken: Sauber denken!« Jetzt hob er wieder den Leuchtturm-Arm und ließ dann den Faustschlag der Absolution auf Smiths Schulter fallen. »Sauber denken, Owen!« sagte er statt eines Abschiedsgrußes.

»Ich werde Ihre Worte nie vergessen, Sir«, rief Smith Hessen nach, während der Commander mühelos den Abhang hinaufschritt, gefolgt von seinem Divisional Chief. O'Brien kam auf Smith zu, ein trauriges Lächeln auf den Lippen, das Mitleid und Verständnis ausdrücken sollte.

»Sagen Sie keinen Ton, George.« Smith stieß die Worte wie Faustschläge in O'Briens Gesicht. »Geben Sie mir nur die knappen Antworten auf meine Fragen. Fotografen?«

»Unterwegs.«

»Laborteam?«

»Dito.«

»Der Pathologe?«

»Ich dachte, Sie wollen Simonson. Er kann erst gegen eins hier sein.«

»Wir können die Leiche doch nicht drei Stunden hier draußen in der Sonne lassen. Auch wenn wir eine Plane drüberdecken – darunter wird es verdammt warm.«

»Das habe ich ihm gesagt. Er meint, da man die Schüsse gehört hat, kann man die Zeit ohnehin genau festlegen. Also braucht er eigentlich nicht am Tatort zu erscheinen. Ihm wäre es am liebsten, wenn man den Toten gleich in die Leichenhalle bringen würde. Ich fragte ihn, wie er sich das vorstellt, ohne daß die Leiche allzusehr verändert wird. Er meinte, man sollte eine Art Sänftensitz machen. Wissen Sie, was ein Sänftensitz ist?«

»Das soll mich am wenigsten kümmern. Wo ist das Handwerkszeug?«

»Oben. Ich habe es kommen lassen.«

»Mr. Packer!« Der Inspector hatte seine Jacke ausgezogen und krempelte sich jetzt auch die Hemdsärmel hoch. Jeder Versuch, einen witzigen Kommentar zu der verausgegangenen Szene mit Hessen abzugeben, wurde durch die düstere Miene von Smith im Keim erstickt. Er begnügte sich mit einem höflichen: »Ja, Sir?«

»Im Mordbesteck sind ein paar Rollen weißes Band. Markieren Sie damit den ganzen Boden hier unten mit einem Netz von Zwei-Meter-Quadraten. Dann wird jedes einzelne Quadrat systematisch durchsucht. Wenn das Laborteam kommt – die haben vermutlich Metalldetektoren dabei. In diesem aufgepflügten Sand müssen mindestens fünf Geschosse liegen. Ich will, daß man sie findet, ebenso wie alles andere, was nicht hierhergehört, von Affenärschen bis zu Präservativen.«

»Und was ist mit Patronenhülsen, Sir?«

»Ich nehme an, daß die selbst den donnernden Hufen dieser Bisonherde nicht entgangen wären, welche hier seit Stunden alles zertrampelt – daher kann man annehmen, daß die Mörder sie aufgehoben und mitgenommen haben. Aber wir sind für alles dankbar. Und vergessen Sie nicht, jeweils zu notieren, in welchem Quadrat der entsprechende Fund gelegen hat.«

»Wir werden unser Bestes tun, Sir.«

»Mr. Packer –«

»Ja, Sir?«

»Ihr Bestes besteht mindestens darin, daß Sie die Geschosse finden – sonst schicke ich euch Schaufeln und feine Siebe, bis es euch gelingt, das Beste daraus zu machen.«

Packer ging die Böschung hinauf, um das weiße Band zu holen. Smith kniete sich neben den Toten auf dem Stuhl und überprüfte andächtig Stuhl und Leichnam, als wolle er von den Göttern erfragen, ob das Opfer anerkannt wurde. Sachte streckte er den Arm aus und betastete die Hosentaschen des Toten. Nichts. Keine Identifizierung. Nichts, womit man hätte beginnen können – nichts als diesen Leichnam hier in der Sandgrube, ein Toter in Hemd, Hose und Schuhen. Dazu ein Stuhl und etwas Strick. Mit Glück ein paar Geschosse. O'Brien stand geduldig neben Smith, bis sich dieser erhob und sich den Sand von der Hose klopfte.

»Die I.R.A., Chef?« O'Brien versuchte, sich behilflich zu machen. »Das sind wohl die einzigen Irren auf der Welt, die eine Maschinenpistole benützen und eine solche Szene vorbereiten würden.«

»Es war keine Maschinenpistole, George«, sagte Smith in einem Ton, der keinen Widerspruch aufkommen ließ. »Keine Maschinenpistole hat diese Durchschlagskraft. Schauen Sie doch, wie einige von den Schüssen das Holz des Stuhls durchschlagen haben. Das waren Schüsse von weit größerer Durchschlagskraft als die einer Maschinenpistole.«

»Vielleicht ein Armalite, oder ein Maschinengewehr? Davon hat die I.R.A. auch eine Menge.« O'Brien blieb bei der I.R.A.; er brauchte einen plausiblen Gegner. Smith war anderer Meinung, nicht nur, weil Hessen eine ähnliche Vermutung geäußert hatte, sondern auch, weil es einfach nicht paßte. Und die Gründe dafür nannte er jetzt, um es sich selbst laut vorzusagen; O'Brien genoß den Vorzug, daran teilnehmen zu dürfen.

»Die I.R.A. würde sich nicht so viel Mühe machen. Nicht hier jedenfalls – das wäre viel zu riskant. Außerdem war es weder ein Armalite noch ein Maschinengewehr; für einen kurzen Feuerstoß sind die Wunden zu weit voneinander entfernt. Es war auch keine von den kleinkalibrigen Waffen mit besonders hoher Durchschlagskraft, sonst müßte der Rücken des Opfers zerfetzt sein. Das gilt übrigens gleichermaßen für Magnum-Pistolen.«

Ein kleiner Sturm in O'Briens Kopf verursachte Wellen auf der Haut seiner Stirn. Er flüchtete sich in Sarkasmus, schaute auf die Bäume oberhalb der Senke und zuckte mit den Schultern. »Also dann Pfeil und Bogen?« Er erwartete Häme für seinen Leichtsinn, aber alles, was er erntete, war eine nachdenkliche Lektion von Smith.

»Die Geschichte der modernen Kriegsführung ist eine faszinierende Lektüre, George. Wenn im ersten Weltkrieg eine Abteilung keinen Sinn darin sah, durch ein Sperrfeuer aus Maxim-Gewehren zu spazieren, und statt dessen die Gegenrichtung einschlug, folgte ein rasches Standgericht auf dem Fuße – und das Erschießungskommando. Dabei brauchten die Inkulpanten nicht an der berühmten Wand mit den berühmten Augenbinden zu stehen. Nein, die Leute, die für die Exekution verantwortlich waren, wußten, worum es ging. Sie flößten dem Verurteilten so viel Rum aus dem Notproviant ein, bis er nicht mehr stehen konnte. Dann banden sie ihn auf einen Stuhl, genau wie unseren Kunden hier, und knallten ihn ab.«

Der Gedanke daran ließ Smith erneut wütend werden. Jetzt stocherte er mit dem Zeigefinger gegen O'Briens Brustbein und unterstrich damit seine Worte. »Genau das haben wir hier: Nicht einen einzelnen Täter mit einer Maschinenpistole; nein, wir müssen uns nach einem Erschießungskommando umsehen, das aus mindestens fünf Personen bestand.«

»Sauber denken, Chef«, sagte O'Brien und zog sich vor dem drohenden Finger zurück.

»Machen Sie daraus ›Klar denken‹, und ich bin dabei.«

Dann schaute Smith hoch, weil man ihn von der Böschung her gerufen hatte. Der Polizeifotograf stand dort oben mit seiner Ausrüstung und suchte nach einem leichten Weg herunter in die Senke. Smith rief hinauf, er solle dort beginnen, wo er jetzt sei. Er wollte zunächst eine Weitwinkelaufnahme der gesamten Senke mit dem noch unzerstörten Netzwerk aus weißen Bändern. Und in Erinnerung an die erste Lektion dieses Tages bat er Inspector Packer und seine Leute höflichst, sich damit zu beeilen und die Bänder schneller auszulegen. Es klang sonderbarerweise verletzender als sein übliches: »Macht euch auf die verdammten Ärsche, ihr Scheißkerle!«

O'Brien, der hinter ihm stand, betrachtete das Gesicht des Opfers. »Das ist kein Jüngling mehr, Chef. Aber er ist auch nicht alt genug für einen Desserteur aus dem Ersten Weltkrieg.« Seine Stimme klang scherzhaft, zugleich aber verwirrt und nachdenklich.

»Die Stuhlmethode ist danach recht populär geworden, George«, erklärte Smith geduldig. »So hat man auch im Zweiten Weltkrieg die Spione hingerichtet. Nicht, weil die Opfer vom Rum besoffen waren, sondern weil es für das Erschießungskommando leichter war, einen Mann von vorn abzuknallen.« Er wechselte abrupt das Thema. »Wieviel Leute haben Sie auf die Tour durch die Häuser geschickt?«

»Nur drei, Chef. Es gibt höchstens ein Dutzend Häuser im Umkreis einer Meile. Ich dachte, daß dieser Umkreis fürs erste genügen würde.«

Smith stimmte zu und erklärte dann, er würde aufs Revier fahren und die ersten Resultate abwarten. O'Brien sollte den Fotografen und das Laborteam überwachen und danach den Toten ins Gerichtsmedizinische bringen lassen. Und Fingerabdrücke! Ja, er wollte die Fingerabdrücke durch den B 13-Computer jagen. Suchte nach einem Ansatzpunkt, der nicht in dieser verdammten Sandgrube lag.

»Nur eines noch, bevor Sie gehen, Chef.« O'Briens Worte erreichten ihn auf halbem Weg zum Rand der Grube. Smith drehte sich um und schaute fragend hinunter.

»Wie mache ich einen Sänftensitz?«

Smith schlug vor, er solle sich zwei lange Stangen besorgen, und erklärte ihm noch, was damit zu tun war.

Als er in die Zweigstelle von Cobb Cannon kam und das lange, schmale Büro betrat, das für größere Vorfälle reserviert war, erwartete ihn eine Überraschung – eine angenehme, denn er stellte fest, daß das System bereits installiert und in Betrieb war. Normalerweise ging es in den ersten Stunden einer Morduntersuchung ziemlich chaotisch zu, wobei sich das Interesse auf den Tatort konzentrierte, mit unkoordinierten Aktionen und Reaktionen jüngerer Beamter, die sich in völlig verschiedenen Richtungen betätigten und jeder eingehenden Information nachgingen. Wenn ihre Folgerungen sich als richtig erwiesen, wurden sie für ihre Initiative gelobt. Waren sie falsch, wurden sie wegen ihrer Voreiligkeit verdammt und von der weiteren Teilnahme an der Untersuchung ausgeschlossen.

Bei diesem Mordfall freilich hatte der Tatort vergleichsweise wenige Informationen geliefert. Das schien ein tüchtiger Mensch hier in der Zweigstelle vorausgesehen zu haben. Jemand hatte begriffen, daß es sich um eine längere und umfangreichere Ermittlung handeln würde und hatte das System eingerichtet. Das Scotland Yard-System für großangelegte Recherchen – eben ›das System‹. Eine Zentrale der Ermittlungsergebnisse, deren Karteien für Namen, Beschreibungen, Verdächtige, Fahrzeuge, Orte, Zeiten und alle anderen Beziehungen und Möglichkeiten einer Ermittlung genaue und schnelle Querverweise möglich machten. Gefüttert von einer Unzahl gesammelter Erklärungen und Aussagen, Nachrichten und Informationen aus allen erdenklichen Quellen. Man hatte versucht, das Ganze über Computer laufen zu lassen, doch das war ein Fehlschlag gewesen, da der Computer nicht dazu fähig war, einen Verdacht zu äußern oder gewisse gefühlsmäßige Reaktionen bezüglich der Wahrheiten – oder der Lügen – zu zeigen. Sein sogenanntes Gedächtnis war eben nichts anderes als das Wiederausstoßen des Eingegebenen. Um das System zu bedienen, brauchte man einen guten Mann – oder eine gute Frau. Einen, der es nährte und pflegte, der seine Tatsachendiäten überwachte, Genauigkeit von Ungenauigkeit unterschied und sowohl objektive als subjektive Gedanken fand, weil Gefühl und Objektivität, die beiden Gegenpole, nun einmal bei jeder Verbrechensaufklärung, erst recht, wenn es um Mord ging, untrennbar und unverzichtbar waren. Zweck des Systems war es in erster Linie, Aktionen hervorzurufen, positive oder negative, und beide waren gleichermaßen bedeutsam. Die positiven führten meist nur von Tatsache zu Tatsache und bewiesen unwiderlegliche Schuld; die negativen, komplexer und schwieriger, waren unter Umständen imstande, ein Lügengewebe zu zerstören und jede einzelne seiner Fasern in einen Gitterstab des Gefängnisses zu verwandeln.

Daher interessierte sich Smith begreiflicherweise für denjenigen, der bei seiner Ermittlungsarbeit das System leitete. Er konnte den betreffenden Beamten entweder akzeptieren oder ablehnen; es war seine Entscheidung.

Aus diesem Grund ließ er sich das Einsatzbuch bringen, das nicht nur das Produkt des Systems darstellte, sondern zugleich auch eine seiner vielen Quellen war. Ein Mann brachte es; ein Mann in mittleren Jahren – oder war er älter? Smith konnte es nicht sagen, denn dieser Mann legte einen bemerkenswerten Eifer an den Tag. Eifrig und . . . Ordentlich, ja – das war der erste Eindruck, den Smith von ihm gewann. Der Mann war nicht übergroß, aber schlank, er ging aufrecht und . . . Ordentlich – der Haupteindruck, der immer wiederkehrte. Er trug kein Jackett, aber seine Weste war zugeknöpft und paßte zu der gutgebügelten Hose; die Krawatte ein gedämpftes Braun, zu einem perfekt sitzenden Knoten gebunden. Die Manschetten des blütenweißen Hemds wurden durch metallene Manschettenknöpfe zusammengehalten. Vielleicht Blattgold, dachte Smith, aber – ordentlich, wie die hochpolierten Schuhe. Ein alter Anzug, oft gereinigt und gebügelt, dennoch – ordentlich wie das eisengraue Haar mit altmodischem Mittelscheitel, der schnurgerade und mit Präzision gezogen war . . .

»Guten Morgen, Sir.« Die Grußformel war üblich, aber der

Mann schien nicht bereit zu sein, Näheres über seine Identität oder Person verlautbaren zu lassen. Smith war nicht beleidigt – er war schließlich der Detective Chief Superintendent des Distrikts, und der andere konnte davon ausgehen, daß er sich über sein Personal informiert hatte, bevor er eine Kriminalaußenstelle seines Einflußbereichs betrat. Ja, es wäre geradezu beleidigend gewesen, wenn er das nicht vorausgesetzt hätte. Doch Smith hatte nicht die Zeit gehabt, sich zu erkundigen... Immerhin, das war nicht die Schuld dieses Mannes. Trotzdem fragte er ein wenig barsch: »Sie sind –«

»John Marrasey, Sir. Ich bin der Zivil-Büroangestellte.« Der ordentliche Mann sah, wie Smith die Augenbrauen hochzog, nickte daraufhin verständnisvoll und gab die gewünschte Erklärung. »Ich war Kriminalinspektor beim Distriktsrevier, bis ich bei Erreichen der Altersgrenze pensioniert wurde, vor acht Jahren. Gleichzeitig wurde der Job des Büroangestellten hier frei. Ich habe mich beworben und wurde genommen. Ich nahm an, daß Sie das System brauchen würden, und da alle anderen im Außendienst und am Tatort waren, habe ich es eigenmächtig installiert.«

Die Erklärung war, wie Smith sie erwartet hatte: genau und knapp. Er antwortete mit einem unverbindlichen Lächeln und setzte sich dann mit dem Einsatzbuch an einen Schreibtisch. Die der Reihe nach numerierten Eintragungen waren mit den feinen Aufwärts- und den kräftigen Abwärtslinien eines Kupferstechers geschrieben – lesbar und einprägsam. Von den ersten Anrufen über Schüsse, die auf dem Gebiet des Gemeindewaldes abgefeuert worden waren, bis zu O'Briens Anforderung von zwei, drei Meter langen, kräftigen Stangen zum Abtransport des Opfers, die über Funk erfolgte, fehlte nichts. In der Spalte ›Bemerkungen‹ war die Anweisung an den Fahrer des Polizeilastwagens vermerkt, der zum Holzhof der Ortschaft fahren und sich anschließend bei D.C.I. O'Brien am Tatort melden sollte. Smith, der sich durchaus vorstellen konnte, daß es Schwierigkeiten geben würde, wenn man den sitzenden Leichnam aus der Senke hinaufschleppen mußte, hoffte, daß dieser Teil der Arbeit ordentlich erledigt wurde. Zwei Techniker installierten für die Zweigstelle zusätzliche Außenleitungen. Und da stand es auch schon verzeichnet: ›Einsatz Nr. 7 um 09.05 Uhr, veranlaßt von Mr. Marrasey ...‹ Initiative? Oder Voreiligkeit? Smith beobachtete ihn, wie er die Apparate überprüfte, ruhig und mit höflicher Autorität. Es war Initiative, kein Zweifel. Außerdem wurden die zusätzlichen Amtsleitungen sicherlich gebraucht.

Wenn der Mann vor acht Jahren bei Erreichen der Altersgrenze pensioniert worden war, also mit fünfundfünfzig, dann mußte er jetzt dreiundsechzig sein. Erstaunlicherweise war Smith ihm bis dahin noch nie begegnet; das war ungewöhnlich, denn selbst bei mehr als tausend Kriminalbeamten in Groß-London lernte man die meisten davon im Lauf der Jahre kennen, zumindest die Inspektoren und höheren Ränge. Marrasey war vermutlich einer jener Leute, die sich gern in einen der Außenbezirke versetzen ließen, wo sie einen netten, kleinen Bungalow besaßen und Rosen und Tomaten züchteten. Nicht, daß solche Beamten zu verachten gewesen wären. Ihre Kenntnis der lokalen Umstände, nicht nur der hier wohnenden Kriminellen, sondern aller hier Ansässigen, verlieh ihnen Ansehen und Respekt; manchmal wurden sie auch ein wenig gefürchtet, und nicht nur von den Gaunern. Heute war der Yard dazu übergegangen, keine solchen Idyllen mehr entstehen zu lassen; man versetzte die Beamten in den Außenbezirken rigoros und turnusmäßig, um sich aller Vorteile einer solchen ›Ortspolizei‹ zu begeben. Davon blieben nur sehr wenige verschont. Vor allem solche, die es verstanden hatten, gut mit einem Revierleiter zusammenzuarbeiten, der über genügend Durchsetzungskraft verfügte, um seine Leute zu halten.

Und Marrasey schien einer von diesem Typ zu sein. Wie um Smiths Vermutung zu untermauern, kam Marrasey jetzt aus einer kleinen Nische am Ende des Büros herüber und hatte ein Tablett mit Kaffeekanne und Tassen bei sich. Eine törichte Folgerung, die nur auf fadenscheinigen Beobachtungen beruhte, dachte Smith selbstkritisch: Es war keineswegs Buhlen um die Gunst des Vorgesetzten, wie Marrasey erst den beiden Schreibhilfen Kaffee servierte, ehe er Smith ebenfalls eine Tasse eingoß. Die Mädchen dankten ihm respektvoll und nannten ihn nur ›Mr. Marrasey‹. Dies überzeugte Smith mehr als der Kaffee davon, daß dieser Marrasey ein seltenes Wesen, ein ›Sonderfall‹ war. Marrasey wartete, bis Smith ein paar Schluck getrunken und seine Kaffeetasse abgestellt hatte, ehe er fragte: »Wären Sie damit einverstanden, wenn ich das System bediene, Sir?«

Smith hatte diese Frage buchstäblich kommen sehen. Er hatte recht gehabt mit seiner Beurteilung: Marrasey war tatsächlich einer von jenen Außenbezirksleuten, die sich vor allem um ihren eigenen Sprengel kümmerten und genau darauf achteten, daß er nicht durch unkontrollierte Verbrechen in Verruf oder gar in Gefahr geriet. Ein

Mann, der sich so verbunden fühlte mit der Gegend, in der er ein halbes Leben lang gearbeitet hatte, daß er es einfach nicht lassen konnte, sich auch nach der Pensionierung um diese Gegend zu kümmern. Und er hielt diesen Kontakt, indem er den Job eines Büroangestellten bei einer der Zweigstellen übernahm. Einen Job für einen Achtzehnjährigen oder einen Pensionierten – dabei hätte Marrasey leicht das Doppelte oder Dreifache als Hausdetektiv bei einem Privatunternehmen verdienen können.

»Sie sind ein Zivilangestellter, Mr. Marrasey . . .« Smith fühlte, daß er verpflichtet war, ihm gegenüber ebenso respektvoll zu begegnen wie die Sekretärinnen. »Abgesehen von allem anderen, könnte ich für Ihre Überstunden keine Genehmigung bekommen.«

»Das wäre kein Problem, Sir. Ich war immer gegen die Bezahlung der Überstunden bei Kriminalbeamten, habe selbst nie derartige Ansprüche gestellt und würde das auch jetzt nicht tun.«

»Aber das ist es ja: Sie sind jetzt nicht mehr Kriminalbeamter. Heutzutage ist es nicht mehr die Frage, ob man Überstunden reklamiert oder nicht – wenn Überstunden nicht bezahlt werden, bekommen Sie Ihre Gewerkschaft und ich die meine auf den Hals.«

»Ich bin kein Gewerkschaftsmitglied. Ich wäre jetzt nicht hier, wenn ich der Gewerkschaft angehörte. Aber ich möchte Sie auf etwas Wichtigeres hinweisen, Sir. Abgesehen von Mr. O'Brien und Chief Inspector Lomax, der sich momentan mit einer sehr unangenehmen Klage gegen die Polizei befassen muß, sind die hier vorhandenen Leute nicht sonderlich mit Erfahrung gesegnet. Sicher, wir haben in den letzten Jahren die üblichen Tötungsdelikte bei Familienstreitigkeiten und ein paar Raubüberfälle auf den Straßen gehabt, aber nichts Kompliziertes, nichts, was ein gut ausgebautes System erforderlich gemacht hätte. Daher konnten die Leute auch kaum Erfahrungen sammeln.«

»Und Sie besitzen diese Erfahrungen?«

Er begann abzuzählen. »Die Leinpfad-Morde, die Nackt-Morde, der Templeford-Torso, die Selby-Entführung – Sie erinnern sich, man hat ihrem Mann die Finger geschickt, einen nach dem anderen.« Smith erinnete sich, er erinnerte sich auch an alle anderen – klassische Fälle, wie man sie eben nur in den Außenbezirken bekommt. Wie der, den er jetzt bearbeitete? Wieder mal ein Klassiker für den Distrikt?

»Ich habe das System bei den beiden letzten Fällen selbständig bedient. Und in beiden Fällen habe ich eine Belobigung des Polizeipräsidenten erhalten.« Nicht angeberisch, eine einfache Feststellung.

Smith erhob sich. »Sie können es laufen lassen, wenigstens vorderhand. Ich muß noch darüber nachdenken. Inzwischen ordne ich einen Großeinsatz an für Uniformierte und Kriminalbeamte, die in der Gegend des Tatorts morgen früh zwei Stunden vor der Mordzeit bis zwei Stunden danach durchgeführt wird. Alle Personen und alle sonstigen Erscheinungen sollen festgehalten und untersucht werden. Außerdem sollten –«

Marrasey blätterte eine Seite im Einsatzbuch auf. »Das habe ich bereits eingetragen, Sir. Einsatz Nummer sechzehn.« Er zeigte Smith den sauberen Kupferstich. »Ich warte nur noch auf die Namen der uniformierten Beamten, die uns zur Verfügung gestellt werden. Ich habe bereits für jeden eine detaillierte Einsatzbeschreibung vorbereitet.«

Hätte ich mir doch denken können, du schlauer Hund! Wieder mal der Klassenprimus, bester Mann, der einfach unentbehrlich war, was? Aber Smith behielt diesen Gedanken bei sich und erklärte statt dessen ziemlich scharf: »Ich möchte die Einsatzbeschreibung sehen, bevor sie den Beamten ausgehändigt wird – klar?«

»Ja, natürlich, Sir.« Respektvolle Zurückhaltung und zugleich Dankbarkeit. Smith würdigte sie mit einem freundlichen, aber entschlossenen: »Bringen Sie die Sache in Schwung. Ich bin jetzt anschließend in der Leichenhalle.«

Er fuhr nicht direkt dorthin, da er ohnehin noch warten mußte, bis Simonson um ein Uhr Zeit hatte. Statt dessen kurvte er durch die Wohngegend in der Nähe des Common – schließlich mußte er sich ein Bild machen von den örtlichen Gegebenheiten. Wenn die einzelnen Mitteilungen hereinkamen, war es wichtig, die Orte und Beziehungspunkte zu kennen, die von den Zeugen genannt wurden. Zeugen! Um fünf Uhr morgens, in einer solchen Gegend? Nein, so viel Glück hatte er nicht. Nicht einmal der Milchmann oder der Zeitungsjunge waren hier schon so früh unterwegs. Die Häuser in den Grundstücken – keines davon kleiner als einen bis zwei Morgen! – waren weit zurückgesetzt von den baumgesäumten Privatstraßen. Die Straßen ungeteert und mit Schlaglöchern übersät – der typische Versuch der oberen Mittelklasse, sich vor dem Verkehr der ›Unbefugten‹ zu schützen. Häuser mit Alarmanlagen unter den Vordächern, drohend wie Wespennester. Häuser, eingebettet in gekieste Auffahrten, große, offene Garagen für mindestens zwei Wagen, den typischen BMW und den Alfa für die Frau Gemahlin.

Er sah eine junge Frau aus einem schmiedeeisernen Gartentor treten, wobei sie ihm wohlvertraute Papiere in ihre Aktentasche steckte – vermutlich O'Briens einziger weiblicher Detective bei der Umfrage in der Gegend. Smith stieg aus dem Wagen aus, trat zu ihr und machte sich bekannt. Sie beäugte ihn ein wenig feindselig, vermutete zweifellos einen Trick der Presseleute und ließ sich seinen Dienstausweis zeigen. Selbst danach gab sie sich noch ziemlich unfreundlich. Sie stellte sich mit Nachdruck als ›Detective Sergeant Elstow‹ vor. Ohne ihren Vornamen zu nennen, und natürlich ohne das Geschlechtsmerkmal bei ihrem Titel. Das war ja schließlich nicht zu übersehen – oder? Er betrachtete ihr glänzendes, aber kurzgeschnittenes Haar, die weiße, schmucklose Bluse, den strengen Rock und die Kostümjacke, die flachen Schuhe und dachte, wie schade, denn abgesehen von der düsteren Miene wäre sie ein hübsches Mädchen gewesen. Und der wohlproportionierte Körper ruhte auf schönen, schlanken Beinen.

»Haben Sie schon was herausgefunden, *Miß* Elstow?« Er nannte sie absichtlich so; es war provokativ, aber er wollte ihre Reaktion prüfen.

»*Sergeant* Elstow, wenn es Ihnen nichts ausmacht, Sir.« Er erwartete eisigen Tadel und wäre bereit gewesen, ihn mit einem Lachen abzutun, doch statt dessen behandelte sie ihn wie ein dummes, unerzogenes Kind. Wofür hielten sich die Leute hier draußen eigentlich, verdammt noch mal?

»Nun, haben Sie was herausgefunden, Elstow?« Der Kies in seiner Stimme ließ ihre Wangen rot anlaufen. Sie kämpfte mit zwei einander widersprechenden Prinzipien und unterdrückte das persönlichere von den beiden.

»Ich habe sieben Zeugen, die die Schüsse gehört haben. Einer von ihnen ist in gewisser Weise ein besonderer Zeuge. Es ist der Mann, der uns als erster angerufen hat, ein pensionierter Hauptmann. Er beschreibt diese Schüsse – Moment . . .« Sie suchte in ihrer Aktentasche nach dem Protokoll; das Rot auf ihren Wangen verschwand rasch; jetzt war ihr Gesicht blasser als zuvor, aber ihre Augen leuchteten. Er dachte schon, er hätte sie vielleicht falsch eingeschätzt, wartete aber darauf, was sie zutage fördern würde. Sie ging die Blätter rasch durch, wobei sie heftig mit den Augenlidern klimperte. Offenbar hatte er sie doch nicht falsch eingeschätzt.

»Der Zeuge ist Hauptmann Rees-Frazer; er hat einen Orden für besondere Verdienste und einen Rotkreuzorden –«

»Die haben alle pensionierten Hauptleute, meine Liebe.« Jetzt konnte er seine Herablassung ausspielen. Aber es schien sie nicht zu treffen.

»Er erklärt, daß er um fünf Uhr und zwei Minuten im Bett lag, als er, um seine Worte zu benutzen, ›eine Salve nach allen Regeln der Schießkunst‹ vernahm.«

»War er denn wach, als er die Schüsse – vernahm?«

»Er war wach. Er gibt an, unter Arthritis zu leiden. Er stand auf und schaute hinaus in Richtung auf den Common – er ist sicher, daß die Schüsse von dort kamen. Danach rief er von einem Nebenapparat am Bett die Polizei an. Anschließend setzte er sich bis sechs Uhr ans Fenster.« Sie warf einen raschen Blick auf sein Gesicht, sah, daß es ausdruckslos blieb, und fuhr dann fort. »Der Hauptmann sah die Polizeiwagen, die am Tatort eintrafen, aber während der Zeit, als er am Fenster saß, ist keine andere Person zuFuß und auch kein anderes Fahrzeug vorbeigekommen. Von den übrigen Zeugen schliefen die meisten oder lagen im Halbschlaf. Ihre Beschreibung der Schüsse reicht von Fehlzündungen bis zu Schweizer Krachern. Drei von ihnen gingen ans Fenster, um nachzusehen, sahen aber nichts und kehrten zurück ins Bett. Von denen, die danach längere Zeit wachblieben, hörte keiner irgendwelche Fahrzeuge oder Fußgänger auf den Straßen.« Sie war jetzt ganz gefaßt, ihr Gesicht ruhig, ihre Stimme gleichgültig-monoton.

»Sie haben da eine gute, negative Information in einer der Erklärungen, Elstow.« Er war noch nicht bereit, sie in Ruhe zu lassen, jedenfalls jetzt noch nicht, aber immerhin ließ er sich zu einem Lob herbei. »Obwohl die meisten Häuser hier fünfzehn bis zwanzig Meter von den Straßen entfernt sind, kann man nicht fahren, ohne im ersten Gang durch alle Schlaglächer zu holpern. Jemand muß doch irgend etwas gehört oder gesehen haben, auch durch die Doppelfenster. Wenn die Situation bei den anderen Straßen rings um den Common ähnlich ist, könnte sich daraus eine interessante Theorie entwickeln.«

»Sie müssen in Rechnung stellen, Sir, daß ich nicht alle Bewohner der Häuser sprechen konnte; die meisten männlichen Hausbewohner haben ihr Heim verlassen, ehe diese Befragung angeordnet wurde. Ich werde versuchen, sie bei meiner zweiten Tour heute abend zu sprechen.«

Er widerstand der Versuchung, sie zu fragen, wie viele männliche Hausbewohner sie denn noch besuchen müsse. Statt dessen sagte er einfach: »Ich bin Ihnen sehr verbunden für Ihre Genauigkeit, Elstow.« Und wie um seine vorausgegangene Bemerkung zu bekräftigen, kam ein offenes weißes Mercedes-Sportcoupe die Straße entlang und schaukelte von einer zur anderen Seite, während die Frau am Steuer versuchte, den schlimmsten Schlaglöchern auszuweichen. Ein etwa drei Jahre altes Kind war neben ihr in einem Kindersitz festgeschnallt. Die Frau war jung, mit einem Gesicht wie aus Porzellan und einem in grüne Seide gehüllten Schwanenhals; ihr blondes Haar erinnerte an einen Messinghelm. Auf dem Rücksitz saß eine Riesendogge und schaute mit trüben, desinteressierten Blicken heraus. Das Kind auf dem Vordersitz schrie wie am Spieß. Die Stimme der Mutter war ebenfalls schrill. »Oh, seeeeei endlich still, Pitikins. Mammi tut ihr Bestes, um nicht in die schlimmsten Löcher zu fahren.« Das Kind schwieg, aber nur aus Angst, weil die Mutter in diesem Augenblick in eines der tiefsten Löcher knirschte, und der Ruck dem Kind die Luft wegnahm. Danach begann das Geschrei wie zuvor, nur verstärkt, und wurde erst schwächer, als sich der Wagen entfernte.

»Wie hat Ihre Mammi Sie genannt, als sie so alt waren wie das Kind, Elstow?« Es sollte freundlich klingen, aber das klappte nicht. Die ungeschminkten Lippen wurden einen Augenblick lang ganz schmal, dann kamen die Wörter heraus – wie kleine, runde Eiskugeln aus einem Kühlautomaten. »Meine Mutter nannte mich Marion, Sir. Aber ich wäre Ihnen dankbar, wenn Sie mich in der Ausübung meines Berufs nicht mit meinem Vornamen ansprechen würden – weder Sie noch irgend jemand anders, Sir . . .«

Er nahm es schweigend hin, nickte nur zögernd dazu. Ansonsten konnte er nichts weiter tun, also ging er auf seinen Wagen zu, drehte sich aber noch einmal nach ihr um. »Schön und gut, Elstow. Aber wenn Sie einmal der erste weibliche Chief Constable der Welt werden, müssen Sie sich eines vor Augen halten.« Sie zeigte einen Hauch von Weiblichkeit, fragte aber noch immer mit kalter Stimme: »Und was wäre das, Sir?«

»Und wenn Sie alle Ihre Sterne und Lorbeerblätter und Silberbänder auftischen, wird man nicht sagen: ›Und hier, meine Damen und Herren, ein übergroßes Musterbeispiel an Würde.‹ Nein – Würde und Rang, das gehört nicht unbedingt zusammen, Elstow.

Entweder man hat Würde, oder man hat sie nicht. Ein guter, anständiger Police Constable hat verdammt mehr Würde als ein – ein schlechter Chief Superintendent.«

Er beobachtete sie durch den Rückspiegel, während er die Straße entlangholperte; sie starrte seinem Wagen nach. Und ihr Gesicht schien sich wieder leicht gerötet zu haben.

Kapitel

4

Er kam kurz vor eins in die Leichenhalle. O'Brien war bereits da, und der Leichnam saß noch immer auf dem Stuhl, während O'Brien und ein anderer Kriminalbeamter die beiden Holzstangen, die man an den Seiten befestigt hatte, wieder entfernten.

»Haben Sie seine Fingerabdrücke schon weggeschickt?« Smith deutete mit dem Daumen auf den Toten. O'Brien bückte sich gerade. »Jaah«, sagte er. »Wir mußten dazu allerdings seine Hände losbinden. Wenn das der Polizeiarzt merkt, ist der Teufel los . . .«

Die Tür des Sezierraums öffnete sich, aufgespießt von Professor Simonsons Regenschirm. Er blieb einen Augenblick stehen, damit man seine makellose Gestalt bewundern konnte, dann trat er herein und ließ die Spitze des Schirms von der Schwingtür gleiten. Sie schloß sich durch die Feder von selbst.

»Ah, Smith, O'Brien – und?« Er betrachtete den dritten Beamten mit gespielter Jovialität.

O'Brien stellte ihn vor. »Detective Sergeant Blake, Sir. Er ist für die Beweisstücke verantwortlich.«

»Und der Fotograf?«

»Wartet im Büro, Sir. Nein, er kommt gerade herein.« Der Fotograf versuchte, Simonsons Auftritt mit seinem Stativ zu wiederholen, allerdings aus dem Zwang der Situation, weil er zudem mit einer Tasche voller Kameras samt Zubehör behangen war. Der Lack der Tür spielte ihm einen Streich: die Metallfüße glitten über die glatte Oberfläche, und die Tür schlug dem Fotografen ins Gesicht. Die lange, dünne Narbe, die Simonsons Mund war, kräuselte sich vor Zufriedenheit.

»Es ist Ihnen wohl allen bewußt, daß ich Ihretwegen mein Mittagessen versäume?« Es klang klagend, als wollte er damit sein Vergnügen über die angeschlagene Nase des Fotografen verbergen.

»Ich habe gehört, daß es ein nettes kleines Pub gleich an der Ecke gibt, wo man eine hervorragende Shepherd's Pie macht. Wären Sie bereit, uns danach dorthin zu begleiten, Professor?«

Simonson erwiderte die Einladung mit einem kalten Blick. »Die Vorstellung, Ihr plebejisches *pabulum* teilen zu müssen, Mr. Smith, reicht schon, um meinen Hunger zu stillen. Danke, das heißt – danke, nein.«

Jetzt wandte er sein Interesse dem einzigen desinteressierten Mann im Raum zu, der seinerseits Ursache und Motivation des Interesses aller anderen war. Er ging um den sitzenden Leichnam herum, bückte sich, um die Eintritts- und Austrittswunden zu betrachten, zog dann leicht am versteiften Kinn, um den Grad der Totenstarre zu überprüfen. Bewegte die Arme des Toten, stieß einige leise ›Aaah‹ und ›Mhmm‹ aus, um sein Interesse zu demonstrieren ... Dann plötzlich, als würde er abgelenkt durch eine lose Stufe in der Treppe seiner Logik, veränderten sich die leisen Ausrufe zu einem nicht mehr leisen, dafür argwöhnischen und nörglerischen »Eeeh! Eeeh?« Er schnüffelte, bewegte seine Nüstern, bückte sich mit einem Triumphschrei und hielt einen der steifen Arme des Toten hoch. Während er das Gelenk festhielt, schnüffelte er lange und genießerisch an den Fingern, wie ein Weinkellner an einem modrigen Kork schnüffelt. Dann riß er den Kopf abrupt herum und schaute Smith an. »Sie haben meinen Kadaver vergiftet!« zischte er wütend. »Sie haben vor meiner Autopsie die Fingerabdrücke genommen. Das ist unverzeihlich. Die Hände sind mit Alkohol gereinigt worden, Sie haben die Druckerschwärze mit Alkohol weggewischt. Haben Sie vielleicht gedacht, daß Sie mich täuschen können?«

»Es tut mir leid, Professor«, erwiderte Smith. »Sie sehen, bis jetzt konnten wir den Toten nicht identifizieren, und ich wollte gute Abdrücke haben, ehe sich der Körper versteift. Wenn wir rasch feststellen, wer der Mann war und wo er hingehörte, können wir den Fall vielleicht in einem Zug lösen.« Er wußte, daß er die Rechtmäßigkeit seiner Anordnung auf diese Weise kaum vertreten konnte und daß es ihm auch nicht gelingen würde, Simonsons Zorn zu besänftigen.

»Und was ist mit den Fingernägeln?« fragte Simonson, noch immer stark verärgert.

»Jemand vom Laborteam hat sie zuvor ausgekratzt – ich meine, bevor wir die Fingerabdrücke genommen haben.« Es war nicht ungewöhnlich, wurde aber in der Regel unter Aufsicht des Pathologen vorgenommen.

Simonson streckte Smith das Skalpell entgegen. »Vielleicht wollen Sie die Autopsie dann auch gleich noch zu Ende führen?«

Smith hielt ihm besänftigend die Handflächen entgegen und versuchte es mit Demut. »Es war mein spezieller Wunsch, Sir, daß Sie den *post mortem* ausführen. Ich wußte sofort, Sir, daß meine Chance, den Fall rasch zu klären, ohne Ihre Erfahrung gleich Null war. Ich wüßte nicht, in welche Richtung ich meine Recherchen lenken sollte, ehe ich über Ihre Feststellungen und Folgerungen verfüge.«

Simonson schnüffelte nach der Aufrichtigkeit dieser Worte und schnitt dann eine Grimasse über deren deutliche Heuchelei.

»Die Richtung, in der sie sich bewegen sollen, führt hinaus aus diesem Institut – und ich darf Sie bitten, Ihren korpulenten Kollegen mitzunehmen. Gehen Sie in ihr Pub an der Ecke und verschlingen Sie Ihre bukolische Pastete. Aber verschwinden Sie mir aus den Augen!«

O'Brien attackierte sein Viertelliterglas mit Verzweiflung, seufzte dann erleichtert und schenkte Smith einen bedauernden Blick. »Hat nicht geklappt, wie?«

»Was hat nicht geklappt?«

»Die Q.M.S.-Formel, die Sie auf Simonson angewendet haben.«

»Was, zum Teufel, ist die Q.M.S.-Formel?« Smith trank geistesabwesend einen Schluck Bier.

»Quatsch mit Soße.« O'Brien gab Zeichen der Verzweiflung von sich. »Kommen Sie schon, Chef, lassen Sie sich nicht so gehen. Wo sind denn Ihr Takt und Ihre sprichwörtliche Diplomatie geblieben? Heute morgen der Zusammenstoß mit Mr. Hessen, und jetzt Simonson!«

»Dazwischen hab' ich auch noch Ihren weiblichen Sergeant fertiggemacht.«

»O mein Gott – Sie haben die Elstow getroffen?«

Smith nickte und trank wieder einen Schluck aus seinem Glas. O'Brien leerte das seine in düsterem Schweigen.

»Sie hätten mich wirklich warnen müssen, George.«

»Wegen der Elstow?«

»Wegen des Geruchs.«

»Was denn für ein Geruch?«

»Dem Geruch der Heiligkeit. Ich konnte ja nicht ahnen, daß Hessen ein Bibelfester ist. Ich hatte Sie um eine genaue Personenbeschreibung gebeten. Sie haben mir nicht gesagt, daß er aus der Bibel zitiert.«

O'Brien war ärgerlich. »So sind sie doch inzwischen alle. Ich hätte gedacht, Sie wüßten, wohin der Hase läuft. Wenn Sie ganz nach oben wollen, dürfen Sie sich nicht an die Knochenbrecher halten; treten Sie lieber der Christlichen Vereinigung bibelfester Polizeibeamten bei.« Er gab dem Wirt ein Zeichen: noch einen Viertelliter! »Haben Sie denn nicht in letzter Zeit die gelegentlichen Glossen in den Akten und Formblättern gelesen? Wenn man heutzutage eine Aktennotiz zurückbekommt, steht da unter Umständen drauf: ›Der Verfasser dieser Notiz sollte sich an Timotheus 6,10 erinnern.‹ Nett und höflich, als hätte man doch wirklich Timotheus 6,10 übersehen.« Er schob sein Glas zur Seite und machte sich auf der Theke Platz für seinen Ellbogen, bevor er fortfuhr: »Letzte Woche habe ich einen Bericht über eine Beschwerde gegen die Polizei verfaßt. Es war in Wirklichkeit blanker Unsinn. Ich empfahl, gegen die betroffenen Beamten nichts zu unternehmen. Wissen Sie, was Mr. Hessen an den Rand geschrieben hat?«

»Ich kann es kaum erwarten – reden Sie!«

»Er schrieb: ›Ich bin anderer Meinung. Vorgehen wie in Daniel 3,20 wäre geeigneter.‹«

»Und was sollte das heißen? Was steht in Daniel 3,20?«

»Etwas über die stärksten Männer des Nebukadnezar, die drei Helden fesseln und in einen Feuerofen stecken sollten.«

»Schadrach, Meschach und Abed-nego.«

O'Brien betrachtete Smith voller Bewunderung. »Ich hätte wissen sollen, daß Sie so bibelfest sind, Chef.«

Smith schüttelte den Kopf. »Nein, ich hatte damals nur in Religion eine Eins. Und ich erinnere mich daran wie an ein Lied – das Lied Salomons.«

Er ging an die Stelle der Theke, wo seine Shepherd's Pie schmorte. Als er sie geschnüffelt hatte, kam er zurück zu O'Brien.

»Riecht gut. Was trinkt man zu einer Shepherd's Pie?«

O'Brien schaute verwirrt auf sein Bier. »Was haben Sie sich denn vorgestellt, Chef?«

»Der Weg zum Herzen eines Pathologen führt über seinen Magen.« Smith ging wieder hinüber zur Wirtin. Sie hörte zu, lächelte dann und verschwand in die Küche.

Simonson prüfte die Flasche Nuits Saint Georges mit großer Sorgfalt. »Ein gutes Jahr«, gab er zögernd zu. »Und der Großhändler hat einen guten Ruf ... Was, um alles in der Welt, hat dieser Bursche vor?« Am anderen Ende der Leichenhalle deckte O'Brien einen Tisch mit einem weißen Tischtuch, auf das er Gläser, Teller und Besteck verteilte. Dann hob er mit ausladender Bewegung die Alufolie von einer Schüssel dampfender Shepherd's Pie. »Essen ist serviert«, verkündete er stolz.

»Wollen Sie uns nicht Gesellschaft leisten, Professor?« fragte Smith.

Simonson tunkte den Rest der Soße mit einem Stück Weißbrot vom Teller und sagte: »Ich muß zugeben, Smith« – dazu hielt er das Brotstück mit Daumen und Zeigefinger in die Luft, ehe er es mit Genuß in den Mund steckte – »Sie haben den Zeitpunkt mit psychologischer Perfektion gewählt und mich nach Vollendung meines Werks in einem jener seltenen Augenblicke der Entschlußlosigkeit erwischt, weil mir nicht klar war, wo ich um diese späte Stunde noch ein Mittagessen bekommen konnte. Daß Sie dazu noch einen exzellenten Wein herbeizauberten ... Sollte das eine Geste der Versöhnung sein?« Die Frage klang freundlich-herablassend. Smith senkte den Kopf; eine ergebene Zustimmung. »Und daß Sie mich mit einem so köstlichen Gericht wie einer Shephard's Pie bekanntmachten ... Ein Gericht, das ich, ich muß es gestehen, mit zerkochtem Kohl, verbranntem Rindfleisch und allen anderen Abscheulichkeiten der *cuisine anglaise* in Verbindung brachte.«

»Wie ein guter Wein zum Essen, so müssen auch die Zutaten einer Shepherd's Pie mit Sorgfalt ausgewählt werden«, erklärte Smith.

»Oder wie ein guter Gerichtspathologe, was?«

Smith nahm an, daß der gedämpfte Laut, der Simonsons kauendem Mund entfloh, ein Lachen war, und erwiderte es im Bewußtsein der wiederhergestellten Harmonie. O'Brien, der sich Mühe gab, die gastliche Atmosphäre zu vertiefen, bot Simonson eine Zigarre an. Der Anblick der Bauchbinde war für den Professor Grund genug, sie abzulehnen, doch die Ablehnung erfolgte höflich. Smith nahm die Gelegenheit wahr, direkt zur Sache zu kommen.

»Habe ich recht, wenn ich annehme, daß wir es hier mit einer Exekution zu tun haben?«

Simonson stürzte sich sofort auf die mangelnde Sorgfalt bei der Wortwahl; er schüttelte entrüstet den Kopf. »Was wir hier haben, ist ein Mord, begangen durch ein Erschießungskommando. Für eine Exekution fehlt es an der Legalität. Immerhin bin ich bereit, mich der üblichen Wortwahl zu unterwerfen und zuzugestehen, daß die Schüsse von mehr als einer Person abgegeben wurden, da die Bahnen zumindest zweier Schüsse aus verschiedenen Winkeln verlaufen. Das ließe auf die beiden seitlichen Schützen eines Erschießungskommandos schließen. Fünf Kugeln trafen und drangen glatt durch die Brust. Ich habe kein Geschoß im Körper des Opfers gefunden. Zwei Geschosse durchdrangen das Herz; der Tod muß sofort eingetreten sein.« Simonson trank sein Glas aus und schenkte sich mit großer Sorgfalt den Rest von dem Wein ein, der noch in der Flasche verblieben war. »Ein perfekt ausgeführter Mord. Die Schützen haben gute Arbeit geleistet. Vielleicht hat jemand meinen Vorschlag gelesen.« Simonson stellte sein Ego lässig zur Schau.

Smith nährte es mit der Erwiderung: »Darf ich fragen, womit sich Ihr Vorschlag befaßte, Professor?«

Simonson zögerte, als betrachte er noch einmal den Schimmer seiner Perlen, ehe er sich entschloß, sie vor die Säue zu werfen. »Ich kann darin nichts Schlechtes erkennen – es war schließlich eine unverbindliche Geste von meiner Seite aus, ein Dienst an der Öffentlichkeit.« Er hob sein Glas an den Mund, der halb offen stand und an das Maul eines Dorschs erinnerte, kippte dann den Inhalt durch die Kehle.

»Sehen Sie«, fuhr er fort, »während der letzten Debatte über die Wiedereinführung der Todesstrafe war mir klar, daß das Ergebnis vor allem durch das Problem des Erhängens verfälscht wurde – das Erhängen als traditionelles Mittel der Hinrichtung. Es war das barbarische Ritual des Erhängens, das unsere Parlamentarier nicht verdauen konnten. Dies und die Methode, jemanden auf ein Gerüst zu zerren, ihm einen Strick um den Hals zu legen und ihn dann in die Tiefe zu stoßen. Dazu sind viele Leute nötig, zu viele Leute . . . Es ist zu persönlich, wie unsere Politiker empfanden. Sehen Sie, das war es, was sie zuletzt gegen die Todesstrafe sprechen ließ – nicht die Frage der Gerechtigkeit, der Todesstrafe *per se,* und sicherlich nicht die Praktikabilität. Daher habe ich in der Rolle des unbeteiligten und objektiven Betrachters eine Arbeit an das Innenministerium geschickt, in der ich eine Methode vorschlug, nach welcher die Todesstrafe durchgeführt werden könnte, ohne daß überhaupt menschliche Anwesenheit erforderlich ist, jedenfalls nicht zum Zeitpunkt der Hinrichtung selbst . . . Abgesehen vom Verurteilten, natürlich.«

Simonsons Ego war nun voll erblüht und brauchte nicht mehr stimuliert zu werden; Smith neigte nur einmal kurz den Kopf.

»Man müßte dazu den Verurteilten nur auf einen speziell dafür vorgesehenen Stuhl schnallen«, fuhr Simonson fort. »Ganz ähnlich, wie das mit dem Burschen da drüben auf meinem Tisch geschehen ist.« Er deutete lässig über die Schulter, wo die sterblichen Überreste jetzt unter einer Plane lagen.

»Er – oder sie – müßte natürlich in eine wesentlich steifere Position gebracht werden als beim Erhängen, aber der einzige menschliche Kontakt bestünde im Anlegen der Fesseln. Alles andere wäre eine Art Knöpfchendrücken, das den Stuhl auf Gleisen in die Exekutionskammer transportieren und die Schüsse auslösen würde, sagen wir, vier oder sechs Schüsse aus großkalibrigen, elektrisch betriebenen Feuerwaffen, die nach dem vorher erprobten Ziel auf das Herz des Opfers – ich meine des Verurteilten, gerichtet wären. Der Tod würde auf diese Weise augenblicklich eintreten. Die Ladung der Waffen brauchte nicht allzuschwer zu sein, was eine völlige Zerstörung des Brustkorbs sowie die übermäßige Lärmentwicklung vermeiden würde. Die Blutungen könnten auf ein Minimum beschränkt werden. Danach könnte der Körper hydraulisch oder elektrisch auf eine höhere Ebene gehoben und der Verbrennung zugeführt werden. Alles in allem einfach, human und wirkungsvoll. Aber, wohlgemerkt – dies wäre eine Exekution, mein lieber Smith. Kein Mord.«

Das danach folgende, gedankenschwere Schweigen wurde von O'Brien gebrochen. »Die Verbrennung müßte von rechts wegen auf einer tieferen Ebene durchgeführt werden«, sagte er. Simonson schaute auf Smith, weil er von ihm einen geistig reiferen Kommentar erwartete. »Nicht nur einfach, human und wirkungsvoll, sondern auch sehr hygienisch«, erklärte dieser ohne die Spur von Ironie. »Sagen Sie, Professor, was für eine Antwort haben Sie vom Innenministerium erhalten?«

»Oh, Sie konnten die mechanische Durchführbarkeit meines Vorschlags nicht bestreiten. Aber die Staatsdiener lehnten ihn wegen der Kosten ab; ich nehme an, damit meinten sie in erster Linie die Kosten für Polizeieinsätze bei Demonstrationen gegen die Todesstrafe. Dabei dachten sie natürlich nicht an die Hunderttausende von Pfund, die es kostet, um einen einzigen Lebenslänglichen einzusperren. Die Politiker – obwohl sie es nicht mit so vielen Worten ausdrückten – hatten nicht den Mut, meinen Vorschlag zur Diskussion zu stellen. Politiker sind dazu geneigt, die Todesstrafe als ein Abstraktum zu diskutieren, als eine Konsequenz des Gesetzes, aber sie schrecken davor zurück, zu sagen, wie dies in ordentlicher Weise zu geschehen hat. Das sagte ich dem Innenminister. Er war ziemlich entrüstet und wurde danach auch noch beleidigend – oder versuchte es zu sein, innerhalb der engen Grenzen seiner Ausdrucksfähigkeit.«

»Die Straße zur Hölle ist mit bösen Worten gepflastert.« Smith wagte es, sein Mitgefühl auszudrücken.

Simonson akzeptierte es argwöhnisch, aber seine bitteren Erfahrungen mit den höheren Prinzipien gewannen die Oberhand. »Ich hätte es wissen müssen – es ist unsinnig, der Öffentlichkeit einen Dienst erweisen zu wollen, ohne daß man dafür ein Honorar verlangt. Politiker verdächtigen grundsätzlich die Motive derjenigen, die meinen, dem Gemeinwohl nur aus Pflichtgefühl dienen zu müssen.«

Smith wurde kühn und fuhr fort in seinen Beileidskundgebungen. »Wenn man bedenkt, daß manche schon für weit weniger verdienstvolle Arbeiten geadelt wurden.« Und als Simonson nur mit einem bescheidenen Achselzucken antwortete, dankte Smith stillschweigend dem Gott Bacchus für die Wirkungen eines guten Weins. Da Smith klargeworden war, daß er sich weit genug vorgewagt hatte, trieb er das Thema nicht noch auf die Spitze. Simonsons Diskurs über legale Tötungsmethoden war nicht in der Lage, seine eigenen Probleme zu lösen. Und Simonson selbst schien gemerkt zu haben, daß er sich allzuweit hinunterbegeben hatte auf die Ebene der Laien – wurde ihm das jemals gedankt? Nein, sicher nicht.

Er stand auf und streckte Smith die Hand entgegen. »Danke für den Lunch. Sehr aufmerksam. Jetzt ein paar Punkte meiner Untersuchung, die Ihnen bei Ihrer Arbeit nützlich sein können.«

Er war wieder völlig kalt und nüchtern. »Beginnend mit dem Alter des Opfers. Ohne eingehende Tests kann keine sichere Auskunft gegeben werden, aber ich würde annehmen, das Opfer war mindestens sechzig und höchstens fünfundsiebzig Jahre alt. Die genauere

Zahl kann ich Ihnen in zwei, drei Tagen liefern. Ich habe ihm die Kiefern geschlossen, gegen die Starre, und mit ein paar Tropfen Glyzerin in den Augen wird Ihr Fotograf ein einigermaßen lebensgetreues Porträt anfertigen können. Es wird sicher morgen schon auf den Bildschirmen der Nation flimmern und wesentlich mehr zur Identifizierung beitragen als Ihr unerlaubter Zugriff mit den Fingerabdrücken.« Simonson öffnete mit scharfem Schnitt die alte Wunde, und Smith antwortete mit schmerzhaft verzogener Miene. Zufrieden fuhr Simonson fort: »Er hat mindestens schon einige Jahre lang eine Brille getragen. Ich nehme an, Sie haben den Abdruck des Bügels auf seiner Nase bemerkt. Nein? Haben Sie dann wenigstens die Brille gefunden?«

»Nein.«

»Dann wird eine Umfrage bei den Optikern nicht viel helfen. In früher Jugend oder in den ersten Mannesjahren ließ sich das Opfer anläßlich eines Schädelbruchs operieren. Ich erkenne die Arbeit: Dobson-Pringle. Vor meiner Zeit, aber seine Handschrift ist mir dennoch vertraut. Er starb neunzehnhundertzweiundvierzig, lange vor der Mehrzahl seiner Patienten. Dobson-Pringle war erstaunlich gut – für einen Gehirnchirurgen, meine ich.«

»In welchem Krankenhaus hat er gearbeitet?« fragte Smith.

Simonson begann fast zu rotieren angesichts von soviel Ignoranz. »Dobson-Pringle war ein auf der ganzen Welt gesuchter Fachmann. Er demonstrierte seine Fähigkeiten überall dort, wo es Aufsehen erregte, vorausgesetzt, es gab auch die nötigen Einrichtungen. Ihr Opfer kann praktisch an jeder größeren Universitätsklinik in ganz Europa behandelt worden sein.«

Simonson wandte sich anderen Dingen zu.

»Er hatte Teil-Zahnprothesen im Ober- und Unterkiefer. Gute, teure Arbeiten, also nichts von der Art, wie es heutzutage den Leuten von der Sozialversicherung in den Mund geklatscht wird. Vermutlich ausländisch, aber ich muß mich erst noch bei meinen Fachleuten erkundigen. Einige physiologische Aspekte: Der Mann hat zweifellos mehrere Jahre in den Tropen gelebt. Abgesehen von der allmählichen Reduktion von Melanin – Hautpigment, der Stoff, den die Idioten zerstören, wenn sie ihre Körper in der Sonne rösten und zuletzt mit Hautkrebs enden – gibt es in der Leber und in der Milz Anzeichen einer Malaria. Keiner gewöhnlichen, sondern der M.T.-Malaria. Eine bösartige Variante, im Tertiärstadium. Ich muß noch einige Gewebsproben untersuchen, aber es sieht zumindest sehr danach aus. Obwohl diese Art der Malaria in Südamerika und Asien vorkommt, ist sie am weitesten in Afrika verbreitet. Ich würde also auf Afrika tippen. Vermutlich bin ich da auch ein wenig von der Zahnarztarbeit beeinflußt: Man findet viele Goldfüllungen, für Südafrika typisch. Aber die Malaria hat er nicht dort unten aufgefangen, dazu mußte er sich ein bißchen weiter im Norden aufhalten. Ich würde sagen, in einem der Dutzend afrikanischen Staaten zehn Grad nördlicher bis zehn Grad südlicher Breite.«

Simonson ließ eine Pause entstehen, um zu prüfen, ob sein Vortrag auf fruchtbaren Boden gefallen war. »Angenommen, daß seine Fingerabdrücke in keiner Kartei zu finden sind – was können Sie daraus entnehmen, Mr. Smith?«

»Dann paddeln wir wieder einmal blind den altbekannten Bach hinauf«, sagte Smith bedrückt.

Simonson genoß die Verzweiflung des anderen. »Ich kann leider wenig beitragen, um Sie zu ermuntern.« Er sprach jetzt in Worten, die er für kollegialen Jargon hielt. »Es gibt eine kleine Narbe unter seinem Oberarm, das heißt, ich hielt es zunächst für eine Narbe. Es stellte sich heraus, daß es in Wirklichkeit um eine sehr alte und längst ausgebleichte Tätowierung handelt. Irgendein lineares Motiv, kaum noch zu erkennen. Ich habe die Stelle der Haut abgeschält. Wenn ich unter dem Mikroskop etwas feststellen kann, teile ich es Ihnen in meinem abschließenden und vollständigen Bericht mit.«

Kapitel
5

Bis zum Spätnachmittag hatte das Tatortteam der Fingerabdruckspezialisten seine Arbeit beendet und Smith per Fernschreiben darüber informiert. ›Tatortabdrücke und Abdrücke Ihres Opfers überprüft. Keine Spur. Keine Abdrücke des Opfers in der Kartei.‹

Smith hatte mit einem solchen Ergebnis gerechnet. Denn obwohl er ein besonders ungeheuerliches Kapitalverbrechen bearbeitete, konnte er sich des Gefühls nicht erwehren, daß es sich hier um ein Verbrechen handelte, das nicht von typischen Kriminellen begangen worden war. Das war freilich bei fast allen Mordfällen so. Doch bei diesem Fall ging es um eine Bande oder besser gesagt – um ein Team, eine Firma, mindestens fünf Köpfe stark. Und außerdem um ein Erschießungskommando. Zögernd begann er wieder an die I.R.A. zu denken und rief Paddy Donnelly, den Verbindungsoffizier des Royal Ulster Constabulary mit der Antiterroristenabteilung im Yard an. Und er stellte ihm eine Reihe von Fragen.

»Nun ja, wenn ich es mir genau überlege, sieht es eigentlich nicht nach einer I.R.A.-Sache aus«, antwortete Donnelly auf seine typisch irische Art. »Erstens würde es mich sehr wundern, wenn sie sich soviel Mühe gemacht hätten, es sei denn, sie würden sich offen dazu bekennen. Da sie sich aber nicht dazu bekannt haben, würde ich sagen, daß sie auch nicht in Frage kommen.«

»Und zweitens?« fragte Smith.

»Ach ja, das. Also, zweitens hätten die Trottel sich gar nicht zurechtgefunden, da draußen am äußersten Stadtrand, ohne sich ein halbes dutzendmal zu verfahren.«

»Vielleicht ist es gerade das, Paddy. Vielleicht sind sie deshalb ausgerechnet hier bei uns angekommen.«

Um halb zehn Uhr abends berichtete Marrasey, noch immer so ordentlich und adrett wie am Vormittag, daß alle vordringlichen Aktionen ausgeführt waren, und bat formell um die Erlaubnis, nach Hause gehen zu dürfen. Smith dankte und entließ ihn. Die Frage, ob Marrasey auch in Zukunft bei diesem Fall das System bedienen sollte, wurde nicht erörtert.

Um 21.43 Uhr kam Detective Sergeant Elstow aufs Revier. Sie zog ihr Bündel Formblätter heraus, machte die dazugehörigen Eintragungen in das Einsatzbuch unter der Rubrik ›Befragungen‹, heftete die Formblätter ordentlich zusammen und legte sie in das Körbchen mit der Aufschrift ›Eingänge‹. Dann ging sie zur Tafel und notierte die Einsatznummern, die erst später erledigt werden konnten. Zuletzt schlug sie das Dienstbuch auf, schaute auf ihre Armbanduhr und trug sich um 21.50 Uhr aus.

Smith hatte ihre präzis durchgeführten Tätigkeiten durch die halboffene Tür seines Büros beobachtet. Als sie das Dienstbuch zuklappte, rief er hinaus: »Sergeant Elstow!«

Sie drehte sich um, das Gesicht verschlossen, und antwortete in höflichem, aber abwehrendem Ton. »Ja, Sir?« Dann kam sie herein in sein Büro. Er bot ihr keinen Platz an.

»Haben irgendwelche von Ihren Zeugen ein Fahrzeug beobachtet oder gehört? Oder Fußgänger?«

»Nein, Sir. Zumindest nicht unmittelbar nach den Schüssen. Das erste Fahrzeug, das beobachtet wurde, war ein grüner Rover, um sieben Uhr dreißig. Ich habe den Besitzer bereits ausfindig gemacht; er ist ein Hausbewohner aus der Gegend, der jeden Morgen um diese Zeit zur Arbeit fährt. Abgesehen davon habe ich alle Personen gesprochen, die tagsüber mit dem Wagen zur Arbeit gefahren sind. Die Bewegungen der Menschen und der Fahrzeuge in dieser Gegend folgt einem ziemlich gleichbleibenden Schema. Die Leute kennen sich, zumindest in dem Sinne, daß sie sich öfters sehen. Niemand hat irgendwelche fremden Fahrzeuge oder Passanten gesehen. Außerdem habe ich mit dem Milchmann und mit dem Zeitungsjungen gesprochen. Sie sagen genau das gleiche. Keine Fremden, keine unbekannten Fahrzeuge.«

»Die anderen Hausbesuche, ich meine, die auf der anderen Seite des Common, haben weitgehend ähnliche Resultate erbracht. Was können wir daraus schließen, Elstow?«

»Daß sich die Täter am Rand des Wäldchens versteckt haben und warteten, bis es in der Gegend belebter war; dann müssen sie sich stillschweigend davongeschlichen haben. Der übliche Einbrechertrick, Sir.«

»Aber es müssen mindestens fünf gewesen sein, Sergeant, und gegen sechs Uhr morgens wimmelte es in der Gegend von Polizeibeamten. Nein, da muß uns schon noch etwas Besseres einfallen.«

Sie errötete leicht – ein entzückendes, mühsam unterdrücktes Rosa. Nicht wütend, wie Smith mit Vergnügen feststellte. Und völlig feminin – Gott sei Dank. »Ich wüßte wirklich nicht, was für eine Erklärung ich sonst noch dafür liefern könnte, Sir. Ich habe so sorgfältig gearbeitet, wie das nur möglich war.« In ihrer Stimme lag jetzt deutlich der Versuch, sich zu verteidigen, was das Vergnügen für Smith noch erhöhte.

»Waren irgendwelche von den Häusern, die Sie besuchen sollten, unbewohnt oder zum Verkauf angeboten, waren Hausbewohner in Ferien? Es kommt mir vor allem auf Häuser an, die direkt am Gemeindewäldchen liegen.«

»Ja, Sir – das Green Briars. Es steht seit einiger Zeit leer und ist zum Verkauf angeboten.« Sie erkannte die Möglichkeit, die sich daraus ergab, und sagte zu ihrer Verteidigung: »Ich bin um das Haus herumgegangen. Nur um zu sehen, ob vielleicht Vandalen dort gehaust haben. Die Fenster im Erdgeschoß sind mit Brettern vernagelt. Und das Haus schien in Ordnung zu sein. Keine Anzeichen für einen Einbruch.«

»Ein Satz guter Nachschlüssel, und man ist drinnen. Oder etwa nicht?« Er stellte die Frage so, daß es nur die Antwort ja geben konnte.

Sie langte hinunter und fummelte am Griff ihrer Handtasche herum, die sie sich gegen den Leib drückte, zog ein Taschentuch heraus und tupfte sich damit sorgfältig und nachdenklich die Nase ab. »Soll ich ein paar Leute besorgen und in das Haus eindringen? Ich meine, um das Innere zu überprüfen?« Es war eine deutliche Herausforderung.

Smith hob entsetzt die Brauen hoch. »Sergeant Elstow, wollen Sie damit andeuten, ich würde Sie zu einer kriminellen Handlung anstiften? Heutzutage, unter den obwaltenden Umständen?«

»Die Polizei ist dazu berechtigt: Absatz zwei, Unterabsatz sechs der Verbrecherermittlungs- und Polizeiordnung aus dem Jahr neunzehnhundertsiebenundsechzig. Die Voraussetzung wäre, daß ein Anlaß zu der Vermutung gegeben ist, Personen, die eine Straftat begangen haben, könnten sich im Inneren des Gebäudes aufhalten oder aufgehalten haben. Ich meine, diese Bestimmung dürfte unser Vorgehen decken.« Sie ratterte die Antwort herunter wie bei einer Beförderungsprüfung.

»Anlaß zur Vermutung? Es ist eine Möglichkeit, nicht mehr. Nein, Elstow, die Aussicht auf die Pension macht aus uns allen Feiglinge. Wenigstens aus mir, und zu diesem Zeitpunkt. Man hat mich in die reizende Einsamkeit der Außenbezirke versetzt, damit ich mir den Buchstaben des Gesetzes neu einpräge und mich getreu seinem Heiligen Wort verhalte. Wissen Sie, wer der Häusermakler ist, der den Verkauf übertragen bekommen hat?«

Sie nickte und lächelte ein wenig dazu. Triumphierend?

»Dann finden Sie sich morgen gleich in aller Frühe bei ihm ein. Bitten Sie ihn, einen Beauftragten mit den Schlüsseln nach Green Briars zu schicken, damit wir im Zuge unserer Ermittlungen das Innere des Hauses überprüfen können. Und bestellen Sie sich ein Laborteam, das *vor* dem Haus warten soll. Kapiert? Dann gute Nacht, Sergeant Elstow, und – mögen züchtige Träume Ihren Schlaf versüßen.«

Jetzt grinste sie beinahe. Der Beginn einer Freundschaft? Oder war das ein unterschwelliges Zeichen spöttischer Verachtung? »Gute Nacht, Sir.« Dann, etwas geziert: »Trotz allem nehme ich an, daß Sie als Kriminalbeamter noch besser sind – obwohl Ihre poetischen Fähigkeiten nicht meiner Beachtung entgehen.«

Um 22.20 Uhr kam O'Brien nach einem Gespräch mit einem Anrufer herein, der behauptet hatte, den Fall lösen zu können. Er warf das Protokoll mit übertriebenem Abscheu in das ›Eingänge‹-Körbchen. »Der erste Spinner. Sagt, es waren dieselben Leute, die ihn durch kosmische Strahlung beherrschen. Ich mußte ihn zurück in eine Umlaufbahn um die Erde katapultieren. Kommen Sie, Chef. Zeit für einen schnellen Schluck im Pub gegenüber.« Smith winkte müde ab, und O'Brien verschwand brummig.

Um 22.35 Uhr dröhnte eine Stimme durch das leere Vorzimmer. »Jemand da?« Smith öffnete seine Tür. Eine gebückte Gestalt in einem alten, dick gefütterten Gabardine-Regenmantel schlug im Einsatzbuch nach. Langes, strähniges Haar wuchs ihm auf der Rückseite eines ansonsten kahlen Schädels – es sah aus wie ein Halo. »Oh, hallo, Owen«, sagte der Mann. »Ich fragte mich schon, ob der Achtstundentag inzwischen nicht einmal vor Morduntersuchungen haltgemacht hat. Die Tage des Neun-bis-fünf-Beamten sind auch bei uns angebrochen, wie ich hörte.«

Smith bat Tom Palmer in sein Büro und holte dann die Scotch-Flasche und zwei Gläser aus dem Schreibtisch. Palmer setzte sich und legte sich die Schöße seines voluminösen Mantels über die Knie.

»Genausoviel wie vom Whisky«, sagte er, als Smith die Wasserkaraffe über das Glas hielt. »Wie ich höre, sind Sie mal wieder mitten in einer exotischen Morduntersuchung. Ein klebriger Fall, was?«

Smith breitete die Handflächen aus. »Sieht so aus. Bis jetzt konnte noch nicht einmal das Opfer identifiziert werden.« Er langte in die Schreibtischschublade und holte fünf kleine Plastikbeutel heraus.

Palmer hielt einen gegen das Licht und sagte: »Aha.« Dann nahm er das Geschoß aus dem Beutel, hielt es zwischen Daumen und Zeigefinger, sagte noch einmal »Aha« und fuhr dann fort: »Die Sorte hab' ich schon lange nicht mehr zu Gesicht bekommen.«

»Was sind das für Geschosse?«

»Nullkommadreinulldrei. Das Standardkaliber der britischen Armee von achtzehnhundertachtzig bis neunzehnhundertsiebenundfünfzig. Dieses Geschoß könnte etwa zwischen neunzehnhundertachtzehn und neunzehnhundertsechsundfünfzig hergestellt worden sein.«

»Das engt das Feld aber beträchtlich ein, Tom. Vielen Dank, damit dürfte mein Fall so gut wie gelöst sein«, sagte Smith säuerlich und trank einen Schluck Whisky.

Palmer ignorierte den Sarkasmus. Nachdem er auch die anderen Beutel geleert hatte, stellte er die Geschosse in einer ordentlichen Reihe nebeneinander auf und beugte sich dann hinunter, um sie genauer zu betrachten. »Oh, Ihre Horizonte werden sich bedeutend erweitern, Owen.« Seine rechte Hand fummelte in seiner Manteltasche und kam mit einem Vergrößerungsglas zum Vorschein. Und Zeigefinger und Daumen seiner linken Hand förderten eine mit Gummispitzen versehene Pinzette zutage, die in seiner Westentasche gesteckt hatte. Danach wurde jedes einzelne Geschoß mit dem Vergrößerungsglas untersucht und wieder auf seinen Platz gestellt. Tom Palmer trank zwischen jeder Prüfung einen Schluck, sagte schließlich »Haha!« und versenkte die Lupe wieder in den Tiefen seiner Manteltasche. Das leere Whiskyglas stellte er neben die Flasche.

»Also gut, Owen«, begann er und hob sein inzwischen wieder gefülltes Glas. »Ich kann mit an Sicherheit grenzender Wahrscheinlichkeit die Hunderttausende von Vickers-Maschinengewehren und Bren-Gewehren ausschließen, alles Waffen, bei denen diese Geschosse hier benützt werden könnten. Denn es steht für mich fest, daß jede dieser Kugeln aus einem Gewehr abgefeuert wurde, einem Gewehr desselben Modells, aber aus fünf verschiedenen Exemplaren. Sobald ich die Geschosse im Labor unter einem ordentlichen Mikroskop gesehen habe, kann ich wahrscheinlich auch die Millionen von Le Metfords, amerikanischen Springfields, kanadischen Ross-und-P-vierzehn-Gewehren ausschließen, die zwar für Dreinulldrei-Geschosse ausgerüstet sind, aber besondere Charakteristika der Felder und Züge aufweisen, welche sie entweder ausschließen – oder auch nicht. Bleibt in erster Linie das große und großartige Lee Enfield-Gewehr mit Kurzmagazin. Der Engel von Mons. Ein Todesengel, aber er hat neunzehnhundertvierzehn die britischen Spähtruppen gerettet.« Tom Parker trank noch einen Schluck, um seine Gefühle zu ertränken.

»Wir können die früheren Marks vor dem Gewehr Nummer eins ausschließen – also zum Beispiel Mark römisch drei von neunzehnhundertsieben, das im Ersten und vor allem im Zweiten Weltkrieg benützt wurde. Das Gewehr wurde über eine Reihe verschiedener Mark-Typen bis hin zum Mark römisch sechs entwickelt und im Jahr neununddreißig vereinfacht zum Gewehr Nummer vier, Mark römisch eins und zwei. Es gab noch mehrere Variationen, Owen – ich will Sie damit nicht verwirren. Was Sie jetzt tun müssen ist ganz einfach. Sie brauchen nur fünf Stück unter etwa zehn Millionen produzierten Gewehren dieses Typs herausfinden . . . Davon dürfte es heute noch, sagen wir, zwei Millionen geben«, fügte er ermutigend hinzu.

»Aber die sind doch längst Museumsstücke«, protestierte Smith.

»Keineswegs.« Palmer zuckte zusammen bei dieser entwürdigenden Bemerkung. »Eine Menge davon wird noch benützt, zum Beispiel in Afrika. Zumindest in den paar afrikanischen Ländern, die noch nicht mit der russischen Kalashnikow ausgestattet sind. In Indien, Pakistan . . . Und hier bei uns gibt es auch noch eine stattliche Anzahl. In den Fünfzigern und den frühen Sechzigern hatten wir mindestens eine Million davon an Händler in den Vereinigten Staaten verkauft. Ein gutes Lee Enfield-Gewehr kann man heute für zehn Dollar kaufen.« Wieder zuckte er zusammen, diesmal beim Gedanken an eine solche Vergeudung.

»Versuchen Sie doch mal, sich auf das Vereinigte Königreich zu beschränken, Tom«, flehte ihn Smith an.

»Nun, ich könnte mir denken, daß die Armee sich einige davon zurückbehalten hat, für Notfälle. Falls wir mal wieder eine Bürgerwehr brauchen. Waffenhändler, Schützenvereinigungen und so weiter sind ebenfalls mit einer erklecklichen Zahl davon ausgerüstet. Das dürfte leicht zu überprüfen sein. Gott weiß, wie viele Ex-Bürgerwehrler aus dem Krieg sich ein illegales Souvenir behalten und unter ihrem Bett liegen haben . . . Das Gewehr, der beste Freund des Soldaten.« Der Gedanke ließ ihn eine nachdenkliche Pause einlegen. Palmer trank wieder einen Schluck. »Wollen Sie meinen Rat hören, Owen? Machen Sie sich nicht verrückt, jagen Sie nicht hinter den Gewehren her. Es wäre Zeitverschwendung. Suchen Sie zuerst die Leute, die dazugehören. Dann finden Sie auch die Gewehre – falls sie noch existieren.«

»Und was ist mit Munition?«

»Das gleiche. Massenhaft auf dem Markt. Auch wenn sie in England seit den Sechzigern nicht mehr hergestellt wird. Wenn Sie eine Patronenschachtel hätten – ja, da stünde das Herstellungsjahr drauf. Nicht, daß Ihnen das weiterhelfen würde.«

Smith schenkte wieder ein und lehnte sich dann in seinem Sessel zurück. Palmer, der sein gedankenvolles Schweigen respektierte, betrachtete währenddessen die Tatortfotos, die auf dem Schreibtisch lagen. Er schaute eines nach dem anderen an, bis er auf diejenigen stieß, die in der Leichenhalle gemacht worden waren. Hier hielt er inne, zwickte die Augen zusammen, fummelte wieder nach seiner Lupe, betrachtete dann eines der Fotos und ging dabei so nahe hin, daß er fast mit der Nase daraufstieß. Schließlich hob er den Kopf, zog eine Schnute und begann zu gurren wie eine liebeskranke Waldtaube. »Wissen Sie, was Sie hier haben, Owen?«

»Eine alte Tätowierung. Simonson hat die Haut abgeschält, um festzustellen, was das einmal dargestellt haben kann.«

»Ich weiß, was es dargestellt hat, Owen.« Palmer zeichnete zwei gezackte, parallele Linien auf Smiths Schmierblock. Smith hievte sich hoch, beugte sich darüber und ließ sich dann langsam wieder zurücksinken.

»Das kenne ich aus den Geschichtsbüchern. Das SS-Zeichen. Sind Sie sicher?«

»Ich habe es in Fleisch und Blut gesehen, sozusagen, Owen.« Palmer lächelte, und seine Augen strahlten, während er in seinen Gedanken Jahrzehnte zurückwanderte. »Das Schutzstaffel-Zeichen.« Er leckte sich die Lippen. »Einer von den Blut-und-Boden-Jungs. Der muß ganz schön überreif gewesen sein, Owen.«

»Was soll das mit Blut-und-Boden? Hilft es uns, das Opfer zu identifizieren?«

Palmer lehnte sich nun seinerseits zurück und ertränkte die Gedanken an seine besten Jahre in sardonischem Gelächter. »Blut und Boden. Die – sagen wir – atheistische Naziversion von ›Gott mit uns . . .‹ Die Vergöttlichung arischer Reinheit. Ob man ihn identifizieren kann? Nun ja, es engt den Kreis ein. Aber es dürfte schwierig sein, festzustellen, wie viele SS-Leute noch am Leben sind.«

»Nun ja, wenigstens haben wir damit seine Nationalität festgestellt.« Smith formulierte in Gedanken bereits ein Fernschreiben an Interpol in Wiesbaden.

»Nicht unbedingt.« Palmer unterbrach ihn rasch. »Er muß nicht unbedingt Deutscher gewesen sein.«

»Wie das? Und – wieso kennen Sie sich auf diesem Gebiet so gut aus, Tom?«

Das Leuchten kehrte in Palmers Augen zurück, und er trank einen großen Schluck Scotch. Es sah ganz so aus, als würde nun eine längere Ansprache folgen. »Ja, kennen Sie nicht die militärische Karriere und die einmaligen Heldentaten von Thomas Palmer, Oberfeldwebel im großen Eins-M-Korps?« Er deutete auf ein unsichtbares Rangabzeichen an seinem Ärmel und fragte: »Was glauben Sie, was das ist, mein Junge? Blech von einer Kakaodose?«

Smith spielte mit und sagte: »Jawohl, Sir. Nein, Sir. Drei große Taschen voll, Sir. Und Sie können mich am Abend, Sergeant-Major.« Sie lachten es sich von der Seele und grinsten über ihr kindisches Betragen. Smith wartete darauf, daß Palmer fortfuhr. Endlich war es soweit.

»Gegen Ende des Krieges arbeitete ich beim Geheimkorps zur Aufklärung von Kriegsverbrechen. Wir hatten viel mit der SS zu tun. Du meine Scheiße, fast nur mit der SS.« Seine milden Verwünschungen nahmen den vergessenen Schmerzen den Stachel. Jetzt lehnte er sich zurück, als bereite er sich auf eine längere Zeitreise in die Vergangenheit vor.

»Die SS, die Schutzstaffel, wurde bereits in der Frühzeit des Nationalsozialismus gegründet, als Gegengewicht zu der immer stärker werdenden Macht und dem immer größeren Einfluß der SA. Der Sturmabteilung, der Braunhemden, der ursprünglichen Schlägertypen der Nazis. Die SS hat ihre Schlächterqualitäten zuerst an der SA erprobt, um zu zeigen, wozu sie fähig war – sobald sich die Nazis ein paar Länder unterworfen hatten samt ihrer jüdischen Bevölkerung. Die SS wurde zur persönlichen Leibstandarte des Führers, und sie dehnte ihre Rolle auf die Kontrolle der inneren Sicherheit ganz Deutschlands aus. Sie bildete ihren eigenen Geheimdienst, den SD, den Sicherheitsdienst. Eine seiner Aufgaben bestand darin, die Abwehr, also den militärischen Sicherheitsdienst, zu kontrollieren.

Lange vor dem Krieg hatte die SS bereits einige deutsche Generäle und andere Offiziere des Stabs liquidiert, die auf den Gedanken gekommen waren, daß Hitler ein Geschwür am Arschloch Deutschlands war, welches operiert werden müßte. Die SS beaufsichtigte die Konzentrationslager. Man bildete SS-Divisionen, die zwar aus dem deutschen Heer stammten, aber nicht zum Heer gehörten. Sie müssen natürlich unterscheiden zwischen der Waffen-SS und der SS schlechthin. Als es zum Krieg kam, kämpften die Männer der Waffen-SS wie die Tiger. Fanatische Tiger vielleicht, aber immerhin Tiger. Und einige der SS-Regimenter verhielten sich gegenüber der Bevölkerung in den besetzten Ländern durchaus eh-

renhaft. Vorausgesetzt, es handelte sich nicht um Juden, natürlich.«
Er dachte ein paar Sekunden nach und kehrte dann zurück zum
Thema, als wenn er aus einem Alptraum erwacht wäre. »Und so –«
Er bellte es heraus, zerriß damit den bösen Traum – »angesichts der
versteckten und offenen Faschisten, die es auch außerhalb Deutschlands vor dem Kriege gab, kam all dieses und noch mehr zum Ausbruch, erfüllt vom Blut-und-Boden-Ideal. Von Spitzbergen bis
Marseille, von Brest bis Charkow trat die Blut-und-Boden-Bestie in
ihren verschiedenen nationalen Formen ans Tageslicht. Auch wir
hatten sie, das britische ›Freikorps‹ . . . Ihre Zahl war nicht groß.
Aber sie alle wurden von der SS beherrscht. Sie alle gehörten zur
allgemeinen SS. Die SS war keineswegs nur eine Eliteorganisation
innerhalb der Nazipartei. Sie wurde *die* Nazipartei schlechthin. Sie
wurde – das Deutschland jener Jahre.« Palmers fleischiges Gesicht
faltete sich in melancholische Canyons.

»Und sie alle waren so tätowiert?« fragte Smith. »Jeder, der der
SS angehörte?«

»Mein Gott, natürlich nicht. Nur die höheren Ränge. Vom
Sturmbannführer aufwärts. Und auch dann meistens nicht mit dem
doppelten S. Nur mit der Blutgruppe. Und die anderen? Nun ja, einige hatten sich das SS-Zeichen auf eigenen Wunsch tätowieren lassen. Exhibitionisten in den niederen Staffeln. Wie Soldaten in jeder
Armee. Wie Ihr Opfer hier! Aber man erachtete das eigentlich eher
als undeutsch. Unarisch.« Wieder betrachtete er das Foto. »Ich
frage mich, ob man den Kerl hier wirklich als Opfer bezeichnen
kann.«

»Es besteht also die Möglichkeit, daß er Deutscher war?«

»Die Möglichkeit besteht«, sagte Palmer und schenkte sich noch
einmal nach. »Aber ich an Ihrer Stelle würde erst einmal seine Fingerabdrücke und die Fotos durch das Netzwerk von Interpol jagen,
wobei Ihre Chancen dadurch verringert werden, daß ja die Länder
hinter dem Eisernen Vorhang nicht der Interpol angeschlossen
sind. Und hier wurden die meisten nichtdeutschen SS-Leute rekru-
tiert: in Estland, Litauen und in der Ukraine. Und noch etwas.
Wenn ich Sie wäre, würde ich das mit dem SS-Zeichen erst einmal
sehr zurückhaltend behandeln. Es gibt sehr wenige Deutsche, die
zugeben, einen SS-Mann zu kennen, geschweige selbst einer gewesen zu sein.«

»Was ist mit Archiven? Die Deutschen waren doch immer groß
im Archivieren, im Anlegen von Personalakten.«

»Die SD-Archive sind in Rauch aufgegangen. Das heißt, soweit sie nicht den Russen in die Hände gefallen sind.«

Um 23.20 Uhr fegte Commander Hessen in Smiths Büro wie eine Lawine. »Hallo, Owen – noch hier? Gute Show. Entwicklungen? . . . Hallo, Tom. Jahrhunderte nicht gesehen.« Palmer blinzelte Smith heftig zu, als flehe er ihn um Hilfe an, weil ihm Hessen allzu heftig die Schulter schüttelte.

»Sie kennen natürlich Carrey Hessen, den District Commander, was, Tom? Er ist ein großer Bewunderer Ihrer Arbeit.«

»Ah, ja, natürlich«, sagte Palmer vage. »Die Schießerei in der Botschaft von Saudiarabien, nicht wahr?« Eine irrtümliche Annahme. Smith unternahm einen neuerlichen Rettungsversuch. Er hielt die Flasche mit dem Rest von Whisky hoch und fragte: »Einen Drink, Sir?«

Der Anblick der Flasche kühlte Hessens Freundlichkeit stark ab. »Nein, danke, Owen.« Hessen riß sich jetzt zusammen und präsentierte wieder Commander-Haltung. »Aber lassen Sie sich nicht durch mich stören, wenn Sie meinen.« Aus Herablassung wurde Mitleid. »Ich bin allerdings der Ansicht, daß man seine Arbeit besser ohne alkoholische Inspiration leisten kann. Das sind die Krükken des Krüppels, Owen.« Er ging zur Tür. »Wollte Ihnen nur sagen, daß ich noch hier bin – falls Sie etwas brauchen.« Die Tür fiel ins Schloß und kündete von Hessens Verdammung derartiger Exzesse.

»Einen auf den Weg, Tom?« fragte Smith, als seien sie überhaupt nicht unterbrochen worden.

Kapitel
6

Abgesehen von Mr. Marrasey war das Büro unbesetzt, als Smith am zweiten Tag der Untersuchung dort eintraf. »Noch keiner da?« bellte er, was den dumpfen Schmerz hinter seinen Augen weckte.

»Sie kommen und gehen, Sir. Einige sind bei den Straßensperren, andere bei diesem Einsatz, den Sie gestern abend noch angeordnet hatten, nachdem ich schon weggegangen war. Die Untersuchung von Green Briars, dem unbewohnten Haus.« Er schien sich ein wenig übergangen zu fühlen, da man in seiner Abwesenheit Initiativen ergriffen hatte.

»Ich dachte, darum kümmert sich Sergeant Elstow, mit einem Laborteam?«

»Mr. O'Brien rechnete mit der Möglichkeit, daß sich die Leute, hinter denen wir her sind, noch dort verborgen halten könnten. Er ist mit dem Rest der Abteilung dorthin gefahren ... Mit Waffen ausgerüstet, Sir.« Wieder eine kaum merkliche Andeutung von Mißbilligung, als Marrasey das Wort ›Waffen‹ aussprach.

Smith war jedoch keineswegs verärgert darüber. Es war immerhin eine Möglichkeit. Vielleicht hatte O'Brien recht. Er selbst hätte daran denken müssen. Wenn man ihm nicht den Kopf vollgestopft hätte mit Millionen von Enfield-Gewehren und Tausenden von uniformierten SS-Leuten, dann hätte er vermutlich daran gedacht. Ja, wirklich? Keine alkoholische Inspiration. Krücken für Krüppel.

Marrasey bot Kaffee an. Smith lehnte dankend ab; er kostete sein Schuldgefühl aus wie ein masochistischer Sünder und sagte nur: »Ich fahre auch dorthin. Zu diesem Green Briars. Bin bald zurück.«

Das Haus war eine viktorianische Ungeheuerlichkeit: die Dachsilhouette durchbrochen von Kuppeln, Kastellen, winzigen Söllern und Balkönchen und reich verzierten Amphoren. Darunter geschwungene Fenster im Obergeschoß, von verfallendem Stuck umrahmt, ohne Vorhänge, staubblind. Die Fenster im Erdgeschoß waren vorsorglich mit Brettern vernagelt. Die Mauern begraben in einem Meer von Efeu. Der Sandstein-Portiko hatte zu kämpfen; er konnte nur noch ein paar Handbreit seiner dunkelgrauen gotischen Säulen dem Bewunderer darbieten, der Rest war Efeu.

Unter dem Portiko stritt O'Brien mit einem jungen Mann in einer körpernah geschnittenen Anzugjacke und einer weit ausgestellten Hose, die um hochhackige Cowboystiefel flatterte. Beide hielten inne und wandten ihre Köpfe der Straße zu, als Smith mit dem Wagen dort anhielt.

»Was ist los?« fragte Smith.

»Das ist Mr. Victor vom Immobiliengeschäft.« O'Brien machte die Männer kurz miteinander bekannt. »Er möchte mit uns hineingehen. Ich versuche ihm klarzumachen, daß es klüger wäre, wenn er uns erst hineinließe, damit wir uns umsehen können.«

»Ich bin meinem Auftraggeber verantwortlich für das Haus und dessen Inhalt. Mein Auftraggeber wäre höchst ungehalten, wenn irgend etwas zerbrochen würde. Es handelt sich immerhin um einen sehr wertvollen Besitz.«

»Was Sie nicht sagen«, erwiderte O'Brien und warf einen nachdrücklichen Blick auf den verwilderten Garten.

Smith erhob besänftigend die rechte Hand, um Mr. Victors Protest im Keim zu ersticken. »Ich nehme an, mein Kollege hat Sie, wie es seinen Anweisungen entspricht, nicht darüber informiert, warum wir es für klüger halten, wenn Sie erst die Polizei hineinlassen in das Haus.«

»Nein, das hat er nicht«, bestätigte Mr. Victor sehr indigniert und machte eine etwas sonderbare Bewegung mit seinen manikürten Händen.

»Er hatte nicht die Befugnis, Sie zu informieren, weil ich es ihm nicht aufgetragen habe«, erklärte Smith höflich. »Aber da ich Sie für einen Mann in verantwortungsvoller Position halte, den ich nicht erst um Diskretion bitten muß, kann ich Ihnen den Grund dafür nennen. Es besteht die Möglichkeit, daß sich in dem Haus einige Personen aufhalten, die jeden, der über die Schwelle tritt, sofort erschießen.«

Mr. Victor geriet ins Wanken. »Oh – ich verstehe«, sagte er leise.

»Während Sie also durchaus selbst entscheiden können, ob Sie uns begleiten oder nicht, muß ich Sie darauf aufmerksam machen, daß wir für Ihre Sicherheit nicht garantieren können.« Smith legte Victor eine Hand auf die Schulter, so, wie man einen lieben Freund verabschiedet.

»In diesem Fall ziehe ich meinen Einwand zurück.« Mr. Victor händigte die Schlüssel aus und beendete die Diskussion, indem er sein stark tailliertes Jackett mit Würde zuknöpfte.

Smith nahm die Schlüssel und ging mit O'Brien hinauf zu der schweren Eichenholztür.

»Wo sind die anderen?«

»An der Rückfront und an den Seiten.«

»Sind Sie bewaffnet?«

O'Brien öffnete sein Jackett und deutete auf den Smith & Wesson im Halfter. Als Smith den Schlüssel ins Schloß steckte, zog O'Brien die Waffe und entsicherte sie.

»Glauben Sie denn, es gibt eine Schießerei? Könnte dabei etwas beschädigt werden?« Mr. Victor war nachträglich der Gedanke gekommen; jetzt stand der Makler irgendwo draußen auf dem Gehsteig und verlieh ihm zögernd Ausdruck.

»Keine Sorge«, rief O'Brien zurück. »Wir sind darin geübt, nur auf Menschen zu schießen.«

Smith stieß die Tür auf und blickte in eine dunkle, weiträumige Diele. Das Tageslicht reichte gerade bis zum Fuß einer breiten Treppe.

»Wissen Sie, wann das Haus zuletzt besichtigt worden ist?« Smith stand sorglos in der Tür.

»Vor drei Wochen hatte sich ein Interessent gemeldet.« O'Brien trat neben ihn, den Revolver in der Hand.

Smith war jetzt in der Diele und ließ seine Finger über eine hüfthohe Wandverkleidung aus Eichenholz gleiten, die dann oben von einer Abstellfläche abgeschlossen wurde. Dann zeigte er O'Brien seine Fingerspitzen. »Kein Stäubchen dran.«

»Die Schweinehunde müssen wirklich hiergewesen sein. Fragt sich nur, ob sie auch jetzt noch hier sind.« O'Brien drückte sich an der Wand entlang bis zu einer Tür in der Vertäfelung. »Laut Victor befindet sich der Hauptschalter hier drinnen. Na schön, bringen wir ein bißchen Licht in die Angelegenheit.«

Smith trat hinter ihn und riß ihm gerade noch rechtzeitig die Hand weg.

»Vielleicht haben sie das vergessen.« Der Griff des Schalters hatte einen gerippten Rand. Smith betätigte den Hauptschalter mit der Klinge seines Taschenmessers. Ein schummriges, bräunliches Licht erhellte die Lampen an den Eichenholzpaneelen.

»Holen Sie noch ein paar Leute mit Waffen herein. Sie sollen oben anfangen und das ganze Haus durchsuchen. Wir bewachen solange die Diele.« Er ging zu einem Stuhl mit unbequemer, hoher Lehne und setzte sich.

Vorbei die Zuversicht von gestern morgen. Er hatte sich von den Ängsten weniger erfahrener, jüngerer Leute hinreißen lassen. Wenn die Schützen hier gewesen waren – und alles sah danach aus –, dann würden sie sicher nicht hier herumsitzen und warten, bis die Polizei sie fand. Natürlich waren sie längst weg. Still, unauffällig, mit dem Strom der Pendler – wie gute Einbrecher. Aber es waren keine Einbrecher, es waren Mörder!

Das Haus war sauber. Das heißt, zumindest das Erdgeschoß und das Souterrain. Küche, Keller, Vorratskammer und der Heizungsraum waren systematisch gereinigt worden.

Mr. Victor war angenehm überrascht. Vor drei Wochen, als sie mit ihrem Interessenten hier gewesen waren, hatte es stark geregnet, und sie hatten auf dem Teppich in der Diele deutliche Schmutzspuren hinterlassen. Er hatte vorgehabt, jemanden zum Staubsaugen herzuschicken. »Aber dann habe ich einfach darauf vergessen.«

»Sie haben die Teppiche nicht reinigen lassen?«

»Nein, gewiß nicht.«

»Gibt es einen Staubsauger hier im Haus?« fragte der Leiter des Laborteams diensteifrig. Mr. Victor wußte Bescheid; er holte den Staubsauger aus einem Schrank. Der Labormann stürzte sich darauf, öffnete den Reißverschluß des Staubbeutels und zischte ein »Schei-benkleister«, weil er feststellen mußte, daß der Papiersack fehlte. Er steckte auch nicht in einer der Abfalltonnen auf der Rückseite des Hauses, und kein Stäubchen Asche lag in der Nähe von einem der offenen Kamine oder der Heizung herum, das darauf hingewiesen hätte, daß das Haus geheizt worden war. Nicht nur die Oberfläche der Möbel, nein, auch die Unterseiten von Tischen, Stühlen und anderen Einrichtungsgegenständen waren gereinigt worden, genau wie der Hauptschalter. Nichts, nicht einmal der Abdruck eines Handschuhs. Gar nichts.

Oben dagegen war der Staub unberührt. Das Obergeschoß war nicht betreten worden von denjenigen, die das Haus vorübergehend benützt hatten. Der Leiter des Laborteams klagte bitterlich. »Das kommt nur von diesen Polizeikrimis mit dokumentarischem Hintergrund, die man täglich im Fernsehen sendet. Die schlauen Polizisten zeigen den Leuten, wie man es macht.«

Smith nahm diesen Nachteil der Aufklärungsarbeit im Fernsehen eher gelassen hin. Für ihn als Kriminalbeamten und Detektiv hatten auch negative Ergebnisse ihre positiven Seiten. Allmählich trat bei ihm ein Bewußtsein der Örtlichkeiten zutage: von der Sandgrube inmitten des Gemeindewäldchens bis hierher, in dieses leere, isoliert stehende Haus. Die Männer, die für den Mord verantwortlich waren, hatten sich entweder sehr viel Mühe gemacht, um einen passenden Ort für ihre Exekution zu finden . . . Exekution? Nein, Mord! Das, oder sie wußten hier genau Bescheid. Auch über dieses Haus? Nun gut, ein Blick auf die Fotos im Schaufenster des Maklerbüros konnte Hinweise auf das Haus liefern. Aber wozu brauchten sie überhaupt das Haus? Warum war es nötig, wozu diente es? Nicht nur als Ort, wo sie sich nach dem Mord verstecken konnten. Warum machten sie sich solche Mühe, hier unten alles zu reinigen? Die Schützen mußten sich *vor und nach dem Mord* hier aufgehalten haben! Genau wie das Opfer – davor.

SS-Leute? Wie sagte der alte Palmer: ›Ich frage mich, ob man den Kerl wirklich als Opfer bezeichnen kann.‹ Er hätte selbst, hätte schon früher daraufkommen müssen. Warum hatte er nicht kapiert? Elstow! Die Intervention dieser rangbewußten sexbewußten Elstow. Elstow, die ganz genau wußte,was sie mit ihrem Sex bewirken konnte. Zum Glück war er ihr in dem Punkt einen Schritt voraus. Luder! Laß mich in Ruhe, laß mich nachdenken.

Das Erschießungskommando und der ›verurteilte‹ Mann waren hier in dem alten Haus gewesen und hatten sich kurz vor dem Morgengrauen aufgemacht, durch den Garten auf der Rückseite des Hauses hinüber in das Gemeindewäldchen, hinunter in die Sandgrube. Fertig – zielen – Feuer! Danach zurück zum Haus, um hier ein paar Stunden zu warten. Nicht in Muße, sondern eifrigst mit Reinigen und Polieren beschäftigt. Dann hinaus auf die Straße, im dichter gewordenen Verkehr zur Durchgangsstraße. Warum waren sie hierhergekommen, um eine Exekution – verdammt, einen Mord! – auszuführen? Weil sie auf militärische Weise den geeigneten Platz ausfindig gemacht hatten – oder weil sie sich hier auskannten? Vordringlich, für das Einsatzbuch: ›Details über sämtliche Personen, die bei Grundstücksmaklern Interesse für Green Briars zeigten.‹

Ein aufgeregter Mr. Victor, in der Hand ein mehrere Blätter umfassendes Inventarverzeichnis, kam herunter zu Smith in den Keller. »Es fehlt etwas«, sagte er.

»Ich weiß«, erwiderte Smith. »Ein schwerer Küchenstuhl aus Eichenholz. Viktorianisch, wie ich annehme. Aber nicht allzu wertvoll.«

»Im Inventar wird er mit fünfundvierzig Pfund ausgewiesen.« Mr. Victor machte den Eindruck, als seien fünfundvierzig Pfund nun einmal fünfundvierzig Pfund.

»Sie erhalten den Stuhl zu gegebener Zeit zurück. Er ist allerdings etwas beschädigt, aber jetzt hat er eine Geschichte und dürfte bei einer Auktion den dreifachen Preis erzielen.« Er führte den verwirrten Mr. Victor die Kellertreppe hinauf und kehrte dann zurück zu der Stelle, wo er die schwachen, aber frischen Kratzspuren auf dem Steinboden entdeckt hatte. Hier mußte etwas gestanden haben. Was? Ein altes Sideboard? Eine längliche Packkiste? Irgend etwas. Drei parallele Spuren. Insgesamt an die einsachtzig lang. Und siebzig Zentimeter breit. Ein Bett? Eine Pritsche? Möglich. Wahrscheinlich. Das letzte Ruhelager des zum Tod Bestimmten? Hatte er noch herzhaft gefrühstückt? Wie lange brauchte eigentlich das Labor, bis man seinen Mageninhalt untersucht hatte? Nicht, daß es in diesem Stadium der Untersuchung viel helfen würde. Wie fünf Lee Enfields-Gewehre unter Millionen war auch das nicht mehr als eine Karteikarte für das System. Später konnte es vielleicht nützlich sein. Aber zuerst, wie Tom gesagt hatte, zuerst mußte er die Leute finden, dann würde er auch die Gewehre haben. Und um die Leute finden zu können, mußte er erst einmal die Identität eines Toten feststellen. Eines toten SS-Mannes?

Er verließ den Keller und stellte fest, daß die Elstow mit Mr. Victor über den plötzlich verdreifachten Wert eines beschädigten viktorianischen Küchenstuhls diskutierte. Er beauftragte die Elstow, sich zwei Fährtenhunde kommen zu lassen und den Garten zu durchsuchen, dann fuhr er zurück in sein Büro. Wenn sie schon Gleichberechtigung wollte, dann sollte sie sich auch die Füße naßmachen und ihre Kleidung von Dornensträuchern zerfetzen lassen. Er hatte Wichtigeres zu erledigen. Um elf kamen die Medien zu einer Pressekonferenz. Wie sollte er sich verhalten? Er wollte, daß man das Foto des Toten überall gut plazierte. Es war recht gut herausgekommen. Die Augen funkelten, fast verrückt und sehr lebendig durch den Glyzerinfilm, der sich daraufgelegt hatte; die Lider waren mit durchsichtiger Klebefolie offengehalten, die vollen, etwas mürrischen Lippen mit dem gleichen Hilfsmittel geschlossen worden. Beim Mund hatten sie keinen so durchschlagenden Erfolg gehabt. Der schlaffe Kiefer hing in der schwachen Befestigung der Klebestreifen, als würde der Mann im nächsten Moment einen irren Schrei ausstoßen. Hundertfünfzig Abzüge lagen bereit. Er würde den Medien ein bißchen Dramatik liefern. ›Es ist entscheidend wichtig, daß wir die Identität dieses Mannes feststellen können.‹ Das Bild in die Kameras haltend. ›Glauben Sie, daß Sie ihn erkennen? Wenn ja, melden Sie sich unter dieser Nummer oder bei jeder Polizeistation. Hinweise, die zur Festellung der Identität dieser Person führen, werden auf Wunsch vertraulich behandelt.‹ Dann eine kurze Beschreibung der Leiche. Auf die Gehirnoperation eingehen. Das müßte reichen. Danach würden die peinlichen Fragen kommen. Wie wurde er erschossen? Wie oft? Mit was für Waffen? War es ratsam, die Tatsachen bekanntzugeben? Warum nicht? Die Killer wußten es ohnehin. Und sie wußten auch, daß er es wußte. Würde das aber nicht dazu führen, daß Hunderte von Verrückten ihre Wahnsinnsgeständnisse machten? Eine Möglichkeit. Aber er hatte noch kein falsches Geständnis erlebt, das nicht in kürzester Zeit entlarvt worden wäre. Oder ein echtes, das man hätte erschüttern können. Er entschloß sich, ihnen alles zu servieren, die gesamte Theorie mit dem Erschießungskommando einschließlich Küchenstuhl. Das würde eine Meldung auf den ersten Seiten aller Tageszeitungen sichern. Aber die SS-Tätowierung würde er zurückhalten. Das war ein Trumpf im Ärmel, den er erst ausspielen wollte, wenn der Einsatz hoch genug war.

Warum hatte sich eigentlich noch niemand gemeldet, der sich für den Mord verantwortlich erklärte? Es war immerhin ein prahlerischer Mord gewesen, ein Vergeltungsakt, der seine Würdigung brauchte. Ein Versuch, dem Mord so etwas wie Würde zu verleihen. Von wem begangen? Und – zu wessen Vorteil? Zum Vorteil der Mörder . . . Der Männer, die es als eine Exekution ansahen? Ein Mord, begangen unter leisem Abspielen von ›Pomp and Circumstance‹? Oder unter dem Gebrüll von ›Deutschland über alles‹? Ein egoistischer Racheakt, vollzogen von fünf Männern mit veralteten Gewehren, die die Welt wissen lassen wollten, daß sie Vergeltung geübt hatten für ein übles Verbrechen. Aber ohne dieser Welt die Art dieses Verbrechens und die Person des Verbrechers bekanntzugeben. Im Gegenteil: Sie mußten seine Identität verschleiern, weil diese dazu führen würde, daß man seine Rächer identifizieren konnte . . . Stolze Männer, die nicht bereit waren, im stillen zu morden. Kein Dolch in einer dunklen Seitengasse. Kein anonymer Stich in den Rücken. Sie wollten ihrem Opfer klarmachen, daß es sterben mußte, und warum . . . Aber schlaue, vorsichtige Männer, die nur die äußeren Zeichen ihrer Rache und ihres Stolzes hinterließen, in Form eines unbekannten Toten und fünf alten Gewehrkugeln. Fünf alte Gewehrkugeln – und eine verblaßte Tätowierung. Wußten Sie, daß sie auch die Tätowierung zurückgelassen hatten? Der Geist eines SS-Mannes, der zurückdeutete auf einen schon im Nebel der Geschichte versinkenden Krieg? Einen Krieg, in dem auch die SS so etwas wie Stolz an den Tag gelegt hatte . . .

Worin, bei all den Ungeheuerlichkeiten, die in diesem Krieg begangen worden waren, lag das Verbrechen dieses Toten?

Smith schüttelte die düsteren Gedanken ab und kehrte in die Wirklichkeit zurück. Um Himmels willen, reiß dich zusammen! Nur weil du hier einen Topf voll Unbrauchbarem entdeckt hast, brauchst du ihn nicht mit Phantastereien zu füllen. Vor dreißig Jahren kann dein Opfer, dein eingebildeter Kriegsverbrecher und SS-Mann, auf einem schweren Motorrad durch die Gegend gefahren sein und seine verlorene Jugend einzuholen versucht haben. Einer der ersten Hell's Angels, die sich später das Hakenkreuz und alle anderen Naziembleme auf Arme und Ärsche tätowierten ... Von wegen Stolz. Die Sorte solltest du eigentlich kennen. Blöde, egoistisch und gemeingefährlich. Kein Pomp, kein Circumstance – eher ›Rock Around The Clock.‹

Muß ein Wort mit Simonson sprechen, für den Fall, daß er die Tätowierung begriffen hat. Ein höfliches und respektvolles Wort. Und eines mit dem Coroner. Sehr neugierige Leute, diese Coroner.

Sobald er zurückkam ins Büro, ließ er sich das Einsatzbuch bringen. Marrasey stellte die Aufgabe, mehrere Eintragungen zu machen, zögernd zurück und brachte es ihm an den Schreibtisch. »Bis jetzt enthält es insgesamt achtundsechzig Einsätze. Eine Liste aller registrierten Lee Einfield-Gewehrbesitzer dürfte in etwa einer Stunde eintreffen, und ich habe die umliegenden Landpolizeien um entsprechende Auskünfte gebeten. Außerdem habe ich Nachfragen angeordnet bei Parkplätzen an Eisenbahnstationen, Pubs, der Bibliothek und so weiter, auf die Möglichkeit hin, daß man unbekannte Wagen gesichtet hat, die längere Zeit dort abgestellt waren.«

»Ja, das ist ein guter Gedanke. Könnte ich jetzt eine Tasse Kaffee haben?« Smith schaute von den Seiten des Einsatzbuchs hoch.

»Ja, Sir. Einen Augenblick, Sir.« Marrasey klang wie ein vielbeschäftiger Kellner. »Wir müssen uns sehr dranhalten, um unsere vielfachen Einsätze aufzuzeichnen. Besteht die Möglichkeit, daß wir von anderen Distrikten Unterstützung bekommen?«

»Nein – die haben selbst genug zu tun. Jedenfalls, soweit man ihren höheren Chargen glauben kann. Wenn Sie mir jetzt Kaffee besorgen wollen ...« Er hatte eigentlich nicht vorgehabt, seinen ärgerlichen Befehl zu einem geknurrten Wunsch zu reduzieren, aber die ordentliche Würde, mit der sich dieser Mann umgab, erforderte Respekt.

Man mußte Marrasey respektieren, er hatte es verdient. Ohne viel Aufhebens davon zu machen und ohne zu drängen, nur mit geduldiger Führung und gutem Beispiel hatte er die drei jungen Polizeikadetten und zwei weibliche Beamten dazu gebracht, daß sie Verzeichnisse und Karteikarten ausfüllten, sie einordneten und mit großer Genauigkeit die Querverbindungen herstellten. Das System erhielt eine solide Grundlage aus vielen winzigen Details. Es war noch zu früh, um es zu erproben. Aber in drei oder vier Tagen, wenn etwas Fleisch zu den Knochen gekommen war, würde er nach einer obskuren Aussage über ein auffälliges Fahrzeug, einem Herumlungerer oder einem Schrei fragen und prüfen, ob innerhalb von einer Minute die korrekte Beziehung herzustellen war. Nach drei oder vier Wochen, wenn das System den richtigen Umfang angenommen hatte, mußten noch immer dieselben, raschen Ergebnisse zu erwarten sein. Ja, er würde Marrasey auch weiterhin das System bedienen lassen. Dieser Mann war der richtige. Keiner hätte bessere Arbeit leisten können.

Das Telefon störte ihn; es klingelte wütend. Commander Hessen. »Ah, Owen. Ich höre, Sie haben für elf eine Pressekonferenz einberufen. Warum hat man mich davon nicht informiert?«

»Es scheint mir doch so, als ob Sie informiert wären.«

»Aber nicht durch Sie, Owen.«

»Ich dachte, ich sollte Sie nicht mit solchen unbedeutenden Angelegenheiten stören.«

»Auftritte vor den Medien sind keine unbedeutenden Angelegenheiten, Owen. Die öffentliche Darstellung der Polizeiaufgaben ist von größter Wichtigkeit. Deshalb erteilt man Offizieren von meinem Rang aufwärts Kurse über das Verhalten vor Fernsehkameras. Ich will Sie ja nicht herabsetzen. Owen, aber Sie haben keine derartigen Kurse besucht. Daher werde ich die Leitung dieser Pressekonferenz übernehmen. Klar?«

»Kristallklar.«

»Gut. Ich habe mich bereits mit Mr. Smallbone bei der Pressestelle in Verbindung gesetzt. Erstens wird der Ort der Pressekonferenz in mein Büro verlegt; hier ist es ruhiger und angemessener als in ihrem unordentlichen Zimmerchen. Vergessen Sie eines nicht, Owen: Sie müssen sich die gemäße Umgebung wählen, wann immer das möglich ist. Jetzt haben wir nicht mehr viel Zeit, daher kommen Sie rasch herüber zu mir in die Distriktszentrale und informieren Sie mich über die wichtigsten Punkte. Sie können während des Interviews an meiner Seite sitzen. Ich werde es so arrangieren, daß Sie auch ins Bild kommen. Ach ja, und ziehen Sie sich ein anderes Hemd an. Hellblau ist eine gute Farbe. Gibt es noch etwas, worauf ich mich konzentrieren sollte, während ich auf Sie warte?«

»Ja, Sir. Das zweite Buch Samuel, Kapitel eins, Vers zwanzig.« Smith legte den Hörer auf.

In seinem Büro in der Distriktszentrale überlegte Hessen ein paar Sekunden lang, aber da ihm das nicht weiterhalf, griff er nach der ledergebundenen Bibel in seiner Schreibtischschublade. Blätterte darin und las schließlich:

›Berichtet es nicht in Gath, verkündet es nicht in den Gassen Askalons! daß sich nicht freuen die Töchter der Philister, daß nicht frohlocken die Töchter der Unbeschnittenen.‹

Er schloß das Buch sachte, legte es wieder in die Schublade und dachte bei sich: typisch Kriminalbeamter. Kennt nur die unanständigen Stellen.

Dann kam ihm ein anderer Gedanke. Er holte die Bibel wieder heraus, ordnete sie zwischen den wenigen dicken Gesetzesbüchern ein, die auf seinem Schreibtisch standen, und drehte sie so, daß die goldenen Lettern am Rücken des Einbands direkt auf die zu erwartenden Kameras gerichtet waren. Dann ging er vom Schreibtisch weg und schaute aus einem Abstand von drei Metern durch ein Rechteck, das er aus Daumen und Zeigefinger gebildet hatte. Die Bibel war sehr gut und deutlich zu erkennen.

Als Smith an diesem Abend die Nachrichten im Fernsehen sah, wähend er ein Schinkenbrot aß, mußte er zugeben, daß Hessen die Sache sehr gut in den Griff bekommen hatte. Das offene Gesicht, das entschiedene, aber freundliche Lächeln strömte Entschlossenheit und Vertrauenswürdigkeit aus. Das feste Nicken des Verstehens, schon während eine der Fragen formuliert wurde, zeigte Aufmerksamkeit und Intelligenz. Die Worte, die er äußerte, klangen ehrlich und gut artikuliert. Aber er beantwortete nur die freundlichen und nicht prekären Fragen – die unangenehmen und peinlichen landeten bei Smith.

»Wie viele Täter sind in die Sache verwickelt?«

»Mr. Smith – was meinen Sie dazu?«

»Mindestens fünf.« Er selbst – zurückhaltend und verschlossen.

»Wie gelang es den Mördern, dem Kordon der Polizei zu entkommen, der um das Gemeindewäldchen gebildet worden war, nachdem man die Schüsse vernommen hatte?«

»Was ist Ihre Ansicht zu diesem Fragenkomplex, Mr. Smith?«

Er, zögernd, weil es eine Frage war, die an ›Wann haben Sie Ihre Frau zuletzt geschlagen?‹ erinnerte. Scheinbar ausweichend, weil er nicht wußte, was er dazu sagen sollte. Weil es keinen solchen Kordon gegeben hatte. Nur die allmähliche Anhäufung von Beamten, wie bei jedem derartigen Fall. Schließlich: »Es sieht so aus, als hätten sie sich danach in einem unbewohnten Haus am Rand des Gemeindewäldchens versteckt.«

Keiner der Journalisten stellte die tödliche Frage, aber natürlich würde sie in allen Berichten auftauchen. ›Man fragt sich, warum die Polizei nicht schon gleich diese Möglichkeit in Betracht gezogen hat.‹

Aber das Foto des Opfers wurde deutlich genug gebracht, und man sprach auch von seiner Schädelfraktur in früheren Lebensjahren und von der bösartigen Malaria. Der letzte Aspekt führte zu abenteuerlichen Vermutungen und Fragen nach einem Rachemord, der seinen Ursprung in Zimbabwe, Uganda, Zaire oder Angola haben könnte, oder einfach in der Dritten Welt. Reporter sprachen von Terroristen, die vielleicht ihre Rechnung mit einem weißen Ausbeuter ihrer Reichtümer oder ihrer Freiheit beglichen hätten, tief im Dschungel eines Gemeindewäldchens in einem Vorort von London. Damit war das Thema des Rassismus angeschlagen, und Commander Hessen war in diesem Punkt mehr als erfahren. »Meine Herren, es bestehen gewisse Möglichkeiten, aber auf einem so prekären Gebiet werden und wollen wir mit aller gebotenen Toleranz vorgehen. Und ich muß an dieser Stelle betonen, daß bisher kein Beweis in diese Richtung deutet. Solange es keine Beweise dafür gibt, würden wir keinesfalls dieses Verbrechen irgendeiner rassischen oder nationalen Minderheit anhängen wollen. Das würde uns außerdem nicht im mindesten weiterhelfen.«

Smith puhlte sich eine Schinkenfaser aus einer Zahnlücke und sagte zu Hessens langsam auf dem Bildschirm verschwindenden Konterfei: »Ja, wirklich, mein Lieber. Das hast du gut gesagt.«

O'Brien war hereingekommen und stand hinter ihm.

»Ich habe, glaube ich, schon einmal gesagt, was ich von Leuten halte, die hereinkommen, ohne anzuklopfen.« Zugleich schaltete er den Fernseher ab.

»Ich habe angeklopft. Aber vermutlich ist das in der Stimme Ihres Herrn untergegangen«, protestierte O'Brien entschieden. Dann fuhr er, gedemütigt durch einen wütenden Blick von Smith, fort: »Wir haben ein Mitglied der Aristokratie an der Strippe. Eine Lady Constance Lowderton.«

»Und was will sie?«

»Den Leiter der Untersuchung. Ich lasse sie durchstellen.«

Smith rechnete mit einer herrischen, herablassenden Stimme; statt dessen mußte er feststellen, daß der Ton der Lady freundlich, fast leutselig war, zugleich aber mit einem schwach wahrnehmbaren, doch geschliffenen Unterton von rostfreiem Stahl.

»Sind Sie der Herr von der Polizei, der eben auf dem Bildschirm zu sehen war, beim Bericht über den Leichnam eines unidentifizierten Mannes?«

»Ja, Ma'am. Mein Name ist Smith.«

»Sie sind nicht der mit der Uniform?« Zweifel und Enttäuschung mischten sich in die Frage.

»Nein, ich bin der in Zivil.«

»Oh.« Die Enttäuschung war jetzt deutlicher. »Ich wollte mit dem verantwortlichen Leiter der Untersuchung sprechen. Mit dem Gentleman in Uniform.«

Er erklärte ihr, daß der Gentleman in Uniform zwar für eine ganze Menge verantwortlich sei, aber daß er, Smith, die Leitung der Untersuchung im Fall des unidentifizierten Toten übertragen bekommen habe.

»Ich verstehe . . . Also gut.« Zögernd akzeptierte sie seinen Rang. »Dann wäre ich Ihnen dankbar, wenn Sie mich morgen zu einem Gespräch über diese Angelegenheit besuchen würden. Sagen wir, um elf?« Sie nannte ihm eine Adresse, ein Haus mit dem Namen ›Beaucourt‹ in der Nähe von Cinder Hill in Sussex.

»Lady Lowderton, können Sie die auf dem Foto im Fernsehen gezeigte Person identifizieren?« Smith kam gleich zur Sache. Zögern am anderen Ende der Leitung . . . Überlegungen? Oder wieder mal eine Verrückte?

Aber als ihre Stimme dann wieder zu vernehmen war, dominierte der rostfreie Stahl. »Mr. Smith, ich will nur soviel sagen: Der Anblick des Fotos im Fernsehen erinnerte mich an jemanden, den ich kannte, eine Erinnerung, die so deutlich war, daß ich einem Impuls folgte und die im Fernsehen angegebene Telefonnummer wählte. Ich handle normalerweise nicht impulsiv, und ich bedaure auch jetzt bereits, daß ich meinen Schritt nicht wie üblich reiflich überlegt habe. Aber natürlich will ich mich nicht vor der Verantwortung drücken, und Sie können mich zum vereinbarten Zeitpunkt besuchen oder nicht, ganz wie Sie es für richtig halten. Guten Abend.«

Smith merkte erst nach einer Weile, daß er »Hallo . . . Hallo . . . Lady Lowderton . . .« in einen Telefonhörer brüllte, der ein regelmäßiges Tuten von sich gab. Dann wählte er die Nummer der Zentrale und erhielt nach einigem Hin und Her die Telefonnummer von Lady Constance Lowderton, die nicht im Telefonbuch verzeichnet war. Die ersten drei Zahlen waren durchgerattert, als er wieder ihre Worte im Ohr hatte: ›Ich handle normalerweise nicht impulsiv.‹ Wie er, in diesem Augenblick. Lady Lowderton war zweifellos keine Irre, und ihr Titel hatte mindestens zwanzig Karat – das stand für ihn außer Zweifel. In Gedanken sah er sie vor sich, wie er sie sich vorstellte, und auf ihren Lippen formten sich Worte. ›Ich diskutiere keine persönlichen Dinge am Telefon. Bitte belästigen Sie mich nicht mehr mit diesem Unsinn.‹ Nein, das ließ er besser sein. Wenn ihm diese Gans goldene Eier legen würde, dann waren sie morgen früh frischer als jetzt. Er neigte den Kopf in Richtung auf das Telefon und sagte: »Wie Sie meinen, M'lady.« Anschließend ging er hinaus ins Vorzimmer und bat Detecitve Sergeant Elstow zu sich.

Kapitel
7

›Bim-Bam‹-Bailey schoß zwei schnelle Linke in das Phantomgesicht seines Managers, aber noch immer troff schierer Zorn von Alfies Lippen. »Du beschissener Vollidiot! Du hast wohl Rührei im Hirn!« Bailey versuchte es mit einem rechten Haken; die Schmähung wurde fortgesetzt. »Den Trainingsweg ändern? Unten, am Fluß entlang? Warum bist du nicht gleich in den Fluß gesprungen? Glaubst du denn, das fällt nicht auf?«

Er hatte Alfie Joss in den Seilen und bearbeitete ihn mit kurzen Hieben in den Magen. Dennoch schlugen ihm seine Worte gegen den Schädel: »Überlaß das Denken denen, die dafür ausgerüstet sind. Du läufst wieder auf dem Weg wie immer. Du meinst, die Bullen? Schön, meinetwegen – ja, vielleicht hast du Schüsse gehört, ein Krachen. Du hast gedacht, es waren Fehlzündungen. Aber sonst nichts. Du hast niemanden gesehen. Und nichts. Stumm wie ein Fisch, ist die Losung. Total stumm.«

Er schlug sich Alfie mit einer so heftigen Rechten aus dem Kopf, daß sich sein Körper um die eigene Achse drehte wie bei einem Diskuswerfer; als er sich wieder umdrehte, um das Gleichgewicht zu finden, sah er die Scheinwerfer eines Wagens, die sich von hinten näherten. »Nee, hab' ich nicht«, rief er dem Gesicht von Alfie Joss zu, das plötzlich wieder vor ihm auftauchte. »Ich hab' nix gesehen. Ich seh' auch jetzt nix. Keinen Wagen, überhaupt nix. Ich seh' auch keine volle Kampfbörse, du gemeines Dreckschwein.« Er joggte weiter, winkte dem sich rasch nähernden Wagen zu. Wenn es die Bullen waren, würde er sich lässig geben und sie vorbeiwinken. Wenn sie hielten, würde er den Überraschten spielen. »Wer – ich?«

Die Stoßstange traf ihn genau in die Kniekehle, und der verchromte Kühlergrill prallte gegen seine Hüfte und wirbelte ihn in die Luft. Einen Augenblick lang hatte er die Vision von Zweigen und Blättern vor dem allmählich heller werdenden Himmel, schaute in die weit offenen Augen einer Eule . . . Alles, bevor er auf das Wagendach krachte, bevor sein Rückgrat brach. Bevor er über das Heck des Wagens rutschte, und bevor sein Schädel beim Aufprall auf die Straße platzte.

Das Haus, ein einfacher, viereckiger Kasten aus der Zeit Georges VI., lag mitten in einer prachtvoll gepflegten Rasenfläche, und nur die Säulen vor dem Eingang mit dem Ziergiebel darüber verliehen dem Ganzen einen Hauch von Eleganz. Obwohl nicht gerade klein, war es gewiß auch kein ›großes‹ Haus, und seine Proportionen mit ihrer rechteckigen Einfachheit ließen es, wenigstens auf den ersten Blick, als unaufdringlich und bescheiden erscheinen. In der Mitte eines hochpolierten Messingschilds an der Tür war ein runder Glockenzug aus Elfenbein. Smith deutete Sergeant Elstow an, daß sie die Ehre habe. Ein langer, doppelter Gongschlag war das Resultat, gefolgt von sich nähernden, keineswegs eiligen Schritten.

Ein Rechtsanwalt öffnete die Tür, und obwohl es Jahre her war, daß Smith einen solchen Anwalt gesehen hatte, wußte er sofort, womit er es zu tun hatte. Ein Anwalt, der eine graue Hose mit dezenten, bronzefarbenen Streifen trug, ein einreihiges Jackett über einer zweireihigen Weste, die vor dem schwellenden Bauch von einer goldenen Uhrkette geziert wurde. Eine bunte, fast künstlerische Fliege vervollständigte das Ensemble, als ob ihr Träger andeuten wollte, daß er vielleicht ein bißchen eigenbrötlerisch, aber bestimmt nicht schrullig war.

Er erwiderte Smith, der sich ihm vorgestellt hatte, mit einem diskreten Schwabbeln seiner Kinnfalten und sagte dann: »Guten Tag.

Ich bin Sam Jones, Lady Lowdertons Anwalt.« Smith war leicht enttäuscht. Eine so archaische Gestalt erforderte einen Dickensischen Namen. Etwas weniger Plebejsches als Sam Jones. Aber die Stimme entsprach wiederum dem Bild: volltönend von Madeira und Kirschkuchen. Seine Anwesenheit war das sichere Anzeichen dafür, daß Lady Lowderton über die Angelegenheit reiflich nachgedacht hatte.

»Lady Lowderton befindet sich im Gewächshaus auf der Rückseite, Chief Super – bitte hier entlang.« Ein keineswegs dezenter Hinweis von Sam Jones darauf, daß er trotz seines Aussehens nicht nur ein würdiger Familienanwalt derer zu Lowderton war, der sich vorwiegend um Geldanlagen, Testamente und notarielle Angelegenheiten kümmerte, sondern ein Mann mit Erfahrung, was Polizisten, Schurken und den Magistrat betraf. Smith fragte sich, ob sich Sam Jones je nach Mandant und Angelegenheit kostümierte.

Das fragende Stirnrunzeln, als Lady Lowderton das Geschlecht von Smiths Begleiterin wahrnahm, veränderte sich und machte einem durchaus wohlmeinenden Ausdruck Platz, während sie deren strenggeschnittenes, dunkelgrünes Kleid und die unauffällige rosafarbene Bluse betrachtete.

»Aber bitte, setzen Sie sich doch beide.« Eine elegante Hand deutete auf zwei wildverschlungene Gußeisenstühle, deren einziges Zugeständnis an die Bequemlichkeit in einer Schicht weißer Lackfarbe bestand. Lady Lowderton besetzte eine Couch von ähnlicher Konstruktion, die jedoch recht üppig mit Kissen ausgestattet war. Sie glättete die Rüschen und Krausen ihres langen, weißen, hochgeschlossenen Kleides und nahm dann zwischen Ziergräsern und Topfpalmen Platz, wie sich ein Storch auf sein Nest niederläßt.

»Es war sehr freundlich von Ihnen, sich hierher zu bemühen.« Blaue Augen, vom Alter ein wenig verwässert, aber noch immer klar und scharf, richteten sich auf Smith. Er versuchte, ihr Alter zu schätzen. Alt – was man heutzutage als ›älter‹ bezeichnete –, aber rüstig. Sehr rüstig. In letzter Zeit schien er es häufig mit Leuten dieser Generation zu tun zu haben: alt, rüstig und noch immer gefährlich . . .

»Lady Lowderton . . .«, begann er und wurde sofort unterbrochen von einer Kopfbewegung der Lady, einem eleganten Finger, der sich nur andeutungsweise hob.

»Mr. Jones, wenn Sie so gütig wären.« Jones griff mit beiden Händen nach den Revers seines Jacketts und richtete sich an die Anwesenden. »Lady Lowderton, Mr. Smith . . .« Die Kinnfalten schwabbelten in Richtung auf seine Mandantin. »Lady Lowderton hat mich dahingehend informiert, daß sie mir mitteilte, was uns heute vormittag hier zusammengebracht hat. Sie bat mich, in dieser Angelegenheit ihre Interessen zu vertreten, und hat mir auch mitgeteilt, weshalb sie Sie angerufen hat. Nun, Sir –« Der Kopf wurde ein Stück hochgehoben; die Haut an seinem Hals zeigte reptilienähnliche Falten. »Ihr Polizeisprecher erklärte gestern abend, daß alle sachdienlichen Informationen auf Wunsch vertraulich behandelt würden.« Die rechte Hand schoß vom Revers nach vorn und endete jetzt in einem ausgestreckten Zeigefinger: die Kernfrage, die auf diese Weise abgefeuert wurde. »Das ist doch eine absolut bindende Garantie – oder?«

Smith übersah Gesicht und Finger. Er schaute Lady Lowderton an. »Nur in den Schranken, die das Gesetz zugesteht.«

»Und wie weit sind diese Schranken, Mr. Smith?« Sie zeigte gelassenes Interesse. Smith bewegte sich unbehaglich auf dem harten Stuhl und fragte sich, ob Sam Jones dieses Sitzarrangement empfohlen hatte.

»Es kommt ganz darauf an, was Sie mir zu berichten haben. Es kommt, anders gesagt, darauf an, ob das, was Sie sagen, für eine polizeiliche Ermittlung wichtig und bedeutend ist. Und – es kommt auf die Anwälte an.« Jetzt gönnte er Sam Jones einen eisigen Blick. »Wenn das, was Sie mir zu berichten haben, ein Zeugnis darstellt, daß aus keiner anderen Quelle erlangt werden kann, dann könnte möglicherweise – ja, sogar wahrscheinlich – eine solche Aussage von der Strafverfolgungsbehörde erzwungen werden, vorausgesetzt, daß Sie nicht bereit wären, sie freiwillig zu erstatten. Wenn beispielsweise das, was Sie uns zu sagen haben, eine angeklagte Person entlasten könnte, würden wir mit Recht heftig kritisiert, falls wir das den Verteidigern vorenthalten würden. Aber selbst wenn es nicht zu einer Anklage kommt, wäre ich nicht befugt, die Quelle der Identifikation dem Coroner vorzuenthalten. Ich nehme ja an, daß es in erster Linie darauf ankommt – auf eine Identifikation.«

Lady Lowderton erhob sich mühsam, unter Zuhilfenahme eines Spazierstocks mit goldenem Knauf. Smith dachte nicht daran, ihr behilflich zu sein. Die Elstow dagegen war bereits auf halbem Weg, wurde aber durch eine unwillige Bewegung des Spazierstocks weggescheucht. Mit gebeugtem Rücken schaute Lady Lowderton jetzt zu Smith hinüber. »Nun, wenigstens sind Sie offen und aufrichtig, junger Mann.« Dann wandte sie sich an ihren Anwalt. »Sie hatten recht, Sam. Aber in einem anderen Punkt haben Sie unrecht. Sie sagten, die Polizei würde notfalls lügen, um ihre gegebenen Garantien aufrechtzuerhalten.« Der Gummistopsel am unteren Ende des Stocks war jetzt dicht vor Smiths Nase. »Er hat mir dieselben Gründe wie Sie angegeben, warum diese Garantien nicht aufrechterhalten werden könnten.«

»Hoffentlich glauben Sie nicht, ich wäre so töricht, diese Tatsache zu übersehen, Lady Lowderton.«

Sie schwang sich mit überraschender Behendigkeit zu Smith herum.

»Aha! Wäre also mein Anwalt nicht anwesend, dann hätten Sie versucht, diese falsche Zusage aufrecht zu erhalten?« Verschwunden war jede Spur von Sanftheit und Hinfälligkeit; jetzt klang ihre Stimme rauh und fordernd. Sie kehrte zu ihrer Couch zurück und wartete auf Antwort, die Hände auf dem Knauf ihres Stocks übereinandergelegt.

»Nein. Ich hätte Ihnen nichts anderes gesagt als jetzt. Ich werde mein Bestes tun, um das, was Sie zu sagen haben, vertraulich zu behandeln – innerhalb der genannten Grenzen. Es wäre allerdings durchaus denkbar, daß diese Notwendigkeit gar nicht entsteht. Ich möchte sogar annehmen, daß das wahrscheinlich ist.«

Sie bewegte sich vor und zurück in mürrischer Verärgerung. »Nun, immerhin sind Sie ein aufrichtiger Mensch, Mr. Smith. Aber unter diesen Umständen halte ich es für besser, mein Skelett im Schrank zu lassen.« Sam Jones hüstelte laut bei dem Versuch, ihre Indiskretion zu übertönen. Lady Lowderton erkannte die Warnung und zog den Stock näher an ihren Busen heran.

»Also dann, guten Tag, Mr. Smith. Tut mir leid, daß Sie die Fahrt umsonst gemacht haben. Was ich zu sagen hatte, waren ohnehin nur die etwas ausschweifenden Gedanken einer alten Frau. Nicht relevant, wie Sie es in Ihrer Sprache ausdrücken würden.«

»Ich würde es dennoch gern hören, Lady Lowderton.« Smith versuchte es mit schwerem Geschütz. »Ich brauche Sie wohl nicht daran zu erinnern, daß es Ihre Pflicht als Bürgerin dieses Landes ist, mich in jeder nur erdenklichen Weise zu unterstützen und –«

Sie war mit einer Bewegung auf den Beinen, stocksteif in ihrem Zorn. Jetzt klatschten die Schmähungen wie geschmolzenes Blei um sein Haupt. »Sie unterstützen – wobei? Daß Sie Bestechungen annehmen? Daß es Ihnen nicht gelingt, die Alten und die Schwachen zu beschützen? Daß Sie nicht verhindern, wie tagtäglich kaltblütig

Menschen ermordet werden?« Aus dem Storch war ein Geier geworden. »Die Öffentlichkeit zu schützen, das wollten Sie doch sagen. Dabei soll ich Sie unterstützen, ja: Ein Haufen von Tunichtguten und Tagedieben, die wie Schafe in Fabriken getrieben werden – getrieben von Menschen, die die Moralbegriffe und die Methoden von Gangstern anwenden. Und da besitzen Sie die Unverfrorenheit, mein Haus zu betreten und mir vorzuhalten, ich würde meinen Pflichten gegenüber der Öffentlichkeit nicht nachkommen. Wie können Sie es wagen!«

Smith blickte zu ihr hoch und sagte kühl: »Wenigstens habe ich auf diese Weise ihren Ischias kuriert – oder war es ein Hexenschuß?« Dann fuhr er in härterem Ton fort. »Und jetzt hören Sie mir gütigerweise einen Augenblick zu, Lady Lowderton.« Er war aufgestanden und schob den dazwischendrängenden Anwalt mit einer Bewegung seines Arms beiseite. »Und Sie hören mir dabei ebenfalls zu, Mr. Jones, und zwar sehr aufmerksam.« Seine Worte trieben Lady Lowderton zurück in ihr Nest. Jones wich ebenfalls ein paar Schritte zurück und wischte sich die fetten Finger an seiner Weste, als versuche er, auf diese Weise einen gefährlichen Virus loszuwerden.

Smith wandte sich ihrer Ladyschaft zu und senkte die Stimme. »Es bedeutet mir relativ wenig, ob Sie jetzt noch etwas dazu sagen oder nicht. In dem Augenblick, als Sie gestern bei mir anriefen und mir Ihren Namen nannten, haben Sie mir bereits genug verraten. Auch wenn ich heute morgen nicht hierher gekommen wäre – ich brauchte nur herauszufinden, wer Ihre Hausangestellten sind und waren, Ihr Schlachter, Ihr Bäcker und Ihr Drogist. Ich werde mit ihnen allen sprechen und sie dazu zwingen, in ihrer Erinnerung nachzuforschen. Ich finde heraus – darauf gebe ich Ihnen nun wirklich eine bindende Garantie –, wer Ihre Freunde und Angehörigen sind und waren. Ich grabe sie alle aus, Lady Lowderton, und lasse den Dreck da fallen, wo er mir im Wege ist. Soll ich fortfahren?«

Sie hatte genau zugehört und es in Ruhe aufgenommen. Jetzt wandte sie sich an Jones und fragte: »Soll ich, Sam?«

Der Anwalt hielt sich wieder an seinem Revers fest, und sein Gesicht war inzwischen so bunt wie seine Krawatte. Mit einer Stimme, die von geschmähtem Recht und der Anklage schwärzester Missetaten triefte, sagte er: »Wir werden eine Beschwerde aufsetzen, ein gerichtliches Unterlassungsgebot erzwingen.« Die Finger streichelten jetzt die Front seiner Weste. »Eine Anklage wegen Nötigung.« Sein

Blick verurteilte Smith zu sechs Monaten Haft.

»Ach, halten Sie den Mund, Sam. Dieser verdammte Mann hat mich doch in seiner Hand!« Der Gummistopsel stieß mehrmals gegen den Boden, während sie ihrem Ärger Luft machte. Dann, als sie Smiths unverbindlichen Ausdruck studierte, wurde daraus ein rhythmisches Pochen.

Allmählich glätteten sich ihre faltigen Züge. Eine ruhige Gelassenheit schien die ausgetrocknete Haut von innen zu straffen. »Gestern abend sagte ich Ihnen, ich hätte impulsiv gehandelt. Ich habe auch emotionell gehandelt.« Ihre Stimme war weich und tonlos. Jetzt wandte sie sich an den Anwalt. »Zeigen Sie ihm die Fotografien, Sam.«

Gehorsam ging der Anwalt zu einer schwarzen, japanischen Lackkommode, öffnete sie und reichte Smith ein aufgeschlagenes Fotoalbum. Auf der einen Seite war das Ganzporträt eines Mannes in mittleren Jahren zu sehen, der einen Morgenmantel trug. Das Gesicht zeigte eine schwache Ähnlichkeit, aber nicht mehr, mit dem Gesicht des unidentifizierten Toten. Auf der anderen Seite prangte ein Schulterporträt im Halbprofil, das einen jungen Mann mit einer Offiziersmütze zeigte; die drei Streifen des Captains waren deutlich an der Schulter sichtbar. Der Fotograf hatte das Porträt sorgfältig retuschiert und praktisch nur die Umrisse eines jugendlich-glatten Gesichts übriggelassen. Aber er konnte nichts gegen die Augen tun, die kurzsichtig in die Ferne starrten, als habe der Dargestellte eine Vision. Zweifellos trug er normalerweise eine Brille, die man nur entfernt hatte, um den militärischen Eindruck des Fotos zu verstärken. Smith konzentrierte sich auf das eine, sichtbare Ohr, das stark entwickelte Ohrläppchen, und spürte mit wachsender Gewißheit, daß dies das Gesicht ›seines‹ Toten war – zu einer Zeit, als dieser in der Blüte seiner Jahre stand. Ja, er war sicher, daß dies der Mann war: der Tote und der letzte Sproß seiner Linie – ihrer Linie.

Elstows frühere Ermittlungen in der Bibliothek von Cobb Common hatten ergeben, daß Lady Lowderton unter ›Adelige Witwen‹ aufgeführt wurde, mit der Erläuterung: ›Tochter von Augustus Pyrnford (gest. 1938). Bruder Antony (gest. 1940). Verheiratet 1939 mit Sir Rufus Lowderton (gest. 1963). Keine Nachkommen . . .‹ Er fragte sich, warum sie schließlich doch nachgegeben haben mochte. Es hätte niemanden gegeben, den es zu schützen galt. Stolz? Hoffnung? Die Möglichkeit, daß doch noch ein Nachkomme lebte?

Er wandte den Blick von dem Foto auf die Lady. Sie beantwortete seine unausgesprochene Frage. »Links mein Vater Augustus Pyrnford. Rechts mein Bruder – mein jüngerer Bruder, Captain Antony Pyrnford. Er wurde als vermißt gemeldet, vermutlich gefallen; in Frankreich, neunzehnhundertvierzig.«

»Hat sich Ihr Bruder einer Schädeloperation unterzogen, bevor er vermißt wurde?«

»Zwei Jahre davor.«

»Der Chirurg – erinnern Sie sich an den Namen des Chirurgen, der diese Operation ausgeführt hat?«

Sie ließ ihn auf die Antwort warten, aber nur, um ihr Mißvergnügen zu verbergen. »Natürlich. Sir Henry Dobson-Pringle«, sagte sie dann müde.

Er gestattete sich nicht, die Erleichterung auf der Maske seiner steifen Ernsthaftigkeit sichtbar werden zu lassen.

»Lady Lowderton, ich kann Ihnen mit an Sicherheit grenzender Wahrscheinlichkeit sagen, daß sich der Leichnam Ihres Bruders momentan in der Leichenhalle von Cobb Common befindet.«

Sie machte nicht den Versuch, ihre Bewegung zu verbergen. »Ach, Hölle und Verdammnis!« rief sie wütend. »Ich wußte, daß er es war; ich wußte es, sobald ich diese wahnsinnigen Augen sah.« Sie beugte sich nach vorn und machte zuckende Bewegungen mit ihrem Kopf, als suchte sie nach einer Möglichkeit, zu entkommen. Der Gummistopsel schlug rhythmisch und dumpf auf den Steinboden. Smith merkte jetzt, daß es keineswegs schwesterliche Liebe gewesen war, die ihre Anteilnahme hervorgerufen hatte. Es war eine weit stärkere emotionelle Kraft als die Stimme des Blutes: die Neugier. Eine zwanghafte Neugier, die sie bereits jetzt bitter bedauerte.

Sam Jones kam herüber. »Darf ich Ihnen mein aufrichtiges Beileid aussprechen, Lady Lowderton?« Dann versuchte er, ihr seine linke Hand freundschaftlich-beruhigend auf die Schulter zu legen. Sie zuckte angewidert zurück und wandte sich an Sergeant Elstow. »Nun, junge Lady, Sie haben Ihre Zunge im Zaum gehalten, seit Sie hier sind. Was würden Sie in meiner mißlichen Lage unternehmen – ein Rat, sozusagen von Frau zu Frau?«

»Ich weiß ja nicht, worin Ihre mißliche Lage besteht, Lady Lowderton?« erwiderte die Elstow.

Wieder das dumpfe, erbitterte Pochen auf dem Boden. »Ich auch nicht, verdammt noch mal. Aber ich befürchte das Schlimmste. Der törichte Junge. Ich befürchte das Schlimmste!« Dann, mit falschem, freundlichen Lächeln, fügte sie hinzu: »Ein glorreicher Narr.« Jetzt lehnte sie sich zurück in ihr kissenbestücktes Nest, ein träumerisches, altersabwesendes Lächeln auf den Lippen. Smith ließ ihr ein paar Augenblicke Zeit, dann deutete er der Elstow mit Blicken an, daß sie weitermachen sollte. Auch sie wartete noch einen Moment, ehe sie begann: »Ihre schlimmsten Befürchtungen, worin diese auch immer bestehen mögen, Lady Lowderton, könnten wahr werden, und, ja, auch in die Öffentlichkeit dringen. Aber wenn Sie uns alles berichten, was Sie aus der Vergangenheit Ihres Bruders wissen, können wir wahrscheinlich die Information der Medien auf das beschränken, was zu unserer Ermittlung unbedingt nötig ist.«

Fasziniert beobachtete Smith die alte Frau, die nach kurzen Ausbrüchen von Energie jetzt ganz zurückgesunken war, als wolle sie aus einer inneren Quelle neue Kräfte sammeln. Sie hatte der Elstow sehr wohl zugehört, hatte den Kopf ein wenig geneigt und mit den Fingern über das Blatt eines Mädchenhaar-Farns gestrichen, der hinter ihr in einem Topf wucherte. Geistesabwesend, halb seufzend, halb singend, begann sie jetzt eine seltsame, aber völlig ruhige Litanei. »Möglich. Wahrscheinlich. Innerhalb der Grenzen und unter Umständen, über die wir keine Kontrolle haben, versprechen und garantieren wir absolut . . . Rein und raus. Rauf und runter. Und immer rund um den Brombeerbusch.«

Der Griff ihres Spazierstocks rotierte unter der juwelenbesetzten Hand. Ein Sturm, der sich da vorbereitete, dachte Smith. Und er hatte recht damit. Der Sturm brach los, nicht wild, sondern mit gezügelter Heftigkeit, und diesmal blies er Sergeant Elstow ins Gesicht. »Die Vergangenheit meines Bruders? Das ist wohl alles, was tote Menschen haben, oder? Eine Vergangenheit, keine Zukunft. Antony hatte bereits keine Zukunft mehr, als ihm dieser subalterne, jüdische Idiot den Schädel einschlug . . . Nachdem – nachdem sein Vater vernichtet worden war von . . .« Smith sah, wie die Elstow zusammenzuckte angesichts der vipernhaften Lippen, die sich zurückzogen, um ihr ins Gesicht zu spucken: »Von den Juden!«

Die alte Frau zog sich daraufhin in ihr Nest zurück, ordnete die Federn über ihren Körper und murmelte mehr zu sich selbst als zu den Anwesenden: »Armer Antony. Wie sie kicherten. Vater kaputt, Schädel kaputt. Oh, was waren das für Schweine. Ein ungedeckter Scheck, und er wurde aus dem Regiment geworfen. Das hat Papa umgebracht.« Dann, auf einmal wieder wild: »Die Juden haben Papa getötet, haben ihm erst sein Geschäft genommen und danach sein Leben. Keine Zukunft für den armen Antony . . .«

Sam Jones trat vor. »Lady Lowderton . . .« Sie blickte zu ihm auf, mürrisch und argwöhnisch. »Was wollen Sie, Sam?«

»Ich finde, wir sollten es genug sein lassen.«

Der Spazierstock zeigte auf Smith und die Elstow. »Und was machen wir mit Ihnen?«

Der Familienanwalt ließ das Problem auf sich lasten – so sehr, daß seine beiden Schultern nach unten sackten. Smith erleichterte ihm die Bürde. »Mr. Jones ist nicht in der Lage etwas zu unternehmen, Lady Lowderton, ebensowenig wie Sie. Es sei denn, Sie berichten uns über Ihren Bruder, was Sie wissen.«

Sam Jones trat jetzt vor seine Klientin wie Gladstone vor die Königin Victoria. »Die Lage ist folgende, Ma'am: Da wir diese beiden Personen erst einmal herbeigerufen haben, können wir ihnen nun nicht die Tür vor der Nase zuschlagen. Denn damit würden wir, wie der Beamte hier andeutete, seine Behörde dazu ermuntern, in den Grundfesten Ihrer Familie herumzuschnüffeln. Lady Lowderton, dadurch, daß Sie versuchten, herauszubekommen, ob nach all diesen Jahren der Sorge Ihr Bruder doch noch lebte – das heißt, bis vor wenigen Tagen –, haben Sie zugleich, wie ich fürchte, die Schleusen geöffnet.« Jones wußte wie jeder gute Anwalt, daß er sich in das Unvermeidliche fügen mußte. Über den Kopf seiner Mandantin hinweg schenkte er Smith das wissende Lächeln eines Mitverschwörers, der sich zu einem Kompromiß bereiterklärt. Smith hob leicht den Kopf, und Jones begann mit seiner Ansprache.

»Mein Rat, Madam, lautet: Seien Sie offen und ehrlich. Ich bin sicher, wir können uns auf unsere Freunde hier von der Polizei verlassen, daß sie Ihren Kummer und das Leid all der Jahre in Rechnung stellen, und wir sollten hoffen, daß sie verständnisvoll und mit der gebotenen Rücksicht vorgehen. Es bleibt uns nichts weiter übrig, als daß wir uns in ihre erfahrenen Hände begeben und auf ihre Ehrenhaftigkeit und Diskretion vertrauen. Im Bewußtsein dessen, daß nichts den Ruf eines so mutigen Offiziers und Gentlemans, wie Ihr Bruder es war, beflecken könnte. Den Ruf eines Mannes, der im Dienst seines Vaterlands so schwer verwundet wurde, daß er sein Erinnerungsvermögen verlor. Eines Mannes, der allein durch diese Welt irrte, ohne sich an diejenigen zu erinnern, die ihn liebten und ihn seit vielen Jahren für tot hielten.« Sam Jones verneigte sich zur Geschworenenbank, auf der Smith und die Elstow saßen und mit schmerzendem Hinterteil das Urteil erwogen. Jones beugte sich nach vorn, dann lächelte er seine Mandantin gütig an und flüsterte:

»Sagen Sie uns alles, was Sie über ihren edlen Bruder berichten können, Lady Lowderton.«

Als Smith mit der Elstow in sein Büro zurückkam, war das erste, was ihm auffiel, die völlig veränderte Haltung von Mr. Marrasey. Seine bis dahin gelassenen, ausdruckslosen Züge zeigten jetzt die kantige Schärfe eines nur schwer zu beherrschenden Zorns. Die bis dahin ordentlich zugeknöpfte Weste war offen, und eine graue Locke auf seinem ansonsten makellos frisierten Kopf hatte sich selbständig gemacht. Nach seinen Begriffen von Ordnung war er völlig durcheinander. Der altmodische Füllfederhalter zeigte bewegungslos auf eine leere Karteikarte, die mit einem Tröpfchen Tinte befleckt war. Mr. Marraseys Gedanken waren nicht bei seiner Arbeit. Smith ging hinüber in sein Büro, ohne daß Marrasey etwas davon bemerkte.

Beim Eintreten von Smith erhob sich O'Brien aus dem Sessel hinter dem Schreibtisch. »Wir haben da ein ziemliches Problem, Chef.«

»Was denn für ein Problem?« Smith blätterte im internen Telefonbuch und suchte die Nummer der Zweigstelle von Tom Palmer im Labor.

»Heute morgen hatten wir einen Unfall mit Fahrerflucht in der Nähe des Gemeindewäldchens. Einen tödlichen Unfall.«

»Na und? Das ist schließlich Sache der Uniformierten.«

»Das Opfer stand im Einsatzbuch. Ein Boxer. ›Bim-Bam‹-Bailey.«

Smith legte den Hörer auf, ohne gewählt zu haben. O'Brien reichte ihm das Einsatzbuch. »Nummer hundertdreiundsechzig«, sagte er. Smith warf einen Blick auf die Eintragung. Sie stammte vom Tag zuvor. Und sie lautete: ›Erklärung 24 – 36 – 37 aus Einsatz Nr. 9 erwähnten Mann in Trainingsanzug; Aussehen eines Boxers, beobachtet beim Besteigen des ersten Zuges vom Bahnhof Cobb Common Richtung City. Der Beobachtete ist möglicherweise identisch mit dem Boxer Joe ›Bim-Bam‹-Bailey, der auf den Straßen rund um das Gemeindewäldchen in den frühen Morgenstunden zu trainieren pflegt.‹

Der Einsatz war in Marraseys säuberlicher Handschrift einem ›Det. Sgt. McRae‹ zugewiesen. Er lautete: ›Interview vorbereiten und Erklärung von Bailey verschaffen.‹ Die Spalte, in der das Ergebnis eingetragen werden sollte, war leer. McRae hatte offenbar keine Erklärung von Bailey ermittelt.

»Ziemliches Pech«, sagte O'Brien. »Für uns – und für den armen Teufel. Trotzdem«, fügte er hinzu, »ich frage mich, ob der was gesehen hat. Er war ein guter Kämpfer, gut fürs Publikum. Aber schwer von Begriff. Der ging auf alles mit gesenktem Schädel zu. Kein Wunder, daß er mit dem Hintern nach oben enden mußte.«

»Aber nicht in meinem Einsatzbuch«, sagte Smith grimmig. »Jedenfalls nicht als unerledigter Auftrag. Was hat ihn denn umgefahren?«

»Ein Daimler-Jag. Dunkelblau.«

»Kontakt-Blutergüsse? Farbspuren?«

»Ja. Der Kühlergrill hat sich deutlich an seinem Hinterteil abgedrückt. Außerdem wurden Farbspuren an den Schultern seines Trainingsanzugs festgestellt. An der Unfallstelle war freilich nichts zu finden. Keine Glassplitter, keine sonstigen Scherben. Bei dem Aufprall ist offenbar nichts zerbrochen – bis auf das Rückgrat des armen Bim-Bam.«

»Unfall oder Absicht?« Smith legte O'Brien den Ball vor die Füße. Der trat ihn versuchsweise in die Luft, ohne das Tor sehen zu können. »Es ist eine schmale Straße, schnurgerade, aber mit Ästen verhangen; außerdem muß es bei Anbruch der Morgendämmerung passiert sein. Das ist die Zeit, in der man am schlechtesten sieht. Er trug einen dunkelroten Trainingsanzug. Jemand, der scharf am Straßenrand fuhr, konnte ihn im Schatten der Bäume kaum erkennen. Ich meine, vor allem jemand, der die Nacht über auf einer größeren Sauftour gewesen ist. Das ist auf diesem Straßenstück schon öfters passiert. Meint jedenfalls Marrasey. Er kennt die Gegend genau. Aber er regt sich natürlich fürchterlich darüber auf. Mr. Marrasey hat etwas gegen Fahrer, die nach ihrer Tat Unfallflucht begehen.«

»Weiß jemand –« Smith wurde unterbrochen durch eine laute, tränenreiche Stimme in seinem Vorzimmer.

»Sagen Sie Mr. Smiff, daß ich Ihn sprechen muß. Mr. Smiff kennt mich. Sagen Sie Mr. Smiff, Alfie Joss will ihn sprechen.«

O'Brien schaute Smith mit gerunzelter Stirn an und zuckte dazu mit den Schultern. »Die Uniformierten haben ihn in die Leichenhalle geschleift, damit er den Toten identifiziert. Sie kennen ihn? Joss, der Manager von Bailey?«

»Vielleicht, wenn ich ihn sehe. Schicken Sie ihn rein.«

Alfie Joss torkelte ins Büro, ein durchgeweintes Papiertaschentuch vor dem Gesicht. Prompt ließ er sich, ohne dazu aufgefordert worden zu sein, auf den Stuhl vor Smiths Schreibtisch fallen und begrub den Kopf in den verschränkten Armen. Unter den zuckenden Schultern drang lautes Schluchzen hervor. »Sie haben meinen Jungen umgebracht, Mr. Smiff. Die dreckigen, beschissenen Schweinehunde haben meinen Jungen umgebracht.« Smith wartete ruhig, bis das Schluchzen aufhörte; da es aber ohne Ende zu sein schien, stand er schließlich auf, trat vor seinen Schreibtisch und riß Joss unsanft an den Schultern hoch. Rote Augen, aus denen die Tränen kullerten, blickten ihn an. Erbärmlich.

»Sie kennen mich?« Joss fuhr sich noch einmal mit dem Papiertaschentuch über das Gesicht.

»Erinnern Sie sich nicht, Mr. Smiff? Vor acht oder neun Jahren waren Sie Detective Chief Inspector in West End Central. Mein Junge, Joe, hat Ärger gehabt, in einem Nachtklub. Er war Türsteher und –«

»Und er hat irgendeinem armen Teufel das Kinn in Trümmer geschlagen«, ergänzte Smith den Satz für ihn, während er sich erinnerte, »und dann sind Sie zu mir gekommen und haben versucht, mich zu bestechen, damit ich den Fall niederschlage.«

»Sie hätten mich nicht in den Hintern treten brauchen«, schniefte Joss vorwurfsvoll. »Seitdem habe ich diese verdammten Rückenschmerzen.«

»Und wer hat Ihrer Meinung nach ›Ihren‹ Jungen getötet?« Smith riß ihn von einem unangenehmen Thema zum anderen. Mit den Tränen schien Joss auch der Mut verlassen zu haben. Er setzte sich schweigend, zerknüllte das Papiertaschentuch zwischen den Fingern, knetete es dann zu einer Kugel zusammen und zerzupfte sie in kleine Fetzchen.

»Nun?« Das Wort kam drohend von Smiths Lippen. Joss schniefte wieder, diesmal abwehrend.

»Vielleicht war ich ein bißchen voreilig, Mr. Smiff. Vielleicht war es auch ein Unfall.«

»Und vielleicht auch nicht.« Smith ging wieder um seinen Schreibtisch herum, stand dann drohend vor dem zusammengekauerten Manager und riß ihm den Kopf herum. »Jetzt hören Sie mir mal gut zu, Sie erbärmlicher Scheißer. Ich habe einen langen, schweren Tag hinter mir und habe mich von einer alten Krähe in Stücke hacken lassen müssen. Kaum komme ich hierher zurück, da stolpern Sie herein und weinen sich bei mir aus. Machen Sie jetzt gefälligst den Mund auf und sagen Sie mir, was Sie vermuten.« Er zog Joss näher zu sich her. »Die Treppe hier ist genauso hart wie die auf dem Revier von West End Central. Und es sind auch nicht weniger Stufen. Ich verspreche Ihnen, daß Ihnen jede einen gehörigen Denkzettel auf Ihren Hintern verpaßt, wenn ich Sie hinunterwerfe.«

Joss nahm jetzt doch die Reste seiner Zivilcourage zusammen und wehrte sich gegen den harten Griff. »Jetzt passen Sie mal auf, Mr. Smiff – kommen Sie mir nicht mit dem alten Käse. Diesmal ist es anders als vor acht Jahren. Sie haben es schließlich nicht mit einem Tippelbruder zu tun. Ich habe einflußreiche Freunde. Leute, die an höherer Stelle stehen als Sie –« Der Satz endete in einem hohen Quieken, als ihm Smith mit der flachen Hand eine schallende Ohrfeige verpaßte. O'Brien betrachtete die Neonröhre an der Decke des Büros.

Smith stieß Joss zurück auf den Stuhl, ging zu seinem Platz hinter dem Schreibtisch, holte die Flasche Scotch heraus und schenkte zwei Gläser ein. Während er das eine dem zitternden Manager zuschob, sagte er: »Jetzt kennen Sie mich vielleicht noch besser als zuvor, Alfie. Also wissen Sie auch, daß es besser ist, wenn wir Freunde bleiben. Seien Sie vernünftig und packen Sie aus.«

Joss lächelte schwach und nahm das Glas. »Tut mir leid, Mr. Smiff. Wollte Sie nicht ärgern. Aber da stecken üble Typen drin. Richtige Bestien.«

»Nennen Sie die Spezies.«

»Was? Ach so.« Zögerndes Verstehen. »Die Twoomeys, Mr. Smiff. Sie wollten schon das letztemal, daß der Junge den Kampf aufgibt. Haben uns dafür sogar einen dicken Batzen geboten.« In Gedanken an sein heldenhaftes Verhalten richtete er sich ein wenig auf. »Ich hab' ihnen gesagt, sie sollen abhauen. ›Von wegen auszahlen‹, sag' ich zu Mick. Mein Junge soll ehrlich kämpfen. Stopfen Sie sich das Geld in den Arsch‹, sag' ich.«

Smith seufzte. »Sie sind ein Lügner, Alfie. Nicht einmal King Kong würde es wagen, Mick Twoomey so etwas zu sagen. Sie sind ein Lügner, Alfie, aber kein Gorilla. Trinken Sie noch einen Schluck und denken Sie nach – aber diesmal besser.«

»Das hilft mir auch nichts, Mr. Smiff . . .«

»Alfie, jetzt hören Sie mir mal zu.« Smith beugte sich über den Schreibtisch und legte eine strenge, aber gütige Hand auf den Unterarm des Managers. »Die Twoomey-Brüder hätten Ihren Jungen nicht umgebracht. Sie hätten ihm vielleicht die Kniescheiben eingeschlagen. Oder sie wären mit Eisenstangen auf seine Arme und Beine losgegangen. Aber sie hätten ihn nicht umgebracht, Alfie. Er hätte danach wenigstens noch herumkriechen können. Die Twoomeys sind Freibeuter. Und sie sind fortschrittlich, denn sie denken in Begriffen wie Risiko und Motivation. Außerdem würden sie nicht riskieren, einen schönen Daimler-Jag zu zerbeulen – nur wegen Ihnen und Ihrem Jungen.« Smith schüttelte den Arm des Managers. »Haben Sie kapiert, Alfie?« Er fühlte, wie der Arm des anderen unter seinem Griff zitterte. Joss zog ihn gleich danach zurück und hielt ihn an seine Brust, als ob er gebrochen wäre. Sein Kopf bewegte sich von der einen auf die andere Seite, während er das Risiko und die möglichen Folgen in Erwägung zog . . .

»Und Sie hängen mich nicht hin, Mr. Smiff? Sie sagen es niemandem? Total stumm?«

Smith legte eine Hand auf seine Herzgegend. »Beim Grab meiner Mutter, Alfie.« Joss warf einen ängstlichen Blick auf O'Brien. »Der ist taub *und* stumm«, sagte Smith beruhigend.

Joss begann mit gesenktem Kopf zu sprechen. »Der Kerl, den sie im Common abgeknallt haben. Der Junge hat sie gesehen.«

»Was hat er gesehen, Alfie? Sagen Sie mir genau, was er gesehen hat.«

Joss öffnete die Hände, hielt sie Smith abwehrend entgegen. »Na ja, er hat nicht grad gesehen, wie sie den Kerl abgeknallt haben. Er hat in der Nähe ausgeschnauft, als er das Krachen gehört hat. Er war ein verspielter Junge . . .« Neue Tränen wallten in seinen Augen. Smith schob ihm eine Schachtel mit Papiertaschentüchern hin.

»Das weiß ich, Alfie; ich hab' gesehen, wie er Kid Sheridan erledigt hat.«

Ein trauriges Lächeln, und ein paar Papiertaschentücher, um den neuerlichen Tränenfluß zu bannen. »Das – das muß man dem Jungen lassen, Mr. Smiff. Er hat sich was getraut. Kein Hirn, aber Traute. Also – er bleibt noch 'ne Weile dort, dann schleicht er an den Rand der Grube, sieht den Kerl auf dem Stuhl und fünf oder sechs andere, die gerade auf der anderen Seite nach oben klettern. Mit Gewehren, Mr. Smiff. Sie haben Gewehre dabei gehabt. Dann sind sie durch die Bäume davon. Das war alles. Der Junge kommt heim zu mir und – und das ist die Geschichte, die er mir erzählt hat. Ich schwör's Ihnen, Mr. Smiff – das ist alles.«

»Wirklich alles, Alfie?«

»Na ja, er hat noch ein bißchen über die Kerle geredet, die aus der Sandgrube geklettert sind. Er denkt, es waren alte Böcke, und sie sind nur verdammt schwer da wieder rausgekommen . . . Ja, er hat gesagt, sie müssen schon alte Böcke gewesen sein, weil sie ganz steif hinaufgeklettert sind. Aber darauf kann man nicht viel geben, Mr. Smiff. Der Junge war nicht besonders schlau.«

O'Brien kam zurück, nachdem er Alfie hinausgeführt hatte, und sein Gesicht zeigte eine sorgenvolle Miene.

»Wissen Sie, wo er als nächstes hingehen wird?« O'Brien wartete nicht auf eine Antwort. »Direkt zum Yard. Sie hätten ihm nichts zu Saufen geben dürfen, Chef. Das kann uns Ärger bringen.«

»Vom Yard bestimmt nicht, George«, sagte Smith ruhig. »Alfie ist ein Angeber – aber bei der Polizei packt er nur aus, wenn man ihm einen Schluck anbietet. Ein bißchen davon, damit sich seine Zunge löst und sein Gewissen beruhigt. Wenn er sich wirklich über mich beschwert, schicke ich ihm Micky Twoomey auf den Hals. Oder ich lasse ihn glauben, daß ich das tun könnte.«

»Und was ist mit Twoomey? Der fährt doch einen Daimler-Jag?«

»Er und seine -Firma, ja; ich glaube, sogar drei oder vier. Aber was ich Alfie sagte, habe ich ernst gemeint. Das geht nicht auf das Konto von Twoomey. Das geht direkt in mein Einsatzbuch, und das gefällt mir nicht, George.«

»Niemand zahlt besser für einen Blick in Ihr Einsatzbuch als Twoomey«, gab O'Brien zu bedenken.

Smith bestrafte ihn mit einem wütenden Blick. Dann deutete er auf das Vorzimmer. »Das da draußen sind *Ihre* Leute. Aus *Ihrer* Abteilung. Wenn einer von ihnen bestechlich ist, sind Sie dran.«

Dann schaute er durch das Fenster hinaus ins Freie. O'Brien stand da und rührte sich nicht von der Stelle.

»Vielleicht haben Sie nichts Besseres zu tun, als hier herumzustehen und eine jämmerliche Figur abzugeben, aber ich habe noch etwas vor, also verpissen Sie sich und lassen Sie mich zur Arbeit kommen.«

»Ja – ich verstehe, Sir«, sagte O'Brien beleidigt. »Kann ich etwas Bestimmtes für Sie tun.«

»Ja. Besorgen Sie mir eine neue Flasche Whisky.«

Smith durchsuchte die Akten auf dem Schreibtisch und hoffte, seine Gedanken wieder ordnen zu können, die ihm durch den Auftritt von Alfie Joss durcheinandergeraten waren. Erst recht durcheinandergeraten durch O'Briens Andeutung, sie könnten einen bestechlichen Beamten in ihren Reihen haben. Verwirrend. Der Anblick des internen Telefonbuchs brachte ihn zurück zu seiner früheren Absicht. Tom Palmer! Er mußte mit Tom Palmer reden. Und mit dem Pressesprecher. Jetzt würde er die Medien mit der Identität seines Opfers füttern – mal sehen, ob einer davon das große Kotzen bekam.

»Gut, daß Sie vorbeischauen, Tom.« Smith ließ die Flasche auf dem Schreibtisch stehen. Palmer schlang sich das Unterteil seines Mantels um die Hüfte und langte nach seinem Glas. »Kein Problem, Owen. Ich wohne in der Gegend und besuche ohnehin stets auf meinem Nachhauseweg ein Wasserloch. Dies hier ist das billigste, das ich kenne. Cheers.« Palmer trank einen Schluck, dann sagte er: »Aber ich kann nichts für Sie tun, Owen, bevor Sie nicht die fünf Gewehre gefunden haben. Finden Sie die Schießrohre, und ich sage Ihnen, ob die Geschosse passen.«

»Nein, das ist es nicht. Ich wollte mit Ihnen als altem Soldaten reden.«

»Sie wissen doch, was man von alten Soldaten sagt, Owen.«

»Sie sterben nicht?«

»Nein, das habe ich nicht gemeint. Sie sterben wie jeder andere Mensch. Aber lassen wir das. Was gibt's?«

Smith berichtete ihm über Captain Antony Pyrnford.

»Hat beim R.A.S.C. gedient, wie? Nicht unbedingt das, was man ein Paraderegiment nennt. Aber emsig, das kann man sagen. Die hatten überall die Finger drin. Dennoch, militärische *outrés* für die Pyrnfords dieser – oder sagen wir besser jener Welt.«

»Ursprünglich war er bei der Kavallerie. Aber dort hat man ihn geschaßt. Wie seine Schecks.«

»Ja, muß ein böser Schlag gewesen sein für ihn. Achtzehn Strafpunkte. Und in die Putzkolonne versetzt.«

»Obwohl die Schwester das nicht so deutlich ausdrückte, habe ich den Eindruck, als halte sie die Nazis für das Größte seit der Erfindung des Brotmessers. Damals – und auch heute noch. Der liebe

Antony hat ziemlich häufig Urlaub in Deutschland gemacht, bevor er aus dem Sattel geworfen wurde. Sprachkurse, hat sie gesagt. Sie hat ihn ein paarmal auf Partys zu Joachim mitgenommen, in sein Haus in Middlesex, als dieser in diplomatischer Mission hier war.«

»Joachim?«

»Joachim von Ribbentrop. Der deutsche Außenminister.«

»Ach, der Champagnervertreter.«

»Lady Lowderton hielt auch nicht viel von ihm.«

»Und was noch?«

»Antony ist besonders gut mit dem deutschen Militärattaché zurechtgekommen.«

»Wie viele andere zu dieser Zeit. Wir mußten einige von ihnen auf achtzehn-B gehen lassen, als der Krieg ausbrach.«

»Achtzehn-B?«

»Interniert für die Dauer des Krieges. Mögliche Verräter. Einige freilich profitierten davon, daß man im Zweifel zu ihren Gunsten entschied. Oder sie hatten einflußreiche Freunde.«

Palmer trank abrupt sein Glas leer und stand auf. »Ich weiß, wohin Ihr Weg führt, Owen. Ins Nichts.« Dann knöpfte er seinen Mantel zu. »Ich bin schon dortgewesen, und ich möchte nicht wieder hin. Ich werde Ihnen sagen warum. Als man von Ihrem Opfer das letztemal was gehört hat, lebte es ziemlich ruhig und einsam – während des sogenannten Krieges – in Beaucourt in Frankreich. Dann begann das richtige Schießen, und er verschwand in Blut und Dreck. Es war ein langer Krieg, Owen. Dreißig Millionen sind dabei ums Leben gekommen. Wenn man erst einmal auf eine solche Millionenzahl gekommen ist, dann zählen ein paar Hunderttausend auf jeder Seite nicht mehr viel. Und die Gesamtzahl braucht nicht geändert zu werden, nur weil Sie plötzlich noch einen gefunden haben. Vergessen Sie den Krieg, Owen. Tödlicher Haß bleibt nicht so lange lebendig. Und selbst wenn das der Fall sein sollte – was haben Sie? Einen einzelnen illegalen Racheakt, die Vergeltung für einen von diesen dreißig Millionen. Fünf veraltete Geschosse und einen verspäteten Tod.« Als Palmer das Büro betreten hatte, war Smith zum erstenmal aufgefallen, daß sich die Jahre tief in sein Fleisch gegraben hatten wie eine unheilbare Krankheit. Jetzt zeigte sich seine Müdigkeit, vor allem in den dunkelblauen Tränensäcken, die unter Palmers Augen hingen. Palmer mußte schon vor seiner Ankunft getrunken haben. Und vermutlich hatte er in der letzten Zeit wenig Schlaf gefunden.

»Ich habe aber auch fünf alte Männer und einen nagelneuen Mord«, versuchte Smith ihm klarzumachen. Dann erzählte er Palmer von ›Bim-Bam‹-Bailey. Für Palmer kein Grund, seinen Mantel noch einmal aufzuknöpfen. Er blieb gerade noch lange genug, um mit beträchtlicher Mühe zu erklären: »Tut mir leid, Owen. Vielleicht haben Sie recht. Wahrscheinlich sogar. Aber rechnen Sie nicht mit mir. Ich dachte, ich könnte es nach Soldatenart schaffen – desodorisiert, wie ein Märchen. Aber der Gestank kehrt zurück. Ich dachte, ich hätte den Gestank längst vergessen.«

Palmer schlug Owens Angebot, ihn mit einem Wagen nach Hause bringen zu lassen, aus. Smith wußte, daß er ohnehin nicht nach Hause gehen würde, sondern den Rest des Abends an einem Ecktisch im ›Cock and Hen‹ verbringen würde, in melancholischem Schweigen. Wahrscheinlich, um das Desodorant für seine Erinnerungen im Aroma des Whiskys zu entdecken. Smith würde später dort vorbeischauen und versuchen, Palmer ein wenig aufzuheitern. Das Telefon schrillte in seine Gedanken. Es war Simonson. Ein steifer, fast um Verzeihung bittender Simonson.

»Smith?«

»Ja.«

»Ach, Smith, ich fürchte, ich habe sie unabsichtlich auf eine falsche Spur gesetzt, als ich die Meinung äußerte, das Opfer könnte die letzten Jahre in Afrika verbracht haben. Meine zahnärztlichen Berater berichten mir, daß die Füllungen und Brücken aus Südamerika stammen. Genau gesagt, aus Brasilien. Und noch genauer: aus Sao Paulo. Sie finden eine internationale Identifikationskarte in Ihrer morgigen Post. Aber ich möchte Sie zugleich warnen. Es heißt nicht mehr, als daß der Mann reich genug war, um sich in Sao Paulo zahnärztlich behandeln zu lassen. Nicht, daß er deshalb notwendigerweise in dieser Stadt leben mußte. Und bestimmt nicht, als er seine Malaria erwischte. Dazu hätte er weiter im Landesinneren sein müssen, und wahrscheinlich nicht einmal in Brasilien. Können Sie mir folgen, Smith?«

»Ich bin Ihnen sogar schon einen Schritt voraus, Professor.« Er berichtete ihm von Lady Lowderton und von der SS-Tätowierung, wobei er sich von Simsonson das Versprechen geben ließ, daß er die Tätowierung in seinem Bericht nicht erwähnte.

»Vorausgesetzt, der Coroner hat nichts dagegen, Smith. Und, Smith, unter diesen Umständen verzeihen Sie mir vielleicht, wenn ich Ihnen *keine* erfolgreiche Jagd wünsche.«

Manchmal, dachte Smith, brütet man in egoistischerWeise auf dem Gelege und wartet auf den richtigen Augenblick; ein andermal – meistens – brütet man, um zwischen dem, was man weiß, und dem, was unsinnig ist, zu unterscheiden. Und wiederum ein andermal weiß man nicht, was, zum Teufel, man mit dem Inhalt des Nestes anfangen soll. Die Tätowierung, das Kainsmal des SS-Mannes, hatte etwas von allen drei Möglichkeiten – und dieses Ei würde schwer auszubrüten sein.

Drei Tage verstrichen, und die Zahl der wichtigen Einsätze ging zurück, zumindest diejenigen, die etwas Substanz beitrugen. Die Einzelheiten über amtlich registrierte Besitzer von Lee Enfield-Gewehren vom Kaliber .303 waren in überraschend großer Zahl vom Computer ausgespien worden. Als Besitzer wurden überwiegend Schützenvereine genannt, aber eine noch immer erkleckliche Zahl dieser Gewehre befand sich in der Hand von Privatleuten. Die in der Nähe Lebenden waren überprüft worden, ohne Ergebnis, aber da es noch so viele Gewehre gab, hatte man die Umfrage auf die anderen Distrikte und die Polizeistationen in der Provinz ausgedehnt.

Das Kraftfahrzeug-Zulassungsamt erhielt eine dringende Anfrage nach Besitzern aller Daimler-Jaguars mit dunkelblauer Lackierung. Auf die Antwort mußten sie warten, bis der nicht funktionierende Computer repariert war. Die Archive der Sonderabteilung waren nach einer Spur von Antony Pyrnford überprüft worden – negativ. Nichts. Fragen an Willie Woolover, dem Commander der Sondereinheit, und seine diesbezüglichen Antworten: ›Was ist mit Archivmaterial aus der Vorkriegszeit? Über Sir Oswald Mosleys Britische Union der Faschisten? Mitglieder – Sympathisanten – Gönner?‹ – ›Tut uns leid, mein Freund. Tot, gestorben und begraben. Wir mußten das alte Zeug aussortieren, als wir den schönen neuen Computer programmiert haben. Aber es gibt ja noch ein paar Prominente, die am Leben sind. Doch da besteht keinerlei Identität mit dem Gegenstand Ihrer Nachfrage.‹ – ›Können Sie ein Wort mit diesen komischen Heiligen sprechen? Vielleicht wissen sie etwas?‹ – ›Ich kann es ja mal versuchen.‹ Und später: ›Tut mir leid, alter Junge. Mit Ihrer Nachfrage bei unseren alten Freunden tut sich nichts.‹ – ›Heißt das, sie wissen nichts – oder sie sagen nichts?‹ – ›Können Sie auslegen, wie Sie wollen, alter Freund.‹

Es folgten, kurz nacheinander und völlig unerwartet, zwei entscheidende Fortschritte. Und wie bei den meisten Untersuchungen waren sie nicht das Ergebnis harter Mühe und unermüdlichen Einsatzes. Obwohl man sie, wie Smith später sagte und damit O'Brien korrigierte, nicht unbedingt als Fortschritte ansehen konnte – eher als das Gegenteil. Es waren Verbindungen, die außerhalb des Systems entstanden waren. Dennoch Verbindungen zwischen bekannten Faktoren, wenn auch durch Zeit und Raum getrennt.

Die erste kam in Gestalt eines großen und robusten Mannes, der rauhen Tweed von dauerhafter Qualität trug und an einem Freitagnachmittag auf dem Revier von Cobb common auftauchte.

Er stellte sich stolz vor: »Ex-Detective Sergeant Horace Slawthorpe von der Polizei in Scarborough. Kann ich mit einem der Kollegen sprechen, der diesen Mordfall bearbeitet?«

Smith, der gerade aus dem Nachrichtenraum kam, wo er eine Liste der gestohlenen Daimler-Jaguars auf dem Bildschirm überprüft hatte, blieb stehen und sagte lächelnd: »Ich bin einer von den Kollegen.« Er streckte dem robusten Tweedträger die Hand entgegen und fragte: »Was kann ich für Sie tun, Sergeant?«

»Haben Sie schon eine Verbindung ausgemacht zwischen Ihrem Mord und einem ganz ähnlichen, den es in Scarborough gegeben hat, vor langer Zeit, im Jahr neunzehnhundertfünfundvierzig?«

Die wuchtige Stimme des Mannes aus Yorkshire ließ anklingen, daß die Stadtpolizei von London pflichtvergessenerweise keine Ahnung hatte.

»Das möchte ich genauer hören«, sagte Smith und ging voraus zur Treppe. »Das möchte ich ganz genau hören.«

»Na schön. Hoffentlich dauert es nicht den ganzen Tag.« Slawthorpe polterte über die Treppe nach oben. »Ich bin nämlich mit ein paar Freunden hier, zum Finale im Rugbycup morgen nachmittag. Dachte, ich schau' mal nach, wie ihr mit der Sache zurechtkommt. Vielleicht könnte ich die unsrige so im Vorbeigehen auch gleich klären.«

Die Tatsache, daß seitdem mehr als 35 Jahre vergangen waren, stellte kein Grund für Slawthorpe dar, das Interesse an seinem ungelösten Mordfall zu verlieren. Wie er mit Nachdruck bemerkte:

»Wahrscheinlich bin ich der letzte, der noch übrig ist von denen, die an dem Fall gearbeitet haben.«

Sie hatten den Leichnam am 6. August 1945 am Strand von North Bay gefunden. »An den Stuhl gebunden, genau wie der Ihre. Von vorn erschossen, genau wie der Ihre. Aber neunmal, mit neun verschiedenen Gewehren. War 'n Captain bei der Army. Hieß . . . Boswell. Ja, Captain Derek Boswell. Nicht gerade der ideale Soldat. Vom aktivem Dienst zurückgestellt. Nervöse Debilität oder so. Wahrscheinlich ein Schock. War neunzehnhundertvierzig in Frankreich. Als man ihn erschossen hat, war er als Offizier für die Truppenbetreuung verantwortlich. Hat Shows aufgezogen für die Jungs und so. Müssen fürchterliche Shows gewesen sein. Verdächtige? Ob wir Verdächtige hatten? O ja. Verdammte hundertfünfzigtausend. Praktisch jeden verdammten Soldaten, Matrosen oder Luftwaffenmann von ganz Yorkshire. Es war ein furchtbares Durcheinander. Truppen bei der Entlassung. Andere, die neu aufgestellt, Männer, die nach Hause geschickt wurden. Andere, die auf den Kontinent kamen. Hoffnungslos, hab' ich gesagt. Hoffnungslos. Bekamen nicht mal einen ordentlichen Artikel in der Zeitung, weil am selben Tag die Atombombe auf Japan gefallen ist. Was? Eine Tätowierung? Nee, Mann, eine Tätowierung ist mir nicht aufgefallen. Mann, mit neun Dreinulldreier-Geschossen, die man ihm durch die Brust geblasen hat, hätte er die ganze Flotte auf dem Rücken tätowiert haben können, und sie wär' gesunken ohne Spur. Unter dem Arm? Nee, Mann, nur Haar und nicht viel davon. Geschosse? Ja, die haben wir gefunden, möchte sagen, körbeweise. Vom Krieg. Soldaten, die jahrelang da unten am Strand geübt haben, mit Gewehren, Maschinengewehren und weiß Gott was noch alles. Geschosse, die hat's gegeben wir Pickel im Gesicht. Regiment? Das war auch so 'ne Sache. Er war in gar keinem Regiment. Dieser Boswell gehörte zu einem Hauptquartier in der Gegend. Wie alle alten Männer und die Krankheitsfälle. Verwaltungsarbeit, Verbindung mit den Zivilstellen. Requirieren von Häusern, Shows für die Jungs, lauter so Sachen. Eine harmlose Sammlung von Alten und Kranken, wie man sie sich nur wünschen kann. Keine Ahnung, warum man ihn erschossen hat. Aber – so alt war er auch wieder nicht. Höchstens fünfundzwanzig oder so. Ein Captain Pyrnford? Nee, Mann. Der Name sagt mir gar nix. Der Bericht über die Ermittlungen? Weiß Gott, ob es den noch gibt. Achtundvierzig hat man die Polizei von Scarborough mit North Riding zusammengelegt. Damals bin ich ausgetreten, Mann. Hab' mir lieber die halbe Pension geben lassen, bevor sie mich zum Schafsheriff von Egton High Moor gemacht hätten.«

Slawthorpe wedelte abwehrend, als Smith die Whiskyflasche zum Vorschein brachte. »Nee, Mann. Nicht für mich. Ich bin immer 'n Biermann gewesen, das ganze Leben lang. Vorausgesetzt, es war Yorkshire Bitter.« Eine innige Bitte: »Weiß hier jemand, wo man in London 'n Tropfen Yorkshire Bitter kriegen kann?« Smith nannte ihm ein paar Gasthäuser, in denen zumindest die Möglichkeit bestand, und Slawthorpe machte sich zögernd an den Aufbruch. Wie ein Arbeitspferd, das man von seiner Altersweide zurückgetrieben hat an die Furchen seiner Jugend und Kraft, wanderte er durch das Büro und erinnerte sich an seine beste Zeit angesichts der Aktenstapel, der Register und Archivkarten, des dauernd klingelnden Telefons und der Diensteinsatztafel. »Ach ja, Mann«, sagte er, »hat sich auch nicht wenig geändert, bei der Morduntersuchung. Alle die verdammten Autos, die drahtlosen Verbindungen, das raffinierte Computerzeug – kein Wunder, daß die Gauner nicht erwischt werden. Sind ja keine Polizisten mehr, nur Elektriker, die mit ihren schnellen Autos durch die Gegend zischen.« Nachdenklich hob er ein Bein und stellte den großen, glänzend polierten, braunen Stiefel auf einen Stuhl; es sah aus wie ein Elefant im Zirkus, der einen Fuß auf ein Piedestal stellt. Dann stützte er sich mit dem Arm auf das Knie und sagte: »Es gibt nun mal keinen Ersatz für ein Paar große Stiefel, für breite Schultern und einen starken Arm. Und für Vernunft.« Dabei tippte er sich mit dem Finger gegen die Stirn. »Nicht das ist wichtig, was die anderen da hineinsetzen«, sagte er. »Wichtig ist, was da von Anfang an drinnen ist. Da, und –«, der Finger wanderte nach unten, in die Herzgegend, »– da! Mitleid und Verstand. Ja. Das ist es, was man vor allem braucht.«

Dann nahm er den Fuß vom Sessel und die Hand vom Herzen; letztere streckte er Smith entgegen. »Wir sehen uns, Mann. Sie haben meine Adresse; wenn Sie nach Scarborough kommen, schau'n Sie vorbei. Hab' kein Telefon, kann das nich' ab in der Wohnung. Wenn es wichtig ist: einfach die Station anrufen. Dort kennen alle noch den Ex-Detective Sergeant Horace Slawthorpe.«

»Das glaube ich gern«, sagte Smith zum Abschied. »Das glaube ich.«

Wieder alte Männer, die sich ihm aufdrängten. Alte Männer, lebende und tote. Und was die letzteren betraf – da stand ihm noch einer bevor. Der zweite Fortschritt, nach den Worten von O'Brien; die zweite Verbindung, wie Smith es lieber bezeichnete.

Er kam einen Tag nach Slawthorpes Besuch. Und einen Tag, nachdem Commander Claude Rissington, der Leiter der Fingerabdruckabteilung beim New Scotland Yard, in Smith Büro spaziert war, kurz nachdem sich Slawthorpe verabschiedet hatte.

»Hallo, Claude«, sagte Smith und griff nach seiner Flasche. »Was führt dich hierher? Abgesehen von meinem Scotch?«

»Der Reiz der grünen Felder und der guten Landluft, Smithie, alter Junge. Nun, wie kommst du in diesem rustikalen Paradies zurecht? Hast du genug zu tun mit all den Hühnerdieben und Viehtäuschern?«

»Damit, und mit einem ziemlich ausgefallenen Mord.«

»Ach ja. Wußte ich doch, daß da noch was war, nicht nur das zweifelhafte Vergnügen, dich wiederzusehen. Dein Mordopfer, dieser Pyrnford. Weißt du, daß er als ziemlich reicher Mann gestorben ist?«

»Nein, aber ich bin sicher, daß du es mir erzählen wirst, Claude.«

»Werde ich, alter Junge, werde ich. Nachdem du mir nachgeschenkt hast.« Smith tat es und fragte dann: »Was ist heutzutage eigentlich mit den Telefonen los, Claude? Das wäre doch bedeutend billiger, zumindest für mich.«

»Ich benütze jede sich bietende Ausrede, um ein bißchen aus meinem Pferch rauszukommen, Smithie. Davon gibt's heutzutage nicht mehr viele.«

»Und was ist die deine? Ausrede, meine ich?«

Rissington machte große, runde Augen und hielt den Mund ein paar Sekunden lang dramatisch offen, bevor er zu sprechen begann. »Gold, Owen. In Form von Krügerrands – und nicht wenige. Alle ordentlich verpackt und an den Präsidenten adressiert, als anonyme Spende für den Fond der Polizistenwitwen und -waisen.«

»Und?«

»Nun, wie du vermutlich weißt, werden alle Spenden für wohltätige Einrichtungen der Polizei mit Freuden entgegengenommen, aber wenn es sich um anonyme handelt, ist der Präsident ein bißchen empfindlich. Namentlich, wenn es um große Spenden geht, in der Form von Krügerrands. Man weiß ja nie, wo die früher gewesen sind. Und der Präsident möchte schließlich keine Diebesbeute dankend annehmen. Also hat man uns das Päckchen zur Überprüfung geschickt – das heißt, nachdem sich die Bombenexperten damit befaßt hatten –, für den Fall, daß es was Böses ist. Aber nein, es war nichts Böses, ganz im Gegenteil. Und auf einem der Goldstücke fanden wir einen Teilabdruck, der hundertprozentig mit dem Daumen deines Opfers, dieses Pyrnford, übereinstimmt. Ich würde sagen, da es sich um einen Teilabdruck handelt, nicht ausreichend fürs Gericht – aber für uns allemal.«

»Wie wurden sie geschickt, und wann? Ich meine die Krügerrands.«

»Mit der Paketpost. Aufgegeben am Trafalgar Square, einen Tag, nachdem dein Kerlchen totgeblasen wurde. Was meinst du?«

»Es ist möglich.«

»Sicher. Aber doch – ein komischer Gedanke. Was vermutest du, Owen?«

»Der Stolz.«

»Was?«

»Der Stolz. Davon gibt's in letzter Zeit wieder mehr.«

Rissington schenkte es sich, Smiths rätselhafter Bemerkung nachzugehen. Statt dessen berichtete er weiter. »An der Verpackung – nichts. Die Adresse mit der Schreibmaschine getippt. Ebenso der Zettel drinnen. ›Für Polizistenwitwen und -waisen‹, das war alles, was draufstand. Auf einer alten Remington getippt, die schon lange nicht mehr hergestellt wird. Wenn du sie findest, bist du der Lösung nahe, sagte die Fee.«

»Wie viele von dem Typ hat Remington produziert, Claude? Zehn Millionen?«

Wieder ignorierte Rissington Smiths versteckten Sarkasmus. »Aber ich habe noch mehr für dein System. Wir haben alles durchs Labor gejagt. Derjenige, der die Marke abgeleckt hat, zählt zur Blutgruppe Null.«

»Davon gibt's auch ein paar Millionen.«

»Du warst immer ein undankbarer Mensch, Owen.«

»Aha, destohalb säufst du solche Löcher in meinen guten Scotch.«

»Ein kleiner Preis angesichts der Juwelen, die ich vor dir ausschütte.« Rissington schenkte sich selbst ein. »Die Münzen befanden sich in einem weichen Ledergürtel. Ziegenleder. Die Biologen haben Sporen im Leder gefunden. Pilzsporen. Pilze von drei verschiedenen Arten, die man nur in den tropischen und subtropischen Regionen von Zentral- und Südamerika findet. Der Gürtel und damit auch dein Opfer können also nur aus Südamerika gekommen sein.«

»Genau wie seine Beißerchen. Seine falschen Beißerchen.«

Rissington ertrug es mit großem Gleichmut. »Gut, Owen, ich verzeihe dir deine vorausgegangenen Zweideutigkeiten. Aber das kann ich nicht durchlassen. Was für Beißerchen?«

Smith berichtete ihm vom Ursprung der Zahnprothesen Pyrnfords und endete mit einer ernsten Warnung. »Wenn du jetzt sagst, das ist etwas, in das ich mich verbeißen soll, dann schlag' ich dir meine Flasche auf den Schädel.« Und während er sie in der Hand hielt und betrachtete, fügte er hinzu: »Meine leere Flasche.«

Kapitel

10

Die Enthüllungen von Commander Claude Rissington waren Korn für die Mühle des Systems, eröffneten Avenuen für weitere Erkundigungen, die über das Netzwerk der Interpol nach Lust und Laune der süd- und zentralamerikanischen Polizeibeamten eingeholt wurden, begleitet von Fotografien und höflichen, diplomatisch in Worte gesetzten Wünschen und Vorschlägen, aber keinen Befehlen oder irgend etwas, was einem Befehl auch nur nahegekommen wäre. Es war eine Suche nach historischen Fakten, die vielleicht einen gegenwärtigen Zustand erklären konnten. Aber es ergab sich keine direkte, brauchbare Verbindung.

Die zweite direkte und brauchbare Verbindung stellte sich her, weil der Name des Selbstmörders und der Name der Firma, die er besaß, in das System aufgenommen waren. Und das, obwohl der Leichnam vierzig Meilen entfernt in Farnham gefunden wurde, im Einflußgebiet der Polizei von Surrey. Er tauchte auf, weil die Rundschreiben der Dienststellen von außerhalb der Stadt auch den Büros der Metropolitan Police zugestellt wurden, und weil man die darin enthaltenen Angaben in das System einarbeitete. Und dort stand der Name der Zweigstelle von A. A. Loach und Söhne Ltd. in Cobb Common, deren Besitzer und Geschäftsführer, Albert Henry Loach, in seinem geparkten Wagen tot aufgefunden worden war,

wobei ein Gummischlauch die Abgase in den geschlossenen Fahr-
gastraum geleitet hatte. Die Tatsache, daß es sich bei dem Wagen
um einen dunkelblauen Daimler-Jaguar handelte, stellte zudem
rasch eine Querverbindung zum Fahrzeugsverzeichnis des Systems
her.

Nach einem kurzen Gespräch mit der Polizei in Farnham erteilte
Smith der Elstow den Auftrag, mit ihm dorthin zu fahren. O'Brien,
der es Smith übelnahm, daß er übergangen wurde, fragte unklugerweise: »Warum?«

»Weil Sie hier genug zu tun haben.« Smith hämmerte ihm die
Worte geradezu ein. »Kümmern Sie sich gefälligst um dieses Haus
von Loach in Oxshott. Sprechen Sie mit der Familie. Ich brauche
seine Lebensgeschichte bis zurück zu seinem Geburtsjahr. Meinetwegen bis zu dem Augenblick, als er gezeugt wurde. Vor allem
brauche ich Einzelheiten über seinen Militärdienst. Und sehen Sie
sich gut um, während Sie dort sind. Wie Sie wissen, suchen wir ein
Lee Enfield-Gewehr, Kaliber Dreinulldrei, oder besser, fünf von
der Sorte.«

»Es ist also nichts Persönliches, weil Sie die Elstow mitnehmen?«
O'Brien erlaubte es sich, seiner Unsicherheit Worte zu verleihen.
Smith war nicht bereit, Gnade walten zu lassen. »Doch, es ist etwas
Persönliches dabei: Sie fährt besser als Sie, sie sieht selbst wesent-
lich besser aus als Sie, und sie weiß auch, wie Loach aussieht.«

»Solange Sie ihr keine übernatürliche Wahrnehmungsgabe zu-
rechnen, habe ich nichts dagegen«, sagte O'Brien zufrieden. Smith
schob ihn zur Seite und murmelte dazu: »Übernatürliche Wahrnehmungsgabe, mein Gott! Was doch drei Monate in der Umgebung der intellektuellen Mittelklasse für Wunder wirken können.«

Die Elstow fuhr keinen femininen Wagen. Es war vielmehr ein auf-
frisierter Escort mit Handschaltung, die sie wie ein Rallye-Fahrer
handhabe. Sie riß den Schalthebel mit affenartiger Geschicklich-
keit durch die Gänge, blieb immer bei fünftausend Umdrehungen
pro Minute und jagte den Wagen durch den Verkehr, ohne zu zau-
dern, aber mit präziser Einschätzung der anderen Verkehrsteilneh-
mer. So jagten sie über die Umgehungstraße von Guildford und bogen dann, jenseits der modernen Kathedrale, die wie ein Elektrizi-
tätswerk aussieht, in Richtung Hog's Back ab, wo die Farnham
Road über einen Bergrücken verläuft und die hügelige Schönheit
von Surrey unter sich läßt. Durch die Bewegung ihres linken Beins

war der Elstow der Rock weit übers Knie gerutscht, und Smith wandte seine Aufmerksamkeit nach den landschaftlichen Schönheiten vor den Fenstern dem zu, was sich diesseits dem Auge bot. Jetzt inspizierte er gerade ihren Oberschenkel in seiner glänzenden Nylonhülle.

»Ich gefalle Ihnen, was?« Die Stimme von Sergeant Elstow riß seinen Kopf nach oben und aus einem schlüpfrigen Traum. Er rechnete damit, ihrem kalten, zornigen Blick begegnen zu müssen, aber ihre Augen waren weiter auf die Straße vor ihnen gerichtet, das Gesicht entspannt, die Lippen so weit geöffnet, daß er einen Schimmer ihrer Perlmuttzähne erhaschen konnte. Er streckte den Arm aus und legte seine Hand auf den Schenkel, den er zuvor nur mit Blicken liebkost hatte. »Ja, Elstow, Sie gefallen mir«, gestand er freimütig ein.

»Sie Gauner.« Die Intimität ihrer Worte wurde noch verstärkt dadurch, daß sie ganz sanft und leise sprach. »Sie gefallen mir auch.«

Er ließ die Hand weiter nach oben gleiten. Der Wagen verlangsamte die Fahrt und kam an einer Ausweichstelle zum Stehen. Dann warf sich Sergeant Elstow wild zu Smith herüber, über die Mittelkonsole mit der Gangschaltung hinweg; ihre Lippen feucht, ihre Hand nach ihm greifend. Er hielt sie fest und wurde frustrierenderweise abgelenkt durch das Bild im Rückspiegel: ein riesiger Lastwagen, der dicht hinter ihnen parkte, und sein Fahrer, der sich aus dem Fenster lehnte und griente. Also schob er die Elstow sachte zurück und sagte: »Später, mein reizender Detective Sergeant Elstow. Später.«

Der Detective Inspector aus Farnham begrüßte sie im Vorraum der Leichenhalle und führte sie dann hinein. Der Tote lag nackt auf dem Autopsietisch: plumpes Fleisch, spannungslos und welk wie weicher Lehm; Fleisch, das auf das Skalpell des Pathologen wartete. Fleisch von schwach rosiger Färbung, welche anzeigte, daß eine tödliche Menge Kohlenmonoxid vom Blut absorbiert worden war.

»Ist er das?« fragte Smith seine Begleiterin. »Ist das Albert Henry Loach?«

Der Detective Inspector von Farnham mischte sich ein. »Er ist bereits von seinem Sohn identifiziert worden.«

»Ich kenne genügend Angehörige, die falsche Identifikationen geliefert haben.« Smith betrachtete die Elstow.

»Er ist es. Ich habe ihn oft genug in seiner Filiale in Cobb Common gesehen«, bestätigte Sergeant Elstow, und der Beamte aus Farnham grinste dazu ein ›Hab-ich's-nicht-gesagt?‹-Lächeln. Aber Smiths Aufmerksamkeit galt einer fünf Zentimeter breiten Druckstelle, die sich quer über den Oberkörper des Toten erstreckte. Ein ähnlicher Abdruck war in der Hüftgegend zu erkennen. Smith schaute den D.I. aus Farnham fragend an.

»Der Sicherheitsgurt«, sagte dieser. »Als wir ihn fanden, hatte er noch den Sicherheitsgurt umgeschnallt. Ein Dreipunktgurt.«

Smith verbarg nicht seine Skepsis. »Wir sollen also annehmen, er ist mit seinem Wagen auf den Feldweg gefahren, wo er gefunden wurde. Er muß ausgestiegen sein, um den Gummischlauch am Auspuff zu befestigen; danach ist er wieder eingestiegen, hat den Motor angelassen – und den Sicherheitsgurt angelegt. Warum? Er wollte ja nirgendwo mehr hinfahren. Jedenfalls nirgends, wo er einen Sicherheitsgurt brauchte.«

Der D.I. überlegte genau, ehe er antwortete. »Sie kannten Mr. Loach nicht, oder irre ich, Sir? Mr. Loach war ein Selfmade-Mann; er hat gleich nach dem Krieg angefangen mit einem winzigen Maklerbüro in Guildford, mit nicht mehr Startkapital als seiner Abfindung vom Militärdienst. Jetzt besitzt er Zweigstellen in zwei Grafschaften und ist in zwanzig Jahren zum Millionär geworden. Ein hochgeachteter Mann, dieser Mr. Loach – vielleicht ein ungeschliffener Diamant, vielleicht nicht ganz abgeneigt, hier und da mit der Steuer zu mauscheln oder etwas hart in ein Geschäft einzusteigen, aber ein hochgeachteter Mann. Und – ein stolzer Mann.« Der Detective Inspector aus Farnham richtete die letzten Worte direkt an den Toten und fuhr dann fort mit seiner Lobeshymne.

»Bert Loach wollte sicher nicht gefunden werden, wie er auf dem Boden in seinem Wagen liegt. Nein, er wollte in aufrechter Position gefunden werden. Aufrecht – das war sein Lieblingswort. ›Bei Albert Loach gibt's nur aufrechte Geschäfte.‹«

Smith nickte. »Das klingt einleuchtend«, sagte er. »Ja, das könnte passen.« Eine Pause, ehe er fragte, wieder schärfer: »Hat er eine Notiz hinterlassen, einen Abschiedsbrief?«

»Nein«, erwiderte der D.I. aus Farnham. »Aber auf die angelaufene Windschutzscheibe hat er mit dem Finger geschrieben: ›Tut mir leid – war ein Unfall‹. Es war noch deutlich zu lesen, als wir ihn fanden; er hat es sicher geschrieben, während er wartete, daß das Gas wirkte. Wir haben eine ganze Weile darüber nachgedacht, was es bedeuten könnte, bis Sie uns von dem Unfall mit Fahrerflucht berichteten.«

»Das und der Wagen sollten eigentlich genügen, um ihn mit Bailey in Verbindung zu bringen.« Die Elstow wirkte enttäuscht. »Sieht also doch so aus, als ob Bailey einem Unfall zum Opfer gefallen wäre.«

Smith ging vorläufig nicht darauf ein. »Schauen wir uns erst mal den Wagen an«, schlug er vor. Dabei schob er alle anderen Gedanken beiseite, um sich erst einmal eine Grundlage zu schaffen. »Und seine persönliche Habe, die er bei sich hatte. Die will ich auch sehen.«

Sie gingen hinüber zur Polizeistation, wo ihnen der Detective Inspector den Inhalt des Plastiksacks mit Loachs Habseligkeiten zur Verfügung stellte. Die Brieftasche war prall gefüllt mit Notizen und Zetteln, das Scheckbuch wies ein paar vor kurzem ausgestellte Schecks aus, keiner über größere Summen, keiner von Bedeutung. Eine Sammlung von Kreditkarten, Visitenkarten und die üblichen Dinge, die ein Geschäftsmann mit sich führt. Eine flache, goldene Armbanduhr, ein dicker, goldener Siegelring – aber kein Notizbuch, kein Adressenverzeichnis. Smith fragte nach einer Liste der gefundenen Gegenstände; man versprach ihm eine Fotokopie davon. »Nur für das System – Sie verstehen.«

Dann hinaus in den Hof, auf der Rückseite der Polizeistation, wo der Daimler-Jaguar parkte. Obwohl die Reifen dreckverschmiert waren, ebenso wie das Nummernschild auf der Vorderseite, das die Initialen des Verblichenen aufwies, war die Karosserie ansonsten blitzblank poliert. Smith ließ sich viel Zeit mit dem Wagen. Er setzte sich hinein. Ein Wageninneres, das ihm nicht vertraut vorkam; schließlich gehörte er nicht der Gehaltsklasse an, die sich in einem Daimler-Jag heimisch fühlte. Aber die Sicherheitsgurte waren die üblichen, mit dem Schloß zwischen den Sitzen, neben der gepolsterten Mittelkonsole. An der Konsole befanden sich die Schalter für die elektronisch betätigte Türverriegerlung und die automatischen Fensterheber. Und so sauber und blankpoliert, wie die Holzverkleidung, das Leder und das Glas waren, erinnerte ihn das Innere dieses Wagens an das Parterre im Green Briars. ›Großzügiges, spätviktorianisches Herrenhaus in parkartigem Grundstück, leichte Renovierungsarbeiten erforderlich. Verhandlungsbasis 96 000 Pfund. Angebote an A. H. Loach & Söhne Ltd., Grundstücksmakler.‹

Smith setzte Albert Loach in Gedanken auf den Fahrersitz, sah ihn dort sitzen, angeschnallt und aufrecht und stolz. Und beschäftigte sich mit ihm, redete in Gedanken auf ihn ein, freundlich und grübelnd.

»Nein, ich kaufe es dir nicht ab, Albert – nicht dein Herrenhaus und nicht deinen Tod. Rück zur Seite, Albert, und laß mich mal fahren.« Er setzte sich hinter das Lenkrad, zog den Sicherheitsgurt heraus und ließ ihn einschnappen. Da, am Gehäuse, Kratzer! Zwei Kratzer, ziemlich dicht nebeneinander, nein tiefer als Kratzer, Einkerbungen. Am oberen und am unteren Rand. Etwas Hartes, Metallisches hatte das Material über dem Freigabeknopf zerkratzt.

»Du sitzt also auf dem Fahrersitz, Albert, und alles, was dein Freund – dein Killer! – zu tun hat, ist, dir eine Schlinge über den linken Arm zu werfen und sie am Lenkrad zu befestigen. Etwas Festes, aber Weiches, zum Beispiel ein Seidenschal. Dann das gleiche mit dem rechten Arm. Siehst du, Albert, jetzt sitzt du fest – du kommst weder an die Schalter für die Fenster noch an das Zündschloß. Jetzt mußt du sterben, Albert. Dabei wolltest du nur mit einem Freund eine kleine, diskrete Fahrt unternehmen. Eine Fahrt aufs Land, irgendwohin, wo es ruhig und nett ist, zu einem Gespräch, einem freundschaftlichen Gespräch unter vier Augen. Worüber denn, Albert? Zum Beispiel über die Frage: Warum hast du ›Bim-Bam‹-Bailey überfahren? Warum, Albert? Er hätte weder dir noch deinen Freunden gefährlich werden können. Deinen Freunden? Den fünf alten Männern mit den alten Gewehren?

Warum hast du Bailey umgebracht, Albert? Und warum hat man dich umgebracht? Beantworte die beiden Fragen. Panik? War es das? Hast du durchgedreht, Albert, und dann haben *sie* durchgedreht, weil du durchgedreht hast? Aber haben sie dir alle zugesehen beim Sterben, als du hier drinnen gestorben bist, wie ein Goldfisch in einem großen Marmeladenglas? Ich glaube kaum. Einer hätte genügt, Albert. Wenn man das Gemisch fett einstellt, bist du in deinem Alter spätestens nach neunzig Sekunden im Koma. Und in zwei bis drei Minuten bist du tot. Dann aber hat er – oder haben sie – dir viel Zeit gelassen: lang genug, daß sich die Feuchtigkeit auf der Windschutzscheibe niederschlagen konnte, lang genug, daß du noch eine Entschuldigung für den Tod von Bailey notieren konntest. Nein, natürlich war das nicht im voraus so geplant, das war das Ergebnis von Improvisation. Die Inspiration des Augenblicks. Ich bin sicher, daß du nichts dagegen hattest – denn du warst kein Frosch, wenn man dir eine Chance bot. Man hat dir also die Hände losgebunden und das, was deinen Sicherheitsgurt blockierte, weggenommen, und dann hat man die Tür zugeknallt und dich alleingelassen. Allein, aufrecht und mausetot.«

Der D.I. aus Farnham beugte sich herein und bot Smith einen Penny für seine Gedanken. »Nein, sagen wir ruhig, einen Fünfer, Sir, da Sie ja ein Chief Superintendent sind.«

Smith ließ es über sich ergehen; heutzutage war es Mode, den Witzbold zu spielen. Statt dessen erklärte er einfach: »Alberts Leiche mag die richtige sein – aber der Wagen ist eine Fälschung. Betrug.« Dann schlug er mit der flachen Hand auf die Motorhaube, um seine Feststellung zu unterstreichen. »Dieser Wagen ist in der letzten Zeit mit nichts Härterem in Kontakt geraten als mit einem Waschleder.« Ein Fußtritt gegen den schmutzigen Reifen half wenig, um seinem aufgestauten Zorn Luft zu verschaffen. Er hatte sich Spekulationen hingegeben und war ihnen jetzt verpflichtet: er war genauso ein Witzbold wie dieser D.I. aus Farnham; dennoch fuhr er fort: »Das ist die Folgerung, die uns Mr. Loach nahelegte. Auf die wir kommen sollten, sobald wir ihn fanden. Lassen Sie durch Ihre Verkehrsstelle die Motor- und Fahrgestellnummern mit denen bei der Zulassungsstelle vergleichen, dann werden Sie's schon sehen.«

Beim Weggehen rief er ihm noch über die Schulter zu: »Und diesen Hinweis liefere ich Ihnen gratis.«

Als der D.I. aus Farnham in der Folge seinem eigenen Chief Superintendent berichtete: »Loachs Wagen war vertauscht, Sir, aber ich glaube immer noch, daß ihn ein schlechtes Gewissen wegen des Unfalls zum Selbstmord getrieben hat«, da antwortete ihm dieser – ein Mann, der große Probleme mit den Hypotheken auf seinem eben erst fertiggestellten Einfamilienhaus hatte – in wütendem Ton: »Zeigen Sie mir einen Immobilienmakler mit schlechtem Gewissen, dann zeige ich Ihnen das Paradies!«

Das Innere des kleinen Escort war im Vergleich zum Luxus des Daimler-Jaguars natürlich unbequem und eng. Smith saß da und wartete darauf, daß sie etwas unternahm, drückte sich mit den Fingern gegen die Schläfen und versuchte auf diese Weise, ein paar lose Enden in seinem Kopf zu verknüpfen. Nach einer Weile sagte er zu Sergeant Elstow: »Worauf warten wir eigentlich?«

»Ich wartete darauf, daß du eine Entscheidung triffst«, erwiderte sie.

»Was für eine Entscheidung?«

»Ob wir zu mir fahren oder zu dir.«

»Deine Wohnung ist näher.«

Er wurde nach hinten gerissen durch die ruckartige Beschleunigung, dann nach vorn geschleudert, als sie vor der Hauptstraße hart bremste; dabei stieß er mit dem Kopf schmerzhaft gegen die Windschutzscheibe. Die Elstow langte um ihn herum und zog das lose Ende des Sicherheitsgurts hoch. »Hast du nichts gelernt aus dem Schicksal des armen Mr. Loach? Wie's im Fernsehen heißt: Erst Klick, dann Start.«

Die Elstow schaute zu, wie Smith sich in dem etwas schmalen Bett aufsetzte. Als er sie sah, lächelte er zu ihr hinunter und streichelte ihr Gesicht. Zögernd sagte er: »Ich glaube, wir fahren besser wieder zurück ans Werk, mein Darling – für den Fall, daß O'Brien etwas herausgefunden hat.«

»Bitte ohne das ›mein‹ bei ›Darling‹. Vorläufig gibt es da keinerlei Besitzerrechte. Ich hab' dich genommen, weil ich dich haben wollte. Vergiß das bitte nicht . . . Darling.« Aber sie sagte es weich, ohne Groll.

Er legte seine Hand auf ihre rechte Brust, beugte sich hinunter, um die winzige Brustwarze zu küssen, und ließ seine Hand dann über ihren flachen Magen gleiten. Sie wand sich unter seinen Fingern. »Gauner«, sagte sie, als er sie an sich drückte. »Gauner.«

»Erst Klick, dann Start«, flüsterte er ihr ins Ohr.

Es kam für beide schnell und spontan. Kein Ausklingen, abruptes Ende. Sie rief ihm von der Dusche aus zu: »Sag mal, wie oft hast du eigentlich das *droit de seigneur* als Chief Superintendent bei deinen weiblichen Untergebenen ausgeübt?« Sie rief es fast zögernd, weil die Eifersucht ihre Unabhängigkeit besiegt hatte.

»Wenn du ein Musterbeispiel dafür bist, Elstow, dann muß ich sagen, leider nicht oft genug.«

»In meinem Fall ist es etwas anders. Ich war neugierig«, erwiderte sie, und es sollte leicht klingen.

»Ich auch, in deinem Fall. Aber lassen wir es dabei. Bis zum nächstenmal.«

Sie kam zu ihm zurück. »Wenn es ein nächstes Mal gibt, dann bei dir. Und *ich* sage, wann. Ich habe immer noch meinen Stolz, weißt du?« Sie kam aus der Dusche in einem Bademantel. »Jetzt bist du dran, und vergiß nicht, die Duschkabine sauber zu machen, wenn du fertig bist.« Ein Handtuch traf ihn ins Gesicht.

Plötzlich überwältigt von einer unsicheren Schamhaftigkeit, wand er sich das Handtuch um die Lenden, bevor er aus dem Bett stieg. »Weißt du, Elstow, wie du eben gesagt hast: Wenn es etwas gibt, das sich wie ein roter Faden durch diesen Fall zieht, dann ist es der Begriff ›Stolz‹. Jeder scheint damit vollgestopft zu sein: die Mörder, die Opfer und nun auch sogar noch –«

»Ich.« In diesem Punkt war sie Dogmatikerin.

»Vor allem du, meine liebe Elstow. Aber der Stolz meiner Hauptpersonen ist irgendwie – anders, undefinierbar. Es ist die Art von Stolz, wie man sie bei einer Parade spürt, bei einer Fahnenweihe. Ein historischer Stolz. Ein Stolz, wie man ihn einen Tag im Jahr feiert. Wenn der Tag vorbei ist, vergißt man ihn bis zum nächsten Jahr. Und jemand unter diesen fünf oder sechs Männern hält diesen Stolz lebendig, erweckt ihn zu neuem Leben, einmal im Jahr. Bei diesem einen jedoch braucht es nichts, um den Stolz am Leben zu erhalten – er ist stets gegenwärtig: ein Stolz, der durch Haß genährt wird.«

»Warum zerstörst du ihn dann nicht, diesen Stolz, Darling? Du bist sehr gut, was das betrifft.« Sie hatte eine Entdeckung gemacht, und die stimmte sie ein wenig traurig.

O'Brien schaute mit nachdenklichem Interesse auf das noch immer feuchte Haar von Smith. Smith erwiderte die unausgesprochene Frage mit einer Lüge. »Wir haben auf dem Rückweg in Guilford Halt gemacht und sind kurz zum Schwimmen gegangen.« O'Brien tat so, als sei er darauf neidisch. »O ja, Sir. Sie haben's gut. Wasser warm genug, wie?« Von Smith kam als Entgegnung eine Frage zu einem wichtigeren Thema. »Was haben Sie bei Loach gefunden?«

»Einen deutschen Stahlhelm, zwei Nazidolche, eine unregistrierte Luger-Pistole, rostig und ohne Munition. Keine Lee Enfield-Gewehre, keine Dreinulldrei-Patronen. Schuhe und Kleidung sauber poliert und gereinigt. Kein Sand. Und in Farnham, Sir?«

»Nichts, das heißt, nichts Positives, außer daß sein Wagen ein Bluff ist. Seine Kleidung und die Schuhe hat man ins Labor gebracht. Ich nehme an, das Resultat wird ein ähnliches sein. Wenn er wirklich zum Erschießungskommando gehörte – wir wissen ja, daß es sich dabei um eine ausgesprochene Saubermann-Firma handelt.« Er sprach ärgerlich, als werde er durch Nebensachen unnütz abgelenkt. »Diese Kriegstrophäen – war er bei der Army? Wo hat er gedient?«

O'Brien ließ ihn warten, leckte sich herausfordernd die Lippen, genoß seine Rolle als Hüter der Geheimnisse, bis ihm fast das Genick abbrach, als Smith ihn am Ende seiner Krawatte nach vorn zerrte. »Er war beim Royal Army Service Corps, nicht wahr?«

Seinerseits ärgerlich, versuchte O'Brien sich zu befreien. »Man nennt es jetzt nicht mehr das R.A.S.C., die haben vor über zehn Jahren den Titel geändert«, sagte er. »Es heißt jetzt R.C.T., das Royal Corps of Transport.« Smith wartete mit drohender, düsterer Miene, bis O'Brien seinen Kragen zurechtgezupft hatte.

»Und Sie haben seine Armeeakte durchgesehen?«

»Und ich habe mich mit dem Archivbüro des R.T.C. in Verbindung gesetzt, das das ehemalige R.A.S.C.-Archiv übernommen hat.« O'Brien wollte das Spiel noch nicht so schnell aufgeben, aber Smith lehnte sich nur gegen seinen Schreibtisch und fragte: »Mit welchem Ergebnis?«

Jetzt wurde der Druck auf O'Brien zu groß; die Worte sprudelten heraus: »Es wird Sie freuen, das zu hören, Sir – es gibt eine deutliche Verbindung. Pyrnford und Boswell waren Commanding Officer und Stellvertreter beim vierzehnhundertvierten unabhängigen Munitionszug des R.A.S.C. Die Einheit war bis zur Evakuierung von Dünkirchen im Juni neunzehnhundertvierzig in Frankreich. Der großmächtige Mr. Loach war damals nur Fahrer, ein anderes Wort für Gemeiner, und in derselben Einheit. Boswell kam ohne Schwierigkeiten aus Frankreich heraus. Aber Pyrnford stand, wie Lady Lowderton sagte, auf der Liste der Vermißten, die man für gefallen hielt. Loach kam in Kriegsgefangenschaft und wurde im April fünfundvierzig entlassen. Er verbrachte . . .« O'Brien konnte nicht widerstehen; er mußte um des Effekts willen eine Pause einlegen.

»Er verbrachte den Rest seines Dienstes in Filey, in Yorkshire, keine fünfzehn Meilen von Scarborough entfernt.«

Smith ließ es O'Brien durchgehen und lächelte nur nachsichtig. Dann fragte er: »Wann wurde er entlassen?«

»Im März sechsundvierzig. Er bekam seine Abfindung, fuhr nach Süden und eröffnete kurz danach –«

Smith hielt ihm abwehrend die Hand entgegen. »Was danach kommt, kenne ich. Und die übrigen, diese Vierzehnhundertvierer oder was – haben Sie die Namen der übrigen Teilnehmer dieses Zuges?«

O'Brien versuchte, nicht allzu enttäuscht zu sein. »Ja nun, Sir, so einfach ist das wieder nicht. Sehen Sie, die einzelnen Männer stehen ja nicht nach ihren Titel in der Liste, sondern nur nach dem Namen und der Erkennungsnummer. Schon bei den Namen hatte das Archiv einiges zu tun, um unsere drei aus den vielen anderen mit denselben Namen herauszufinden. Es gab immerhin während des Krieges mehr als eine Viertelmillion Männer, die beim R.A.S.C. dienten.«

»Alles, was weniger als eine Million ist in diesem Fall, kommt mir kinderleicht vor. Weiter.«

»Um den Titel der Einheit zu ermitteln, müßten wir jede Karte des Archivs manuell prüfen; dieser Teil des Archivs ist nicht im Computer einprogrammiert. Und das müßten wir selbst tun – sie würden uns diese Aufgabe nicht abnehmen. Selbst dann noch ist es die Frage, ob uns das Verteidigungsministerium da überhaupt ranläßt.«

»Wenn wir keinen anderen Weg finden, müssen wir ran, aber vielleicht fällt mir noch etwas Besseres und Leichteres ein.«

Wieder einmal waren alle Fragen von O'Brien einfach weggewischt worden.

»Aber halten Sie das vorläufig noch aus dem System raus«, ordnete Smith an. »Tippen Sie es erst, wenn das Büro leer ist, und legen Sie's dann in meinem Safe.« O'Brien fand, daß Smith geistesabwesend und irgendwie verzweifelt wirkte.

»Woran denken Sie, Chef?« fragte er jetzt.

»An den Stolz«, erwiderte Smith, noch immer weit, weit fort. »An den Stolz und an den Haß.«

»Ein neues Motto für die Polizei?« Aber Smith war schon am Telefon und sprach jetzt klar und deutlich, hatte sich offenbar wieder unter Kontrolle.

»Mr. Smallbone? Ich werde eine weitere Pressekonferenz anordnen. Zeitungen, Fernsehen – wen Sie erwischen können. Sobald wie möglich. Es soll noch heute abend rausgehen. Wichtige neue Entwicklungen, neuer Vorstoß an die Öffentlichkeit. Sie kennen den Scheißdreck. Was meinen Sie? Nein, Mr. Smallbone, es besteht nicht die Notwendigkeit, Commander Hessen davon in Kenntnis zusetzen; meines Wissens befindet er sich im Bramshill-Polizeikolleg, wo er heute als Gastgeber auftreten muß – der einzige Ehrengast.«

Er legte den Hörer auf, scheuchte O'Briens erschreckten Protest fort, nahm wieder den Hörer des Telefons ab und wählte eine neue Nummer.

»Hallo, Andy? Alle Macht der Presse. Wie geht's? Gut? Mir? Kann nicht klagen. Na ja, könnte auch besser sein. Hör zu, ich halte eine Pressekonferenz ab, in ein paar Stunden. Von wegen, du schickst den Lokalreporter! Ich ruf dich an, weil du mir schon so manchen Gefallen erwiesen hast. Jetzt ist der Zeitpunkt da, wo ich mich revanchieren kann. Du bist der Finger am Abzug, und du kannst ein paar Fragen abfeuern, die es in sich haben, das garantiere ich dir.«

Zum zweiten Mal innerhalb von zwei Wochen sah sich Smith im Fernsehen. Diesmal vor einem sorgfältig präparierten Hintergrund von unterdrückter Emsigkeit im ›Mordbüro‹.

Mr. Marrasey hatte sich höflich, aber bestimmt geweigert, bei dem Spiel mitzumachen, und erklärt: »Ich will ja nicht ungefällig erscheinen, aber es wäre klüger, wenn mein Zivildienstchef mich nicht allzu aktiv beteiligt sehen würde.« Smith war nur zu bereit, ihm recht zu geben; daß ihm irgendeine Zivildienststelle in den Kram pfuschte, hätte ihm gerade noch gefehlt. Sicher, Leute hatte er genug, aber Marrasey ließ das System laufen wie eine Schweizer Präzisionsuhr. Jetzt war er in der Tat unersetzlich. Die Kamera schwenkte durch das ›Mordbüro‹: Die Elstow, kühl und tüchtig, am Telefon. Hinter ihr zwei gutaussehende junge Detectives, die sich bemühten, ernsthaft und schlau dreinzuschauen, als überlegten sie gerade eine besonders inkonsequente Zeugenaussage. Sein eigener Kopf füllte den Bildschirm. Er kam rasch über die Einleitung weg. Und Andy Yuelle feuerte die Schüsse ab, wie er sie präpariert hatte. Der Chief Superintendent beantwortete sie, als bereite ihm das unsägliche Schmerzen.

»Ich kann nur sagen, es besteht die hohe Wahrscheinlichkeit, daß ›Bim-Bam‹-Bailey der Erschießung als Zeuge beigewohnt hat. Wir wissen inzwischen, daß der Wagen, in dem man Mr. Loach tot aufgefunden hat, zwar in Farbe und Modell dem Wagen entspricht, der Bailey getötet hat, aber daß es sich nicht um denselben Wagen handelt. Warum Mr. Loach so rasch und stillschweigend seinen Wagen wechselte, muß Ihrer eigenen Beurteilung überlassen bleiben. Bis wir den Wagen finden, mit dem die Tat begangen wurde, können wir nicht sagen, mit welchem Wagen Bailey tatsächlich umgebracht worden ist.«

»Legt die Polizei damit nahe, daß Mr. Loach für den Tod von Bailey verantwortlich ist, und daß er sich als Folge dessen selbst getötet hat?«

»Das könnte so sein«, antwortete Smith so säuerlich, als gebe er dies nur mit äußerstem Widerwillen zu. Dann, als sei er es satt, die Fesseln der offiziellen Verlautbarungen tragen zu müssen, warf er sie beiseite und zischte in die Mikrophone: »Ich persönlich glaube, daß alle drei Todesfälle eng miteinander in Verbindung stehen, und daß alle drei Männer die Opfer von gemeinen, hinterhältigen Mördern geworden sind. Eine Bande von feigen Killern, die töten, um ihre eigenen Verbrechen und ihre Schlupfwinkel nicht preiszugeben.«

Nachdem er das verkündet hatte, stakte er mit steifen Schritten aus dem Bild, achtete nicht auf weitere Zurufe und suchte Zuflucht in seinem Büro, wo seine zitternden Finger am Hals der Whiskyflasche herumnestelten. Commander Hessen brauchte genau vierundzwanzig Minuten, um nach Ende der Nachrichtensendung in Smiths Büro zu gelangen. Er fand ihn noch immer am Schreibtisch vor, noch immer die alkoholische Krücke umklammernd.

»Hallo, Sir«, sagte Smith, und auf seinem Gesicht zeigte sich Überraschung. »Ich dachte, Sie speisen heute in Bramshill?«

»Nein, ich speise erst morgen abend dort, wie Sie sehr wohl wissen.« Hessens Lippen zeigten einen feinen weißen Rand, als ob seine Lungen den Sauerstoff unter höchstem Druck festhielten. »Sie haben wohl keine Kopie meiner Termine erhalten, wie?« Die Worte zischten Smith um die Ohren wie Eiszapfen.

»Tut mir leid, Sir – dann habe ich die Daten verwechselt.«

In dem darauffolgenden Schweigen nannte ihn Hessens Gesicht einen tausendfachen Lügner. Smith wartete darauf, daß Hessen seinen Angriff fortsetzte.

»Ihr Akt der Unhöflichkeit, um nicht zu sagen Disziplinlosigkeit, die Tatsache, daß Sie eine Pressekonferenz abhielten, ohne mich davon zu informieren, ist schlimm genug. Aber daß ich und meine Frau erst durch Ihre – Ihre ungeheuerliche Andeutung von Albert Loachs Tod erfuhren – der öffentlichen Andeutung, daß er in einem Mordfall verwickelt sein könnte . . . Nun gut!« Innerer Kummer schien den Zorn zu besiegen. Hessen fuhr lamentierend fort: »Sie haben einen anständigen, alten Mann in Verruf gebracht. Albert Loach war gut befreundet mit uns, Smith – mit meiner Frau und mit mir. Er war der Pate unseres jüngsten Sohnes. Meine Frau ist völlig verzweifelt.«

Smith bot den Anschein von Bedauern. »Tut mir leid, ich wußte nicht, daß Sie miteinander bekannt waren.«

Hessen wischte Smiths Entschuldigung beiseite. »Ich sagte, er war ein Freund, Smith. Vielleicht haben Sie nur Bekannte – ich habe Freunde. Albert war früher Bürgermeister dieser Gemeinde, ein Mann, der viele wohltätige Einrichtungen unterstützt hat, der Präsident des Rotaryklubs von Cobb Common, dem er meine Mitgliedschaft empfehlen wollte. Er war –«

»Er war ein Gauner!« brachte Smith den Nachruf zu einem abrupten Ende, und Hessen starrte ihn mit offenem Mund an.

»Ungeheuerlich.« Es gelang Hessen nicht, Smiths Beschuldigung mit vollem Selbstvertrauen zu entkräften.

Smith knallte ein Bündel alter Akten auf den Schreibtisch. »Sie sollten klugerweise Erkundigungen einziehen, wenn Sie jemandem zum Paten Ihrer Kinder machen. Die Sünden sind vielleicht aus den Akten getilgt, aber die Wurzeln der Sünden stecken noch in den Archiven und lassen sich leicht zu neuen Pflänzchen entwickeln. Es sind böse Nesseln darunter, die seine Freunde arg brennen können.« Hessen schaute ihm fasziniert zu, wie er die staubigen Bänder löste, mit denen die Akten zusammengehalten wurden.

»Zum Beispiel dieser Akt aus dem Jahr zweiunddreißig. Damals war er achtzehn. Unsittlicher Überfall und versuchte Vergewaltigung eines fünfzehnjährigen Mädchens. Haftstrafe auf Bewährung ausgesetzt, unter der Bedingung, daß er sich freiwillig zum Militärdienst meldet. Oder nehmen wir das hier, von neunundvierzig: Unterschlagung von hundertsechzig Pfund, die man ihm als Pfand hinterlegt hatte. Er hat offenbar sechzehnmal zehn Pfund Pfand auf ein Haus genommen, das er nur einmal vermieten konnte. Als er aufflog, konnte er die anderen Bewerber nicht auszahlen. Er erhielt dann zwar das Geld irgendwoher – kurz vor dem Prozeß. Die fünf-zehn Bewerber erhielten ihren Einsatz zurück, und Loach kam mit einer Geldstrafe davon. In diesen beiden Fällen ist er tatsächlich verurteilt worden, aber es gab auch in den sechziger Jahren einige Betrugsanzeigen, die wegen Mangel an Beweisen niedergeschlagen werden mußten.«

»Die Verurteilungen sind längst verjährt; sie können nicht gegen ihn verwendet werden.« Hessen suchte Zuflucht in der Rehabilita-tionsakte. »Und auch heute landet manches durchaus anständige und ehrenwerte Geschäft in den Akten der Betrugsabteilungen, ohne deshalb schon moralisch oder auch rechtlich von Übel zu sein.«

»Oh, sicher«, stimmte ihm Smith zu, »aber wir nehmen das alles in unsere Archive, nicht wahr – um uns zu orientieren. Jedenfalls scheint mir dieser Mann nicht unbedingt geeignet als Pate für den Sohn eines Commanders bei der Polizei.« Smith sah, daß Hessen allmählich kapierte, und stieß prompt noch zweimal heftig nach. »Sie haben Ihr Haus durch ihn bekommen, was? War ein bißchen billiger als üblich, oder täusche ich mich? Und er hat ein Sperrkonto angelegt, zur Erziehung Ihres Sohnes.« Hessen zuckte unter den Dolchstößen zusammen; gnadenlos drehte Smith den Dolch in der Wunde. »Das könnte falsch ausgelegt werden, wenn es dem Depar-tement A zu Ohren gelangt. Es könnte einem Schlaumeier die Mög-lichkeit geben, zu sagen: ›Ein klares Fehlverhalten und das Nichtbe-achten der Weisheit, wie sie sich in Ecclesiastes zwei, eins findet.‹«

»Mein Glaube beruht nicht auf dem unsicheren Sand der Apo-kryphen«, sagte Hessen verdrießlich: dennoch warf er einen fragen-den Blick auf seinen Ankläger.

»›Mein Sohn, kommst du, um dem Herrn zu dienen, dann wappne deine Seele gegen die Versuchung.‹ Hier endet meine erste und einzige Lektion.« Die Worte rollten mit einer scheinheiligen Kadenz aus dem Mund von Smith.

»Ich bin nicht in Versuchung geraten«, schrie Hessen, und es ge-lang ihm, zu seiner Verteidigung einen Rest von Würde zusammen-zukratzen – um ihn vor den harten, gnadenlosen Blicken von Smith sofort wieder zu verlieren. »Ich war vielleicht naiv«, versuchte er sich selbst eine goldene Brücke zu bauen. »Ich habe, offen gestan-den, nie darüber nachgedacht. Es ist doch eine durchaus übliche Geste . . .« Dann, ein Augenblick der Arroganz: »Sie können das nie verstehen.«

»Wirklich nicht?« Smith sah den Schweiß auf Hessens Stirn und leckte hungrig nach dem Salz. »Sie meinen, weil ich ein so viel niedriger Mensch bin als Sie? Weil ich kein Verständnis habe für die in Ihrer Gesellschaftsschicht übliche Korruption, die dort als Kavaliersdelikt gilt. Das gegenseitige, unausgesprochene Verständnis. Die natürliche Hinnahme der großzügigen Gesten ohne Verpflichtungen – sicher, das bindet mehr als Kugel und Kette. Ihr alter ›Freund der Familie‹ hat dreißig Jahre gebraucht, um hinter das Geheimnis zu kommen. Aber Sie haben es von Anfang an gekannt und mit gutem Essen und gutem Wein aus ihrem Moralempfinden und aus Ihren Gedanken getilgt. Sauber denken, Mr. Hessen, sauber denken.« Er zog den Dolch heraus, aber nur, um ihn erneut seinem geschwächten Opfer in den Leib zu rammen. »Wann haben Sie Loach zuletzt gesehen?«

»Ungefähr vor einer Woche.« Vertieft in trübe Gedanken über seine Zukunft, antwortete Hessen fast unterwürfig: »Vor acht oder neun Tagen, zum Lunch.«

»Haben Sie dabei den Mordfall diskutiert? Den Mordfall Pyrnford? Und haben Sie ihn auf dem laufenden gehalten, was die Möglichkeiten betraf, zum Beispiel, daß ›Bim-Bam‹-Bailey ein Zeuge gewesen sein könnte? Sie haben doch sicher bei Ihren morgendlichen Kontrollbesuchen ins Einsatzbuch geschaut, oder?«

»Natürlich haben wir über den Mord gesprochen. Bert Loach ist – war ein Ratsherr unserer Gemeinde, er hatte ein Recht, zu erfahren, was hier vor sich ging.« Eine träge Müdigkeit zeigte sich auf Hessens offenem Gesicht, dann plötzlich wurde sie von Erschrekken und Bestürzung vertrieben. »O Gott! Sie glauben doch nicht, er hat daraufhin Bailey getötet, oder? Sie glauben doch nicht, daß Bert zu dem Erschießungskommando gehörte?«

Smith unternahm keinen Versuch, seine Wunden zu pflegen – statt dessen riß er sie noch weiter auf, diesmal mit Hilfe des vertauschten Wagens, Green Briars, dem Zufall mit dem R.A.S.C., der zur Gewißheit wurde angesichts des 1404. Munitionszuges. Und bei jedem neuen Stich versteifte sich Hessen und fand allmählich die Kraft des Märtyrers.

»Natürlich werde ich den Dienst quittieren. Das einzige Ehrenhafte, was ich tun kann.«

Seine Stimme war so stark und ruhig wie das vorgestreckte Kinn. Nur ein kaum wahrnehmbares Zucken seines rechten Augenlids verriet sein wahres Gefühl.

»Um Himmels willen – so werden Sie doch endlich erwachsen!«
Smith vertauschte den Dolch mit der Peitsche. »Sühne in Form eines Selbstopfers ist nichts weiter als die impotente Vereinigung von Selbstmitleid und Selbstsucht. Bleiben Sie doch nicht ihr ganzes Leben lang ein blutiger Anfänger, ein Idiot. Sie haben so lange sauber gedacht, daß Sie sich schon mit einem automatischen Moralfilter ausgestattet sahen, der alles, was weniger sauber war, ohne Mühe reinigte.« Smith konnte allmählich seine eigene Grausamkeit nicht mehr ertragen. Hessen weinte jetzt hemmungslos wie ein Kind.

»Gehen Sie nach Hause, Sir«, sagte Smith leise. »Schlafen Sie sich erst mal aus. Sie haben es wirklich übertrieben. Vergessen Sie den Unsinn mit dem Rücktritt. Die Sache bleibt unter uns. Niemand wird es je erfahren.« Er goß Hessen einen kleinen Schluck Scotch ein. Dann, um ihm eine Gelegenheit zu geben, daß er sich zusammenriß, tat er so, als sei die Wasserkaraffe leer, und ging damit hinaus zur Toilette. Als er zurückkam, traf er Hessen auf dem Korridor. Er eilte an ihm vorbei, den Kopf hoch erhoben, ohne ein Wort des Erkennens. Smith schaute nach, wie seine breiten Schultern über die Treppe verschwanden. Zurück in seinem Büro, stellte er fest, daß das kleine Glas mit dem Whisky leer war. Er lächelte und sagte: »Ja, völlig stumm. Total stumm.«

Drei Tage lang wartete Smith auf eine Reaktion, irgendeine Antwort. Reaktionen hatte es gegeben – von der Presse und vom Yard. Kritische Bemerkungen über unbeherrschte und emotionelle Sprache. Eine Vorladung in den fünften Stock beim Yard. Erklärungen, die verlangt und gegeben wurden. Ein rauhes: »Sie klammern sich da an einen Strohhalm, Mann.« Und ein glattes: »Selbst wenn etwas gewonnen ist – vorausgesetzt, es wird etwas gewonnen –, wiegt das nicht den Schaden auf, den Sie unserem Image angetan haben.« Und sogar eine Drohung: »Noch mal solchen Unsinn, und wir binden Sie im C.R.O. an einen Schreibtisch.«

Am Morgen des vierten Tages fand er es auf seinem Schreibtisch, als er um halb neun im Büro eintraf. Er hatte eine schlaflose Nacht hinter sich. Und das hatte nichts mit der Elstow zu tun, die bei ihm geschlafen hatte, auch nichts mit ihrer amüsierten Bemerkung über sein Versagen. Es hatte ausschließlich damit zu tun, daß er fürchtete, seine billige Provokation werde ignoriert, und er habe sich umsonst zum Narren gemacht. Ganz gleich, wie tief er die

Dunkelheit durchpflügte in der Hoffnung, den Funken einer Inspiration auf den schwarzen Wiesen der Nacht zu finden – er fand nur die leere Morgendämmerung.

Sicher, die Routinearbeit ging weiter, das System war gefüttert und lieferte seinerseits Material. Aber das war nicht mehr als Lebensunterhalt, das hielt zwar Herz und Lungen am Schlagen und Pumpen, brachte aber keinen Funken der Erleuchtung in ein moribundes Gehirn.

Und jetzt, im Tageslicht, war es da; es lag auf seinem Schreibtisch, abgestempelt am Postamt Trafalgar Square. Die Schreibmaschinentype war dieselbe wie auf dem Päckchen mit den Krügerrands. Die Adresse lautete: ›Mr. Owen Smith‹; dabei war das ›M‹ in ›Mr.‹ schwärzer als die anderen Buchstaben; es war über einen anderen Buchstaben getippt worden. War das ein C, das darunter war, C für Chief? Ein Tippfehler? Oder ein Versehen?

Sachte drückte er den großen Umschlag zwischen den Fingern; der Inhalt war dick, aber beweglich. Berichte? Dokumente? Der Verschluß nicht versiegelt, nur mit drei Klammern verschlossen. Nachdem er ihn geöffnet hatte, nahm er ein handbeschriebenes Bündel Papier heraus; an das erste Blatt war ein maschinebeschriebener Zettel geheftet.

Dear Sir,
Bezüglich der Vorfälle aus jüngster Zeit, die Gegenstand Ihrer Untersuchung sind und die Sie als gemeine und heimtückische Morde bezeichnet haben, begangen von einer Bande von feigen Killern, die nur morden, um ihre eigenen Verbrechen und Verstecke zu wahren: Der Tod von Mr. Bailey verdient tatsächlich eine solche Beschreibung, zumindest im Singular. Ich kann Ihren Verdacht über die Identität seines Mörders nur bestätigen und Ihnen mitteilen, daß er dafür entsprechend bestraft wurde. Er handelte ohne Auftrag und Zustimmung seiner ehemaligen Waffenbrüder, getrieben von Selbsterhaltungstrieb und von Gier. Charakterfehler freilich, die uns nicht unbekannt gewesen sind.

Was dagegen die anderen Angelegenheiten Ihrer Untersuchung betrifft, so muß ich im Namen meiner Kameraden, derer, die noch leben, und derer, die schon lange tot sind, ihre Ehre verteidigen und solche Worte aufs schärfste zurückweisen. Um dies zu belegen, erhalten Sie eine Kopie meines Kriegstagebuchs zu Ihrer Ansicht – im

Vertrauen, daß dieser Bericht unsere Aktionen vor Ihnen und der Welt als gerechtfertigt erscheinen lassen wird.

> Hiermit bin ich, Sir,
> Ihr ergebener Diener
> Michael Lugard.‹

Kein handschriftlicher Namenszug begleitete die getippte Unterschrift. Aus Vorsicht? Die sechzig Seiten, die er sein ›Kriegstagebuch‹ nannte, waren Fotokopien, aber die originale Handschrift war klar zu lesen, sobald man sich ein wenig an die kleine Schrift gewöhnt hatte. Manchmal fanden sich dunkle Flecken auf den Kopien; hier war das Originalpapier vermutlich vergilbt. Und obwohl die Schrift im größten Teil des Textes beherrscht und klar wirkte, war sie an einigen Stellen, vor allem gegen Ende, etwas zitterig, und die Worte folgten mit geringem Abstand aufeinander.

Smith ließ die Seiten über seinen Daumen gleiten, warf hier und da einen Blick auf den Text, und bekannte Namen sprangen ihm entgegen: Pyrnford, Boswell, Loach. Orte: Französische Städtchen, Doullens, Arras, Dünkirchen. Daten, wiederholt. Das Jahr 1940. Immer wieder 1940 – aber in diesem Jahr hatte sich auch eine Menge ereignet.

Smith hängte ein ›Nicht Stören‹-Schild an seine Bürotür und lenkte die für ihn bestimmten Anrufe zum Schreibtisch von O'Brien um. Dann nahm er das Papierbündel und begann – wie sein Opfer, bevor sie es in die Sandgrube schleppten und erschossen – das Tagebuch von Sergeant Michael Lugard zu lesen.

ZWEITER TEIL

Sergeant Lugards
Tagebuch

Das Kriegstagebuch von Sergeant Michael Lugard,
Royal Army Service Corps, darin enthalten
die Geschichte des 1404. Unabhängigen Munitions-
Zugs beim R.A.S.C.

Einleitung

Ich weiß, daß es durch Dienstvorschrift für alle Personen ohne aus-
drücklichen Auftrag während der aktiven Dienstzeit verboten ist,
ein Tagebuch zu führen. Es ist mir ferner bewußt, daß diese Anordnung häufiger gebrochen als befolgt wird, namentlich bei den Offizieren. Dennoch widersetze ich mich nur zögernd diesem Verbot,
nachdem ich bei meinem vorgesetzten Offizier, Captain Pyrnford,
um Erlaubnis gebeten habe, einen Bericht über die Einsätze des Zuges in Form einer Regimentsgeschichte aufzuzeichnen. Ich habe
viele derartige Tagebücher gelesen und fand sie stets äußerst interessant, obgleich sie meist nur die Siege der Regimenter behandeln
und ihre Verluste ignorieren, zumindest die nicht allzu ruhmrei-
chen. Oder sind Verluste niemals ruhmreich?

Mein Wunsch wurde abschlägig beschieden und mir als Anmaßung und Impertinenz ausgelegt. Ich nehme an, Captain Pyrnford
fürchtet, daß ich zu groß bin für meine Stiefel, wenn ich Anzeichen
von Intelligenz und literarischem Interesse von mir gebe. Was dies
betrifft, habe ich meine Schulbildung mit sechzehn Jahren abgeschlossen und bin gleich danach freiwillig in den Militärdienst eingetreten, wobei ich mich zwei Jahre älter machte, als ich zu diesem
Zeitpunkt tatsächlich war. Eine Tatsache, die manchen, wenn auch
nicht mich selbst, an meiner Intelligenz zweifeln läßt. Nachdem ich
mich entschlossen habe, gegen die Anordnung bezüglich persönlicher Tagebücher zu verstoßen, kann ich auch gleich noch einige au-
tobiographische Details hinzufügen, für die allerdings geringe
Wahrscheinlichkeit, daß dieses Tagebuch in späteren Jahren noch

einmal auf Interesse stoßen sollte.

Meine Eltern sind beide tot. Meine Mutter beging Selbstmord, vermutlich wegen der Bestialität meines häufig betrunkenen Vaters, eines Bürodieners bei einer dubiosen Anwaltsfirma. Er starb am Tag nach meiner Schulentlassung, als er in betrunkener Raserei vom Balkon unserer Wohnung im vierten Stock stürzte. Sein Tod verursachte mir wenig Kummer, doch er bestärkte meine Absicht, zum Militär zu gehen, namentlich, da die Polizei meinte, daß man mich als noch keine siebzehn und ohne Verwandte, bei denen ich wohnen könnte, in ein Heim stecken würde. Am nächsten Tag schon trat ich in den Militärdienst ein, wobei ich den Mädchennamen meiner Mutter, Lugard, angab. Sie war eine irische Katholikin, und möge Gott ihr Frieden schenken, auch wenn sie eine Todsünde begangen hat.

Zuerst dachte ich, vielleicht in einem Anfall von *folie de grandeur,* ich könnte mich einer Prüfungskommission stellen, da ich ja immerhin die für eine Offizierslaufbahn erforderlichen Zeugnisse besaß, doch dann wurde mir klar, daß man in diesem Fall meine Herkunft genauer beleuchten würde, und bei derart plebejischem Ursprung hätte man mir damals, im Friedensjahr 1936, die Offizierslaufbahn keinesfalls genehmigt. Ich fand es übrigens bemerkenswert einfach, als Gemeiner aufgenommen zu werden; ich brauchte nur zu behaupten, daß ich achtzehn Jahre alt sei, und die Unterschrift meiner toten Mutter zu fälschen – verzeih mir Mutter, und Gott schenke dir Frieden –, weil ich die Zustimmung der Eltern benötigte. Man verlangte weder eine Geburtsurkunde, noch stellte man irgendwelche weiteren Fragen. Am 17. August 1936 wurde ich Schütze Michael Lugard im Regiment meiner Wahl, der Schützenbrigade. Ich liebte das Militär, vermutlich als Elternersatz – ein sehr unreifes Motiv. Aber ich liebte es auch wegen der Sicherheit, der Disziplin, der Unverletzlichkeit seiner Regeln und Gesetze – wobei ich gerade jetzt eines davon übertrete! – und wegen der einfachen und klaren Zielsetzung und des maskulinen Kameradschaftsgeistes innerhalb der Regimenter und anderer Formationen. Ich brauchte etwas, woran ich mich festhalten und hochranken konnte, und das fand ich in der Schützenbrigade.

Im März 1939 war ich Corporal und diente an der indischen Nordwestgrenze als Leiter eines Aufklärungstrupps, der zu einer kleinen Kompanie gehörte, welche sich um die Stammesterritorien zu kümmern hatte. Ich weiß nicht genau, was wirklich passiert ist, aber wahrscheinlich sah irgendein feindlicher Eingeborener unseren Spähtrupp, der sich an einer Klippe entlangarbeitete, stellte die Zielvorrichtung eines alten Lee Metford-Gewehrs auf unendlich und feuerte einen einzelnen Schuß in unsere Richtung. Erst sah es so aus, als hätte er damit nur Munition verschossen, doch dann zeigte sich, daß die Kugel dicht unterhalb des rechten Schlüsselbeins in meine Brust eingedrungen war. In einer nicht so abgelegenen Gegend hätte das keine allzu ernsten Folgen gehabt, aber das Geschoß hatte den oberen Lungenflügel durchlöchert, und als ich im Lazarett von Peshawar eintraf, war meine Atmung fast ganz zusammengebrochen. Der leitende Chirurg war ebenfalls krank, und der einzige andere Arzt des Lazaretts sah sich nicht imstande, die jetzt notwendige Operation auszuführen. Doch der Regimentsgeist siegte: Der Hauptmann sicherte mir einen Platz an Bord eines der letzten Flugzeuge der Royal Air Force, einem Bristol-Bombay-Transporter, der zurückflug ins Mutterland. Sechsunddreißig Stunden später wurde ich im Lazarett in Shotters Hill bei London operiert ... Ein Teil meines Lungenflügels mußte entfernt werden, aber als man mich entließ, war ich weiterhin für den Militärdienst tauglich.

Inzwischen stand der Krieg eindeutig vor der Tür. Ein Krieg, an dem ich unter allen Umständen teilnehmen wollte. Allerdings meinte man beim Regiment, und trotz des A-1-Attests meines Lazarettarztes, daß ein Mann mit einem geschädigten Lungenflügel den Strapazen bei Infanterieregimentern nicht standhalten könne, deren Ausdauer im Marschieren und Kämpfen immerhin Legende war. Trotz meiner heftigen, wenngleich respektvollen Proteste versetzte man mich in eine Ausbildungskompanie als Unterweiser für Handfeuerwaffen und gab mir als Trost einen dritten Streifen. In den ersten drei Monaten nach der Kriegserklärung arbeitete ich hart in der Kompanie und machte mehrere Eingaben, um wieder zu meinen früheren Pflichten zurückkehren zu können – doch sie wurden samt und sonders abschlägig beschieden.

Ich ahnte allmählich, daß meine Schlachten nur noch auf dem Appellplatz und bei den Schießanlagen geschlagen werden würden. Doch dann kam eine Army Council Instruction vorbei und fragte nach erfahrenen Offizieren ohne besonderen Auftrag, die in Frankreich beim R.A.S.C. gebraucht würden, einem Korps, das offensichtlich aus ungeübten Landwehrleuten und erst kürzlich eingezogenen Rekruten bestand.

Das R.A.S.C. ist, wie ich aus meinem Studium der Armeeformationen wußte, in erster Linie ein Korps, das sich um den Transport für alle erdenklichen militärischen Zwecke zu kümmern hat. – Man nannte sie früher ›Spediteure‹: Lastwagenfahrer mit Munition, Benzin, Öl und Grundverpflegung oder mit Mannschaften, die an ihren Einsatzpunkt gebracht wurden. Sie verfügten über Panzertransporter, Stabswagen und Ambulanzen. Es handelte sich nicht um Kampftruppen, doch sie müßten zum Kampf bereit sein, falls es nötig sein sollte. Es war nicht unbedingt ein reizvoller Posten für einen Aktiven wie mich, aber er würde mich nach Frankreich bringen, und sobald der Krieg erst richtig losgegangen war, konnte ich mich dort viel leichter zurück zur Brigade schmuggeln als vom Trainingslager aus.

Ich reichte also ein Gesuch ein und bat, mich zum Service Corps zu versetzen, was mein Vorgesetzter mit äußerstem Mißvergnügen betrachtete. »Mein Gott, Sergeant – wollen Sie wirklich dahin? Das ist doch nichts weiter als eine Sammlung von Gemischtwarenhändlern und Tankwarten.«

Ich antwortete: »Aber sie kommen nach Frankreich, Sir, wo der Krieg stattfindet, und dort will ich auch sein.«

Drei Tage später wurde mein Gesuch genehmigt, und ich war unterwegs zum 1404. Munitionszug beim R.A.S.C. Keiner meiner ehemaligen Kameraden und Vorgesetzten wünschte mir Glück, geschweige denn ein gutes neues Jahr.

Ich habe diese vorausgegangene Einleitung in den letzten sechs Stunden geschrieben, während ich darauf wartete, daß das Truppenschiff Dampf machte und uns nach Frankreich übersetzte. Jetzt kann ich das Tagebuch mit Notizen und Eintragungen beginnen, wie es sich gehört, und über die ersten drei Tage bei meinem neuen Zug berichten. Es kommt mir so vor, als wäre es trotz meines Captains und eines Lieutenants, die die Leitung darstellen, *mein* Zug.

Freitag, 29. Dezember 1939

Kam in Southampton mit der Bahn an, Zeit 15.20 Uhr. Erfuhr vom Transportoffizier, daß der 1404. Zug in der Bassett Green-Schule anzutreffen sei, etwa drei Meilen vom Stadtzentrum entfernt. Keine Aussicht auf Transport, daher marschierte ich in voller Ausrüstung dorthin. Die Schule wurde als Durchgangslager für kleinere Einheiten benützt. Keine Wache an den Toren. Männer, die auf den Betten herumhockten, vermutlich den ganzen Nachmittag, wenn nicht schon seit dem Morgen.

Fand den Ordonnanzraum belegt durch einen kleinen, untersetzten Sergeant aus Glasgow. Ein Mann von der Landwehr namens William Menzies. Er selbst sprach es wie ›Wullie Mingies‹ aus. Ich stellte mich ihm vor und bemühte mich, ihm meinen Rang deutlich zu machen. Seine freundliche Antwort war: »He, du bist der Aktive, Mac. Bitte, bedien dich.« Also mußte ich mich als erstes darum kümmern, daß er das Büro des Rektors verließ, in das er sich eingenistet hatte, und daß für Menzies und mich ein geeigneter Raum requiriert wurde. Als ich zurückkam in den Ordonnanzraum, fand ich die Mannschaftsliste des Zuges vor.

Verantw. Offz.	: Captain Antony Pyrnford, Regular Army
Stellvertr.	: Lieutenant Derek Boswell, Landwehr
Sergeanten	: Menzies und ich
Corporals	: 3 Reservisten, 2 Landwehrmänner, 1 Rekrut
Weitere Ränge	: 16 Reservisten
	: 14 Landwehrmänner
	: 7 Rekruten
Mannsch. insges.:	51

Fuhrpark:	12	3tonner Bedford-Lastwagen
	2	30tonner W.D.Bedford-Lastwagen
	1	10 hp. Hillman-Pers. Wg. für Offiz.
	2	Morris-Lastwg. mit offener Ladefläche und Vorr. für A.A.Bren-Maschgew.
	2	500 ccm Triumph-Motorräder.

Waffen:	2	Bren-Maschgew., für A.A. oder Feldgebrauch
	1	Lewis für Feldgebrauch
	1	.55 Boyes A/T Geschütz

Waffen, persönliche:

Offiziere, N.C.O.s	.303 S.M.L.E.-Gewehre
und andere Ränge	.38er Pistolen:
	(2 für Offiziere,
	2 für Melder)

Wie mein früherer Vorgesetzter zu sagen pflegte: ›Ein gesichtsloser Haufen von Gemischtwarenhändlern und Tankwarten.‹ Alle Landwehr-Leute stammten aus Glasgow. Die übliche Rotte von Angestellten, Arbeitslosen und Arbeitsunfähigen, die dieser Freizeitarmee beigetreten waren, um Soldaten zu spielen, sich ein paar Pfund zu verdienen und kostenlose Ferien im alljährlichen Feldlager zu genießen.

»Wo sind die Offiziere?« fragte ich Menzies. Er sagte, er hätte seit dem Heiligen Abend noch keinen von ihnen gesehen. Ich schlug ihm vor, den Zug sofort in Marschordnung zu bringen. Er protestierte und erklärte: »Die trinken jetzt erst ihren Tee und machen sich dann fertig zur Abfahrt.« Ich wiederholte meinen Vorschlag sehr langsam und deutlich.

Mit wenigen Ausnahmen sind ihre Uniformen ungepflegt, die Gewehre in einem schändlichen Zustand, und sie selbst gleichen ihrer Ausrüstung und ihrer Kleidung. Ich suchte sechs davon aus, die einen besseren Eindruck machten, dazu einen Corporal, und stellte sie für die nächsten zwölf Stunden als Wachen auf. Die übrigen erhielten den Befehl, in zwei Stunden wieder mit blankgeputztem Gerät und leicht geölten, gereinigten und polierten Gewehren anzutreten zum Appell. Es gab ein wenig Gemurre darüber. Ich ließ sie eine halbe Stunde exerzieren, bis das Gemurre verstummt war. Dann befahl ich ihnen, in eineinhalb Stunden wieder anzutreten. Sie verschwanden schweigend.

Samstag, 30. Dezember 1939

Ich ließ den Zug um 08.00 Uhr antreten. Nach der Aufmunterung vom vergangenen Abend zeigten sie jetzt wenigstens äußerlich soldatische Disziplin. Ich mache mir vor allem über die Reservisten Gedanken. Eine erfahrene, aber streitsüchtige, aufsässige Bande. Sie haben fast alle mindestens sieben Jahre gedient, sich dann einen Platz im Zivilleben gesucht, wo sie prompt scheiterten, und kamen reumütig zurück in die Armee. Aber sie waren früher einmal Aktive, und ich will sie wieder zu Aktiven machen.

Ich hatte gerade die Gewehrinspektion beendet, als ich einen Hillman durchs Schultor fahren sah. Aus dem Wagen stiegen zwei Offiziere. Der eine, ein Captain, gestiefelt und gespornt, im Kavalleriestil, mit einem Ausgehstock. Die Mütze in einem Winkel, den Romanautoren als kühn bezeichnen – auch das Kavalleriestil. Der

Diagonalgurt über der Brust, obwohl eine neuere Verordnung auf das Tragen des Gurts verzichtet. Warum trägt er ihn? Keine Ahnung.

Das waren jedenfalls, darüber gab es keinen Zweifel, der kommandoführende Offizier, Captain Pyrnford, und sein Stellvertreter, Lieutenant Boswell. Mr. Boswell trug die übliche Dienstkleidung des Offiziers. Captain Pyrnford scheint einer von jenen Offizieren zu sein, die alle Anordnungen mißachten, sofern sie selbst sie nicht gutheißen. Nicht unbedingt das Zeichen für einen schlechten Offizier. Ich habe festgestellt, daß manche seiner Sorte recht anständig mit den Leuten umgehen. Damit meine ich natürlich nicht Nachlässigkeit und Schlendrian. Ich ließ meine Leute wieder antreten und salutierte. Sah, wie der Captain einen Blick auf mein Brigadeabzeichen an der Mütze warf – war das ein Zucken der Lippen und ein Stirnrunzeln? Was bedeutete der Blick aus den Augen hinter der goldgerahmten Brille? Aber er sagte nichts und nahm den Appell ab. Er fand auch den üblichen fehlenden Knopf, den Offiziere bei jedem Appell finden müssen. Danach ließ ich sie mit den Gewehren exerzieren. Es war einfach schrecklich. Im Augenblick konnte ich gar nichts dagegen unternehmen. Es wird mindestens eine Woche dauern, bis sie einigermaßen anständig exerzieren können.

Captain Pyrnford ließ sie rühren und wandte sich dann an sie. Seine Stimme war laut, aber gedehnt und guttural. »Ihr Määhhner«, sagte er, den Kopf nach oben gerichtet, die Beine weit gespreizt, das Stöckchen unter dem Arm, »ihr Määhhner wißt ungefähr so viel vom Beehruuf des Soldaten wie mein Aahrsch über Dampfschifffaaahrt auf dem Sambesi-Fluuuhss.« Danach ließ er um des Effektes willen eine Pause entstehen. Der Effekt war, daß einer der Rekruten kicherte; das Kichern erstarb in dem Augenblick, als das Stöckchen des Captains auf sein Gesicht zeigte. Dann ließ er das Stöckchen hin und her schwingen in einer Bewegung, die den ganzen Zug einschloß. »In diesem Augenblick könnt ihr weder vögeln noch kämpfen noch marschieren.« Das Stöckchen schwankte drohend hin und her. »Aber ihr werdet leehernehen, Soldaahhten zu sein – und ihr werdet es schneeheell leehernehen. Sonst –« An dieser Stelle drehte der Captain am Griff des Stöckchens und zog eine Degenklinge heraus. »Sonst kjaaahastriere ich einen jeeheden von euheuch.« Er beschrieb eine Vertikal- und eine Horizontalbewegung mit der Klinge und fuchtelte in höchst eindrucksvoller Weise damit durch die Luft. Die Männer standen in gleichmütigem

Schweigen da. Um seine Erfahrung als Degenkämpfer zu unterstreichen, ließ der Captain jetzt die Klinge vor den Augen der angetretenen Männer tanzen. »Morgen um sieben Uhr marschieren wir den Huuhunnen entgegen.« Nachdem er auf diese Weise Dampf abgelassen hatte, steckte der C.O. wieder seine Degenklinge in die Stockscheide, befahl mir, die Männer zu ihren Pflichten zu entlassen und ihm im Büro Bericht zu erstatten.

Captain Pyrnford ist kaum älter als ich. Durch die Brille sieht er aber älter aus. Ich bin froh, daß seine normale Sprechweise nicht so übertrieben ist wie bei den Männern. Ich weiß nicht, was sie von ihm halten; ich selbst war nicht sonderlich beeindruckt. Er ging einfach zu weit, und dem Ganzen mangelte es an Würde.

Seine ersten Worte, die er an mich richtete, zeigten sein Ressentiment gegenüber meiner Schützenbrigade. Er befahl mir, das Emblem an meiner Mütze zu entfernen und statt dessen das des Corps zu tragen. Dann fragte er: »Was um alles in der Welt hat Sie wohl dazu getrieben, in diesen Latrinenkübel zu springen?«

Ich berichtete von meiner Verwundung und über die Gründe für meine Versetzung. Der Captain hat eine Vertiefung an der rechten Stirn, die er gelegentlich berührt, wenn man mit ihm spricht. Nachdem ich ihm alles erklärt hatte, sagte er: »Ja, sehr gut. Brauche einen Mann wie Sie – einen richtigen Soldaten.« Und als ob er mich erinnern wollte, wo meine Grenzen lagen, erklärte er: »Ich bin auch ein richtiger Soldat, müssen Sie wissen.« Und wieder betastete er die Delle an seinem Schädel. »Sie haben auch mich in diese Scheißbrigade versetzt. Mein ›Eingeborener‹ war ein idiotischer, subalterner Kanonier. Hat mich mit dem Schläger getroffen, bei einem Match zwischen zwei Garnisonen. Ein Unfall – das hat er jedenfalls behauptet. Dieser Kretin hat einen Sehnerv verletzt. Deshalb muß ich das Ding hier tragen.« Er rückte die Brille zurecht. »Aber ich bin ein echter Soldat und ich kenne mich aus, also versuchen Sie nicht, mich reinzulegen.« Wieder rückte er an der Brille. »Ich kann durch Wolle schauen, also ziehen Sie sie mir nicht über die Augen.« Ich empfand sowohl die Andeutung wie die Drohung geschmacklos, sagte aber nichts dazu.

Danach gab er mir seine Befehle zur morgigen Einschiffung bekannt. Dabei stellte ich fest, daß er völlig unzugänglich und auch desinteressiert war, was gewisse Vorschläge meinerseits zur Marschordnung und zur Führung eines Tagebuchs betrafen. Ich begann zu ahnen, daß es nicht nur die Sehschwäche war, die sein früheres Regiment veranlaßt hatte, sich diesen Captain Pyrnford vom Halse zu schaffen.

Sonntag, 31. Dezember 1939

Wir marschierten, wenn man das marschieren nennen konnte, heute morgen zu den Docks, nachdem wir gestern die Fahrzeuge auf das Schiff gebracht hatten. Ich hatte dem C.O. vorgeschlagen, die schwereren Lasten in einem der Fahrzeuge zu verstauen, um das Gewicht, das die Leute tragen mußten, zu verringern. Er weigerte sich und meinte, es täte den Spießern nur gut. Das mag zwar sein, aber es trägt nicht dazu bei, den äußeren Eindruck des 1404. unabhängigen Munitionszuges zu verbessern, der in vollem Marschgepäck mit Gewehr und Gasmaske zu marschieren versuchte. Ich kenne noch nicht die Marschordnung beim R.A.S.C., weiß auch nicht, ob man sich darüber überhaupt Gedanken gemacht hat, aber mein Zug hatte das Glück, die Nachhut zu bilden, während uns ein Bataillon von Highlanders aus Argyll und Sutherland voranmarschierten. Die Männer, die nur ihre leichten Rucksäcke trugen, marschierten großartig und mit Stil und sangen dazu. Das riß den 1404. Zug zwar zunächst ein wenig mit, aber mit Gepäck von sechzig Pfund auf jedem Rücken konnte man keinen Parademarsch erwarten.

Skiller, einer der Rekruten, hat trotz seiner Jugend keine jugendliche Figur. Er besitzt einen kartoffelförmigen Körper, aus dem die Gliedmaßen wie Streichhölzer hervorstehen. Er hat krampfhafte Koordinationsschwierigkeiten; sein linker Arm bewegt sich mit dem linken Bein, und auf der rechten Seite ist es das gleiche. Höchst unangenehm schon für einen normalen Menschen. Glücklicherweise blieb er beim Marsch mit vollem Gepäck von seinen Anfällen verschont.

Die übrigen befanden sich in nicht wesentlich besserem Zustand. McQuish, einer von den Leuten aus Glasgow, war zwar fröhlich und munter, aber nur weil sein Kamerad, ein grobknochiger Riese, den er Big Sanny nennt, das Gepäck für ihn trug. Ich weiß nicht, was ich von Sanny, der mit Familiennamen Bruce heißt, halten soll. Er ist tüchtig und willig als Soldat, aber er zeigt eine kaum verhüllte Dreistigkeit. Einer der älteren Männer, an die fünfundzwanzig. Spricht überlegen, wenn er will. Es heißt, er hat ein Diplom von der Universität in Glasgow. In seinen Akten steht nichts davon. Ich nehme an, Sanny ist die Abkürzung seines Vornamens Alexander.

Hörte ein schleifendes Geräusch hinter mir: Turnbull. Auch einer von den Rekruten; er war so erschöpft, daß er seinen Seesack wie einen Sack voll Kohlen hinter sich herschleifte. Ich befahl ihm, den Sack wieder auf die Schultern zu nehmen. Er taumelte dahin, mit bebenden Lippen, Tränen in den Augen. Hat kurz vor Weihnachten geheiratet. Blöder Kerl. Nein, blöder Junge. Viel zu jung. Er kam schon am ersten Tag auf mich zu und fragte, ob er bis zur Einschiffung Ausgang haben könnte. Ich habe ihm den Gedanken aufs Schärfste ausgetrieben. Damals sah ich ihn zum ersten Mal in Tränen und mit bebenden Lippen.

Der korpulente Sergeant Menzies trieb andere Trödler weiter; er selbst hatte weder den Tornister noch den Seesack bei sich. Ich weiß, daß er beides in den Kofferraum von Captain Pyrnfords Wagen geschmuggelt hat, in Übereinstimmung mit dem Fahrer des Captains: einer von Menzies' ›Terriern‹, wie er die Männer von der Territorial Army, der Landwehr nennt. Die Offiziere waren vorausgefahren. Captain Pyrnford hatte mich mit der Leitung des Zuges beauftragt, sich dann an Mr. Boswell gewandt und gesagt: »Kommen Sie, Derek, alter Junge. Erstes Ziel: eine anständige Kabine auf dem Truppentransporter.«

Ein alter Soldat aus dem Ersten Weltkrieg – mit all den Orden an der Brust – beobachtete mit Begeisterung den Vorübermarsch der Argylls. Seine Schultern senkten sich, und sein Kopf wandte sich beschämt ab, als der 1404. unabhängige Munitionszug vorbeikam. Zum ersten Mal zweifle ich daran, ob es wirklich klug war, mich zu diesem Zug versetzen zu lassen.

23.16 Uhr. Wenigstens ist das Schiff unterwegs. Wir befinden uns seit 09.50 Uhr an Bord. Die Männer haben nichts zu essen außer einer Dose Corned Beef und einer Packung Kekse. Das ist die ganze Ration für die Überfahrt.

Ein paar Matrosen haben Tee gemacht und verkauften ihn für einen Penny pro Becher. Ohne Zucker. Ich kann Tee ohne Zucker nicht trinken. Die Landwehrleute haben's gut mit ihrem Sold, fast alle anderen sind pleite. Der C.O. hat versäumt, den Sold abzuheben, vermutlich wegen seines verlängerten und, wie ich sicher annehme, nicht genehmigten Weihnachtsurlaubs. Die Terrier kaufen Tee für ihre Kameraden. Zeigt, daß zwischen ihnen Kameradschaftlichkeit herrscht. Glaube, daß ich aus ihnen noch etwas machen kann. War gerade oben an Deck, stockdunkel, eine Dunkelheit, die fast Substanz zu haben scheint. Ich kann die anderen Schiffe, die uns begleiten, nicht sehen, aber ich fühle sie. Bin von den aufregenden Ereignissen gepackt und kann nicht schlafen. Kehre schließlich an meine warme Ecke an einem der Kamine zurück und schreibe weiter.

Die Matrosen wollen nicht mitteilen, wo wir an Land gehen werden – aber da drüben, in der Dunkelheit, liegt der fruchtbare Bauch von Europa. Mr. Gilbert, mein Englischlehrer, wäre entsetzt gewesen über diesen Ausdruck. »Du hast eine ungesunde Vorliebe für schwülstige Bilder, mein Junge. Vermeide das Schwülstige grundsätzlich.« Zum Teufel mit Ihnen, Mr. Gilbert. Da drüben findet ein Krieg statt – ein Krieg, der bis jetzt, abgesehen von ein paar Seekranken, noch keine Opfer gefordert hat. Aber in dieser Nacht fühle ich zum ersten Mal, daß es diesen Krieg gibt. Und ich habe nur meine Ehre, mein Vaterland und – mein Regiment? Meinen Zug! Auf einmal bin ich sehr müde.

Montag, 1. Januar 1940

Überquerten nachts den Kanal ohne Zwischenfälle und begrüßten den neuen Tag, das neue Jahr, das neue Jahrzehnt in Cherbourg. Ließ den Zug am Dock versammeln und warten, bis der C.O. und Mr. Boswell das Schiff verlassen hatten. Als sie endlich kamen, zeigten sie alle Merkmale eines heftigen Katers. Hatten vermutlich das neue Jahr im Offizierssalon gefeiert. Keine brauchbaren Anweisungen. »Sie sind doch Sergeant, oder? Also sehen Sie selbst zu, wie Sie zurechtkommen.« Ich kam zurecht. Erst besorgte ich den Leuten ein Frühstück, dann ging's zurück zu den Docks. Die Fahrzeuge wurden ausgeladen und zum Abstellplatz gebracht. Erster Anblick der französischen Soldaten, die den Parkplatz bewachen. Nicht beeindruckt. Ein Poilu in einer abgetragenen, blauen Uniform, unrasiert, ungeputzte Stiefel, Hände in den Hosentaschen, Zigarette zwischen den Lippen. Ich erhielt einen mürrischen Blick als Antwort auf mein freundliches ›Bon Jour‹, dann drehte er sich ab und schlurfte davon. Ein Mann Ende Zwanzig, also vermutlich ein Reservist, den man wieder einberufen hat.

Marschierte mit den Männern zum Gare Maritime, wo wir auf den weiteren Transportbefehl warten müssen. Der Wind vom Meer ist scharf wie ein Messer, der Himmel klar und hell wie ein Dia mant. Französische Wasserflugzeuge brummen den ganzen Tag umher, vor allem in der Nähe des Hafens. Starten, kreisen, landen, starten wieder. Eine Trainingsbasis für Piloten, wie ich annehme.

Der Gare Maritime ist ein riesiger Bienenstock aus Beton, obwohl das Hin und Her nicht so produktiv ist wie in einem Bienenstock. Bis vor kurzem war Cherbourg Abreise- und Ankunftsort der großen Transatlantikschiffe. Die Reichen und Berühmten stiegen aus den Zügen und gingen durch die überdachten Arkaden zu ihren Luxusdampfern. Jetzt hallt das Gebäude von genagelten Militärstiefeln. Wir und Hunderte anderer eben gelandeter britischer Soldaten erwarten hier unsere Marschbefehle. In den oberen Stockwerken des riesigen Gebäudes hat man einfache, hölzerne Doppelkabinen eingebaut. Die Männer hängen herum. Disziplin ist lax, aber keiner liegt den ganzen Tag auf der Pritsche. Dazu ist es zu kalt. Die große Kuppel des Gebäudes wirft das Donnern stampfender Füße und um sich schlagender Arme zurück – ein primitiver Soldatentanz gegen seine größten Feinde: die Kälte, den Hunger, die Langeweile.

Auf den Bahnsteigen, am offenen Ende der Halle, spuckt ein halbes Dutzend geschwärzter Kesselöfen, bei der Armee als ›Soyer-Öfen‹ oder ›Gulaschkanonen‹ bekannt, seinen dicken Rauch aus den hohen, dünnen Kaminen. Köche in ehemals weißen Overalls rühren in der klebrigen Masse, die sich in den Kesseln befindet. Gruppen von Soldaten kauern sich um die Öfen, weniger aus Hunger, sondern wegen der Wärme, die die Kesselöfen ausstrahlen. Dreimal täglich erhalten die Männer ihre Nahrung aus den Soyers, wobei man einfach große Dosen mit F & G öffnet und ihren Inhalt in den Kesseln erwärmt. F & G (Fleisch und Gemüse) ist berüchtigt für die Fehlernährung der britischen Armee seit den Burenkriegen: vom Blech der Dosen verfärbt, faulig stinkend und nur für stärkste Mägen verträglich. Morgens und abends gibt es außerdem eine rauchige, gelbgefärbte, ungesüßte Flüssigkeit, die sie Tee nennen. Die Essensportionen werden in der Regel mit Skepsis betrachtet, vorsichtig probiert und dann voller Ekel weggeworfen. Die Privilegien meines Ranges ermöglichen es mir, bessere Nahrung in der Offiziersmesse zu erhalten.

Hängen noch immer am Gare Maritime herum. Erhalten möglicherweise morgen den Marschbefehl. Der gestrige Abend war interessant. Gegen 18.00 Uhr kam eine Zahl französischer Soldaten herein, und als wenn das so Sitte wäre, erboten sie sich, den britischen Soldaten Taschenmesser, Unterwäsche und Hemden abzukaufen. Es fehlte nicht an Interesse. Da die meisten der Männer, noch verweichlicht vom Leben als Zivilisten, den Fraß aus den Gulaschkanonen nicht vertragen, brauchen sie das Geld, um sich anderswo Essen zu besorgen. Habe festgestellt, daß die ersten Worte Französisch, die der britische Soldat lernt, nicht *Voulez vous jiggy-jig avec moi, mam'selle* lauten, sondern: *Deux oeufs, pommes de terre frites avec pain et beurre.* Ich bemühte mich, die Franzosen möglichst rasch wieder zu vertreiben, ehe sie unseren Leuten allen Besitz abgeknöpft hatten. Dabei benützte ich Soldaten-Kauderwelsch, das ich meinem begrenzten Schulfranzösisch vorzog. Die scharfen Stakkato-Phrasen verwirrten die Franzosen, beeindruckten sie aber zugleich. Sie zogen sich zurück, wobei sie als Antwort nur die heftigen, gallischen Gesten und unterdrückte Flüche anboten.

Am späteren Abend kam Fahrer Quarrie in meine Koje am Ende des Korridors. Fahrer Quarrie steckte in der Klemme.

Er ist einer von Menzies ›Terriern‹ und einer der wenigen schlaueren Leute, die ich bei meiner ersten Inspektion des Zuges als Wache eingeteilt hatte. Dieser törichte Narr hat sein Gewehr versaut! Für Soldaten eine Todsünde; dafür konnte er sechs Monate Straflager bekommen. Doch die Aufrichtigkeit, mit der er es eingestand, und die Art dieses Geständnisses haben mein Herz erweicht. Quarrie, ein achtzehnjähriger Bursche, stammt aus einem Dorf in der Nähe von Glasgow, wo er auf einem Bauernhof arbeitete. Daher wirkt er gesund, mit frischem, gerötetem Gesicht, angenehmen Zügen, einer anständigen Figur – im Gegensatz zu der rohen Verweichlichung der Städte, die nicht selten auch die Körper der Leute abmagern oder aufquellen läßt. Der törichte Quarrie hatte seinen Gewehrlauf gereinigt, ein Prozeß, den ich vielleicht etwas näher erläutern sollte für den Fall, daß dieses Dokument vor die Augen eines militärisch unerfahrenen Lesers gerät.

Im Schaft eines jeden Armeegewehrs befindet sich ein Hohlraum, der ein Ölfläschchen und einen ›Durchzug‹ enthält. Der Durchzug ist ein Stück starker Schnur mit drei Schlingen am einen Ende und einem zylindrischen Gewicht aus Messing am anderen. Zum Reinigen des Laufs benützt man ein Stück weichen Flanelltuchs. Dieses Tuch, das 4 mal 2 Inches mißt, wird daher grundsätzlich als das ›Viermalzwei‹ bezeichnet. Da es häufig gebraucht wird, ist es rar, und die Soldaten sind gehalten, es öfter zu benützen. Quarries Tuch – guter Soldat, der er ist – war immer wieder benützt und dazwischen gewaschen worden, bis es sich schließlich in seine Bestandteile aufgelöst hatte.

Quarrie, der befürchtete, sein Gewehrlauf könnte in der salzigen Luft bei der Überfahrt Rost angesetzt haben, hatte sich unklugerweise ein Stück vom Schoß seines Armeehemds abgeschnitten und versucht, damit den Lauf zu reinigen. Überflüssig zu sagen, daß es dicht hinter dem Laderaum steckenblieb. In Verzweiflung hatte der dumme Junge das freie Ende des ›Durchzugs‹ an ein Stahlgeländer gebunden und versucht, auf diese Weise das Tuch durchzustoßen. Doch damit hatte er es nur noch weiter in den Lauf gestopft, und schließlich war ihm auch noch der Durchzug abgerissen. Ich bin kein humorloser Mensch und nehme an, es war die betrübte und zugleich komische Situation, die mich davon abhielt, disziplinarische Maßnahmen gegen den ›guten Soldaten‹ Quarrie einzuleiten. Da war er nun, eben erst eingetroffen auf der Bühne des Krieges, voller Begeisterung, dem Feind entgegentreten zu können – mit einem verstopften, unbrauchbaren Gewehr!

Ich sollte vielleicht noch erwähnen, daß der Erfinder des Durchzugs die Stupidität von Männern wie Quarie vorhergesehen hatte. Daher mußten die Viermalzwei auch immer in der mittleren der drei Schlingen des Durchzugs befestigt werden, wobei die untere Schlinge genau das Problem lösen konnte, das Quarrie mit seinem Gewehr verursacht hatte. Auf diese Weise kann man vom Schloß her einen Stock mit einem Haken einführen und das Ganze von der anderen Seite herausziehen. Unglücklicherweise hatte man Quarrie in den lächerlichen drei Monaten Trainingszeit nicht genauer unterwiesen, wie der Durchzug zu benützen ist. Und der dumme Junge hatte seinen Hemdszipfel ausgerechnet in die unterste Schlinge eingeführt! Daher war der Schaden vorläufig nicht zu beheben.

Ich wurde sehr wütend darüber, daß man die Leute derart unvorbereitet nach Frankreich schickte, in den Krieg. Die Tatsache, daß er einen Lastwagen fahren konnte, schien seine einzige Befähigung zum Militärdienst zu sein. Er und mindestens die Hälfte des Zuges hatten noch nicht einmal mit scharfer Munition geübt. Quarrie war völlig verzweifelt, als er meinen Zorn bemerkte, der sich nicht eigentlich gegen ihn richtete. Jetzt hat der arme Teufel Angst davor, entdeckt zu werden, aber er fürchtet sich noch mehr vor der Schande, wie mir scheint. Ich tröstete und beruhigte ihn. Und dann gab ich ihm einen alten Soldatenrat, wie er das Problem mit dem Gewehr lösen könnte.

Mittwoch, 3. Januar 1940

08.00 Uhr. Meldete mich bei Captain Pyrnford im Offiziershotel. Sehe ihn zum ersten Mal seit Verlassen des Schiffs. Kein Marschbefehl zu erwarten, möglicherweise morgen. Sein einziger Befehl an mich: »Beschäftigen Sie die Männer – wie, das überlasse ich Ihnen.« Kehrte zum Gare Maritime zurück und stellte fest, daß sämtliche dort kampierenden Truppen auf einem Bahnsteig zur Gewehrinspektion angetreten sind. Der Appell war von einem wütenden Sergeant-Major ausgegangen, der von vier Sergeants der Royal Engineers unterstützt wurde. Unter uns ist eine Kompanie Pioniere untergebracht. Quarrie hatte sich um 03.00 Uhr hinuntergeschlichen und sein nutzloses Gewehr mit einem der ihren ausgetauscht. Da Pioniere mechanisch versierte und erfahrene Männer sind, dürfte der jetzige Besitzer des verstopften Gewehrs keine Schwierigkeiten haben, es wieder in Ordnung zu bringen. Aber ihr Sergeant Major tobte vor Wut. Er hatte bereits die Seriennummern der Gewehre meines Zuges inspiziert – ohne Erfolg. Da ich mit Unannehmlichkeiten gerechnet hatte, habe ich Quarrie mein Gewehr gegeben. Das andere, das er ausgetauscht hat, liegt in meiner Koje, unter den Dielen. Schließlich habe ich nicht umsonst an der Nordwest-Grenze Indiens gedient und weiß, wie man ein Gewehr vor den *budmashi* versteckt. Inzwischen gab es eine heftige Auseinandersetzung zwischen dem Sergeant-Major der Pioniere und einem noch wütenderen Sergeant-Major der Argylls, weil jener es gewagt hatte, seine Leute ohne vorherige Genehmigung zum Appell zu rufen. Die Gewehre der Argylls wurden nicht inspiziert, wenigstens nicht durch den Sergeant Major der Royal Engineers.

Danach marschierte mein Zug zum Fahrzeugpark. Die Fahrzeuge wurden von Sergeant Menzies inspiziert, der vielmehr von den mechanischen Dingen versteht als ich. Er fürchtet, das Kühlwasser könnte einfrieren. Trotz eines klaren blauen Himmels ist die Sonne nichts als ein entfernter, blutroter Ball, der keinerlei Wärme spendet. Es gibt keinen Reif, aber alle Teiche und Seen sind beinhart gefroren. Man hätte in die Kühler eine Gefrierschutzflüssigkeit geben müssen, aber die war kurz vor dem Abtransport ausgegangen. Jetzt kommandierte man sechs Leute ab, die alle Stunden die Motoren für ein paar Minuten laufenlassen sollten, Tag und Nacht. Menzies stellte fest, daß einige Batterien schwach waren, und verfluchte die Männer, die gegen seine Anweisungen die Motoren mit den Anlassern gestartet hatten und nicht durch Kurbeln, um die Batterien zu schonen.

Es dürfte gut sein, wenn wir unsere Aufgabengebiete teilen und wenn Menzies sich um die mechanischen Probleme kümmert, während ich mich mehr mit der Ausbildung und der Administration befasse. Ich werde mich auch dafür einsetzen, daß Fahrer Quarrie den Streifen eines Gefreiten bekommt und zum Zugschreiber ernannt wird. Nicht, daß ich annehme, er ist dafür sonderlich geeignet, aber er scheint ein ordnungsbewußter Mensch zu sein, und ich kann ihn so lange beaufsichtigen, bis er den Gang der Dinge kennengelernt hat.

Die nicht für verschiedene Aufgaben eingeteilten Männer erhielten von mir Stadtausgang von 17.00 Uhr bis zum Zapfenstreich um 22.30 Uhr. Ich beobachtete um 22.30 Uhr unauffällig den Korridor, um sicher zu gehen, daß von seiten des 1404. Zuges kein Ärger zu erwarten war. In der Stadt hatte es einigen gegeben, aber nur zwischen den Pionieren und den Argylls. Und die meisten Männer meines Zuges waren bereits zurück, mürrisch, aber intakt und schon vor 22.30 Uhr. Sie hatten in allen Bars und Cafés Zettel vorgefunden, in denen ihnen mitgeteilt wurde, daß der Ausschank von alkoholischen Getränken nur den Offizieren vorbehalten war. Was sie bekamen, war lediglich ›Mückenpisse‹, wie sie das französische Bier nannten. Ich hatte die Bekanntmachung schon früher gesehen und war völlig damit einverstanden.

Als letzte trafen McQuish, Big Sanny und überraschenderweise der schüchterne Fahrer Turnbull ein. McQuish begann über ihre Erlebnisse zu berichten wie ein Reisender, der aus einem fremden Land zurückkommt; seine Stimme war laut wie eine Kesselpauke. »Ich sag' euch, Leute«, erklärte er und riß die Augen auf über das Wunder seiner Entdeckung, »da gibt's mehr Puffs in einer Straße als Pubs in einer Straße in Argyle. Und man geht einfach rein. Ihr hättet sie sehen sollen, die Huren, kaum zu glauben. Titten, hängen ihnen einfach raus, daß man sie zwicken kann. Nicht wahr, Sanny, nicht wahr?« Bruce unterstützte ihn mit dem wissenden Lächeln eines Mannes, der die Erleuchtung der Unwissenden genießt. Dann kehrte McQuish mit Genuß zu seinem Bericht zurück. »Und ihr hättet sehen sollen, wie einer einen Franc auf den Tisch gelegt hat, und eine von den Huren beugte sich darüber, machte die Beine breit, und weg ist das Geld! Einfach weggeschnappt mit der Muschi!« Er schaute sich in der Runde um nach Zeichen des Unglaubens. Als er nichts dergleichen entdeckte, fuhr er fort: »Und wer, glaubt ihr, war der einzige, der die Treppe raufgegangen ist? Der hier.« Er schlug dem erröteten Turnbull auf den Rücken. »Ich hab' ihn nicht mehr halten können.«

Das alles geschah vor Loachs Koje. Loach ist einer der streitsüchtigeren Reservisten, der seine sieben Jahre bei der Fahne hinter sich hatte, sechs davon in Übersee. Loach setzte sich auf seine Pritsche und rief mit böser Stimme: »Warum hältst du nicht endlich die Schnauze, du Glasgow-Spießer, und siehst zu, daß du erst was leistest, ja? Wenn du mal fünfzehn Nutten am Süßwasserkanal in Ägypten gevögelt hast und alle die Zwei-Rupien-*ramjanis* in ihren Käfigen in Bombay, dann kannst du wiederkommen und von Huren reden. Aber bis dahin verschwinde gefälligst in deinen Bunker und laß uns schlafen.« Loachs kleine Rede war sehr effektvoll. Sie brachte alle zum Schweigen – bis auf Sanny Bruce.

»Na, na, uns kannst du nicht mit sowas kommen, uns nicht. Klar, wir dummen, friedlichen Glasgow-Männer sind nie weiter rausgekommen als unsere Tram fährt. Wir sind nicht rumgekommen in den Kolonien und Dominions im Dienst des großen Königs und Feldherrn. Für uns sind schon die Engländer ein bißchen fremd. Aber das sind sie ja wohl auch.« Alle Schotten lachten zustimmend. »Du kannst es uns nicht verdenken, wenn wir uns ein bißchen aufregen angesichts unseres ersten Erlebnisses von sexueller Freiheit und Liberalität. Wir sind schließlich im Lande Baudelaires, der gesagt hat: Sexualität ist der Gefühlsausdruck der Massen. Also sei nicht so hart mit uns, weil wir das gerade erst entdeckt haben nach vierhundert Jahren kalvinistischer Unterdrückung. Es ist uns bis jetzt versagt geblieben, Loach, deine ausschweifenden fleischlichen Abenteuer genießen zu dürfen.« Dabei hob er die Pritsche von Loach mit der Hand an einem Ende hoch. Loach rutschte ans andere Ende und klammerte sich an den Seiten fest. »Also darf ich um etwas mehr Verständnis bitten, was, Loach?« Alles, was Loach herausbrachte, war: »Schon gut. Tut mir leid. Ich möchte jetzt schlafen.«

Der Zwischenfall endete also friedlich. Ich muß Bruce im Auge behalten. Vielleicht befördern? Er sollte in meiner Nähe sein.

Samstag, 7. Januar 1940

Haben am 4. Januar unser Einsatzkommando erhalten. Jetzt unterwegs zur Feldposition, die mir selbst noch unbekannt. Soll mich morgen, den 8. Jan., um 14.30 Uhr mit Capt. Pyrnford nahe Doullens treffen. Nach dem Lunch, wie praktisch – für ihn.

Dem Einsatzbefehl ging ein zugleich dramatisches und lächerliches Ereignis voraus. Am 4. Januar um 03.30 Uhr wurde ich durch Poltern und Schreien auf dem Korridor geweckt. Schaute nach und stellte fest, daß Capt. Pyrnford gestiefelt und gespornt draußen auf und ab stampfte, seinen Spazierstock schwingen ließ und die Männer zum Appell in fünf Minuten aufforderte. »Kommt schon, kommt schon, wir ziehen gegen die Hunnen!« Er war halb betrunken.

Ich ließ den Zug unten auf dem Bahnsteig antreten. Pyrnford taumelte herbei. »Da wären wir, Leute. In ein paar Tagen befinden wir uns auf dem Kriegsschauplatz. Und jetzt zeigt mal, ob ihr den Hunnen mit eurem Anblick so viel Entsetzen einjagen könnt, wie euch das bei mir ohne weiteres gelingt! Sar'nt Lugard, lassen Sie sie auf und ab marschieren. Kommando Luftangriff, vorn, hinten und an beiden Flanken.«

Daß ich zögerte, den Befehl auszuführen, lag nicht an meiner Schlaftrunkenheit. Ich konnte nicht die Stupidität eines solchen Einsatzes zu dieser Zeit und an diesem Ort begreifen. Die Übung wurde für Truppen entwickelt, die unter feindlichem Luftangriff maschieren müssen. Man hatte sie erst kurz vor Kriegsausbruch bei einem Manöver eingeführt und mit so großer Aufmerksamkeit geübt, als sei das ein Allheilmittel gegen tieffliegende Feindflugzeuge. Ich nehme an, daß derjenige, der sich diese Übung ausgedacht hat, dabei die Flugzeugtypen aus dem I. Weltkrieg im Auge hatte: kleine Doppeldecker aus Holz und Leinwand, die in vierzig Meter Höhe mit einer Geschwindigkeit von höchstens hundertzwanzig Stundenkilometern dahinschaukelten. Vielleicht wäre bei solchen Angreifern der Sinn einer solchen Übung deutlich geworden. Aber anzunehmen, man könnte damit die Gefahr moderner Jagdflugzeuge abwenden, die mit fünfhundert Stundenkilometern angreifen, wie wir in Spanien und Polen erlebt haben, wäre ungefähr so sinnvoll, als wenn man eine Kompanie über freies Feld ins Feuer der deutschen MGs hätte marschieren lassen.

Warum bin ich nur so verbittert und beklage mich so häufig in letzter Zeit? Vor dem Krieg konnte ich die idiotischsten Befehle ausführen, ohne auch nur einen Gedanken daran zu verschwenden. Wahrscheinlich lese ich zúviel – oder ich schreibe zuviel. Auf alle Fälle denke ich zuviel. Das ist gefährlich, wenn man beim Militär ist.

Captain Pyrnford brüllte: »Aufwachen, Sar'nt Lugard. Ich warte.« Also blieb mir nichts übrig, als mit der lächerlichen Vorstellung zu beginnen. Wenigstens hatten die Rekruten und ein paar von den Landwehrleuten eine leise Ahnung von der Übung. Die Reservisten freilich hatten nichts davon mitbekommen, aber sie besaßen größtenteils die Fähigkeit alter Soldaten, den Bewegungen der anderen zu folgen. Dennoch gab es ein ziemliches Durcheinander. Pyrnford wedelte durch die Luft mit seinem Stock. »Schrecklich, schrecklich. Das ist keine Deckung. Sie sollen laut brüllen: Bäng-zwei-drei; Bäng-zwei-drei; Bäng-zwei-drei!« Ich gebe den Befehl an die Männer weiter. Andere Einheiten sind inzwischen geweckt worden durch unseren Radau und beobachten von den Fenstern und den Treppen aus unsere alberne Pantomime. Schimpf- und Schmähworte kommen von oben, von den Männern, die schlafen wollen. Pyrnford kocht vor Wut. Ich bin entsetzt und angeekelt von der Szene. Das Ganze ging über eine Stunde. Nur die Angst vor den Folgen – und meine Kommandogewalt – hielten die Männer davor ab, zu meutern. Kurz vor 05.00 Uhr morgens befahl Pyrnford, daß die Übung abzubrechen sei – vermutlich langweilte es ihn, oder er war inzwischen ausgenüchtert; wahrscheinlich beides. Nachdem meine Männer in Rührt-euch-Stellung versammelt waren, reichte er mir den Einsatzbefehl, Karten und eine Erklärug der Karten. Natürlich nahm ich an, daß er dem Konvoy vorausfahren würde. Aber da hatte ich mich getäuscht. »Verdammt, Sie glauben doch nicht, daß ich im Konvoy-Tempo durch ganz Frankreich zockle, oder was? Ich habe Wichtigeres zu tun. Sie können doch Karten lesen, oder? Dann machen Sie sich gefälligst auf den Weg, Sergeant.«

Ich fragte nach Quartieren in den nächtlichen Aufenthaltsorten. Er wunderte sich über meinen Mangel an Initiative. »Die Männer können hinten in den Wagen schlafen. Sie und Menzies können sich Quartiere besorgen, meinetwegen in Pensionen. Aber lassen Sie sich die Spesenzettel unterschreiben.« Natürlich hatte er recht. Ich kann mich noch nicht an den ›Komfort‹ eines vollmotorisierten Zuges gewöhnen. Allerdings – bei den herrschenden Temperaturen ist an Schlaf in den Wagen nicht zu denken. Ich gehe nicht auf den Vorschlag von Pyrnford ein, mich in einer Pension einzuquartieren, sondern verbringe die erste Nacht im Fahrzeug, zusammen mit Fahrer Quarrie. Wir saßen den größten Teil der Nacht in Decken gehüllt da und unterhielten uns. Er ist ein wenig beschränkt, aber es ist interessant, zu hören, was er über das Landleben in Schottland berichtet. Ich sollte vermeiden, meine Beziehung zu Quarrie allzusehr zu fördern und öffentlich zu zeigen.

Bei der zweiten Marschpause in der zweiten Nacht versuchten wir, ein etwas bequemeres und vor allem wärmeres Nachtlager zu finden, und stellten fest, daß die strohgefüllten Heuschober schon häufig von durchziehenden Truppen zu diesem Zweck benutzt worden sind, obwohl im Einsatzbefehl nichts davon erwähnt wurde.

Unsere vorgeschriebene Route führte uns überwiegend über kleine Landstraßen und sicher nicht in direkter Linie zu unserem Einsatzort. Erst ging es südöstlich nach Vire und Alençon, dann nördlich bis Evreux. Anschließend nordöstlich nach Rouen und Amiens, aber immer weit um die größeren Orte herum, als wäre die Anwesenheit britischer Truppen auf französischem Festland eine Provokation. Für wen eigentlich? Für die Ansässigen – oder für die Deutschen? Ich finde, in diesem Krieg, der keiner ist, herrscht eine seltsame, eine gespenstische Atmosphäre des Irrealen. Wir befinden uns in einer Art Niemandsland. Die Unterschiede, nicht nur der Sprache, zwischen uns und den Franzosen sind gewaltig. Und ihr Verhalten gegenüber unserem freundlichen Bemühen reicht von Interessenlosigkeit bis zu deutlicher Feindseligkeit. Inzwischen haben wir das Städtchen Pierregot nördlich von Amiens erreicht, wo wir die Nacht verbringen. Und morgen geht es weiter im Zickzack bis zu unserem Treffpunkt in der Nähe von Doullens, wo unser Commanding Officer wieder zu uns stoßen wird.

Montag, 8. Januar 1940

Ich hatte die Ankunft am Treffpunkt pünktlich für 14.30 Uhr arrangiert. Auf der Karte ist der Treffpunkt ausgewiesen durch eine Straßenkreuzung zehn Kilometer nördlich von Doullens, in der Nähe des Dorfes Bouquemaison. Zum ersten Mal habe ich die zwei Bren-Gewehre auf den offenen Truck montieren lassen. Vor dem Konvoy habe ich eine Gruppe mit Gewehren und dem Lewis postiert, dahinter eine mit dem Boyes A/T. Die Fahrzeuge stehen im Fünfzig-Meter-Abstand, wobei jeweils eine Abteilung die Flanken schützt. Wir befinden uns jetzt innerhalb des Aktionskreises der britischen Spähtruppen. Trotz der Umstände des Konvoys habe ich darauf geachtet, daß ein hoher Standard von Sauberkeit bezüglich Mann und Gerät erhalten geblieben ist. Jetzt sehe ich dem Eintreffen von Captain Pyrnford – oder dem des Feindes – mit Gelassenheit entgegen.

Der Captain kam kurz nach 16.00 Uhr in Begleitung von Mr. Boswell, war wieder halb betrunken und ziemlich ausfallend, ebenso wie Boswell, der allerdings klugerweise im Wagen sitzenblieb. Pyrnford erklärte, er habe uns seit Stunden gesucht, und ich befände mich am falschen Platz. Ich nahm die Karte, um ihm zu zeigen, daß nicht ich mich geirrt hatte, sondern er, aber er schlug sie mir mit seinem Stock aus der Hand. »Streiten Sie jetzt nicht auch noch mit mir, Lugard, wenn Sie Ihre Streifen behalten wollen.« Überflüssig zu erwähnen, daß er kein Wort des Lobes über meine taktische Disposition des Zuges verlor.

Freitag, 12. Januar 1940

Nach Pyrnfords abscheulichem Verhalten, daß ich oben beschrieben habe, kehrte er zu seinem Wagen zurück und brüllte: »Folgen Sie mir.« Ich mußte erst die Feldwache zurückrufen, was seine Ungeduld und Wut noch steigerte. Schließlich fuhr er einfach in hohem Tempo davon, so daß nur unsere beiden Melder auf den Motorrädern den Kontakt aufrechterhalten konnten. Aber sie kannten ihre Pflichten und blieben an den Kreuzungen lange genug stehen, um dem Zug den richtigen Weg zu weisen. Glücklicherweise hatten wir danach nur noch wenige Kilometer zu fahren und erreichten das Dorf Beaucourt, ohne den Kontakt zu verlieren. Captain Pyrnford wartete neben seinem Wagen mit unveränderter Ungeduld und schlechter Laune. Beaucourt ist also unser zukünftiger Standort. Und keinerlei Unterkünfte und Quartiere waren dort bereitgestellt worden. Ich hatte angenommen, Pyrnford sei uns von Cherbourg aus vorausgefahren, um trotz seiner deutlichen Abneigung gegen seine Leute wenigstens dafür zu sorgen, daß sie einigermaßen menschenwürdig untergebracht werden. Doch wie ich später aus unvorsichtigen Worten von Mr. Boswell erfuhr, hatten die beiden einen völlig unerlaubten und zudem streng verbotenen Abstecher zu Freunden des Captains nach Paris gemacht, wo sie ›ein paar tolle Tage‹ verlebten.

Also blieb den Männern nichts übrig als noch eine Frostnacht in ihren Wagen zu verbringen. Captain Pyrnford und Mr. Boswell allerdings haben sich in einem geräumigen Haus außerhalb der Ortschaft eingerichtet, das jetzt als Offiziersmesse gilt.

Am nächsten Morgen, ehe wir uns ein wenig einrichten konnten, kam der Befehl, Munition vom Eisenbahnknotenpunkt in Arbret abzuholen und im Wald von Lucheux zu verstauen. Sergeant Menzies fuhr mit Mr. Boswell, der für die Überführung der Munition verantwortlich war, zum Bahnhof, während ich mit zehn verbleibenden Männern Quartiere, ein Hauptquartier für den Zug und vor allem eine Küche organisierte.

Seit zwei Wochen lebten wir von F & G; manchmal bekamen wir es erhitzt, meistens aber kalt und nur selten verbessert durch Corned Beef und Kekse. Corporal Reeves, ein Reservist, dessen Schwiegervater einen Fisch-und-Chips-Laden in Lambeth betreibt, meldete sich freiwillig als Koch für den Zug und richtete sich mit ein paar Helfern in einem leeren Stall auf der Rückseite des Dorf-Cafés ein. In der Nähe ist ein großer, wenn auch heruntergekommener Schober, aber er scheint als Messeraum geeignet zu sein. Für unsere Quartiere haben wir das Rathaus und drei verhältnismäßig heruntergekommene, unbewohnte Gebäude requiriert; das kleinste von den dreien habe ich für mich und Menzies als Sergeants-Messe bestimmt. Außerdem habe ich meine Ansicht über Fahrer Quarrie geändert, was den vorgesehenen Dienst als Zugschreiber betrifft. Ich habe nämlich herausgefunden, daß er im Rechnen äußerst schwach ist. Er wird also als Ordonnanz in der Sergeants-Messe dienen. Fahrer Chivers, ein magerer Mensch mit Brille, aber ein ernsthafter und gescheiter Mensch mit Erfahrung als Büroangestellter, ist für den Posten besser geeignet.

Bis gegen Ende des Tages hatten Menzies und seine Leute fast hundertfünfzigTonnen Munition in einer Kiesgrube im Wald von Lucheux verstaut, von wo sie abends zurückkamen zu einem Mahl aus gerösteten Cornedbeef-Scheiben, Kartoffelchips und Tee, das von dem begeisterten Corporal Reeves bereitet worden war. Vielleicht sieht er Möglichkeiten, mit den Rationen Schwindel zu treiben – doch ich werde die Augen offenhalten. Sein erstes Mahl jedenfalls war ein großer Erfolg, und zum erstenmal seit über einer Woche gingen die Männer einigermaßen gesättigt zu Bett.

In den folgenden vier Tagen haben wir ein beträchtliches Munitionslager im Wald eingerichtet, ein einigermaßen funktionierendes Zug-Hauptquartier in Schwung gebracht, die Männer einquartiert und im Rahmen von Corporal Reeves' Improvisationsfähigkeit ernährt – und wir wurden sogar, das erste Mal seit Wochen – bezahlt! Nachdem uns der Sold also endlich ausgehändigt worden ist, wird heute abend in Jacques' Café ein Freudenfest steigen – mit französischem ›Mückenpisse‹-Bier. Das Alkoholverbot für Gemeine wird streng beachtet. Jacques' drei Töchter – fette, häßliche und schnurrbärtige Weiber – haben alle Mühe, die ›Deux oeufs‹, ›Frites‹ und ›Pains du beurre‹ zuzubereiten und zu servieren, für fünf Franc pro Portion. Jacques und seine Familie ist sehr glücklich über diese unerwartete Erwerbsquelle. Der Rest des Dorfes verhält sich zurückhaltend und unkommunikativ. Sie wollen weder uns noch unseren Krieg. Soweit sie es betrifft, gibt es diesen Krieg gar nicht. Und das ist tatsächlich so! Die Unwirklichkeit besteht weiter fort, die Zeit im Niemandsland.

Samstag, 13. Januar 1940

Zwei Tage leichtes Tauwetter haben mir die Möglichkeit eröffnet, endlich die Gruben für die solange schon nötigen Latrinen graben zu lassen. Dabei machten wir eine überraschende, ernüchternde und makabre Entdeckung. Wir hatten keine fünfzehn Zentimeter tief gegraben, als wir Patronenhülsen, leichte Munition, einen Gewehrlauf, ein Lewis-Magazin, verbogenes Blech, ein Zigarettenetui aus Stahl und – Knochen entdeckten. Die ganze Gegend war einer der Kriegsschauplätze im I. Weltkrieg. Wir haben den Fund beiseitegelegt – seltsame, pathetische Souvenirs. Die Metallstücke blitzten im Licht, als wollten sie spöttisch fragen: »Wißt ihr, was hier erst kürzlich passiert ist?«

Dienstag, 16. Januar 1940

Das Tauwetter war nur kurzlebig. Jetzt sind die Straßen wieder vereist und gefährlich. Ein Melder liegt bereits mit gebrochenem Arm im Lazarett in St. Pol.

Ging hinaus in den Wald zum Munitionslager. Mit leeren Benzinkanistern, die wir aufschneiden und das Blech glätten, lasse ich einen Unterkunftsraum für die dort abgestellte Wache errichten, was ohne Mühe geschieht. Wir bauten sogar einen Ofen und einen Kamin aus dem Blech. Das dürfte demjenigen, der hier Wache stehen muß, den Dienst wesentlich erleichtern; bis jetzt stand dafür nur ein Zelt zur Verfügung.

Kehrte zurück in die Messe und fand Sgt. Menzies beim Aufbruch nach Arras, wo Gracie Fields ein Konzert für die Truppen gibt. Der Zug hatte insgesamt sechs Eintrittskarten erhalten. Capt. Pyrnford, Mr. Boswell, Menzies, Reeves, Greig (Pyrnfords Bursche und Fahrer) und Chivers, der neue Schreiber, haben sie sich angeeignet. Ich hätte mir eine fairere Möglichkeit der Verteilung vorstellen können, sagte aber nichts.

Sonntag, 21. Januar 1940

Um 04.00 Uhr feuerte Fahrer Turnbull zum ersten und letzten Mal sein Gewehr ab und blies sich damit das Leben aus. Er war in einem der kleineren Häuser einquartiert, zusammen mit McQuish, Bruce, Loach, L/Cpl. Verney und zwei anderen.

Wenigstens hatte er die Güte gehabt, es draußen zu tun. Der Schuß weckte seine Quartierskameraden; sie gingen hinaus und fanden ihn. Man holte mich, damit das Nötige getan wurde. Er hatte es in der üblichen Art gemacht: den Gewehrlauf im Mund, dann nach unten gegriffen zum Abzug. Ich habe es oft genug in Indien erlebt, wo mancher die Hitze und das Elend nicht mehr ertragen konnte. Seltsam, daß sie es immer auf die gleiche Weise machen. Vor allem Turnbull, der eigentlich gar nichts davon wissen konnte. Es sei denn, Loach hatte ihn . . .

Ich schicke nach Lieutenant Boswell. Er kommt, schaut, stößt einen angewiderten Laut aus und geht davon im leichten Infanterieschritt. Eine Stunde später kam Capt. Pyrnford. Inzwischen hatte ich die anderen in Turnbulls Quartier nach einem möglichen Grund für den Selbstmord befragt. Aber dabei bin ich auf nichts Brauchbares gestoßen. Turnbull war eben kein Soldat. Nach dem, was ich von dem armen Teufel gesehen habe, ist das eine einleuchtende Erklärung. Mir fällt allerdings auf, daß Loach besonders mürrisch ist, daß er mir ausweicht, wo es geht. Verbirgt er etwas?

Im Gegensatz zu meinen Erwartungen wurde Pyrnford nicht wütend wegen der Unannehmlichkeiten, die uns durch den Tod von Fahrer Turnbull entstehen – es wird ein Untersuchungsgericht geben. Aber nein, er betrachtete den Leichnam mit großem Interesse und sagte dann recht jovial: »Unser erster Todesfall, wie? Wird nicht der letzte sein. So werden wir die Feiglinge und Schwächlinge los, ehe die Schlacht beginnt.« Ich bin fast geneigt, ihm recht zu geben. Soviel zu Fahrer Turnbull. Frage mich nur, was seine Braut und Witwe, die sicherlich ein Baby erwartet, aus dem Telegramm herauslesen wird, wenn es heißt ›gestorben im aktiven Dienst‹. Sie wird nicht wissen, daß es einen Unterschied gibt zwischen dieser Formel und ›getötet im Einsatz‹, wird vermutlich annehmen, daß er in heroischer Weise ums Leben gekommen ist. Wenn Pyrnford es Mr. Boswell überläßt, an Turnbulls Witwe zu schreiben, kann ich ihn vielleicht beeinflussen, daß er die Illusion der Frau aufrechterhält – obwohl von ›Einsatz‹ ja nun wirklich nicht die Rede sein kann.

Dienstag, 23. Januar 1940

Entdeckte den Grund für Fahrer Turnbulls Selbstmord!

Loach kam heute morgen zum Krankenappell mit geprellten Rippen und einem an mehreren Stellen blutunterlaufenen Gesicht. Er behauptet, daß er am Abend zuvor beim Ausladen ausgerutscht und zwischen die Munitionskisten gefallen sei. Eine offensichtliche Lüge. Ich ging mit ihm ins Büro des Zuges, wo ich ihm mit Hilfe meines Ranges wie auch mit der ihm in sieben Jahren Militärdienst eingeimpften Furcht vor Vorgesetzten etwas Wahrheitsähnliches entlockte. Er hatte in der Tat die blauen Flecken und geprellten Rippen draußen beim Munitionslager erhalten, aber durch Fahrer Bruce, der ihn für Turnbulls Selbstmord verantwortlich machte. Ich fragte, warum, und Loach berichtete mir, daß Turnbull sich an ihn gewendet und um Rat gefragt hätte, weil er nach seinem Besuch in dem Bordell in Cherbourg einen gefährlich aussehenden Ausfluß an seinem Geschlechtsorgan bemerkt hatte und annahm, daß er etwas ›abgekriegt‹ hatte.

Nach Aussage von Loach hatte ihm dieser versichert, daß da nichts dabei ist. Er selbst habe zweimal in seiner Dienstzeit ›etwas erwischt‹. Er habe Turnbull geraten, sich krank zu melden und den Truppenarzt einen Blick darauf werfen zu lassen. Danach teilte ich Loach mit, er könne zurückgehen zum Krankenappell und bei seiner ursprünglichen Geschichte bleiben. Anschließend unterhielt ich mich mit Bruce, der die Geschichte ein wenig anders zu berichten hatte. Ohne Ausflüchte gestand er, daß er Loach ›aufgemischt‹ habe. An dem Abend, bevor Turnbull sich erschoß, gerade als alle zu Bett gehen wollten, kam Loach mit Turnbull herein. Sie hatten miteinander in Jacques Café Bier getrunken. Dann, als alle auf ihren Betten saßen, hatte Loach gefragt: »Und wer, glaubt ihr, hat sich einen richtigen, netten Tripper geholt? Unser Rotbäckchen hier.« Turnbull protestierte und jammerte: »Du hast versprochen, daß du es nicht herumerzählst.« Loach imitierte ihn, und fuhr dann fort. »Jetzt sei kein Scheißer – ein paar Kratzer mit dem Hockeyschläger machen erst einen richtigen Mann aus dir.« Und dann fuhr er fort, dem Quartier alle grausigen Details bei der Behandlung auf Geschlechtskrankheiten zu schildern. Der ›Hockeyschläger‹ ist ein medizinisches Gerät, das in die männliche Harnröhre eingeführt und dann innen geöffnet wird wie ein kleiner Regenschirm, ehe man es wieder herauszieht. Diejenigen, die dieser Behandlung unterworfen wurden – und ich kenne eine ganze Reihe davon –, schildern ihre Schmerzen in der Regel so ausführlich, daß sie allen Zuhörern Angst und Schrecken einjagen. Ob sie mit diesen Geschichten ihr fleischliches Verhalten unterstreichen oder auf diese Weise ihre Männlichkeit unter Beweis stellen wollen, ist mir unklar, aber sie tun es *ad nauseam*. Ich begreife jetzt durchaus die Angst, das Schuldgefühl und die Scham, die Fahrer Turnbull dazu brachten, daß er sich das Leben nahm – auch wenn ich es nicht entschuldigen kann.

Ich zweifle nicht daran, daß Bruce in seiner lässigen und unbekümmerten Art die Wahrheit gesagt hat. Meine Wut war mehr gespielt, als ich erklärte, falls in Zukunft etwas Derartiges im Zug geschehe, würde ich mich selbst damit befassen. Soweit es Bruce betraf, war die Geschichte für mich geklärt und erledigt.

Loach kam vom Feldlazarett zurück mit einer Handvoll Aspirin und dem Dienstvermerk ›M & LA.‹ (Medizin und leichte Arbeit). Ich habe ihn daraufhin als Latrinenburschen eingeteilt; jetzt kann ihm jeder seine Dreckarbeit überlassen.

Freitag, 26. Januar 1940

Die Artillerieregimenter, die wir mit Munition beliefern, befinden sich in Divisionsreserve und breiten sich zwischen Lille und Armentiéres aus, also rund fünfundzwanzig Kilometer von unserer gegenwärtigen Basis entfernt. Wir haben damit begonnen, ein zweites Lager in ihrer Nähe einzurichten. Warum wir nicht die ganze Einheit weiter nach vorn verlegen können, ist mir unklar. Sinnlos, mich an Pyrnford zu wenden, der eine solche Nachfrage höchstens als Impertinenz auffassen würde. Mr. Boswell meint, es käme daher, daß die Franzosen sich weigern, irgendwelchen Truppen – den ihren oder unseren – die Eisenbahnknotenpunkte zu überlassen, weil das nur die Deutschen zur Bombardierung herausfordern könnte. Daher müssen wir auch grundsätzlich entlegene Landstraßen benützen.

Wenn man das bedenkt, und daß über Deutschland Flugblätter statt Bomben abgeworfen werden, kommt es mir so vor, als bestünde unsere Politik in diesem Krieg darin, nichts, aber auch gar nichts zu tun, was die Deutschen herausfordern und provozieren könnte. Es muß höchst verderblich sein für die Moral der Truppen, dazusitzen und zu warten, daß etwas geschieht. Sicher, ich weiß, daß sie nicht nur herumsitzen, sondern ihre Stellungen sichern und ausbauen, aber ist das wirklich so viel besser? Alles, was wir aus offiziellen Communiqués hören, ist ›Spähtruppeinsätze entlang der Maginot-Linie‹. In allem, was die Deutschen bisher angepackt haben, erwiesen sie sich als erfolgreich und überlegen. Als sie in Polen erstmals auf bewaffneten Widerstand stießen, hatte ich gedacht, daß sich jetzt ihre Schwächen zeigen würden, aber statt dessen hat man uns eine Lektion erteilt – auf Kosten der Polen. Und haben wir daraus unsere Lehren gezogen? Es geht das Gerücht um, die Politiker bereiteten ein neues München vor. Da sei Gott vor!

Freitag, 2. Februar 1940

Der C.O. ist zu einem ›Dreitagekurs‹ gefahren, wie er es nennt. Worüber dieser Kurs geht, ist unbekannt. Und über das Büro des Zuges ist auch kein Befehl an ihn gelangt. Sein Fahrer erklärte, als er zurückkam, er hätte ihn in Calais abgeladen, wo er ihn am kommenden Montag wieder abholen soll. Da Calais jetzt als schneller Transitweg über den Kanal benützt wird, nehme ich an, er verbringt gegen jede Dienstanweisung und höchst illegal ein Wochenende in London. Aber ich bin froh, ihn für ein paar Tage los zu sein. Abgesehen davon ist er fast nie an den Wochenenden hier. Wahrscheinlich läßt er sich meistens nach Paris fahren. Er verhält sich so, als wäre das noch die Armee zu Friedenszeiten. In seiner Abwesenheit ist Mr. Boswell freundlich und Vernunftsgründen zugänglich.

Wir bekamen wieder Karten für ein Truppenkonzert in Arras, mit George Formby, einem populären englischen Komödianten. Ich habe die Karten nach Los verteilt – aber diejenigen ausgeschlossen, die bereits beim Konzert von Gracie Fields gewesen sind. Dabei habe ich eine Karte gezogen.

Das Theater in Arras war bis auf den letzten Platz besetzt. Colonels mit roten Litzen und französische Offiziere mit goldgefaßten Käppis und rotbesetzten Capes saßen in den Logen. Neben mir saß ein Sergeant vom R.A.S.C., der sagte: »Wirklich schade. Die Witze, die den Franzosen gefallen würden, werden von diesen nicht verstanden. Und die Briten verstehen sie zwar, können aber nichts damit anfangen. Das ist geradezu typisch für die gegenwärtige Position der Alliierten.«

Wir unterhielten uns daraufhin eine Weile und suchten uns in der Pause eine Essensmöglichkeit. Er kennt Arras gut, da er als Sekretär im Hauptquartier beschäftigt ist, das nicht weit von Arras entfernt ist. Er führte mich in ein kleines Café, wo wir ein hervorragendes Abendessen bekamen. Unterwegs kamen wir an einem Bordell vorbei, und ich sah in der Schlange der Wartenden zwei von meinen Männern stehen. Die Fleischeslust, die stärker war als die Komik von George Formby und das mahnende Beispiel von Fahrer Turnbull!

Sergeant Chatham-Howard ist wie ich Ende Zwanzig. Aber kein Aktiver, sondern bei Kriegsausbruch freiwillig in die Armee eingetreten. Ich schätze ihn als einen Patrioten, der sein Studium in Oxford abgebrochen hat. Er wurde gleich in den untersten Offiziersrang eingestuft. Und er berichtet ganz freimütig über die Pläne und Absichten des Hauptquartiers. Wir bleiben, wo wir sind, entlang der belgischen Grenze, und warten darauf, daß die Deutschen Belgien und möglicherweise Holland angreifen; dann stoßen das britische Heer und die Franzosen nach Belgien vor und drängen die Deutschen zurück; die äußerste Rechte wird von der Maginot-Linie gehalten. Ich mag seine Intelligenz, warne ihn aber davor, die Pläne so freimütig auszuplaudern. Er sagt: »Mein lieber Mann, ein fünfjähriger Junge, der mit Zinnsoldaten spielt, könnte unsere Pläne erraten, wenn er unsere Stellungen betrachtet.Und ich versichere Ihnen, die Deutschen haben ein Bataillon von Leuten entlang der belgischen Grenze, die ihnen diese Informationen liefern.«

»Deutsche?« fragte ich verwundert.

»Natürlich nicht. Aber französische und belgische Sympathisanten. Und bestimmt auch ein paar britische. Baillie-Stewart war nicht der einzige Sieg-Heil-Mann in der britischen Armee.«

Ich frage ihn, warum wir nicht angreifen. Er gibt sich gespielt geschockt: »Etwas so Törichtes würden die Franzosen niemals billigen. Dabei könne ja jemand verletzt werden.«

Ich saß vorn auf dem Beifahrersitz, als wir zurückfuhren nach Beaucourt, und über dem Dröhnen des Motors hörte ich die Männer hinten singen: »South of the border, down Mexico way . . .« Nichts, was meinen Mut heben würde.

Sonntag, 4. Februar 1940

Ich beginne zu verstehen, was das ›unabhängig‹ im Titel unseres Zuges wirklich bedeutet. Wir brauchen uns nicht die geringsten Sorgen zu machen, daß wir von höheren Einheiten kontrolliert werden, solange wir unsere Aufgaben erfüllen. Capt. Pyrnford scheint das wesentlich früher als ich erkannt zu haben und nützt es in vollem Umfang aus. Er benützt die Armee zu seiner persönlichen Bequemlichkeit. Ein Dienstwagen samt Chauffeur, gute Quartiere, eine französische Köchin, Wochenenden in Paris oder London, Besuche von und bei Freunden in Zivil . . .

Donnerstag, 14. März 1940

Mehr als einen Monat lang habe ich keine Eintragungen mehr in dieses Tagebuch gemacht. Obwohl ich tagsüber mein Gesicht wahre und mich nicht gehenlasse, werde ich des Nachts häufig von Depressionen und von Abgespanntheit geplagt. Quarrie versucht mich in seiner naiven und unschuldigen schottischen Art aufzumuntern, aber ich habe nur wenig Zeit für ihn. Sergeant Menzies läßt sich zu persönlich mit den Leuten in Jacques' Café ein. Mindestens dreimal die Woche kommt er ›sturzbesoffen‹, wie er selbst es nennt, in die Messe zurück. Nur er und die Corporals können es sich leisten, dreimal die Woche ›sturzbesoffen‹ zu sein. Es gibt Anzeichen dafür, daß Jacques auch den Gemeinen Calvados und Cointreau verkauft. Wenn ich Beweise habe, klopfe ich ihm auf die Finger.

Inzwischen ist viel geschehen, und unsere beiden Munitionslager, das in der Nähe des Quartiers und das weiter vorne, wachsen und gedeihen. Eine nasse und dreckige Arbeit, denn inzwischen hat es zu tauen begonnen. Ich persönlich ziehe die Kälte dem Schmutz vor. Traf gestern abend Sgt. Chatham-Howard in Arras; er berichtete, ein Zug, der der Leichten Infanterie ›Herzog von Cornwall‹ angehörte, wurde vom Feind überrumpelt und völlig aufgerieben. Es sieht so aus, als ob britische Bataillone einen Sektor vor der Maginotlinie irgendwo an der Saar zugewiesen bekommen hätten, wo sie sich wöchentlich abwechseln. Laut C-H hat das Ganze lediglich den Zweck, den Franzosen zu beweisen, daß die Briten nicht nur auf den fetten Ärschen sitzen und ihre Weiber zu Hause betrügen. Niemand hatte irgend etwas Böses vor, aber der Zug der Leichten Infanterie muß seine Patrouillengänge ein wenig aggressiv durchgeführt haben. Das scheint die Deutschen geärgert zu haben, und die unglückliche Abteilung war gerade in Position gegangen, als sie von Artillerie beschossen und von einer deutschen Kampfpatrouille fertiggemacht wurde.

C-H sagt, es habe ›etwas Ärger‹ im Hauptquartier gegeben, und vermutlich kommt es sogar zu einer Anfrage im Unterhaus. Die Leichte Infanterie ›Herzog von Cornwall‹ hat mindestens zwölf Todesopfer zu beklagen. Mindestens zwölf! Ich kenne ganz andere Verlustziffern aus Kämpfen mit den Parthern oder in Palästina mit den Arabern. Damals stellte keiner irgendwelche Anfragen im Unterhaus, obwohl sich die Briten nicht einmal im Kriegszustand mit diesen Ländern befanden. Aber das kommt wahrscheinlich daher, daß jetzt so viele stimmberechtigte Zivilisten in der Armee dienen.

Nun, wenigstens scheint es irgendwo so etwas Ähnliches wie Krieg zu geben. Aber, wie C-H sagt: »Wir werden schon dafür sorgen, daß es nicht wieder vorkommt.«

Vor ein paar Tagen kamen Pioniere und stellten Nissenhütten auf. Ich sehe das als Zeichen dafür, daß sich die Heeresleitung auf eine längere Stationierung der Truppen einrichtet. Vielleicht vier Jahre hier in Beaucourt, mit nichts anderem zu tun als täglich Munition nach Lille und zurück zu befördern? Dann wäre ich wohl doch besser im Ausbildungslager geblieben.

Sonntag, 24. März 1940

Ein Pfarrer kam auf Besuch, und im Frühlingssonnenschein hielten wir einen Kirchenappell im Freien ab. Pyrnford gestiefelt und gespornt für den Anlaß, sang aus voller Kehle ›Alle, die auf Erden wohnen . . .‹

Das, obwohl er verärgert war, als er erfuhr, daß der Pfarrer zum 1404. Zug sprechen und predigen wollte. Wahrscheinlich verpatzte ihm dieser Besuch eine weitere, verbotene Wochenendreise.

Danach marschierte ich mit den Männern zurück zum Essen. Wir haben seit fünf Tagen kein frisches Fleisch, also gab es wieder Eintopf mit Dosenfleisch. Bruce kam zu mir mit seinem Blechnapf und fragte in seiner dreisten, gespielt ernsthaften Weise: »Wann werden wir wohl mal wieder von echtem Fleisch verführt werden, Sergeant? Dieser fleischlichen Lust hier kann man leicht widerstehen.« Daraufhin lachten alle, und ich ordnete Bruce zum Küchendienst ein.

Dienstag, 26. März 1940

Seit Anfang Februar lernte ich das Fahren mit den Triumph-Motorrädern, und jetzt bin ich schon weitgehend geübt darin. Ich kann Menzies ablösen bei Convoys zum vorderen Munitionslager, und wenn Lieut. Boswell nicht anwesend ist, kann ich eine Runde zu den ›Front-Positionen‹ an der belgischen Grenze drehen.

Dort ist sehr hart gearbeitet worden, um die Verteidigungsstellungen zu befestigen, und noch immer schuften alle Beteiligten schwer. Ich frage mich, wie sie überhaupt noch Übungen abhalten können bei all dem Gräbenausheben und Stacheldrahtspannen. Man hat einige Bunker gebaut, und wenn es auch nicht gerade die Maginot-Linie ist, so kommt es mir doch ziemlich eindrucksvoll vor. Hat C-H wirklich recht, wenn er sagt, wir würden diese Frontstellung sofort räumen, wenn der Ballon hochgeht? Können wir dann an die hundert Kilometer weit nach Belgien eindringen, bis zu diesem Fluß, an dem wir die Deutschen treffen wollen? Wenn die Belgier nicht den Mut besitzen, in den Krieg einzutreten, warum sollten wir dann unsere sicheren Stellungen aufgeben, um ihnen zu Hilfe zu kommen? Und warum vergeuden wir so viel Zeit und Mühen an diese Verteidigungsstellungen, statt die Truppen auf den Krieg vorzubereiten? Was für einen Krieg eigentlich? Oder ist das wieder einmal eine Demonstration des Negativdenkens der Armee?

Wenn die Männer nichts Nützliches zu tun haben, läßt sie ein Loch ausheben und anschließend das Loch wieder füllen. Muß meinen Liddell-Hart wieder mal lesen und versuchen, dem, was hier geschieht – oder nicht geschieht –, etwas Sinn abzugewinnen.

Donnerstag, 4. April 1940

Die Truppen sind jetzt in den Nissenhütten einquartiert, obwohl die Offiziere und wir Sergeants die ursprünglichen Messen beibehalten haben. Nach Auskunft von C-H besteht der Hauptgrund für das Aufstellen der Nissenhütten darin, daß die Franzosen es leid sind, wenn die Briten ihre Häuser, Rathäuser und so weiter besetzen. Aus einem ›Komfort für die Truppen‹-Fonds haben wir ein Rundfunkgerät bekommen, das mit Batterien betrieben wird, und obwohl die Programme von zu Hause nur schwach hereinkommen, können wir sie hören, wenn wir uns dicht um das Gerät versammeln. Mr. Chamberlain sagt: ›Herr Hitler hat den Bus versäumt.‹ Warum nennt er ihn eigentlich ›Herr‹ Hitler? Hofft er noch immer, mit ein paar Friedenspapierchen winken zu können? Selbst Pyrnford, der sonst nur von ›Hunnen‹ und ›Boches‹ redet, spricht von ›Herrn‹ Hitler in einer fast bewundernden Weise.

In der Offiziersmesse gibt es auch ein Radiogerät. Ich kam gerade hin, als Pyrnford und Boswell die Nachrichten hörten. Pyrnford antwortete dem Radiogerät, als wäre es der Premierminister persönlich, mit seiner Appellstimme: »Du Trottel, Herr Hitler hat seinen eigenen Bus, und er fährt los, wenn es ihm paßt.«

Ich mache mir Gedanken über das, was ich in mein Tagebuch geschrieben habe. Ich schreibe nur, wenn Menzies und Quarrie nicht da sind. Aber es ist riskant, das Buch in meinem Tornister aufzubewahren. Wenn ich einen Unfall mit dem Motorrad habe, und jemand durchsucht meinen Tornister, dann bin ich meine Streifen los und erwarte das Ende des Krieges in einer Strafkompanie. Ich frage mich, warum ich das Risiko eingehe, dieses Tagebuch zu führen. Zuerst war ich davon überzeugt, daß es aus ehrenwerten Motiven heraus geschah. Jetzt dagegen kommen mir die Eintragungen egozentrisch, unloyal und fast ein wenig schuljungenhaft vor. Dennoch hat es einen Sinn – als Mülleimer für meine Gedanken, und wenn ich sie zu Papier bringe, klärt das mein Gehirn wenigstens für eine Weile. Heute stelle ich so vieles in Frage, was ich früher uneingeschränkt bewundert habe. Es ist allein die Schuld von Pyrnford –

und die von Boswell. Sie sind keine wahren Offiziere; Pyrnford ist nicht mehr als ein Playboy aus dem West End, der die Armee und den Krieg zu seinem persönlichen Nutzen mißbraucht. (Mir fällt auf, daß ich schon seit einiger Zeit nicht mehr seinen Rang nenne!) Aber es scheint nicht wenige dieser Pyrnfords zugeben. Der aktive Dienst zerstört eben sehr rasch die Autorität der Offiziere, wie diese sie in Friedenszeiten genießen.

Vielen ist das durchaus bewußt; sie stellen ihre Laster gerade deshalb um so schamloser und arroganter den Truppen zur Schau. Ich hoffe, daß im Fall einer richtigen Kriegshandlung auch ihre Tugenden zum Vorschein kommen. Inzwischen werde ich dieses Tagebuch unter einer losen Bodenfliese unter meinem Bett verstecken.

Donnerstag, 11. April 1940

›Herr‹ Hitler ist am 8. April in seinen Bus gestiegen und nach Norwegen und Dänemark gefahren. Nach den Meldungen im Rundfunk sind Truppen mit Fallschirmen und Flugzeugen gelandet, um Oslo zu erobern. Es gab kaum Widerstand! Norwegische Häfen, die so weit im Norden liegen wie Narvik, sind von der See her angegriffen und besetzt worden! Und wo war die Royal Navy? Obwohl in den Nachrichten von Seeschlachten und gesunkenen deutschen Schiffen die Rede ist, kommt mir unsere Reaktion vor wie die von fetten, altgewordenen Gentlemen, die Mühe haben, sich aus ihren bequemen Sesseln zu erheben, wenn man ihnen sagt, daß das Haus in Flammen steht. Traf C-H gestern abend in Arras. Viele Offiziere im Hauptquartier tun so, als sei es unfair, Truppen mit Flugzeugen zu befördern, genauso wie sie einen U-Boot-Krieg für unfair halten. Aber ich weiß noch gut, wie wir von 1936 an zu verschiedenen Gelegenheiten Truppen in Kompaniestärke mit Flugzeugen befördert haben. C-H sagt, eine Brigade ist in Alarmbereitschaft versetzt worden und soll nach Norwegen transportiert werden, wobei die Möglichkeit besteht, daß sie zur Division erweitert wird. Abgesehen davon hat sich hier nichts geändert. Truppenangehörige, die länger als sechs Monate in Frankreich waren, bekommen Heimaturlaub wie eh und je.

Menzies und ein paar von seinen ›Terriern‹ singen halb betrunken, aber aus voller Kehle ›South of the border‹. Ich wollte, sie würden ein neues Lied lernen. Zeit für mich, mein Tagebuch unter der losen Fliese verschwinden zu lassen.

Montag, 22. April 1940

Pyrnford scheint mit sich selbst einigermaßen zufrieden zu sein und verhält sich mir gegenüber beinahe anständig. Er hat sich sogar in voller Ausrüstung zur Wachinspektion bereitgefunden, und dies bereits zweimal in der vergangenen Woche. Normalerweise überläßt er diese Aufgabe mir, Menzies und gelegentlich Mr. Boswell. Danach lobte er mich, was die Entwicklung meines Zuges betraf.

Ich nehme an, er freut sich geradezu darüber, daß er recht behalten hat und daß ›Herr‹ Hitler seinen eigenen Bus genommen hat. Ich schäme mich über unseren fortgesetzten Rückzug in Norwegen und tröste mich mit dem Gedanken, daß wir ja nicht so blind und töricht sein *können*. Ich nehme trotz allem an, daß ein genauer Plan besteht, wie die Franzosen und wir den Deutschen einen vernichtenden Schlag versetzen und direkt in ihr Land eindringen, und daß wir uns daher nicht von dem ablenken lassen dürfen, was Hitler zur Zeit in Norwegen unternimmt. Ich habe die französischen Panzer in der Wochenschau gesehen. Sie sind gewaltig und unbesiegbar: fahrbare Festungen. Dagegen haben die Deutschen nichts einzusetzen. Und die Franzosen verfügen über eine große Anzahl davon.

Ich hoffte, Pyrnfords gute Laune ausnützen zu können, und schlug ihm vor, Col. Martell und Fuller als Panzerfahrer ausbilden zu lassen. Aber das ärgerte ihn wie üblich; er sah darin eine Anmaßung meinerseits. Er erwiderte ziemlich wütend: »Diese beschissenen Reservisten sind doch nur Pfurz und Pisse. Verdammte Bolschewiken, ja. Die sollten wir bekämpfen, die verdammten Bolschewiken, nicht die Hunnen.« Warum glaubt dieser Mann, daß Menschen ohne Offizierspatent nicht in der Lage sind, intelligent zu diskutieren? Warum meint er, sie verstehen nur die Obszönitäten seiner Barackensprache? Ich schließe daraus, daß er selbst nichts weiter ist als eine aufpolierte Ausgabe eines ignoranten, ordinären Radaubruders. Kein Wunder, daß man ihn bei der Kavallerie loshaben wollte. Vielleicht haben sie es so eingerichtet, daß dieser Subalterne ihm mit voller Absicht den Polohammer auf den Schädel geschlagen hat. Übrigens: Trotz seiner beleidigenden und herablassenden Äußerungen über die Franzosen hat er häufig französische Freunde aus Paris bei sich zu Gast. Elegante Männer und schöne, gutgekleidete Frauen, die große und teure Privatlimousinen fahren.

Obwohl ich sehr stolz und zufrieden bin, daß es mir gelungen ist, aus dem Sauhaufen eine durchaus ansprechende militärische Formation zu machen, ärgern mich die fortgesetzte Arroganz und Ignoranz von Pyrnford, aber auch die unsinnigen und hastigen Befehle Boswells in einer Weise, daß es mir alles verleidet.

Es gäbe ein Mittel, um all diesem zu entkommen. Qualifizierte Sergeants mit erstklassigen Zeugnissen können sich um ein Offizierspatent bewerben. Vielleicht gelingt es mir, zu einem kleineren Regiment zurückzukehren. Ich lasse mir noch ein paar Wochen Zeit, um meine Leute auf Vordermann zu bringen, dann mache ich die Eingabe. ›Lieutenant Michael Lugard . . .?‹ Verdammt will ich sein, wenn ich nicht als Lieutenant-Colonel aus diesem Krieg zurückkomme. Und Gott sei Captain Pyrnford gnädig, wenn er mich daran hindert.

Mittwoch, 8. Mai 1940

Unsere Artillerie ist für drei Wochen zu einem Manöver in den Süden gebracht worden. Wir sind hiergeblieben. Ich nehme an, daß sie dort Munition vorfinden. Unsere beiden Munitionslager sind seit geraumer Zeit überfüllt, also haben wir die Möglichkeit, uns hier auch im Schießen zu üben. Ich habe einen natürlich ungenehmigten Schießstand einrichten lassen, und alle Männer haben inzwischen bereits ihre dreißig Schuß hinter sich. Das galt auch für die Bren- und Lewis-Waffen. Als Schützen sind die Reservisten gar nicht so schlecht, während die Rekruten und die Landwehrleute mit wenigen Ausnahmen ziemlich katastrophal dastehen. Eine dieser Ausnahmen ist Fahrer Quarrie, der mit dem Bren gute Ergebnisse erzielte. Ich achte darauf, daß er keine Schießübung wegen seiner Pflichten in der Sergeantsmesse ausfallen läßt, auch wenn Menzies sich danach beschwert, weil er kein heißes Essen bekommt.

Für das Boyes A/T gibt es keine überflüssige Munition, daher können wir damit leider nicht üben. Nicht, daß wir besonders scharf darauf wären. Was wir davon hörten, waren wilde Geschichten. Der Offizier, der uns im Schützenbataillon unterwies, behauptete, daß die Geschosse Panzerplatten bis zu fünf Zentimeter Dicke durchschlagen können und dann im Inneren des Panzers von den Wänden abprallen und die Besatzung töten. Obwohl mir das Boyes A/T als eine brauchbare und tödliche Waffe vorkommt, nehme ich diese Erklärung doch mit ziemlicher Vorsicht zur Kenntnis.

Pyrnford lobt mich zu meiner Überraschung für meine Initiative in Sachen Schießstand. Ich habe ihn übrigens nicht um Erlaubnis gebeten. Er und Boswell kommen häufig hin und schießen mit ihren Pistolen auf leere Flaschen. Die meisten Flaschen sind danach noch heil, aber die 38er Munition für die Pistolen ist alle. Ende der Woche werde ich meine Eingabe machen.

Samstag, 11. Mai 1940

Der Ballon ist hochgegangen, der Krieg hat begonnen. Er begann am letzten Donnerstagabend. Feindliche Flugzeuge kamen über die Grenze und warfen ein paar Bomben in der Nähe von Arras. Wir hörten das Pfeifen der Bomben und sahen die Blitze der Flakgeschosse am Himmel. Ohne auf Befehle zu warten, ließ ich den halben Zug als Feldwache antreten, für den Fall, daß Fallschirmspringer eingesetzt wurden. Sie verließen die Quartiere in großer Begeisterung, und diejenigen, die zurückbleiben mußten, waren enttäuscht.

Pyrndord kam aus Arras zurück und berichtete von gewaltigen Zerstörungen, die eigentlich nicht zu der geringen Zahl der abgeworfenen Bomben paßten. Er meint, der Hauptstützpunkt der Royal Air Force in Reims sei ausgebombt worden, bei einem schweren Luftangriff in der vergangenen Nacht. Er schwingt seinen Degenstock mit wölfischem Grinsen und weigert sich, einen Stahlhelm aufzusetzen oder eine Gasmaske zu tragen. Es macht ihm sichtlich Spaß. Mir übrigens auch.

Die Deutschen sind in Holland und Belgien eingedrungen. Eine große Schlacht tobt um eine belgische Befestigung. Fallschirmspringer unterstützen die Invasionstruppen. Ich habe unsere Feldwachen noch verstärkt. Schlug Pyrnford vor, jeden Mann und alle Fahrzeuge in Deckung zu bringen, im Wald von Lucheux. Einerseits ist er damit einverstanden, andererseits möchte er seine angenehme Messe nicht aufgeben. Also bleiben das Hauptquartier und eine Abteilung mit dem Bren in Beaucourt. Alles andere auf in die Wälder.

Sonntag, 12. Mai 1940

Weitere Bombardierung von Arras in der vergangenen Nacht. Sah den Widerschein des Feuers am Himmel. Wir sind ziemlich sicher in unserem Wald, recht gute Deckung. Die Vorhut der Briten ist in Belgien eingetroffen. Und wir sitzen hier fest und warten darauf, daß unsere Artillerie aus ihrem Trainingslager zurückkommt.

Machte eine weite Rundreise mit dem Motorrad. Düsteres Zeichen auf der Straße St. Pol–Doullens: Mehrere Zivilfahrzeuge bis über das Dach hinauf vollbepackt, Matratzen, Stühle und alles mögliche, Richtung Westen fahrend. Manche fahren wie die Verrückten auf der falschen Straßenseite. Hätte so etwas nicht erwartet.

Dienstag, 14. Mai 1940

War den ganzen Tag über beunruhigt. Holland scheint am Ende zu sein, die Belgier sind auf dem Rückzug. In den Nachrichten heißt es, daß britische Bomber die Brücken über den Fluß Meuse zerstört hätten. Keines der Flugzeuge kam zurück – ein harter Zoll für die paar Brücken! Nach Auskunft von Pyrnford sind britische Truppen auf den Gegner gestoßen. »Die zwölften Lancers sind bei den Hunnen eingetroffen, Sar'nt Lugard.« Eine triumphierende Bewegung seines Degenstocks. »Haben den Deutschen die Scheiße aus den Bäuchen geprügelt.« Und dann, alles verderbend: »Die übrigen auf dem Rückmarsch.« Bei den 12. Lancers handelt es sich um motorisierte Kavallerie, das ist die einzige lockere Verbindung zwischen ihnen und Pyrnford. Also viel Glück für die 12. Lancers! Lange Kolonnen von Zivilistenwagen heute auf der Straße St. Pol–Doullens, hupend bei der kleinesten Verzögerung. Männer im wehrfähigen Alter darunter. Laufen sie davon?

Ich versuche, es aus ihrem Blickwinkel zu sehen. Kein Zweifel, sie wollen erst ihre Familien in Sicherheit bringen; danach werden sie zu ihren Regimentern zurückkehren.

Donnerstag, 16. Mai 1940

Wir verstecken uns noch immer im Wald von Lucheux, während der Krieg seinen Fortgang nimmt. Die Batterien für unser Radiogerät sind erschöpft, daher kommen nur wenige verläßliche Informationen zu uns durch. Viel Unsinniges geht in Form von Gerüchten und Latrinenparolen um. Die Franzosen seien bei Sedan zusammengebrochen und die deutschen Panzer in Reims. Andererseits heißt es wieder, die Deutschen hätten 60 000 Mann verloren. Ich versuche mich selbst davon zu überzeugen, daß das erste der Gerüchte falsch und das zweite wahr ist. Aber was auf den Straßen rings um uns geschieht, gefällt mir gar nicht. Die Wagen der Reichen sind fort; jetzt drängen sich dort die Armen mit ihren Handwagen. Tausende und

Abertausende, Männer, Frauen, Kinder, sie alle trotten schweigend dahin. Nur die Kinder schauen uns an. Wozu fliehen sie quer durch ihr Land? Sie sollten dort bleiben, wo sie sind. Ich hatte so etwas nicht erwartet.

Pyrnford fährt allein durch die Gegend. Mal in seinem Wagen, mal auf dem Motorrad. Wozu, weiß ich nicht. Er sagt nichts, flucht nur gelegentlich und erklärt: »Die verdammten Zivilisten verstopfen alle Straßen!«

Unser erster Blickkontakt mit dem Feind! Freilich nur in Form von Flugzeugen, die hoch über uns in Richtung Osten fliegen. Eine große Formation Heinkel 111er, die unversehrt durch die kleinen Wölkchen explodierter Flakgeschosse segeln. Etwas später das Pfeifen der Bomben! Die Männer beobachten die Szene mit großem Interesse. Es ist ein fernes Schauspiel, interessant, aber ohne persönliche Gefahr. Niemanden scheint klar zu sein, daß wir ebensogut direkt im Bombenhagel sein könnten. In den vergangenen, langweiligen Monaten habe ich mir aus Bildern und Zeichnungen in Zeitschriften genau die verschiedenen Formen der Flugzeuge eingeprägt. Außerdem hätte ich mich gern über deutsche Panzer und Panzerspähwagen informiert. Ich fragte C-H, ob es ein Handbuch für diesen Zweck gebe. Wenn es eines gab, dann hatte er es jedenfalls noch nicht gesehen. »Außerdem, mein Freund: Wenn Sie das Pech haben, einem britischen Panzer zu begegnen, dann merken Sie das schnell genug.«

Sonntag, 19. Mai 1940

Endlich sind wir gestern vorgerückt. Eigentlich nicht vor, sondern zur Seite und dann rückwärts zum Nordrand von Albert. Eine Kleinstadt, die nichts mit dem Albert-Kanal in Belgien zu tun hat, wo angeblich sechzigtausend Deutsche gefallen sind. Das stimmt übrigens nicht. Man hatte es vermutet wegen des deutschen Durchbruchs bei Sedan. Und der ist gelungen – dadurch sind die Deutschen uns jetzt in den Rücken gefallen. Wir haben konfuse, hektische und schlaflose vierundzwanzig Stunden hinter uns, aber ich bin nicht im geringsten müde. Teile unserer Artillerie stehen an der Somme im Einsatz, nicht weit von Cléry, und gestern nacht haben wir ihnen zwanzig Tonnen Munition geliefert. Auf der anderen Seite des Flusses waren feindliche Leuchtkugeln zu sehen.

Nachdem wir unsere Ladung dortgelassen hatten, ging es zurück nach Lucheux, um das vordere Lager neu zu füllen. Keine einfache Aufgabe; Panik und Chaos auf den Straßen. Die kleinsten Feldwege voll mit Flüchtlingen. Wir haben mehrere davon im Dunkeln angefahren, und ich fürchte, daß dabei sogar einige verletzt oder auch getötet wurden. Wir hielten aber nicht lange genug an, um es festzustellen. Sah mehrere französische und ein paar britische Soldaten, die sich dem Zug der Flüchtlinge angeschlossen haben. Laufen sie vor dem Feind davon? Nein, vermutlich sind sie dazu abgestellt, den Flüchtlingszug zu überwachen. Als wir auf dem Rückweg durch Doullens kamen, hat man uns beschossen. Niemand wurde getroffen, aber zwei Windschutzscheiben sind gesplittert und drei Türen haben Einschußlöcher. Die Fahrer seitdem ziemlich nervös. Wer hat auf uns geschossen? Gerüchte, daß deutsche Fallschirmjäger hinter unseren Linien gelandet sind. Gerede über eine ›Fünfte Kolonne‹. Ich erinnere mich an C-H und was er über die Franzosen und Belgier sagte, die mit den Deutschen gemeinsame Sache machen.

Um sieben Uhr heute morgen hat der 1404. Zug erste wütende Schüsse abgegeben. Das heißt, Fahrer Quarrie schoß im Namen des Zuges. Die niedrig fliegenden Dornier 17 kamen direkt auf unseren Konvoy zu, kurz hinter Marmetz. Die Besatzung war deutlich zu erkennen. Quarrie schoß ein paar Salven mit dem Maschinengewehr, bevor sie hinter den Bäumen verschwanden. Dann kommt Boswell daher, sehr aufgeregt, und macht Quarrie fertig, weil er ›unsere Position verraten‹ habe. Quarrie antwortet: »Ich dachte, dazu sind wir hier, Sir. Um diese Bastarde abzuknallen.« Boswell droht ihm, weil er ihm widerspricht, und während sie streiten, fliegt eine zweite Formation über uns hinweg. Diesmal empfangen wir MG-Feuer von einer der Maschinen, und alle werfen sich auf den Boden. Es war in Sekunden vorbei, und es gab keine Ausfälle. Einige der Männer beobachteten jetzt den Himmel. Boswell läuft am Convoy auf und ab und schreit: »Schaut nicht nach oben. Sie sehen das Weiß eurer Gesichter aus fünftausend Meter Höhe. Ihr verratet unsere Position.« Der Mann ist völlig verrückt, und dazu macht er sich vor Angst in die Hose.

Von Pyrnford nichts zu sehen. Er fährt in der Gegend herum, wie immer. Aber es scheint ihm Spaß zu machen.

Jetzt vor Arras.

Konfusion folgt dem Chaos, und mit ihr die Niederlage. Ohne daß wir es wußten, haben wir gestern in den frühen Morgenstunden unsere Stellung bei Albert dicht vor den nachrückenden deutschen Truppen verlassen. Die Royal West Kents waren nicht so glücklich wie wir. Ihre führenden Kompanien versammelten sich arglos auf dem Hauptplatz des Städtchens, aber sie waren kaum angelangt, als eine Horde von Stukas sie im Tiefflug bombardierte. Dann kam eine große Zahl deutscher Panzer von allen Seiten auf die Stadt zu. Sie wurden umzingelt und nach mutigem Kampf aufgerieben. Nur wenige entkamen dieser Falle. Ich erfahre das alles von einem überraschend mitteilsamen Pyrnford. Er ist überall und hat offenbar nicht die geringste Angst. Seltsamerweise meint Fahrer Quarrie, ihn vom Lastwagen aus gesehen zu haben, als er durch Louvencourt fuhr, wo sich die Royal West Kents vor ihrer unglücklichen Bewegung nach Albert versammelt hatten. Er meinte, Pyrnford habe eine rote und weiße Armbinde getragen! Das Abzeichen eines Stabsoffiziers? Quarrie muß sich geirrt haben.

Jetzt habe ich mein Tagebuch ständig bei mir. Es paßt gut in die große Kartentasche auf der Vorderseite meiner Kampfanzugshose.

Rings um uns schwere Kämpfe. Gestern sollte der Zug Kampftruppen vorwärts nach Vimy bringen, obwohl man kaum noch sagen kann, was vorwärts ist. Vorwärts ist nach Süden, aber auch nach Westen und Osten. Gestern nachmittag gab es einen heftigen Gegenangriff der Briten bei Arras. Es soll gut gegangen sein, viele Deutsche verwundet, gefallen oder in Gefangenschaft. Aber zugleich heißt es auch, daß Abbeville gefallen ist, nach einem Rückzug der Truppen angesichts eines leichten Scharmützels mit deutschen Kradfahrern. Pyrnford berichtet, daß das Gerücht von Abbeville der Wahrheit entspricht. Beim Rückzug erst werden die Qualitäten dieses Mannes sichtbar. Sein wildes Fluchen und Degenstockschwingen bei Angriffen der deutschen Luftwaffe ist irgendwie völlig passend und fast ermutigend. Bis auf Boswell, der jeden Schuß mit Flaks und ähnlichen Geschützen als eine Herausforderung des Feindes ansieht, der seinen Zorn daraufhin allein auf unsere Häupter abladen würde. Bei Luftangriffen kauert er sich in seinen Hillman.

Bis jetzt gab es bei uns keine Ausfälle durch Luftangriffe. Aber zwei unserer Dreitonner sind zerstört. Wir haben uns für die Nacht eingebuddelt. Wieder kamen Reste unserer Vorgänger von 14–18 zum Vorschein, als wollten sie uns verspotten. Direkt im Norden unseres Nachtlagers befindet sich ein kanadischer Soldatenfriedhof aus dem 1. Weltkrieg mit einem großen Denkmal zur Erinnerung an die Gefallenen. Geschosse pfeifen an den Grabsteinen vorüber und graben sich zwischen die Gebeine der Toten von damals.

Ich bin tief erschüttert vor Schuldbewußtsein und zugleich voller Wut, weil ich erleben muß, wie wir diese Toten verraten. Erschüttert darüber, daß es uns nicht gelingt, ihr Andenken, ihr Opfer zu verteidigen.

Mittwoch, 22. Mai 1940

Der Gegenangriff der Alliierten bei Arras endete mit einer Niederlage. Heute haben wir eine große Zahl verschiedenen Verwaltungspersonals, Offiziere und Gemeine, aus Arras nach Dünkirchen gebracht, wo wir sie in der Nähe der Docks ausluden. Sie denken wohl, es geht nach Hause. Vielleicht versucht man, sie loszuwerden, weil sie hier doch nichts mehr nützen können und den Kampftruppen nur im Weg stehen. Neue Gerüchte.

Donnerstag, 23. Mai 1940

Schafften Munition von den Docks in Dünkirchen zu Munitionslagern in den Wäldern von Nieppe. Zwei verhältnismäßig heftige Luftangriffe. Das Hauptquartier des Zuges in einem Hohlweg beim Dorf Steenwerck, in der Nähe von Armentières.

Unser erster Gefallener Fahrer Skiller – der mit den unkoordinierten Armen und Beinen. Eine Formation tieffliegender Dorniers, MG-Beschuß, während sie uns überflogen – offensichtlich ohne sonderliches Interesse an uns –, aber Fahrer Skiller trafen die Kugeln in die Brust. Wir haben ihn an einem Feldrand begraben.

Wo ist eigentlich die Royal Air Force?

Es heißt, unsere Artillerie ist aufgerieben worden. Teile davon bei Arras, andere anderswo – Genaues wissen wir nicht. Die Bataillone wurden aufgespalten und hierhin und dorthin geschickt. Es scheint, als seien wir wirklich nur noch ein zusammengewürfelter Haufen, der allen und keinem zu Diensten steht. In den letzten vierundzwanzig Stunden wollte keiner etwas von uns. Abgesehen von den gelegentlichen Alarmen, wenn es wieder einmal angebliche Fallschirmjäger oder angebliche Panzer zu bekämpfen gibt, haben wir uns ausgeschlafen und ausgeruht. Auch eines von den Gerüchten: Jacques, der Besitzer des Cafés in Beaucourt, soll wieder in seinem schwarzen Citroën spioniert haben. Überall, wo wir hinkommen, behauptet man, Jacques gesehen zu haben. Er wird immer in der Nähe einer Katastrophe ›gesehen‹. In Albert. In Arras. Kurz vor dem Angriff der Tiefflieger, bei dem Skiller ums Leben kam. Eine Stunde, nachdem wir durch Armentières gekommen waren, wurde die Stadt heftig bombardiert. Und Jacques ist kurz zuvor in Armentières gesehen worden. Gerüchte – ich bin überzeugt davon, daß es nur Unsinn ist. ›Der Kommandeur der britischen Truppen, Lord Gort, ist gefallen, bei Doullens.‹ – ›Hitlers Flugzeug ist gestern abgestürzt. Er ist tot, mit ihm Goebbels und Göring. Deshalb ist es heute so ruhig. Die Deutschen streben einen Waffenstillstand an.‹ Eine Illusion, die sich rasch verflüchtigte, als Armentières heute abend erneut heftig bombardiert wurde.

Corporal Reeves ernährt uns mit gestohlenen Hühnern, die er in seiner Gulaschkanone kocht. Eine willkommene Abwechslung nach dem ewigen kalten Rindfleisch und den Keksen, von denen wir in den letzten zwei Wochen gelebt haben. Soll das alles in zwei Wochen geschehen sein? Die Deutschen sind am Kanal und haben Boulogne erobert! Wahrheit oder Gerücht? Wir sind abgeschnitten, und das ist eine Tatsache.

Freitag, 24. Mai 1940

Gestern abend zogen wir nach Bergues nahe Dünkirchen und stellten die Fahrzeuge am Kanal ab in der Hoffnung, am frühen Morgen gleich aufladen zu können. Wir wachten auf, bis zu den Knöcheln im Wasser, und bekamen die Fahrzeuge nur mit Mühe flott. Während der Nacht hatte jemand das tiefliegende Land überflutet, versuchte wohl, damit die Deutschen aufzuhalten.

Bergues ist eine verschlafene, pittoreske Stadt mit einem alten, von Mauern umgebenen Fort. Trotz der Kriegsereignisse nützen viele Bürger und auch einige französische Soldaten das schöne Wetter und fischen im Kanal mit langen Ruten. Eine friedliche, fast idyllische Szene in der Morgenstunde. Es dauerte eine Weile, bis wir unsere Fahrzeuge im Trockenen hatten und zu den Docks fahren konnten. Dünkirchen ist schwer beschädigt, mit Bombenkratern übersät, aber immer noch ein brauchbarer Hafen, jetzt freilich überschattet von einer riesigen schwarzen Wolke, die sich noch ausbreitet. Brennende Öltanks!

Die Masten und Aufbauten von drei halbgesunkenen Schiffen ragen wie Skelette aus dem Wasser. Verbogene Eisenbahngeleise, die sich an manchen Stellen wie Schlangen hochbiegen. Ersterbende Flammen um die Grundmauern eines ausgebrannten Lagerhauses. Französische Soldaten, die eine Gruppe deutscher Gefangener begleiten. Wohin bringt man sie?

Um Mittag eröffnete die französische Flak oben auf der Zitadelle das Feuer mit ihren Fünfundsiebziger-Geschossen. Wir suchten Deckung, aber diesmal waren die Deutschen nicht an Dünkirchen interessiert. Diesmal bekam Bergues die Bombenladungen ab.

Bergues war eine verschlafene, pittoreske Stadt . . .

Samstag, 25. Mai 1940

Ein schlimmer Tag. Zwei Männer durch feindliche Aktionen getötet. Und Fahrer Quarrie von Captain Antony Pyrnford ermordet!

Wir kamen um 11.15 Uhr zu den Docks, um eine weitere Munitionsladung aufzunehmen. Eine halbe Stunde später kamen die unvermeidlichen deutschen Flugzeuge. Eine größere Formation, als ich sie je zuvor gesehen hatte. Mindestens vierzig Maschinen bei der ersten Welle, die in etwa fünfhundert Metern Höhe majestätisch über den blauen Himmel zogen, als machte sich die französische Flak mit ihren Puffwölkchen darunter nur lächerlich. Den Bomben, die aus dieser Höhe abgeworfen werden, geht eine Druckwelle voraus, ein Heulen, das mehr entsetzt als das Krachen der darauffolgenden Explosion. Wenn man den Tod so deutlich hören und sehen kann, fühlt man geradezu, wie er mit knöchernen Fingern nach einem greift.

Als die ersten Flugzeuge auftauchten, stand ich am Kai, hinter mir die Güterwagen. Ich war bereit, zu beobachten, zu kommandieren, zu handeln, falls es nötig sein würde. Aber das entsetzliche Geräusch der fallenden Bomben, näher als je zuvor, ließ mich erstarren, bis ich mich mit dem Rücken gegen einen Güterwagen preßte, während meine Beine beim Beben des Bodens mitzitterten. Am Ende des Kais hob sich ein Kran ganz langsam in die Luft und senkte sich dann krachend über die Mauer ins Wasser. Brandbomben zischten und versprühten Phosphor auf den Boden, dann drehte die erste Welle ab. Aber weitere Wellen näherten sich, gnadenlos und unbeirrbar. In diesem von Explosionen erschütterten Kessel war ich hilflos, versteckte mich hinter einer völligen Taubheit und Empfindungslosigkeit. Ich sah Fahrer Quarrie betäubt und ohne Deckung am Bren-Geschütz, sah, wie er seine nutzlose, kleine Waffe wild hin und her riß, während der Lastwagen unter den Detonationen bebte. Ich war wie gefangen in einem Paradoxon aus Verzweiflung und seltsamer Euphorie. Die Muskeln wie Wasser, aber der Verstand begriff und verarbeitete alles mit rasender Geschwindigkeit. Irgendwie wankte ich hin zu Quarrie, deutete ihm an, er solle in Deckung gehen. Für Sekunden, die mir wie Stunden vorkamen, erwog ich die Möglichkeit, selbst das Bren zu übernehmen. Aber ich wußte, daß die Mühe, auf den Lastwagen zu klettern, zu groß gewesen wäre – und obendrein sinnlos.

Ich ging an der Reihe unserer Fahrzeuge entlang. Ein Lastwagen brannte; die Ladung von Munitionskisten explodierte in einer fast regelmäßigen, rhythmischen Folge. In der Nähe eines anderen Fahrzeuges lag eine Brandbombe; ich stieß sie mit dem Fuß zur Seite und ging wieder zurück, als ich Pyrnford erblickte, unter ihm Fahrer Quarrie, der sich hinter den Lastwagen mit dem Bren duckte. Der Captain hatte beide Hände über Quarries Kopf zu Fäusten geballt; in der einen hielt er seinen Degenstock. Er beschimpfte Quarrie wegen irgend etwas. Dann plötzlich, als ob seine Wut durch die Bombardierung rings um uns erst recht angestachelt würde, stieß er mit dem Stock nach Quarries Gesicht. Der Stock prallte vom Reifen ab, hinter den sich Quarrie geduckt hatte. Pyrnford trat zurück, zog seine Pistole und schoß den Jungen zweimal in den Rücken. Und während all dieser Zeit ging ich in langsamer, tranceartiger Bewegung auf die beiden zu, schrie etwas, konnte aber meine eigene Stimme nicht hören. Pyrnford hob seinen Degenstock auf und kam dann zu mir her, die Augen dämonisch funkelnd hinter den Brillengläsern, das Gesicht eine verzerrte, schweißüberströmte Maske.

»Hat seine Waffe verlassen. Feigheit im Angesicht des Feindes.« Er deutete mit der Pistole auf die Stiefel von Quarrie. »Todesstrafe. Feigheit vor dem Feind.« Und als ob er beweisen wollte, daß er eines solchen Verbrechens nicht fähig sei, hob er die Pistole und schoß sie in Richtung auf die abdrehenden Flugzeuge leer. »Ich dulde keine Feigheit vor dem Feind.« Brüllend stakte er hinweg. »Loohs, ihr Leuheute. Auf, auf, und an die Arbeit!«

Die Männer tauchten zwischen den Eisenbahnwagen auf, unter denen sie Deckung gesucht hatten. Fünf fehlten, darunter auch Boswell. Zwei fanden wir im Schotter, die Köpfe von Splittern oder Schottersteinen eingeschlagen. Und zwei weitere waren verschwunden. Ich zweifle daran, daß sie umgekommen sind. Wahrscheinlich haben sie sich unter die abziehenden Verwaltungs- und Bürosoldaten gedrängt. Boswell entdeckten wir schließlich, wie er sich in die Kabine eines Krans am Dock kauerte, nicht weit von dem noch immer explodierenden Lastwagen entfernt. Bei jeder Explosion rutschte er weiter in die Ecke der Kabine, und drinnen stank es entsetzlich nach Exkrementen.

Ich habe zu keinem über den Tod von Fahrer Quarrie gesprochen. Die anderen nahmen an, er sei durch Feindeinwirkung gefallen. Aber Bruce weiß Bescheid. Er kam und fragte mich: »Was werden Sie mit diesem mörderischen Dreckskerl Pyrnford machen?«

Sonntag, 26. Mai 1940

Wir sind in einem ›Lager‹, wie Pyrnford es nennt, nahe dem Dorf Houthuist, in einem Hohlweg, der auf beiden Seiten durch überhängende Zweige gedeckt ist. Bis jetzt ein ziemlich ruhiger Tag (es ist 18.00 Uhr), keine Anforderung unserer Dienste und nur gelegentlich hoch über uns ausschwärmende deutsche Jagdflugzeuge. (Wo ist die R.A.F.?)

Innerlich kann ich mich nicht über den Tod von Quarrie beruhigen. Ich bin entschlossen, irgend etwas zu unternehmen. Fragt sich nur, was? Wie kann ich inmitten dieses Todes, der Zerstörung und der Niederlage, etwas tun? An wen soll ich mich denn wenden? Wer würde mir zuhören, würde sich um den Tod eines einzelnen kümmern, wo Tausende gefallen sind und stündlich fallen?

Ich fuhr heute vormittag mit dem Motorrad eine Streife und habe mich auf den Landstraßen und Pfaden verfahren. Bei einem verlassenen Bauernhof sah ich einen Brigadegeneral, der allein auf einer Böschung saß und eine Dose Rindfleisch aß. Sein von Kugeln durchsiebter Wagen lag im Graben, der Leichnam des Fahrers hing noch hinter dem Lenkrad. Ich ging auf den Brigadegeneral zu und wollte ihm den Mord an Quarrie melden, aber seine Augen waren so trüb wie die eines toten Pferds. Sein Gesicht wirkte aschgrau und faltig von Erschöpfung. Am einen Ohr klebte ihm getrocknetes Blut. Er fragte mich, sehr freundlich übrigens, was ich von ihm wollte. Mein Gott, wie hätte ich ihm da mit meiner trivialen Geschichte kommen können! Ich erwiderte ziemlich lahm, daß ich meinen Zug verloren habe. Er hob den Kopf und lächelte mich an. Es war ein sehr sanftes Lächeln. »Dann sind wir beide in einem ähnlichen Schlamassel, Sergeant. Ich habe meine ganze Brigade verloren.«

Ich bot ihm an, ihn auf dem Rücksitz irgendwohin zu bringen. Er schüttelte nur geistesabwesend den Kopf. Dann sagte er unvermittelt: »Calais dürfte inzwischen gefallen sein. Die Schützenbrigade hat die Stadt eine Woche lang gehalten, bis zur letzten Kugel, bis zum letzten Mann. Aber ich fürchte, die letzte Kugel ist inzwischen abgefeuert, und der letzte Mann ist gefallen. Mein Sohn ist auch dort.« Er sprach ohne Stolz und sogar ohne Trauer, ganz leise, als beschreibe er ein großartiges und düsteres Ende, das man nur andeutungsweise mit Worten ausdrücken kann. Ich hörte dabei erstmals, daß Calais von der Schützenbrigade verteidigt wurde. Und ich war nicht dabei! Ich wollte mehr von ihm hören. Gab es noch eine Chance, daß sie die Stellung halten konnten? Aber ich wagte es nicht, ihn in seinem Kummer zu stören, der um so lauter zum Himmel schrie, weil er weder Stimme noch Ausdruck hatte. Ich wollte ihn nach dem Namen seines Sohnes fragen, für den Fall, daß ich ihn kannte. Sicher war er Offizier. Ein vornehmer Gentleman wie sein Vater. Ich wollte ihm sagen, daß ich früher einmal bei der Schützenbrigade gedient habe und eigentlich an der Seite seines Sohnes in Calais sein sollte. Aber die Augen des Brigadegenerals waren in eine unbestimmte Ferne gerichtet. Ich konnte nichts weiter tun, als ihn mit voller Hochachtung zu grüßen und zu sagen, daß ich versuchen würde, meinen Zug wiederzufinden. Erstaunlicherweise erhob er sich, erwiderte meinen Gruß und wünschte mir Glück. Als ich mich noch einmal umschaute, sah ich ihn wieder auf der hohen Brüstung sitzen, die Arme um die Knie geschlungen, den Kopf auf die verschränkten Hände gelegt, die Augen dorthin gerichtet, von wo nur die Deutschen kommen können. Ich habe das Gefühl, daß er für immer dort auf der Böschung ausruhen wird.

Dienstag, 28. Mai 1940

Ein grauer, trüber, regnerischer Morgen. Calais ist gefallen, und die Schützenbrigade hat, wie der Brigadegeneral vermutete, die Stadt bis zum letzten Geschoß und bis zum letzten Mann verteidigt. Wer hat einmal gesagt: ›Wenn ihr mich aufschneidet, findet ihr Calais in meinem Herzen?‹ Eine der Tudor-Königinnen, ich habe vergessen, welche. Verdammter Pyrnford! (Warum verfluche ich ihn eigentlich?) Es geht das Gerücht, die Belgier hätten sich ergeben.

Wir sind jetzt zu Wasserträgern geworden, holen es mit Kanistern aus Dünkirchen und laden es an verschiedenen Wasserstellen entlang der Küstenstraße zwischen den Dünen von Bray, La Panne und Nieuport ab. Die Straßen sind voll von Soldaten, die nach Dünkirchen und nach der Küste marschieren. Sind das immer noch die Verwaltungsleute? So viele kann es doch gar nicht gegeben haben. Außerdem findet man auf den Straßen viele französische Armeelastwagen – weiß der Teufel, wo sie herkommen und wo sie hinwollen. Aus den Feldern rings um uns kommt der Gestank von verwesendem Fleisch. Tote Kühe liegen mit aufgetriebenen Bäuchen da und strecken die Füße in die Luft. Tote Pferde liegen etwas natürlicher da, aber sie stinken nicht weniger. Hier und da liegen auch tote Menschen auf den Feldern und verwesen wie das Vieh. Jetzt sieht man gelegentlich, westlich von Nieuport, britische Panzer und Panzerspähwagen. Sie haben große, britische Fahnen auf beiden Seiten befestigt, vermutlich, damit sie nicht von unseren eigenen Leuten beschossen werden. Unsere Luftwaffe hat da nicht so viel Glück. Ja, wir haben tatsächlich hier und da in den letzten zwei Tagen Flugzeuge der Royal Air Force gesehen! Es gab sogar gelegentliche Luftgefechte. Deutsche und vermutlich auch britische Flugzeuge wurden abgeschossen. Aber wenn Fallschirmspringer sich über das Land senken, denkt jeder automatisch, es handelt sich um Deutsche, und eröffnet das Feuer, ohne erst einmal herauszufinden, ob sich Freund oder Feind durch die Luft nähert.

Jetzt ist es 23.40 Uhr. Wir befinden uns im ›Lager‹ in Uxem, südöstlich von Dünkirchen. Dort drüben, in der Gegend der Stadt, ist der Nachthimmel blutig rot und weiß gesprenkelt von explodierenden Bomben. Die Straße jenseits des Heuschobers, in dem ich mit Kerze und Tagebuch sitze, ist voll von Marschierenden. Ich ging hinüber zu Sgt. Menzies, Cpl. Reeves und anderen und sah mir die Vorüberziehenden an. Manche marschierten noch ganz munter dahin, andere konnten sich kaum noch fortschleppen. Wir fragten sie, wohin sie marschieren. Aber alles, was sie uns antworteten, war: »Das weiß Gott!« Dennoch haben sie noch Mut – genau wir wir.

Pyrnford befahl mir, heute morgen mit vier Leuten und dem Dreitonner nach La Panne zu fahren und Rationen zu bunkern. Seit er Quarrie erschossen hat, ist eine bemerkenswerte Veränderung mit ihm vor sich gegangen. Das angeberische Stockwedeln und das Fluchen hat aufgehört. Er ist jetzt ruhelos, nervös und unsicher, als erwarte er irgend etwas und wisse nur noch nicht, in welcher Gestalt es eintreffen würde. Das Gewissen? Die Angst vor den Konsequenzen? Boswell steigt höchstens nachts aus dem Hillman, und dann auch nur, um seine Notdurft zu verrichten. Keiner, einschließlich Pyrnford, nimmt seine Anwesenheit noch wahr.

Erreichten La Panne um 07.00 Uhr, nach einem heftigen Streit mit einem MP-Mann in den Außenbezirken, der mir erklärte, das Fahrzeug müsse von der Straße entfernt und vernichtet werden. Ich erwiderte ihm voller Zorn, daß wir nicht zu den Nutzlosen zählten, die nichts anderes als evakuiert werden wollten. Er erwiderte mir zu meiner Überraschung: »Die ganzen britischen Truppen werden evakuiert, Sarge.« Ich rief ihn zur Ordnung für das ›Sarge‹, lasse es nicht zu, daß mich ein Untergeordneter so nachlässig anspricht. Als ich ihm erklärte, daß der 1404. Zug sich noch im Feld befinde und daß ich nichts weiter als Rationen für die Männer besorgen sollte, ließ er mich durch.

Ein erstaunlicher Anblick: La Panne ist ein Badeort, der verhältnismäßig wenig Zerstörung aufweist. Große, schöne Villen mit Ausblick auf das Meer, und die Straßen voller Truppen, die sich sorglos, unkontrolliert und desorganisiert herumtreiben. Nicht wenige sind betrunken. Ein Café hinter dem Strand hat Sonnenschirme aufgestellt und Tische auf dem Gehweg – dort verkauft man Bier. Ein Rudel Messerschmittjäger überzogen einen entfernten Strand mit Maschinengewehrfeuer; eine Bofor-Flakkanone nahm sie unter Beschuß, ohne jegliche Wirkung.

Hielten kurz vor dem Strand, wo laut Auskunft eines anderen MP-Mannes die Rationen gelagert wurden. Diesmal war es einer von den Welsh Guards, der ein Bren-Geschütz an der Straßenecke aufgebaut hatte. In einem der größeren Häuser befand sich jetzt das Hauptquartier von Lord Gort. Der MP-Mann ließ uns nur ungern mit unseren Lastwagen durch, aber wir können ohnehin nicht hinausfahren auf den Strand, weil der Wagen sonst im Sand versinkt. Also müssen wir die Rationen über den Strand und die Dünen zum

Wagen transportieren.

Schwere Arbeit unter der heißen Sonne, die Kisten mit den Konservendosen über den weichen Sand und über die Dünen zu schleppen! Nach ein paar Stunden ließ ich eine Ruhepause einlegen. Die Männer hatten ihre Zigaretten eben angezündet, als die einzelne Bofors-Kanone in Aktion trat. Und in Richtung der Dünen von Bray beschoß eine kleinere Batterie von 3,7ern den Himmel. Die Kanonen auf den Zerstörern dröhnten über das Wasser. Die langen Reihen der auf ihre Einschiffung wartenden Männer begannen sich zu bewegen wie Seetang vor dem Sturm und stoben gleich danach auseinander wie Ameisen. Und oben am klaren, blauen Himmel die deutschen Flugzeuge, die unbeirrt durch die lächerlichen Versuche der Flak ihre Bahn zogen. Erst kamen die Spitfires – dann die Heinkels. Bomben fielen, der Sand und der Himmel zerriß.

Diesmal koste ich es ganz aus: den großartigen Wahnsinn eines gerechten Krieges. Krieg auch in allen Elementen! Selbst als die Messerschmitts kamen, im Tiefflug, und ihre MG-Salven wie Klapperschlangen über den Strand ratterten, blieb ich stehen und feuerte auf sie mit dem nicht einmal montierten Bren, in einer Art Ekstase. Ich wurde zweimal zu Boden gerissen, blieb aber unverletzt und feuerte weiter, bis der Sand, den die Bomben aufgewirbelt hatten, das Maschinengewehr zum Verstummen brachte. Draußen auf See fällt ein Stuka auf einen Zerstörer, andere folgen. Dann spuckt der Zerstörer, dessen Heck bereits in Flammen steht, dunkle Rauchwolken aus. Nach einer Weile nimmt das Schiff wieder Fahrt auf, doch dann kommen neue Stukas, und der Zerstörer verschwindet in einem Meer aus Feuer und Wasser. Und dann sind die Flugzeuge auf einen Schlag verschwunden, und ein Teppich aus Leibern erhebt sich überraschenderweise vom Boden, langsam formen sich wieder die Schlangen, wie von Magneten gezogen, und das geduldige Warten wird fortgesetzt. Der Zerstörer treibt halb gesunken dahin; die See leckt an seinen Wunden. Andere Schiffe, weiter draußen, auch sie in Rauchwolken gehüllt. Und Stille. Es ist still wie bei einer Gedenkparade. Kaum hörbar unter seiner Last, liegt McQuish droben beim Vorratslager und stöhnt: »O mein Gott, Sanny. Ich bin getroffen. Hab 'n Brandgeschoß im Rücken.« Bruce und die anderen rennen zu ihm hin. McQuish liegt mit dem Gesicht nach unten auf dem Sand. Und alle brechen in lautes Gelächter aus. McQuish heult: »Sanny, Sanny, ich mach' kein' Scherz; bring mich heim, Sanny. Ich will zu meiner Mammi.«

»Du blöder Trottel«, sagte Bruce. »Du kommst früh genug ins Höllenfeuer – aber jetzt noch nicht.« Damit nahm er einen glühenden Zigarettenstummel weg, der auf McQuishs Rücken lag. Jemand mußte die Zigarette in der Hast weggeworfen haben, als der Angriff der deutschen Flugzeuge erfolgte. Sie hatte sich während des Luftangriffs durch sein Hemd gebrannt. Abgesehen von einer großen Brandblase am Rücken ist McQuish unverletzt.

Wir luden noch immer Rationen auf, als ein Captain von der Artillerie auf uns zukam, die eine Gesichtshälfte verborgen durch einen notdürftigen Feldverband, und selbst das freie Auge war deutlich blutunterlaufen. »Kommt ihr oder geht ihr, Männer? Ich bin der Strandmeister hier in diesem Abschnitt und muß euch ein bißchen ordnen, klar?« Ich erklärte ihm, daß wir Rationen bunkern und zu unserem Zug schaffen sollten, der im Umkreis Stellung bezogen habe.

»Gut«, sagte er. »Oh, gut. Haltet bloß die Boches noch ein paar Tage auf, bis ich diese Leute hier losgeworden bin. Ich besorge euch dafür einen schönen Platz auf der ›Saucy Sal‹. Viel Glück!« Er ging zurück zum Strand, stolperte hier und da, richtete sich aber immer wieder auf und marschierte weiter. Er erinnerte mich an den Zerstörer, der draußen im Meer dahintrieb. Gott, wie ich diesen Offizier bewunderte!

Um 15.00 Uhr verließen wir La Panne, voll beladen mit Rationen, dazu sechs Brengeschützen, zwei Boyes A/T, Munition und drei Kisten 36er Granaten. Alles Zeug, das zwischen den Dünen weggeworfen worden war. Britische Soldaten, die ihre Waffen wegwarfen! Ein jämmerlicher Anblick.

Bevor wir abfuhren, geriet der ganze Strand in ein aufgeregtes, bienenkorbartiges Summen. Jemand hatte eben im Radio gehört, daß die Amerikaner und die Russen ein gemeinsames Ultimatum an Deutschland gerichtet hätten und den Rückzug sämtlicher Truppen auf deutsches Staatsgebiet verlangten. Anderenfalls würden die Amerikaner mit tausend Bombern nach Berlin fliegen und die Stadt zerstören, und die Russen würden eine Invasion mit zehntausend Panzern und zehn Millionen Soldaten in Gang setzen. Fünf Kilometer von La Panne beobachteten wir einen weiteren Luftangriff auf den Strand. Soviel zum angeblichen Ultimatum.

Sgt. Menzies fuhr gestern abend mit zwei Lastwagen nach La Panne und erhielt weitere Rationen, die wir an verschiedenen Punkten in unserem Umkreis gelagert haben. Bevor er aufbrach, machte ich mir Gedanken darüber, daß einige von den zehn Leuten, die ihn begleiteten, möglicherweise desertieren könnten, namentlich in dem dort herrschenden Durcheinander und zur Nachtzeit. Ich rief sie vor der Abfahrt zum Appell, hielt eine formelle Waffeninspektion ab und machte zwei zur Schnecke, weil sie unrasiert waren, einige weitere, weil sie ihre Waffen nicht sauberhielten. In Wahrheit waren die Waffen fast ausnahmslos in gutem Zustand. Ich versprach ihnen, die Inspektion eine Stunde nach ihrer Rückkehr zu wiederholen. Sie kamen alle heil zurück.

Wir sitzen müßig in unserem Hohlweg herum. In einiger Entfernung das Rattern von MG-Feuer. Man kann leicht zwischen den deutschen Maschinengewehren und den unsrigen unterscheiden. Die deutschen haben einen kürzeren Feuerstoß. Natürlich!

Warum sitzen wir eigentlich herum und tun nichts? Ich könnte mir denken, daß jetzt jeder Mann an der Front gebraucht wurde. Dennoch vergeuden wir die Zeit und tun nichts. Krämer und Tankwarte.

Pyrnford gereizter als je zuvor. Fürchtet er sich? Du solltest dich fürchten, du mörderische Ratte. Und wenn es das letzte ist, was ich tun kann: Ich werde dich vors Kriegsgericht bringen. Bruce hat alles gesehen, genau wie ich. Und Loach! Aber der hat den Mund gehalten, bis Bruce es aus ihm herausgekitzelt hat. Erfuhr nebenbei, daß Loach Rationen und Benzin an Flüchtlinge verkauft hat, in den vergangenen zwei Wochen. Auch eine Angelegenheit, über die noch gesprochen werden muß.

Ich kann Pyrnford von meinem Platz aus sehen. Er ist unten an der Hauptstraße und starrt auf die Boyes A/Ts, die ich dort in Stellung gebracht habe. Auf die Straße, über die wahrscheinlich demnächst die deutschen Panzer kommen werden.

Dämmerung. Pyrnford steht ganz oben auf der Anhöhe und beobachtet die Leuchtkugeln der Deutschen mit dem Fernglas.

23.30 Uhr. Pyrnford ist gerade davongebraust mit dem Triumph-Motorrad, das er jetzt immer fährt. Ein Überbleibsel aus seiner Zeit bei der Kavallerie. So hat er wenigstens Grund, Stiefel und Breeches zu tragen. Er trägt übrigens nie einen Stahlhelm. Sagt, er fährt zum Hauptquartier und sieht nach, ob es für morgen irgendwelche Einsatzbefehle gibt. Wäre unsere Gelegenheit, nach dem Strand von La Panne zu ziehen. »Wie schmeckt Ihnen das, Sergeant? Morgen abend zurück über den Kanal?« Er sagte es giftig und bösartig. »Klingt gut, Sir«, war meine Antwort. Und dann fuhr er davon. Findet uns der morgige Tag draußen bei den Dünen, wo wir wie zitternde Schafe darauf warten, daß uns ein mitleidiger Kapitän aus Niederlage und Schande befreit und nach Hause bringt? Zurück zu unserer Mammi? (Mutter, verzeih mir. Ich habe lange nicht mehr an dich gedacht. Gott schenke dir Frieden. Dir und uns allen.)

Freitag, 31. Mai 1940

Der 1404. unabhängige Munitionszug der R.A.S.C. befindet sich in der Frontlinie und erwartet den Feind bei gutem Mut und in ruhiger Entschlossenheit!

Um 02.00 Uhr kam Pyrnford zurück durch die Dunkelheit und weckte alle Schlafenden (auch mich) mit lauten Schreien und wildem Gebrüll. Es dauerte nur ein paar Sekunden, bis die Männer versammelt waren, da wir in den vergangenen zwei Wochen grundsätzlich nur in voller Montur und bewaffnet schliefen. Pyrnford hat seine alte Form wiedererlangt; sein Degenstock fuhr uns wieder vor den Augen hin und her.

»Mähänner, es ihist uns die große Ehre zuteil geworden, einen Frontabschnitt gegen die Huhunnen zu verteidigen. In England liegen viele jetzt im Bett . . .« Er versuchte, aus Heinrich V. zu zitieren, mußte aber improvisieren. »Wer wird sie dereinst verfluchen, weil sie nicht unsere große Stuhunde – äh . . . Jedenfalls: Wir werden stehen bis zur letzten Kugel und bis zum letzten Mann.« Ich hatte gewußt, daß er das Zitat darauf hinbiegen würde. Es war zugleich die Ankündigung unserer Niederlage. Innerhalb einer Stunde hatten wir unsere sämtlichen Fahrzeuge zerstört, ausgenommen die Motorräder und die beiden Dreitonner, die uns zu unseren Einsatzstellen bringen sollten. Bis zum Morgengrauen hatten wir ein paar Häuser und einen kleinen Heuschober am Bergues-Furnes-Kanal erobert. Trotz dauerndem Feindbeschuß gelang es uns, die Gebäude mit allem verfügbarem Material zu befestigen. Das Hauptquartier des Zuges befindet sich hundert Meter weiter hinten.

Wir sind nun auch endlich Boswell losgeworden. Er torkelte aus dem Hillman, als Pyrnford antreten ließ, ungewaschen und unrasiert wie schon seit Tagen. Nachdem Pyrnford seine kurze Rede an uns gehalten hatte, nahm er Boswell zur Seite. Das Ergebnis war, daß Boswell dem C.O. die Hand drückte, sich wieder in den Hillman setzte und davonbrauste. Sicher fährt er an die Küste und schmuggelt sich auf ein Schiff. Es war klug von Pyrnford, ihn gehen zu lassen. Für das, was uns bevorsteht, können wir keinen Feigling in unserer Mitte brauchen.

12.15 Uhr. Ging zum Hauptquartier des Zuges mit einem Plan der Verteidigungspositionen, die ich eingerichtet habe, außerdem um mich der Tuppen zu versichern, die uns laut Pyrnford an den Flanken Feuerschutz geben konnten. Aber ich bin nach beiden Seiten über einen Kilometer weit gekommen, ohne mit ihnen Kontakt aufnehmen zu können. Wenn die Truppen uns wirklich flankieren, befinden wir uns auf zu engem Raum und sollten weiter ausschwärmen. Doch jetzt ist nicht die Zeit, die Positionen zu korrigieren. Fahrer Chivers, der Zugschreiber, sagt, daß Pyrnford vor einer Stunde in Richtung Osten gefahren ist, ohne den Grund dafür zu nennen. Was mag er vorhaben?

Das Artilleriefeuer läßt kaum noch nach, aber die Geschosse gehen weit über uns hinweg. Kein Anzeichen für feindliche Truppen oder Panzer. Maschinengewehrfeuer aus weiter Ferne. Wir müssen warten.

14.43 Uhr. Kein Zeichen von Pyrnford. Ist er getötet oder verwundet worden? Oder ist er desertiert, hat er uns zurückgelassen, wollte er nicht mit uns in den Tod gehen? In diesem Fall wird es eine letzte Kugel geben und einen letzten Mann, der in der Lage ist, diese Kugel auf Captain Pyrnford abzufeuern!

Smith legte die letzten Seiten weg, schloß die Augen und massierte sich sachte die schmerzende Stirn. Vielleicht sollte er doch einmal seine Augen überprüfen lassen. Vielleicht konnte er dann die Gestalt dieses Mannes erkennen, der ihm so quälend nahe gekommen war, diesen Sergeant Lugard. Aber noch immer vorsichtig, behutsam, vorausdenkend. So sehr er es sich gewünscht hätte – diesmal konnte er nicht lange brüten. Kopien an A.C.C., D.A.C., über Commander Hessen. Die Kopiermaschine würde zu tun haben, der Polizeicomputer würde heißlaufen. Alles würde heißlaufen. Frisches Fleisch fürs System – neue Karteikarten, neue Stichpunkte. Diente bei der Schützenbrigade, Vorkriegszeit, Indien, Ägypten, Palästina, U.K., Frankreich. Vielleicht weitere Einsatzorte. Neue Querverbindungen.

Aber zuerst mußte er es zu Ende lesen, dieses Tagebuch. Und dann von vorn anfangen und es noch einmal durchgehen, bis er sich in die Seele dieses Sergeant Lugard hineinversetzt hatte – die Seele des Unbekannten Soldaten. Er schluckte ein paar Aspirin und langte nach den letzten Seiten.

Nachschrift

Geschrieben zwischen 18. und 21. Dezember 1945

Die Daten sind irrelevant, Pyrnford. Der einzige Tag, der zählt, wird der Tag sein, an dem diejenigen, die von uns übriggeblieben sind, dich gefunden haben. Die einzige Zeit, die zählt: die Zeit, wenn wir dich zwingen, mein Tagebuch zu lesen. Hast du die letzten paar Zeilen noch gut im Gedächtnis? Wir haben drei Tage ausgehalten, Pyrnford. Du hättest stolz sein können auf uns. (Wärst du es wirklich gewesen?) Wie wir die Hunnen schlachteten, als sie versuchten, über den Kanal zu setzen. Ja, Pyrnford, *deine* Hunnen. Mit dem vordersten Bren haben wir mindestens achtzig von ihnen erledigt. Sgt. Menzies und ich erwischten weitere zwanzig mit unseren Granaten. Tapferer Menzies. Er versuchte, eine Granate in den Turm eines deutschen Panzers zu werfen, der uns von hinten angriff; dabei ist er gefallen. Vielleicht paßt es dir gar nicht, wenn du erfährst, daß ich den Panzer mit dem Boyes erledigt habe.

Am zweiten Tag waren wir umzingelt, und unsere Zahl war auf achtundzwanzig geschrumpft, darunter vier Schwerverwundete. Die Hilfe kam durch zehn Männer der französischen 12. Division, die sich von den Dünen von Bray durch die deutsche Vorhut zu uns durchgekämpft hatten bei dem Versuch, im Südwesten auf die französische Armee zu stoßen. Sie sahen und hörten unser verzweifeltes

Gefecht und stellten sich an unsere Seite. Wie sie kämpften, diese großartigen, mutigen Franzosen! Ich muß gestehen, ich habe sie völlig falsch eingeschätzt. Am Abend des dritten Tages lebten nur noch zwei von den zehn, und unser Zug bestand noch aus neunzehn Mann. Unsere Munition war fast zu Ende. Ich sagte fast, Pyrnford. Die letzten fünfzig Stück – die letzten Kugeln, Pyrnford! – habe ich im Keller des Hauses vergraben, das als unsere Festung diente. *Mein Calais.* Außerdem begrub ich dort unsere gut geölten Waffen und mein Tagebuch. Alles gut eingewickelt in wasserdichtes Ölzeug. Erinnerst du dich, wie gut erhalten die Relikte aus dem ersten Weltkrieg waren, als wir sie ausgruben? Wir schworen einen Eid: Diejenigen von uns, die den Krieg überlebten, würden eines Tages zurückkehren, die Waffen und die Munition ausgraben und dich damit erschießen, Pyrnford. Einer von uns wird dich finden.

In der Nacht wagten wir einen Ausbruch, mit unseren beiden tapferen Franzosen, um uns südwestlich in Richtung Somme durchzuschlagen, wo *deine Hunnen* aufgehalten worden waren, wie es schien. Ausbruch ist vielleicht nicht das richtige Wort, denn es bedeutet Kampf. Wir dagegen schlichen uns davon, schmuggelten uns durch die Linien des Feindes. Fünf Tage lang tauchten wir in den Wäldern unter, rannten über Felder und überquerten die Straßen, immer dann, wenn zwischen dem einen und dem nächsten deutschen Konvoi eine Unterbrechung eingetreten war. Wir schwammen durch Kanäle und versteckten uns in Kornfeldern, manchmal so nahe an den deutschen Lagern, daß wir den Duft ihres Kaffees riechen konnten. Wir hatten nur verfaulte Äpfel und rohen Kohl. Aber wir hätten es beinahe geschafft. Schafften immerhin hundertsechzig Kilometer bis Bouchon, östlich von Abbeville, wo wir Geschützfeuer vernahmen, das uns wie ferne Trommeln zu einem imaginären Appell rief. Im Süden sahen wir die Puffwölkchen der Flakgeschütze in der Luft.

Eine isolierte Hütte gewährte uns einen Rastplatz, wo wir unsere Kräfte sammeln konnten, um anschließend durch die Somme zu schwimmen. Ich hatte das Flußufer ausgekundschaftet; es schien verlassen zu sein. Der Fluß war breit und tief – vielleicht würden es nicht alle schaffen, aber wir mußten es versuchen.

Es sollte nicht sein, Pyrnford. Wir wurden durch Fußtritte in die Rippen geweckt. Jemand hatte uns in der Hütte gesehen. Es war eine kleine Abteilung, die uns aufbrachte. Schlau dreinschauende Burschen, die wahrscheinlich in Reserve waren und bis dahin nichts zu tun gehabt hatten. Aber sie waren gemein, Pyrnford. Brutal! Bis dahin kannte ich nicht die Bedeutung des silbernen Doppelblitzes auf den schwarzen Schulterklappen. Ja, das erste, was ich sah, als ich aufwachte, war der Totenschädel auf einer schwarzen Mütze, und ich dachte schon, wir wären auf wunderbare Weise von den 17/21. Ulanen gefunden worden, den ›Ehre-oder-Tod‹-Jungs. Erinnerst du dich, Pyrnford? Aber die Tritte der Knobelbecher zerstörten rasch diese Illusion.

Es waren natürlich Männer von den SS-Totenkopfverbänden, die dir vermutlich sogar vertrauter sind als unsere Ulanen. Beim Sonnenaufgang kam dann auch ein Offizier dazu. Ein Kerl mit grimmigem Gesicht, dessen gewaltiges Kinn in keiner Weise der niedrigen, fliehenden Stirn entsprach. Während er zuhörte, wie man ihm Bericht gab über unsere Gefangennahme, sagte er mehrmals »Ach, so« und warf böse Blicke auf uns. Dann kam er zu uns her; wir hatten uns in Reih und Glied aufstellen müssen. Er trug glänzende, feine, schwarze Lederhandschuhe. Ich werde diese schwarzen, glänzenden Handschuhe nie vergessen – unter anderem, Pyrnford.

Er packte McQuish am Vorderteil seiner Jacke und zog ihn zur Seite. Dann verfuhr er ebenso mit Corporal Nelligan und stellte ihn neben McQuish. Dann ein drittes Mal mit Jean Offoy, einem der französischen Soldaten. Als mir bewußt wurde, daß diese drei Männer Ziviljacken trugen, die sie vor Tagen gegen ihre zerfetzten Uniformen ausgetauscht hatten, stand der deutsche Offizier bereits mit gezogener Pistole vor den drei Männern, und er erschoß sie ohne jegliche Gemütsbewegung. Wobei er vor jedem Schuß leise ›Spion‹ sagte: »Spion; Spion; Spion.«

Sie starben, ehe die Angst ihre Überraschung besiegen konnte. McQuish, der als letzter drankam, stieß noch ein heiseres »Maa . . .« aus, bevor er zu Boden sank. Du hättest stolz sein können auf *deinen Hunnen,* Pyrnford, jetzt war er dir schon zwei Mann voraus. Und er hat bessere Arbeit geleistet als du: Nur eine Kugel pro Mann und direkt ins Herz. Aber wahrscheinlich hatte er auch mehr Übung als du.

Ich trat neben Bruce, fürchtete seine Reaktion, aber er war ganz ruhig, kalkweiß, aber ruhig. Ich fühlte jeden Muskel seines Körpers, wie er neben mir stand, angespannt und hart wie Marmor. »Keine Sorge, Sergeant. Ich mache keine Dummheit. Ich will leben, habe noch einiges zu erledigen.«

Sie ließen uns unsere drei Kameraden begraben – das heißt, sie zwangen uns dazu. Dann wurden wir drei Tage lang festgehalten und verhört. Dabei brauche ich wohl nicht ins Detail zu gehen, wie, Pyrnford? Anschließend verfrachtete man uns in einem Lastwagen nach Rouen; die Stadt rauchte noch von der letzten Schlacht. Dort wurden wir der normalen Wehrmacht übergeben. (Wenn man in diesem Zusammenhang das Wort ›normal‹ gebrauchen kann – was meinst du, Pyrnford?) Sie behandelten uns mit dem Respekt, wie er Soldaten einer feindlichen Armee zusteht. Ich war kühn genug, mich bei einem englischsprechenden Offizier über die Erschießung unserer drei Kameraden zu beschweren. Er hörte mit aufrichtigem Bedauern zu, zog sogar mehrmals die Stirn in Falten und erklärte zuletzt: »Seien Sie froh, daß man Sie nicht alle erschossen hat. Seien Sie froh darüber, Sergeant.«

Dann brachte man uns auf ein Feld vor Rouen, wo wir in ein Lager mit vielen Hunderten britischer Soldaten kamen. Die meisten stammten von der 52. Highland-Division, die in St. Valéry hatte aufgeben müssen, andere, wie wir selbst, aus der Umgebung von Dünkirchen. Und was sie alles zu erzählen hatten! Von tapferen Offizieren und Mannschaften, von Verzweiflungsmärschen und ruhmreichem Widerstand. Sicher, alles war zusammengebrochen, Pyrnford, aber in ehrenhafter Weise. Siehst du, und das ist es, was du mir genommen hast, Pyrnford, mir und den anderen, das ist es, was uns und die anderen in den Jahren der Gefangenschaft verfolgte: Du hast mir meinen Krieg gestohlen! Du hast mich meines Sieges beraubt!

Sie sprachen auch von anderen Dingen, Pyrnford, von Stabsoffizieren, die Befehl gaben, die Waffen wegzuwerfen, die Nachschubzüge dem Feind in die Hände lenkten, von Truppen, die sich aus guten Verteidigungsstellungen zurückzogen. Was hast du eigentlich gemacht, als du mit dem Motorrad durch die Gegend gefahren bist, Pyrnford? Warst du es gewesen, den Quarrie im Hauptquartier der Royal West Kents gesehen hat? Hast du Quarrie deshalb erschossen? Hast du diese mutigen Männer in Albert in den Tod geschickt? Offiziell wird es bestritten; die Befehle waren echt. Aber ich bin in der Lage, es genau herauszufinden, Pyrnford – früher oder später. Nach einer Woche in Rouen überließ man uns der Obhut der volksdeutschen Hilfstruppen, den Sudetendeutschen, deren Antwort auf alles ein Stiefeltritt, ein Stoß mit dem Gewehrkolben und in schwerwiegenderen Fällen eine Kugel war. Zu ihrer Unterstützung verfügten sie außerdem über Peitschen und Wachhunde. Sie trieben uns in Marschformation in der Julihitze an die fünfhundert Kilometer weit bis nach Trier, und wir bekamen einmal am Tag eine Mahlzeit aus einem halben Pfund schwarzem Brot und einem Becher Kaffee-Ersatz. Hier und da bekamen wir auch einen halben Liter trübes Wasser, garniert mit ein paar Kohlblättern. Sie nennen es Suppe.

Viele haben diesen Marsch nicht überlebt, Pyrnford, aber keiner von *meinem* Zug ist daran zugrundegegangen. Wir halfen uns, wir teilten uns die Nahrung und die Schmerzen. Aber ich war und blieb der Sergeant, ich hatte das Kommando *meines* Zuges. Es war meine Pflicht, die Männer beisammenzuhalten, was immer auch geschehen möge.

Viele starben auf diesem Marsch, Pyrnford. Aber die einst den Engländern so feindselig entgegentretenden Franzosen waren großartig. Sie steckten uns hier und da Kartoffeln zu, einen Laib Brot, eine Flasche Wein. Wir waren sogar für Wasser dankbar. Doch sobald wir die Grenze nach Deutschland überschritten hatten, wurde alles anders. In den Straßen von Trier war es anders, ja: ein Mob, der seinen Haß und seine Verachtung auf uns spie. Es war nicht leicht, ihre Verachtung zu ertragen, Pyrnford. Oder fühlten wir, daß wir es verdient hatten?

Aber ich brachte den Zug ohne Ausfälle zum Stalag VIII B in Lamsdorf. Wir bauten das verdammte Lager. Die Erinnerung daran bringt mich immer noch in Rage, Pyrnford. Nach den fünf Jahren, die hinter mir liegen, habe ich das Fluchen gelernt.

Bei unserer Ankunft wurden wir entlaust, geschoren und eingetragen. Ein wichtigtuerischer kleiner Sergeant-Major war der Lagerkommandant; er mußte schon eine Weile hier sein und mit voller Ausrüstung in Gefangenschaft geraten sein. Seine Uniform war makellos, und sein Benehmen entsprach genau dem eines Sergeant-Majors, mit einer Disziplin, wie sie einem Übungslager für Rekruten entsprochen hätte. Aber in einem Gefangenenlager? Sollten wir den Deutschen wirklich in einer derartigen, fast religiösen Weise gehorchen?

Die Nahrung, die wir dort vorfanden, war kaum besser als auf dem Marsch. Der gleiche Kaffee-Ersatz, das gleiche Schwarzbrot, die gleiche Suppe. Wir arbeiteten und hungerten Monat für Monat.

Und es gab Gerüchte, immer wieder Gerüchte, Pyrnford. Gerüchte über Rotkreuzpakete, die im Lager eintreffen sollten. Morgen. Übermorgen. Wenn nicht, dann bestimmt nächsten Dienstag.

Nichts . . . Aber eine der Wachen sah den Rotkreuzwagen fünf Kilometer südlich des Lagers; er fuhr in unsere Richtung. Dennoch – er kam nie an. Es war doch bald Weihnachten! Der Lagerkommandant sagte, der Rotkreuzwagen komme bestimmt in der Woche vor Weihnachten. Hattest du fröhliche Weihnachten im Jahre 1940, Pyrnford? Wir jedenfalls hungerten und froren.

Es dauerte ein Jahr, bis die Pakete eintrafen. Ein Jahr, in dem drei über den Zaun gegangen sind. Nicht, um zu entkommen. Jedenfalls nicht im wörtlichen Sinn. Erinnerst du dich an die Selbstmorde bei heißem Wetter, Pyrnford? Den letzten haben sie zwei Tage am Zaun hängenlassen. Aber keiner vom 1404. hat es versucht, Pyrnford. Uns erwartete noch eine Aufgabe.

Stalag VIII B wuchs Einheit für Einheit: Handelsmarine, Royal Navy, Royal Air Force. Im August 1941 kam eine russische Einheit dazu. Eine Kugel für jeden britischen Kriegsgefangenen, der sich der russischen Einheit näherte. Arme Teufel. Wir dachten, wir wären schlimm dran. Aber die russische Einheit empfing niemals Rotkreuzpakete.

Nach mehr als zwei Jahren Gefangenschaft, Arbeitseinsätzen und dem Grüßen eines jeden deutschen Offiziers, sobald man seiner ansichtig war, wurde ich selbst ein bißchen bolschewistisch, Pyrnford. Ich bekam Streit mit einem deutschen Offizier wegen der Verpflegung und mit unserem Lagerkommandanten, also wurde ich kaltgestellt. Der ganze 1404. Zug mußte darunter leiden. Strafbataillon? Kinderspiel. Wußtest du, wo wir endeten, Pyrnford? Wir wurden *gorniks* in einem *kopalnia wegla*. Weißt du, was das bedeutet, Pyrnford? Wir wurden Grubenarbeiter in einem polnischen Kohlenbergwerk, du verräterisches Schwein! Wie die Stygys uns liebten! Ein Stygy? Eigentlich *Sztygar,* ein Vorarbeiter, du ahnungsloser Verräter! Ein volksdeutscher Pole mit einem großen Stock, der uns damit verprügelte, wenn wir seiner Meinung nach nicht genug gefördert hatten. Dann gab es noch den Ober-Stygy. Ein großer, fetter, deutscher Aufseher, ein Kerl, der immer lachte. »Ihr Tommies keinen *stomach* für Arbeiten«, und um es zu beweisen, stieß er uns freundlich in die Bäuche. ›Arbeit macht frei‹, Pyrnford? Unser *kopalnia* war ungefähr zehn Kilometer von einem Ort namens Auschwitz entfernt. Hast du zufällig auch Auschwitz besucht, als du 1944 in das Kriegsgefangenenlager des Bergwerks gekommen bist? Sahst prächtig aus in deiner Uniform des Britischen Freikorps. Wie gut für uns, daß du aus Eitelkeit keine Brille getragen hast und uns daher nicht erkennen konntest beim Appell der Gefangenen. Hättest du uns erkannt, dann wären wir am nächsten Tag nicht mehr in die Grube eingefahren, sondern auf die Halde geschickt worden. Viele russische Gefangene kamen auf die Halde. Sie kehrten nie zurück. Du hattest dein Aussehen verändert? Sicher – inzwischen mußte dir klargeworden sein, daß du dir die falsche Seite rausgesucht hattest, und fürchtetest wohl zukünftige Probleme. Wie recht du hattest! Der buschige Schnauzbart und das gefärbte, schwarze Haar konnten uns jedoch nicht täuschen – nicht einen Augenblick lang. Wir hatten dich erkannt, lange bevor du den Mund aufgetan hattest zu deiner Ansprache.

»Ihr Mähänner mühüst erkehennen, daß der wahahre Freund Britanniens die große deutsche Nation ist, vereint und siegreich unter ihrem großartigen Führer Adolf Hitler. Der grohoße Fühührer hatte gehofft, daß unser Land nach der Einnahme Frankreichs Vernunft annehmen und ihm beistehen würde im Kampf gegen die Hohorden der Boholschewiken. Aber leider hat der Erzkommunist und Tyrann Churchill uhunser aharmes Land in seiner Gewhahalt, unterstützt duhurch den jüdischen Kommunismus in Amerika, durch den schweinischen Roosevelt. Deshalb liegt London in Schuhutt und Ahasche, eine Wüste, die sich fünf Meilen vom Piccadilly in alle Richtungen ausbreitet und tagtäglich unter den Angriffen der unaufhaltsamen deutschen V-Waffe größer wird.«

Wie aufrichtig und patriotisch warst du doch, als du fortfuhrst und erklärtest: »Ich bin hier, um euch die Möhöglichkeit zu geben, für euheuer Land zu kähämpfen, als Soldaten des Britischen Freikorps, um die weitere Zerstörung unserer Städte und unseres Landes zu verhindern. Gemeinsam mit euren Kameraden in der deutschen Wehrmacht werden wir das Übel des jüdischen, bolschewikischen Kommunismus für alle Zeiten zerschlagen. Keiner von euch wird gezwungen werden, die Waffen gegen unsere armen, mihißgeleiteten Landsleute zu erheben – nur gegen die widerwärtigen Russen. Sobald wir den russischen Bären erlegt haben, zerbricht die kommunistisch-jüdische Allianz zwischen Churchill und Roosevelt, und wir können zurückkehren in ein neues, ein besseres Britannien. Wo, das versichere ich euch, die Männer des Britischen Freikorps eine entscheidende Rolle spielen werden. Nicht nur in unserem eigenen Land, sondern in der neuen Weltordnung, die es zu errichten gilt. Nun, was sagt ihr? Wer ist für Britannien und das Britische Freikorps?«

Wer hatte ihm seine Rede geschrieben? Goebbels? Nicht dein Stil, Pyrnford. Keine einzige Obszönität – und deine Diktion hat sich gebessert. Hast du Unterricht im Sprechen genommen? Die Deutschen sind ja in allem so überaus tüchtig.

Du brauchtest nicht einmal mit dem Degenstock zu wedeln. Oder hat man dir nicht getraut? Hat man dir dein Stöckchen genommen? Jedenfalls haben wir dich gesehen, und wir haben keinem unserer Mitgefangenen erklärt, wer du wirklich bist. O nein. Für dich sind *wir* verantwortlich – nur wir, die Männer vom 1404. Zug. Ich habe dich seither nie wieder gesehen, aber eines Tages wirst du dies hier lesen müssen. Eines Tages . . .

Es wird dich übrigens freuen, wenn du erfährst, daß wir aufgrund unseres Verhaltens bei deinem Besuch nur noch die halben Rationen bekamen und ein halbes Jahr vom Empfang der Rotkreuzpakete ausgeschlossen wurden.

Im Januar 1945 vertrieb man uns aus dem Bergwerk. Die russische Horde war offenbar doch nicht zerschlagen. Genau gesagt, sie war keine hundert Kilometer mehr entfernt. Ich nehme an, daß inzwischen deutsche Kriegsgefangene in dem Bergwerk schuften.

Jedenfalls wurden wir forttransportiert, Pyrnford, von Polen durch die Tschechoslowakei, halb erfroren und halb verhungert. Endlich hatte man uns wieder auf die Wurzeldiät gesetzt. Manchmal gab es ein paar verfaulte Kartoffeln, aber kein Brot, keine Suppe. Und wir waren wieder im Krieg. Die Russen, die uns beschossen, die Amerikaner, die uns bombardierten. Ich verlor vier Mann meines Zuges. Einer – einer ist einfach gestorben. Zwei starben bei einem russischen Luftangriff, einer wurde von den Wachen erschossen, als er versuchte, sich nachts aus dem Heuschober zu stehlen, um etwas Eßbares zu orgarnisieren. Das waren die Todesfälle des 1404. Zuges. Aber Hunderte und Aberhunderte von anderen Regimentern und Formationen starben auf diesem Marsch.

Du hättest uns fast geschafft, Pyrnford. Wie lange dauerte der Marsch? Sechs Wochen, oder acht? Ich weiß es nicht mehr. Deutsche Soldaten, Zivilisten, Sklavenarbeiter und wir Kriegsgefangenen krochen durch brennende Städte und verwüstetes Land wie Schlacke auf einem Lavastrom. Und diese Lava stieß Flammen aus, die verschlangen, ohne zu wärmen. In Regensburg wollten wir nicht mehr weiter. Alles, was uns nach Regensburg gebracht hatte, war ein Gefühl der Befreiung. Unsere Gedanken an dich, unsere Pläne für dich, Pyrnford, die wir so lange in den Kohlengruben und im

Stalag bewahrt hatten, waren vergessen, als wir im Brandgeruch einen Hauch von Freiheit verspürten. Aber alles, was wir fanden, war der Gestank unserer eigenen Exkremente. Keiner sagte mehr ein Wort, wir waren weit entfernt, gemeinsam handeln zu können. In Regensburg wußten wir, daß wir uns nur noch niederlegen und auf den Tod warten konnten.

Einhundertsechsundachtzig britische Kriegsgefangene marschierten von der polnischen *kopalnia* bis zu den Ruinen von Regensburg, einer Stadt in Bayern. Und da war es: kein Traum, keine Fata morgana – das, was uns die Wachen versprochen hatten, in Ostrava, in Brno, in Trebic, in Wolfstein und in Deggendorf, als sie uns von der polnischen Grenze und durch die Tschechoslowakei trieben: ein Rotkreuzwagen voll von Paketen! Das Leben!

Wie langsam und genußvoll wir die Ölsardinen aßen, den heißen Kakao tranken, den Virginiatabak rauchten. Wie sorgfältig wir die Reste horteten, als wir im zitternden Sonnenschein des Vorfrühlings dahinzogen wie ein Rudel halbverhungerter Wölfe, die sich an einem fetten Beutetier vollgefressen haben ... Nein. Nach acht Monaten muß ich die Illusion aufgeben. Es war nichts Wölfisches mehr an uns. Wir waren eher wie die Ratten. Und dennoch: Mit Nahrung im Bauch kümmerte uns das Beben der Erde nur noch wenig, als die gewaltigen Flotten amerikanischer Bomber die Deutsche Nation dem Boden gleichmachte. Erinnerungen an Frankreich und Dünkirchen? Angesichts dessen, was wir in diesen Tagen zu sehen bekamen, waren sie von erschütternder Bedeutungslosigkeit.

Dann, eines Morgens, wachten wir auf, und unsere Bewacher waren verschwunden. Nicht, daß sie uns in den letzten Tagen noch besonders aufmerksam bewacht hätten. Aber jetzt waren sie einfach weg, während der Nacht verschwunden, und hatten uns alleingelassen! Erleichterung, weil die Freiheit endlich da war. Aber auch Sorgen über das, was sie uns verhieß. Und dann kam die Erlösung ganz beiläufig, ganz nebenher. Ein seltsames, kleines Fahrzeug hielt draußen auf der Straße an; ein Mann in einer olivgrünen Uniform mit Helm – ein Mann, den wir zuerst für einen Deutschen hielten, knöpfte sich die Hose auf und pißte an einen Reifen seines Fahrzeugs. Ich rief mutig hinaus: »Sind Sie Amerikaner?« Der pissende Mann ging augenblicklich in Deckung und fuhr herum; er hatte eine schwere Maschinenpistole bei sich. Ich rief hinaus: »Nein, nicht! Wir sind Briten! Britische Kriegsgefangene. Nicht schießen!«

Eine nasale Stimme antwortete: »Okay. Kommt alle heraus, langsam, die Hände über den Köpfen.« Und wir gehorchten. Als Ältester meines Zuges ging ich auf ihn zu, um es ihm zu erklären, nahm dabei die Arme herunter, aber er fuhr mich an: »Lassen Sie sie oben!« Sehr klug, sehr erfahren. Angesichts dieses Amerikaners kam ich mir albern und laienhaft vor.

Der Mann, dessen Tribut an die Natur ich gestört hatte, trug silberne Insignien an den Schultern und bunte Streifen am Helm. Ich nahm an, es handele sich um einen höheren Offizier. Also salutierte ich und erklärte ihm dann unsere Situation.

Er zeigte wenig Interesse und meinte, sie hätten in den letzten Tagen viele getroffen, denen es ähnlich ging wie uns. Wir sollten erst einmal hierbleiben und auf das Weitere warten. Der Rest der amerikanischen 3. Armee würde bald hier sein. Und wir sollten im Freien bleiben, die Hände über dem Kopf, denn »die können gemein und gefährlich werden.« Es war ziemlich erniedrigend, Pyrnford. Aber nach diesen Jahren der Erniedrigung fiel das kaum noch ins Gewicht. Der Jeep fuhr davon, und weitere folgten, dann kamen die Lastwagen, leichtere erst, schwerere danach, und die Männer, die in den Wagen saßen, starrten uns mit kalter Verachtung und mit Argwohn an.

Wir verbrachten zwei weitere Tage an der Straße zwischen Regensburg und Landshut und schauten zu, wie die siegreichen Yankees bis an die Grenze des besiegten Landes fuhren. Dann kamen ein paar amerikanische MPs, und wir wurden in Quartieren außerhalb von Landshut untergebracht und kurz ›bearbeitet‹, wie sie die Feststellung unserer Personalien und persönlichen Umstände nannten. Dabei durften wir uns frei bewegen.

An einem Spätnachmittag machte ich einen kleinen Spaziergang mit Bruce – wir sprachen über unsere Pläne für dich, Pyrnford –, und wir kamen an einem provisorischen Lager voll deutscher Kriegsgefangener vorüber. Ich fühlte, wie Bruces Körper sich versteifte, fühlte, wie er meinen Arm packte. Hinter dem Maschendraht, an einen Kuhstall gelehnt, war der Offizier von der SS-Totenkopfeinheit, der vor Jahren McQuish und die zwei anderen erschossen hatte. Er war offenbar verwundet, denn seine rechte Hand war notdürftig verbunden und ein Bein ebenfalls, oberhalb des Knies. Seine Handschuhe mußte er im Lauf der Jahre losgeworden sein, sein Gesicht war viel schmaler geworden, die Augen trübe, aber das Kinn und die fliehende Stirn waren unübersehbare Merkmale.

Wir sprachen mit dem amerikanischen Sergeant, der dieses Lager beaufsichtigte. Er hörte uns zu, nickte freundlich, ging ans Fenster und rief einen der Wachleute. »Der große Kraut mit dem eingebundenen Bein – bringen Sie ihn ans Tor.« Dann reichte er mir ein Thompsongewehr. »Gehen Sie mit dem Schweinehund spazieren bis zu den Bäumen. Aber vergessen Sie nicht, das Gewehr zurückzubringen.«

Wir stießen unseren humpelnden Gefangenen hinaus aus dem Lager, und der Sergeant brüllte uns hinterher: »Lassen Sie sich den Namen sagen. Ich muß ihn auf der Liste ausstreichen.«

Er hieß Klimpt, Heinrich. Heinrich Klimpt. Gehorsam humpelte er auf die Bäume zu, dabei ruhte sein wuchtiges Kinn auf der Brust. Bei jedem Schritt stieß er einen unterdrückten Schmerzenslaut aus. Er ahnte, was wir vorhatten, aber es war ihm gleichgültig – wie wir, noch vor wenigen Tagen, hatte er sich vom Leben getrennt, trieb empfindungslos dahin und wartete darauf, daß er endlich sank. Wir erinnerten ihn an sein Verbrechen, das er Jahre zuvor begangen hatte. Nichts. Keine Reaktion, außer einem kaum wahrnehmbaren Neigen des Kopfes zur Seite, einem kurzen Öffnen der halbgeschlossenen Lider. Kein Wort, und dann: »Das ist so lange her. Und es hat so viele gegeben seitdem. Wie soll ich mich daran noch erinnern? Außerdem – es ist mir egal.«

Ich hatte Bruce das Gewehr gegeben. McQuish war sein Freund gewesen. Er wandte sich mir zu. »Das ist nicht der Mann, den wir suchen, oder? Warum sollten wir unseren Haß an ihm auslassen? Wenn wir ihn töten, verlieren wir einen Teil von diesem Haß. Ich möchte ihn nicht verschwenden an diese leere Hülse, an diesen Klumpen Materie, der früher einmal ein Mensch gewesen ist.«

Ich war ganz seiner Meinung, Pyrnford. Klimpt war immerhin Soldat; er konnte für seine Taten noch das Gesetz des Krieges verantwortlich machen, damals im Juni 1940. Was er auch getan hatte, er hatte es im Namen seines Vaterlandes getan. Diese Verteidigung steht dir nicht zu, Pyrnford. Was wir tun möchten – und tun werden! –, tun wir in unserem Namen und im Namen unserer toten Kameraden.

Als wir Klimpt zurückbrachten, war der amerikanische Sergeant keineswegs überrascht. »Ich glaube, fünf Jahre hinter Stacheldraht haben euch die Lust daran genommen.« Er sagte es keineswegs boshaft, sondern mit Zeichen deutlicher Sympathie. »Ich fürchte, es dauert nicht mehr lange, und wir bemitleiden sie noch, diese

Schweinehunde«, sagte er.

»Es ist nicht Mitleid«, erwiderte Bruce, »sondern Großmut.«

»Das ist ein pathetisches Wort.«

»Eine Art von Egoismus, wie er den Briten eigen ist. Sie sind nur großmütig, wenn es ihnen in irgendeiner Weise nützt«, entgegnete Bruce.

Von Landshut aus flogen sie uns nach Hause, in geringer Höhe über das Land: das verwüstete, mit Kratern übersäte, zerstörte Deutschland. Mit achtundvierzig Mann war ich im Januar 1940 nach Frankreich gezogen. Dreizehn brachte ich im April 1945 aus Deutschland zurück. Alles in allem gar keine so schlechte Prozentzahl. Auslese der Tüchtigsten?

Zurück in der Heimat, wurden wir ziemlich umständlich ausgefragt. Wir erzählten ihnen von Klimpt. Wahrscheinlich wurde er inzwischen gehängt. Ein besser ernährter Klimpt. Sie befragten uns nach denen, die in Deutschland Männer für das Britische Freikorps rekrutieren wollten, und wir berichteten vom Besuch eines britischen Offiziers in den polnischen Kohlengruben. Nein, der Name sei uns nicht bekannt. Beschreiben Sie ihn! Körperbau? Mittel. Größe? Durchschnitt. Haar? Mittelbraun. Augen? Zu weit weg, um die Farbe bestimmen zu können. Stimme? Wie die der meisten Offiziere.

Sie fragten uns auch, was aus unserem C.O. dem Commanding Officer, geschehen war. Loach meinte, wir hätten dich zuletzt gesehen, wie du auf einen deutschen Panzer zugelaufen bist, mit dem Degenstock wedelnd. Es klang glaubwürdig. Hätte zumindest zu deiner Art von Stupidität gepaßt, Pyrnford. Aber wir wollten dich nicht sozusagen postum zum Helden machen. Also sagten wir einfach, wir wüßten es nicht und auch nicht, was aus Boswell geworden sei. Du gehörst allein den Überlebenden des 1404. unabhängigen Munitionszuges, Pyrnford, niemandem anders.

Sie gaben uns einen Monat Urlaub, den ich vor allem damit verbrachte, die Kriegsereignisse nachzulesen. O Pyrnford, die Schlachten, die ich deinetwegen versäumte!

Jetzt bin ich zurück in Deutschland. Und ich bin Offizier. Ein Lieutenant bei der Sicherheitspolizei. Ich ermittle gegen Kollaborateure und Kriegsverbrecher, Antony Pyrnford! Wie gefällt dir das? Ich habe Zugang zu den Akten und Unterlagen. Bei dir steht: Vermißt, vermutlich gefallen. Früher oder später kommt dein Name auf eine unserer Ehrenlisten . . .

Den Offizierslehrgang machte ich in Brüssel, und es war nicht schwer, von dort aus zu unserem ehemaligen Standort am Bergues-Furnes-Kanal zu kommen. Unsere Waffen und mein Tagebuch waren noch da, wo ich sie vergraben hatte. Jetzt sind die Gewehre wieder in England und noch einmal benützt worden – für Boswell. Ich verteidigte ihn bei unserem Standgericht nach besten Kräften, aber eine Mehrheit fand ihn schuldig der Feigheit vor dem Feind und der Desertion. Ich erkannte meine Verantwortung gegenüber meinem Zug, und übernahm den Befehl bei dem Erschießungskommando, das das Urteil vollstreckte. Drei Überlebende des Zuges konnten nicht daran teilnehmen; sie befanden sich im Lazarett, und einer davon ist vollkommen übergeschnappt. Die Waffen wurden danach gereinigt und verstaut. Sie werden noch einmal benützt werden, denn wenn auch der 1404. unabhängige Munitionszug nicht mehr existiert, so lebt sein Geist in denen, die ihn überlebten. Es gibt nicht viele Soldaten, die auch in Friedenszeiten ein Ziel vor Augen sehen, Antony. Wir sehen das unsere. Und eines Tages wirst du diese Worte lesen. Vergiß nicht: Sie sind für dich geschrieben, so wie für uns und unsere Toten geschrieben steht:

›Beim Sinken
der Sonne und im Morgengrauen
Gedenken wir ihrer.‹

DRITTER TEIL

Das Urteil

Kapitel
12

»Sergeant Michael Lugard ist tot!« O'Brien kam niedergeschlagen in Smiths Büro und verkündete die wenig erfreuliche Botschaft. Der Inhalt von Lugards Tagebuch war in das System eingegeben worden wie man weißglühendes Eisen in kaltes Wasser gibt, worauf ein Zischen und Brodeln entsteht, eine blasenbildende, heftige Bewegung. Alle Namen überprüfen nach Archiven des R.C.T. (früher R.A.S.C.) und anderen Regimentsarchiven. Dito Gefallenenlisten, dito Listen der Kriegsgräber-Kommission, dito Kriminalarchive und Verkehrsstrafregister. Dito Zentralregister über Geburten, Todesfälle und Heiraten in England und Schottland. Nachforschungen bei allen bekannten Adressen von Überlebenden des 1404. unabhängigen Munitionszuges. Wenn Überlebende festgestellt, Hausdurchsuchung bei den Betreffenden im Hinblick auf Waffen. Alle festgestellten Überlebenden vorläufig in Haft nehmen . . .

Die Aufgaben würden kaum am nächsten Tag erledigt sein, vielleicht auch noch nicht in einer Woche oder in einem Monat. Namen ohne irgendwelche Zusätze (wie einem Geburtsdatum) waren einfach Namen. Die beste Information, die sie vom Verteidigungsministerium erhalten hatten, war die Auskunft, daß man 1939 keine Soldaten unter neunzehn Jahren nach Frankreich geschickt hatte. »Wenigstens, soweit das zu umgehen war, unseres Wissens.«

Also brauchte man nur bei denjenigen nach Überlebenden zu suchen, die im Jahr 1920 oder davor geboren waren. Dennoch – es würde eine langwierige Arbeit werden. Und das erste Ergebnis brachte O'Brien in Smiths Büro, wo er Lugards Tod zurecht beklagte.

»Unter welchen Umständen?« fragte Smith knapp und unwirsch.

»Bei einem amerikanischen Luftangriff auf Regensburg, am dreißigsten März fünfundvierzig«, erwiderte O'Brien.

»Dann kann er nicht die Nachschrift in seinem Tagebuch geschrieben haben.«

»Nein.«

»Aber er hat sie geschrieben, Sie Idiot; die Handschrift ist mit der auf den vorausgegangenen Seiten identisch.« Das Tagebuch hatte den Ermittlungen eine neue Dimension eröffnet. Eine Dimension, die bis jetzt nicht beherrscht wurde, die aber dringend beherrscht werden mußte. »Jetzt haben wir es also mit dem nächsten Schwindel zu tun«, zischte er Tom Palmer an, der es sich in dem Lehnsessel bequem gemacht und gerade das Tagebuch zu Ende gelesen hatte.

»Sieht ganz so aus«, sagte Palmer mit schwerer Zunge. Dann nahm er den oberen Teil seiner Zahnprothese heraus und reinigte sie mit einem von Smiths Papiertaschentüchern. Als er sie wieder einsetzte, drückte er sie sorgfältig gegen den oberen Gaumen, ehe er weitersprach. »Da er der höchste Rang unter den nicht patentier-ten Offizieren war und außerdem ein Mann von großer Sorgfalt und Genauigkeit, dürfte er wohl die Namen aller auf dem Marsch gefallenen Kameraden seines Zuges aufgezeichnet haben. Und da-mit war es einfach – bei seinem Einblick in die Papiere dieser Män-ner –, seine Identität mit der eines anderen zu tauschen, der eben-falls Vater und Mutter verloren hatte. Der Mann hat eben weit im voraus geplant.«

»Aber warum?« Für O'Brien reichte das nicht aus; ihm war dieser Lugard irgendwie unter die Haut gegangen.

Smith stieß verzweifelt mit dem Fuß gegen seinen Schreibtisch und schaute O'Brien höchst ungnädig an. »Der Bierspeck, den Sie um die Traille tragen, hat anscheinend auch schon Ihr Gehirn er-reicht. Es ist doch ganz klar: Wenn er irgendwann Pyrnford und Boswell gefunden und sie getötet hatte, würde die Verbindung zwi-schen den beiden eine ebensolche zum Munitionszug herstellen, und man würde bei den Überlebenden dieses Zuges Ermittlungen anstellen. Er rechnete freilich nicht damit, daß es vierzig Jahre dau-ern würde, bis er Pyrnford fand. Dennoch: Ich bin sicher, daß er be-reits bei der Field Security Police mit seinem neuen Namen aufge-treten ist. Aber was tat er danach – er konnte ja schließlich nicht ewig bei der F.S.P. bleiben?« Der Schreibtisch ächzte unter einem weiteren Fußtritt. »Ich weiß, daß der Kerl noch lebt, ich fühle seinen Atem, daß sich mir die Haare aufstellen.« In einer nervösen Reflex-bewegung strich sich Smith über das Haar im Nacken, das viel zu lang gewachsen war, als daß es sich noch hätte aufstellen können. Er mußte dringend mal wieder zum Friseur.

»Ich habe bereits das Archiv der Field Security Police durchgesehen«, sagte O'Brien und versuchte damit, seine Intelligenz unter Beweis zu stellen. »Es gibt keinen Lugard, in irgendeinem Rang.« Und ermutigt durch Inspiration, fuhr er fort: »Vielleicht ist Lugard der falsche Name, ich meine, ein Name, den es gar nicht gibt. Vielleicht hat er sich in seinem Tagebuch von Anfang an einen falschen Namen gegeben, für den Fall, daß er damit auffällt. Er schreibt ja, daß er diese Möglichkeit fürchtet.«

»Es ist Ihnen offensichtlich zu Kopf gestiegen. Von nun an nicht mehr als zwei halbe Liter pro Abend. Und jetzt machen Sie, daß Sie an Ihren Schreibtisch kommen. Lassen Sie sich erst wieder blicken, wenn Sie zwanzig Kilo abgenommen haben.« O'Brien verließ rasch das Büro, weil er sich keinen Fußtritt von Smith einhandeln wollte.

»Ich bewundere Ihr Vertrauen in ihn, Owen – ich meine, in Lugard.« Palmer bewegte sich in seinem Sessel und leckte sich die trockenen Lippen. Smith zuckte unbestimmt mit den Schultern, weil er nicht auf die Probleme eingehen wollte, mit denen er sich quälte, seit er versuchte, die längstvergangenen Ereignisse des Tagebuchs mit denen der Gegenwart in Einklang zu bringen. Es war die Zeitdifferenz, die ihn dabei störte. Wie bewahrte man sich eine solche Gier nach Vergeltung über Jahrzehnte? Die Antwort stand im Tagebuch, aber erklärte sie wirklich, wie diese Flammen des Hasses so lange genährt worden waren?

Er hatte sich eine andere Reaktion auf seine Flucht in die Öffentlichkeit erwartet als ausgerechnet dieses Tagebuch, hatte mit irgendeinem brauchbaren Kontakt gerechnet, mit einer Drohung vielleicht, einem bösartigen, anonymen Anruf, einem ebenso anonymen Brief, mit etwas Frischem, in das er seine Zähne schlagen konnte – nun, jetzt hatte er mehr als einen Mundvoll. Und was, zum Teufel, wollte Lugard sagen, als er am Ende seines Briefes erklärte: ›– im Vertrauen, daß dieser Bericht unsere Aktionen vor Ihnen und der Welt als gerechtfertig erscheinen lassen wird?‹

Inzwischen hatte er einen Entschluß gefaßt und war bereit, der Herausforderung von Palmers Frage entgegenzutreten. »Ja, ich vertraue seinem Tagebuch, Tom. Es ist faktisch wahr, davon bin ich überzeugt. Ob es auch objektiv wahr ist, das ist eine andere Frage und eine, die für mich unwichtig erscheint.«

Palmer schlang seinen dicken Regenmantel um sich, als sei es noch immer kalt wie im Winter, obwohl in diesen Tagen schon die Wärme des nahen Sommers zu ahnen war, und beantwortete Smiths Vertrauenserklärung mit einem skeptischen Grinsen. »Das Tagebuch kann genausogut ein einziger großer Schwindel sein. Was Sie haben, sind Fotokopien; das Ganze kann in den letzten paar Wochen geschrieben sein, mit der Absicht, Sie dahin zu bringen, daß Sie alle Ihre Eier in einen Korb legen. Sie haben durch die Medien so viel an Hintergrund bekanntgegeben, daß sich jeder Verrückte eine solche Geschichte aus den Fingern hätte saugen können.«

»Aber keiner, der nicht dort gewesen ist, bei den britischen Truppen in Frankreich. Und der kein Kiegsgefangener war.«

»Also schön, dann konnte es jeder Verrückte, der dabeigewesen ist. Von denen gibt es noch immer mehr als genug.« Palmer grinste auf die Falten seines Regenmantels hinunter, als teile er ein introspektives Geheimnis nur mit sich selbst.

»Nein. Verdammt noch mal, nein und nochmals nein!« Smith wies Palmers Logik stahlhart und heftig zurück. Stahlhart, weil er instinktiv Lugards Existenz fühlte. Heftig, weil er damit ein Risiko einging, wie er wohl wußte. Er redete sich Mut zu auf dem Weg, den einzuschlagen er nun einmal entschlossen war. »Wahrscheinlich hat er durch seine Nachforschungen bei der F.S.P. einen Hinweis darauf erhalten, wohin Pyrnford sich abgesetzt hatte. Vermutlich nach Südamerika zu den anderen Nazi-Cowboys. Aber er konnte nicht allein seine Spur verfolgen – es war Angelegenheit des Zuges oder dessen, was noch davon übriggeblieben war. Und sobald sie nicht mehr beim Militär waren, dürften die anderen nicht allzu scharf gewesen sein auf eine Forschungsreise durch den Dschungel – auf eigene Kosten. Selbst wenn sie das Geld dazu gehabt hätten – Loach zum Beispiel war nach dem Krieg einige Jahre am Rande der Pleite, ehe er dann doch noch sein Schäfchen ins Trockene brachte. – Also lehnten sie sich einfach zurück und warteten, bis Pyrnford sich entschied, nach Hause zurückzukehren und hier seinen Lebensabend zu beschließen. Vermutlich trafen sie sich einmal jährlich wie alle anderen Veteranen. Aber während all dieser Jahre mußte einer von ihnen Pyrnford nicht aus den Augen verloren haben, und – das ist wichtig – dieser eine mußte in der Lage gewesen sein, Pyrnford zu beobachten. Wer konnte das schaffen? Und – wie? Indem er bei einer internationalen Organisation mitarbeitete. Beim Secret Service? Bei der Exekutive des diplomatischen Dienstes, als Sicherheitsbeauftragter bei der Botschaft, als Nachrichtenmann? Als Kurier der Krone? Oder als gottverdammter Handelsvertreter?« Er drehte sich rasch zu Palmer herum. »Tom, um Himmels willen, sitzen Sie nicht hier wie der Scheich auf dem Scheißhaus, sondern denken Sie nach, stellen Sie sich Lugard vor, in Deutschland, vor vielen Jahren. Sie waren auch bei der Intelligence, vielleicht haben Sie sogar persönlich mit ihm gesprochen!«

»Ich habe mit vielen gesprochen. Die von der Field Security Police waren etwa so zahlreich wie die Fliegen auf einem räudigen Hund und arbeiteten Hand in Hand mit der Spionageabteilung des Militärs. Aber da verlangen Sie zuviel von der menschlichen Erinnerung – jedenfalls von der meinen. Ich kann unmöglich einen Lugard-ähnlichen Charakter aus all den Tausenden von Gesichtern heraussuchen, die mir damals begegnet sind.« Diesmal grinste er nicht, und in seinen Augen war quälende Leere. »Haben Sie noch einen Schluck für mich?« Eine Bitte und ein Befehl. Smith hörte die Verzweiflung und entschuldigte sich für sein ungastliches Verhalten, dann sagte er: »Ich möchte nur hören, was Sie sich für ein Bild machen von dem Mann, Tom – Sie beide gehören schließlich in ein und dieselbe Ära.«

Palmer betrachtete den großzügig eingeschenkten Alkohol vor sich, nahm rasch eine Hand aus der Tasche und – steckte sie wieder hinein. Nachdenklich und ein wenig amüsiert fragte er: »Versuchen Sie, diesen Lugard in mir zu finden, Owen? Ist das der Grund, weshalb ich diesen anachronistischen Unsinn lesen mußte? Glauben Sie, *ich* könnte Lugard sein?«

»Ich habe Sie dahingehend bereits vor einiger Zeit überprüft«, gestand ihm Smith mit etwas verlegenem Lächeln ein. »Die ganze Geschichte roch nach Soldat und nach Polizist wie eine Grenadiersbaracke mit einem Lager an verschwitzten Polizeistiefeln. Wir wissen, daß Lugard mit beiden Gerüchen seine Erfahrung hatte. Tut mir leid, Tom, aber bevor ich dieses Tagebuch bekam, hätten Sie gut in die Rolle gepaßt.«

»Oh, Sie brauchen sich nicht zu entschuldigen. Ich freue mich, daß Sie mich als einen stolzen Führer der Menschheit – oder eines kleinen Teils davon – sehen. Als den seinem Zug bis in den Tod verpflichteten Sergeant Michael Lugard.«

»Was halten Sie von ihm? Ich meine als Soldat und als Mann?«

Als ob er einen Kampf ausgefochten hätte, dessen Niederlage voraussehbar gewesen war, streckte Palmer jetzt seinen Arm aus, nahm das Glas mit dem Whisky und trank es langsam und bedächtig aus. Dann hielt er es vor der Brust, während er sagte: »Meine Meinung über Lugard? Ein Berufs-Held, von Selbstgerechtigkeit erfüllt. Ein Waffenfetischist. Waffen sind nötig für solche Helden des Schlachtfeldes. Wenn man ihnen diese greifbaren Talismane wegnimmt, sind sie Feiglinge wie jeder andere. Wenn man ihnen –«

»Tom, den alten Film hab' ich schon oft gesehen«, unterbrach ihn Smith grausam und bedauerte fast, daß er den Trinker in sein Vertrauen gezogen hatte. Es gab verläßlichere Quellen. Aber man konnte nicht umhin, mußte Alkoholiker bemitleiden, denen es gelang, noch ein gewisses Maß an einsamer, unabhängiger Würde aufrechtzuerhalten. Wenn Palmer ihn überhaupt gehört hatte, dann drückte sich das nicht an seinem Gesicht aus; er blieb entspannt und redselig.

»Dieser Lugard war meines Erachtens eine frustrierte Lawrence-Imitation, T.E., nicht D.H. Ein verdrängter Homosexueller bis hin zu diesem Motorrad-Syndrom. Nachdem ihn die Schützenbrigade ausgestoßen hatte, benützte er das R.A.S.C. genauso wie Lawrence den niedrigsten Rang der R.A.F. und des Panzerkorps benützte, auch wenn er zu seinen Streifen hielt. Es würde mich nicht wundern, wenn Lugard die Zeit im Gefangenenlager insgeheim genossen hätte – und die polnischen Kohlenbergwerke. Dieser Mann war moralisch gesehen ein Flagellant. Und vielleicht war er es auch wirklich – vielleicht hat er sich deshalb so sehr über den Tod von Quarrie aufgeregt.«

»Der Mann *ist*!« erinnerte ihn Smith. Palmer gähnte geringschätzig in sein Glas, ehe er auch noch die letzten Tropfen austrank.

»Ist? Das bezweifle ich. Was bleibt ihm noch, wo Pyrnford tot ist? Und Loach? Jetzt, wo sein Haß gestorben ist? Er ist zu alt, um sich einen neuen, einen Ersatz-Haß zu schaffen, Owen. Glauben Sie mir – ich kenne mich da sehr gut aus.«

Es klopfte an der Tür, und O'Brien kam herein, das Gesicht schon wieder in Trauerfalten gelegt. »Dieser schottische Komiker, Alexander ›Sanny‹ Bruce – er steht auch auf der Liste der Gefallenen. Beim selben Luftangriff auf Regensburg. Ich dachte, die Yankees waren auf unserer Seite.«

»Schwindel Nummer zwei, Owen?« fragte Palmer mokant.

»Nummer drei, wenn Sie Loachs Wagen dazuzählen«, erwiderte Smith. »Und ich frage mich, wie viele mir noch bevorstehen.«

Es waren die Namen, die in Lugards Tagebuch nicht erwähnt wurden – diese Namen interessierten Smith in erster Linie. Die Geschichte des 1404. Zuges, wie sie sich in Lugards Aufzeichnungen entfaltete, hatte ihn nur zur Nennung von verhältnismäßig wenigen

Namen gezwungen. Smith gab das Tagebuch Marrasey weiter und bat ihn, ein genaues Resümee anzufertigen. In weniger als zwei Stunden kam Marrasey zurück mit einer Aufstellung der erwähnten und der fortgelassenen Namen. Eine ordentliche Arbeit. Neunzehn wurden erwähnt, blieben also zweiunddreißig, die nicht namentlich in dem Tagebuch auftauchten. Die genannten Gefallenen auf einer Liste, die ungenannten logisch gefolgert. Dann die Deserteure. Vier? Waren es nicht nur zwei, die sich bei den Docks in Dünkirchen gedrückt hatten?

Smith legte die Analyse in sein Körbchen. Später, wenn es ruhig war, würde er sie eingehender studieren und sehen, ob er etwas daraus entnehmen konnte. So viele Namen, die im dunkeln blieben, die Ungenannten, die noch am Leben waren. Er fühlte sie, wie er die Anwesenheit von Lugard fühlte, fühlte sie draußen auf den Straßen. Fünf oder sechs davon, deren Haß mit dem Blut von Pyrnford im Sand des Common verströmt war. Nein, nicht mehr fünf oder sechs: vier oder fünf. Loach stand bereits auf der Liste der Toten. *Seiner* Toten. Mr. Marrasey wartete geduldig auf weitere Anweisungen.

»Was halten Sie von diesem Sergeant Lugard, Mr. Marrasey?« fragte Smith beiläufig. »Der alte Tom Palmer sieht ihn als eine Art Imitation von Lawrence von Arabien, bis hin zu der masochistischen, homosexuellen Neigung.«

Marrasey lächelte nachsichtig. »Mr. Palmer pseudo-freudianische Äußerungen unterhalten die Besucher des ›Cock and Hen‹ schon seit mindestens zehn Jahren, Sir. Ich fürchte, die Ursprünge seiner Philosophie kann man eher in der Flasche als in den Büchern finden.« Marrasey hatte sehr rasch seine frühere Tüchtigkeit und Ordentlichkeit wiedererlangt, nach einem kurzen ›unordentlichen‹ Intermezzo anläßlich des gemeinen Mordes an ›Bim-Bam‹-Bailey. Seine Verurteilung Palmers klang kalt und wirkungsvoll. »Ich würde sagen, es steckt mehr vom desillusionierten Lawrence in Mr. Palmer als in Sergeant Lugard. Lugard war Berufssoldat, im Gegensatz zu Lawrence, der nicht viel mehr war als ein Exhibitionist mit einer Neigung zum literarischen Banditentum, und ich kann kaum zwischen diesen beiden opportunistischen Schwächen unterscheiden. Lugard mag vielleicht ein Idealist gewesen sein – aber wenigstens nicht auf Kosten seines Vaterlandes.«

»Ich sehe wenig Idealismus in einem Menschen, der seinen persönlichen Haß über eine Zeit von mehr als vierzig Jahren nährt und ihn schließlich durch einen Mord stillt«, konterte Smith ziemlich wütend.

Marrasey gab zögernd nach. »Es mag vielleicht ein persönliches Motiv sein, das dahintersteht, Sir, aber sein Ziel lag vermutlich weit jenseits von persönlicher Rachsucht. Vielleicht wollte er nicht nur seine toten Kameraden rächen, sondern damit auch zugleich sühnen, was er für die größte Schande hielt, welche die britische Armee befleckt hatte – ihre Niederlage in Frankreich. Eine Niederlage, die durch Männer wie diesen Pyrnford herbeigeführt wurde. Die Zeit kann solche Schuld nicht tilgen . . . Das jedenfalls scheint mir sein Gedanke gewesen zu sein.«

Smith betrachtete ihn einen Augenblick lang zögernd, dann erwiderte er abweisend:

»Vielleicht bin ich zu jung, um das Gewicht Ihres Arguments zu schätzen, Mr. Marrasey. Ich kenne nur das, was ich über Dünkirchen gelesen habe. Aufrührendes Zeug.«

»Wie der Wodka-Martini von James Bond, Sir«, sagte Marrasey mit rätselhaftem Lächeln. »Vielleicht ist es an der Zeit, das Ganze endlich aufgerührt zu servieren. Auch wenn es dann ein wenig zu gemischt sein mag.«

»Haben Sie bei der britischen Armee gedient, John?« Smith war die formelle Steifheit von Marrasey leid; sobald dieser Fall gelöst war, würde er mit ihm und den anderen ausgehen und sich vollaufen lassen.

Marrasey weigerte sich, auf den gelockerten Ton einzugehen. »Jeder diente seinerzeit bei der Armee, Sir. Ja, auch ich –« Das Telefon klingelte. Commander Hessen vom Hauptbüro des Distrikts.

»Owen, ich muß Sie sofort sehen.« Es war das erste Mal, daß Hessen mit ihm sprach seit jenem Schlagabtausch nach der ungenehmigten Pressekonferenz. »Sind Sie allein?« Hessens Stimme klang ängstlich. Smith legte eine Hand auf die Sprechmuschel und bat Marrasey, das Büro zu verlassen. »Jetzt bin ich allein.«

»Kommen Sie doch bitte zu mir. Ich kann am Telefon nicht mehr sagen, aber es betrifft uns beide.« Ein Ton von einsamer Seelenqual und Kapitulation ließ Hessens Stimme vibrieren wie ein tiefer Orgelton in einer leeren Kirche.

Smith traf ihn an, wie er durch sein Büro pflügte, als ob er durch tiefen Schnee stapfte. »Ich bin verloren, Owen.« Hessen breitete die Arme aus zu einer dramatischen Geste. »Gefangen in einem Gespinst aus Betrug. Ich hätte um meine Entlassung bitten sollen, wie ich es vorgehabt hatte.«

»Was ist denn geschehen?« Smith gab sich betont unfreundlich. Hessens Anruf hatte einen Tumor schmerzhafter Gedanken aufgeschnitten, und er ärgerte sich darüber, daß er die Erleichterung so bereitwillig akzeptierte. Der Commander deutete mit der Hand auf das Telefon. »Erst der Deputy Commissioner, dann, aus blauem Himmel, eine Plage von Anwälten . . .« Er begann unzusammenhängend, merkte es und zog Lippen und Gedanken zusammen. Dann fing er noch einmal an, diesmal langsamer. »Der Deputy Commissioner sagt, daß dieses Tagebuch Ihres geheimnisvollen Sergeants Lugard allen größeren Sonntagszeitungen zu einem Fortsetzungsabdruck angeboten wurde. Ein Anwalt vom Bedford Square meldete sich beim Yard und erklärte, er sei autorisiert, wegen der Veröffentlichungsrechte im Namen von Lugard aufzutreten. Der Erlös soll dem Internationalen Roten Kreuz zugutekommen.«

»Nicht den Witwen und Waisen diesmal?« Smiths Neugier war geweckt. Und er erinnerte sich an Lugards Worte: ›im Vertrauen, daß dieser Bericht unsere Aktionen vor Ihnen und der Welt als gerechtfertigt erscheinen lassen wird.‹

»Da ist noch etwas, was der Deputy erwähnt hat.« Hessen kehrte seufzend zurück zur Bürde seines ursprünglichen Kreuzes. »Oh, wie ich von den Anwälten gequält wurde, Owen.«

»Und das andere, was der Deputy erwähnte?« Ungeduldig steuerte ihn Smith auf den Kurs zurück.

»Ja, noch ein Anwalt, diesmal in Sussex; Jones, Samuel Jones, hat an den Commissioner geschrieben und Ansprüche auf die Krügerrands, die die Witwen und Waisen erhalten haben, angemeldet. Sie gehörten zum Besitz des kürzlich verstorbenen Captains Antony Pyrnford und stünden als solche seiner nächsten Verwandten, Constance, Lady Lowderton zu.«

»Sollen sich doch die Witwen und Waisen mit diesem Anwalt herumstreiten. Haben Sie noch mehr von der Sorte? Anwälte, meine ich?«

»Den Anwalt von Loach.« Die Worte kamen Hessen von den Lippen wie sein eigenes Todesurteil. »Das Testament ist eröffnet worden. Es enthält einen Absatz: Nachdem alle gesetzlichen Schulden bezahlt und alle Verträge erfüllt sind, etcetera, wird der Rest, etcetera, etcetera. Er wollte mir nur mitteilen, daß die Verträge erfüllt würden. Gratulation, alter Junge, na, das hätten wir wieder mal geschafft . . .«

»Und was haben Sie ihm geantwortet?«

»Gar nichts. Ich habe nur ›Hm, hm‹ gesagt und aufgelegt. Was soll ich tun, Owen? Was soll ich sagen?«

»Verzichten Sie auf die Erfüllung des Vertrages und erklären Sie ihm, daß er ohne Ihr Wissen und ohne Ihre ausdrückliche Zustimmung geschlossen wurde. Sie brauchen ja nicht zu sagen, daß Loach Ihnen zuvor davon berichtet hat, und daß Sie angenommen haben.«

Hessen kämpfte mit seinem Gewissen. »Eine Lüge, die keine ist, und eine Wahrheit, die auch keine ist. Eine halbe Wahrheit ist eine halbe Lüge.«

»Die Wahrheit nicht in vollem Umfang zu gestehen, ist kein Verbrechen, wenigstens nicht, solange man sich nicht im Zeugenstand befindet.« Smith deutete auf das Fernsehgerät in der Ecke. »Eine moderne Kunstform, die benützt und respektiert wird: von Politikern, Gewerkschaftsführern und den Industriegiganten. Die neue Sprache des vorsichtig und überlegt gewählten Wortes.« Noch einmal deutete Smith auf den toten Bildschirm. »Die Folgen können Sie jeden Abend sechsmal beobachten. Das ist das am längsten laufende Quizspiel aller Zeiten. Versäumen Sie nicht die große Show der Andeutungen, Spekulationen und Mutmaßungen. Jeder, der unbewiesene Behauptungen aufstellen kann, darf mitmachen. Keine formelle Überprüfung erwünscht. Ist Ihre Behauptung stärker als das sorgfältig gewählte Wort der Rechtfertigung? Wenn es Ihnen gelingt, die Argumentenglocke zu läuten, gewinnen Sie den großen Preis. Keine Sorge, Kommander Hessen, bleiben Sie bei ihrer Wortwahl. Niemand kann das Gegenteil beweisen.« Beinahe erschreckt von dem sadistischen Vergnügen, das es ihm bereitete, Hessens verkrüppelter Moral zuzuschauen, wartete Smith auf eine Antwort. Verdammt, er wollte dem Mann ja wirklich helfen, wollte ihn nicht beschimpfen. Aber während er wartete, wurde ihm immer klarer, daß seine Worte, wie zuvor schon bei Palmer, nichts mehr auszurichten vermochten. In Hessens Fall deshalb, weil sie erstickten in einer Wolke aus Sorgen, in die sich der Commander wie in eine Decke gehüllt hatte. Sorgen um seinen Namen, seine Familie, seine Zukunft, vor allem aber um seinen guten Ruf.

»Wenn das Tagebuch in den Zeitungen erscheint, Owen, dann bin ich erledigt. Selbst wenn ich dann den Dienst quittiere, werden mich die Reporter wie die Höllenhunde hetzen. Wenn man bedenkt, was in dem Tagebuch alles über Loach steht!« Auf Hessens jungem, glattem Gesicht waren die ersten Sorgenfalten zu erkennen. »Sich vorzustellen, wie er mit seinen Geschlechtskrankheiten prahlte! Widerlich. Und dieser Mann hat an meinem Tisch gegessen, Owen, hat meine Toilette benützt!« Der Schreibtisch erzitterte unter Hessens Armen, als ihn ein Schauer überlief. Smith achtete nicht darauf und griff nach dem einzigen, was ihn interessierte.

»Wie heißt der Anwalt, der Lugards Tagebuch der Presse anbietet?«

Hessen suchte unter einem Stapel von Notizzetteln, die auf seinem sonst so makellosen Schreibtisch angehäuft waren.

»Die Kanzlei heißt Garvey, Remson, Joyce und Partner. Ich weiß nicht, wer von ihnen mit der Angelegenheit befaßt ist.«

Smith machte sich eine Notiz. »Ich würde nichts unternehmen im Hinblick auf Ihren Rücktritt, Sir. Ich glaube kaum, daß Sie sich große Sorgen zu machen brauchen. Jedenfalls nicht im Augenblick.«

»Die Kanzlei ist am Bedford Square«, brüllte ihm Hessen erleichtert von der Tür seines Büros aus nach. »Aber die Hausnummer habe ich nicht.«

»Keine Sorge, die finde ich schon raus«, brüllte Smith zurück. »Notfalls im Branchenregister des Telefonbuchs.«

Kapitel
13

Das Büro war elegant möbliert – vielleicht ein bißchen ostentativ für die einfache Würde des Hauses. Und so war denn auch Mr. Justin Kepple einen Hauch zu elegant gekleidet für Smiths Geschmack, selbst wenn sein flaschengrüner Samtanzug Marks & Spencer mehr verdankte als der Savile Row. Und obwohl er ihn mit leichter Grazie trug, die von kleinen Schritten mit kleinen Schuhen aus imitiertem Eidechsenleder unterstrichen wurde – beinahe Gucci.

Mr. Kepple war einer der jüngeren Partner, und er hatte Smith überschwenglich begrüßt. »Mein lieber Sir, aber so kommen Sie doch herein. Alles, was wir tun können, um den Vertretern von

Recht und Gesetz zum Durchbruch zu verhelfen, wird getan werden. Natürlich im Rahmen des Möglichen ... Sherry?«

Er präsentierte die Kristallkaraffe auf einem Silbertablett. »Ich glaube, Sie sind der erste Polizist, den ich auf beruflicher Ebene kennenlerne. Wissen Sie, wir haben es hier nicht mit Verbrechen zu tun, nein, nicht mit so scheußlichen Dingen ... Verträge, Copyrights, Konzernerweiterungen – das ist unsere Spezialität. Wir – arrangieren in erster Linie.« Und prompt arrangierte er einen Onyxaschenbecher auf der Reproduktion eines Regency-Tischchens. Dann setzte er sich neben Smith auf das allzu hoch gepolsterte Sofa, lege die verschränkten Hände auf die Knie und sagte: »Und jetzt sagen Sie nur – wie können wir Ihnen behilflich sein?«

»Wie erfuhren Sie von der Angelegenheit dieses Tagebuchs?« Smith begann mit einem direkten Vorstoß, und zu seiner Überraschung wurde er nicht abgebogen.

»Durch einen Brief«, erwiderte Mr. Kepple. »Durch die Post, auf dem üblichen Weg. Nicht eingeschrieben, möchte ich hinzufügen. Das Original-Tagebuch mit einem handgeschriebenen Instruktionsbrief.«

»Darf ich beides sehen?«

Mr. Kepple zog seine Hände von den Knien fort, hob das Sherryglas, bewegte das tulpenförmige Gebilde an seinem Stiel und sagte dann rechtfertigend: »Mein lieber Sir, ich bedaure unendlich. Aber nein, das wäre unmöglich. Die Schweigepflicht des Anwalts – Sie verstehen.«

Smith salutierte mit seinem Glas, dann versuchte er es erneut. »Wo wurde das Päckchen abgestempelt?«

Mr. Kepple überdachte seine Position und sagte dann: »Ich glaube, das kann ich Ihnen verraten. In London-Heathrow – Sie wissen, der Flughafen.« Smith wußte. Vorsichtig, bedächtig, schlau. Zweimal auf dem belebten Postamt Trafalgar Square, das sicherte noch Anonymität. Dreimal hätte schon eine Erinnerung bewirken, hätte gefährlich werden können. Zeit, zu einem ebenso belebten Postamt überzuwechseln – zu dem auf dem Flughafen.

»Wie können Sie sicher sein, daß der Absender auch wirklich das Copyright daran besitzt?« Ein versuchter Ausfall. Mr. Kepple belohnte ihn mit einer gerunzelten Stirn. »Oh, sicher, das ist ein gutes Argument«, sagte er und wiederholte: »Ein sehr gutes Argument. Bitte lassen Sie mich erklären. Wir verlassen uns völlig auf die Handschrift; der Brief, mit dem wir die Instruktionen erhielten, entspricht ab-so-lut der Handschrift des Tagebuchs. Die Auskunft von Experten: Ab-so-lut.« Mr. Kepple bemühte die drei Silben des Wortes bis an die Grenze ihrer Ausdrucksfähigkeit; danach kehrten die Hände wieder zurück an den Platz zwischen den Knien.

Smith gab etwas ätzende Säure dazu. »Es ist Ihnen wohl klar, daß es nicht möglich sein wird, die Namen zu veröffentlichen, wie sie in dem Tagebuch enthalten sind? Zumindest nicht die Namen von Pyrnford, Boswell und Loach. Wahrscheinlich auch nicht der Name von Turnbull.«

Die Hände kamen frei und flatterten in der Luft. »Oh – Sie werden doch nicht unseren Mandanten verhaften wollen, oder? Sie werden« doch nicht gegen uns vorgehen wollen?«

»Sicher werde ich ihn verhaften, Mr. Kepple«, sagte Smith mit einem Selbstvertrauen, das er durch nichts stützen konnte. »Ich weiß nur noch nicht, wann. Doch ich spreche auch gar nicht davon. Ich spreche jetzt von Verunglimpfung, von Beleidigung.«

Mr. Kepple legte die Hände wieder zusammen. »Aber die Toten kann man nicht verunglimpfen.«

»O doch, das kann man.« Smith unterdrückte den kindischen Wunsch, ihm laut ›Ätsch, ätsch‹ ins Gesicht zu sagen, und fuhr statt dessen fort: »Die Verunglimpfung einer nicht mehr lebenden Person, die geeignet ist, den Ruf der Familie zu schädigen und diese zu provozieren, ist eine Beleidigung im strafrechtlichen Sinne, die mit Gefängnis bis zu zwei Jahren bedroht wird. Ich bin hundertprozentig sicher, daß Pyrnfords Schwester, Lady Constance Lowderton, eine entsprechende Beleidigungsklage einreichen wird, und Loachs zwei erwachsene Söhne würden ebenfalls Ihren Frieden aufstören.«

»Die Wahrheit ist eine vollkommene Verteidigung.« Mr. Kepple ging kühn *en garde*. »Wir würden kämpfen. Unsere Verleger sind furchtlos. Ab-so-lut furchtlos.«

»Die Wahrheit ist keine Verteidigung bei einer Verleumdungsklage. Sie können damit vielleicht ein Urteil mit mildernen Umständen erreichen, aber dann müßten sie erst einmal den Beweis erbringen, und dazu müßten Sie wiederum Ihren Mandanten vor die Schranken rufen.«

»Ach, du meine Güte.« Ein niedergeschlagener Mr. Kepple warf den Degen und stand auf, ging dann unruhig im Raum hin und her. »All diese leeren Stellen, wo die Namen hineingehören! Das hätte einfach keinen Biß, verstehen Sie, vor allem, wenn die aristokratische Komponente fehlt. Lady Lowderton, die Geschichte aus den dreißiger Jahren, und so weiter. Und der Markt für Nostalgie ist ab-so-lut vorhanden. Dennoch«, – Mr. Kepple schien im Lauf seines Auf-und-Ab-Gehens sichtlich erleichtert zu sein –, »dennoch – das wäre kein Einwand gegen unsere ausländischen Rechte. Unser Agent meint, die Amerikaner seien einfach verrückt danach. Und die Franzosen und die Deutschen ebenfalls. Also keine Sorge.« Plötzlich traf ihn ein entsetzlicher Gedanke, und er wandte sich ängstlich an Smith. »Sie wollen doch nicht so was Schlimmes tun und den guten, alten Lugard um seinen Verdienst bringen – ich meine Lugard verhaften und das Tagebuch der Welt für nichts und wieder nichts ausliefern?«

Smith erwiderte seine Frage mit einem tröstlichen Lächeln. »Nein, vorläufig besteht nicht die Aussicht auf eine baldige Festnahme. Selbst wenn ich ihn morgen festnehmen würde, müßte er mindestens sechs Monate auf seinen Prozeß warten. Also dürfte Lugards Eitelkeit und die Veröffentlichung seines Tagebuchs so gut wie gesichert sein.«

»Eitelkeit ist gut, mein lieber Sir«, sagte ein wütender Mr. Kepple. »Da sind mindestens dreißigtausend drin.«

»Trotzdem ist es Eitelkeit«, beharrte Smith.

Er hatte sich nicht viel von seinem Besuch bei Garvey, Remson, Joyce und Partner versprochen. Aber er war unumgänglich gewesen, und sei es auch nur wegen Hessens Seelenfrieden. Neunzig Prozent der Arbeit bei einer so groß angelegten Nachforschung ging ohnehin ins Leere, war Zeitverschwendung, aber das konnte man nie im voraus wissen. Kepple hatte ihn höflich und freundlich an der Nase herumgeführt, und das war immer noch besser gewesen als ein offener Tritt in den Hintern. Immerhin hatte er auch seine großen Augenblicke im Gespräch mit Kepple gehabt. Ein Pyrrhussieg: die Anwälte der Zeitungen wären ohnehin auf die Möglichkeit einer Verleumdungsklage gekommen. Sie würden die Veröffentlichung durchsetzen, vermutlich mit anonymen Initialen an den Stellen, wo im Tagebuch die Namen standen. Diese Namen – was bedeuteten sie heute noch? Und – was wollten Lugard und seine Männer damit erreichen, daß sie das Tagebuch zur Publikation anboten? War es wirklich Eitelkeit? Dieser Stolz, dem Smith auf Schritt und Tritt begegnet war? Lugard und seine Männer waren offensichtlich nicht mehr damit zufrieden, daß die Sache einigermaßen vage bekannt wurde. Jetzt wollten sie damit prahlen!

Die Elstow hatte ihn am Bedford Square abgesetzt, und er hatte gemeint, sie solle in seine Wohnung in Kensington fahren und lieber dort auf ihn warten. Ein Blitz aus ihren Augen hatte ihn dazu gezwungen, entschuldigend eine Hand auf ihre Schulter zu legen und das Wort ›bitte‹ hinzuzufügen. Jetzt ging er durch die Tottenham Court Road und kam bis zum St. Gildes Circus, ehe er ein Taxi fand, das ihn in seine Wohnung brachte.

Sie hatte eines seiner Hemden angezogen und saß jetzt am flackernden Gaskamin, ansonsten nackt, und trank Tee. Auf ihren verschränkten Beinen lag seine Ausgabe von Shakespeares Sonetten. Ohne den Blick von den Seiten zu wenden, sagte sie: »Dein Telefon klingelt in der letzten halben Stunde fast ohne Unterbrechung.«

»Und du bist nicht rangegangen, oder?« Diesmal schaute sie zu ihm auf. Sie verachtete ihn wegen seiner Sorge, und weil er sie für so dämlich hielt. Er wählte O'Briens Nummer.

»Wir fahren gerade vom Bedford Square ab. Was Neues?«

»Ich hab' dort angerufen. Die Sekretärin meint, Sie seien schon vor einer halben Stunde gegangen«, sagte O'Brien anklagend.

»Wir hatten Ärger mit dem Wagen. Er wollte nicht anspringen. Ich fragte, ob es was Neues gibt?« Seine Stimme klang sehr wütend; er haßte es, wenn er zu Notlügen greifen mußte.

»Ja, es gibt was Neues«, erwiderte O'Brien unterwürfig. »Der kriechende Grieche vom Interpolbüro versucht Sie schon den ganzen Nachmittag zu erreichen. Warum? Das wollte er mir nicht sagen.« O'Brien hörte, wie am anderen Ende der Hörer auf die Gabel geknallt wurde.

»Was Wichtiges?« fragte die Elstow.

»›Vor Schönheit, Form und Eleganz
Verliert jedwedes andere das Rennen.‹«

»So weit bin ich noch nicht.«

»Ein Extempore von Owen Smith.« Er zog Jacke, Krawatte und Hemd aus, schleuderte die Schuhe in hohem Bogen von den Füßen und setzte sich neben die Elstow auf seinen Schafspelz. »Ist noch Tee in der Kanne?« fragte er.

Die Eltern von Nicolas Kyriacou hatten ihn von Zypern nach England gebracht, als er gerade drei Jahre alt gewesen war. Mit zwanzig war er aus dem Friseursalon seines Vaters und vor der für ihn bestimmten Braut getürmt. Er war der Metropolitan Police beigetreten und wurde ein kühner Constable, vier Jahre später, beim Eintritt in die Reihen der Kriminalpolizei, ein eifriger, ehrgeiziger Kriminalbeamter, namentlich auf den Spezialgebieten seiner ehemaligen Landsleute, den Sittlichkeits- und Pornodelikten in Soho. Und mit noch größerem Eifer bekämpfte er die türkischen Zyprioten, die in North London ihre Rauschgiftringe eingerichtet hatten. Unglücklicherweise – und unerkannt vom Vertrauensarzt, als er dem Polizeidienst beitrat – hatten seine früheren Jahre als Einseifer im väterlichen Geschäft seine Anlage zu Senkfüßen gefördert, und vier Jahre Streifendienst, gefolgt von langen Perioden als zu Fuß gehender Kriminalpolizist, hatten die Anlage endgültig manifestiert.

Man gab ihm also einen Sitz im Büro von Interpol, wo ihm die ungeschwächte Leidenschaft für seinen Beruf und eine levantinische Fähigkeit, die Rudimente aus vielen Sprachen zu meistern, regelmäßige Beförderungen und schließlich die administrative Leitung der Interpol-Zweigstelle Großbritannien zusammen mit dem Rang eines Detective Superintendents einbrachten. Seine Neigung, die schmerzenden Füße in bequeme, weiche Wildlederschuhe mit dicken Kreppsohlen zu betten, brachte ihm den Spitznamen ›Der kriechende Grieche‹ ein. Trotz der damit verbundenen, bösartigen Andeutungen ertrug er den Spitznamen mit gutmütigem Humor, nicht zuletzt, weil er wußte, daß man beim Yard den Träger eines Spitznamens um so mehr respektierte als der Name despektierlich war.

Als er jetzt Smith und die Elstow begrüßte, lag etwas Unruhe hinter Nicolas Kyriacous breitem Lächeln.

»Nun, was gibt's?« fragte Smith, während er noch die Hand des anderen festhielt.

Kyriacous Gesicht verzog sich zu einer Mimik des Abscheus. »Eine verdammte, beschissene Sauerei, die gibt's, und nichts anderes.« Der Cockney-Akzent paßte ganz und gar nicht zu dem dunkelhäutigen Gesicht mit den scharfen, männlich-attraktiven Zügen. Mit einem: »Entschuldigung, Miß«, zu der stoisch resignierenden

Elstow fuhr er fort: »Ich fahr' mit Mama und Papa einen Monat nach Paphos, und als ich zurückkomme, ist hier alles ein einziges Chaos. Ein erstklassiges, beschissenes Chaos!«

Smith warf einen Blick durch die gläserne Trennscheibe in das äußere Büro. Kyriacou leitete die am straffsten organisierte Verwaltungsabteilung im Yard, und nichts deutete auf ein Chaos hin. Jetzt öffnete Kyriacou seinen Safe und warf ein dickes Dossier auf den Schreibtisch. Dann nahm er einen Fernschreiberausdruck aus seiner Schublade. »Das habe ich heute vormittag vom Generalsekretariat von Interpol erhalten.« Er las Smith den Text vor.

»›In Sachen Pyrnford, Antony, alias Meir, alias Roeder, alias Tompkins, etc. Subjekt erwähnt in Ihrer Anfrage 1873-49 und folgende. Ist er identisch mit Pyrnford, Antony, erwähnt in Presseberichten als ermordet United Kingdom, 27. April? Wenn ja, Nachforschungen unverzüglich stoppen.‹« Er schaute hinüber zu Smith. »Ist er identisch, Owen?«

»Dazu müssen Sie mir schon mehr sagen, Nick. Viel mehr.«

Kyriacou blätterte ein Sortiment von Berichten, Nachrichten und Funkmitteilungen durch und kam dann zu den ersten, ausgebleichten Blättern zurück. Smith unterbrach ihn. »Ich habe die Register durchgesehen, sobald ich Pyrnfords Namen kannte, aber ich fand keine Spur. Wie kommt es, daß Sie all diese Akten besitzen?«

»Es ist ein unregistriertes Dossier, Owen, und es stammt von der Sonderabteilung. Es beginnt mit dem Jahr neunundvierzig, also lange vor meiner Zeit.«

»Aber ich habe mich auch bei der Sonderabteilung erkundigt. Es hieß, daß über den Namen nichts bekannt sei.«

»Owen, sehen Sie, das ist mein Problem. Ich selbst bin auch dort gewesen. Ich war persönlich oben in der betreffenden Abteilung, und alles, was ich erhielt, war ein fragendes Stirnrunzeln und eine pathetische Betroffenheit. Und das war auch noch echt, Owen – sie haben keine Ahnung.«

»Was ist die ›betreffende Abteilung‹?«

»Es war die Abteilung von Frazer. Sie kennen Dougal Frazer.« Es war keine rhetorische Frage, eher eine respektvolle Verbeugung vor Frazer, die der andere vermutlich teilen würde. Als ob die Tatsache, daß Frazer damit zu tun gehabt hatte, alles erklärte . . . Genauer hätte es geheißen, daß Smith Dougal Frazer *kannte,* den pensionierten Chief Superintendent der Sonderabteilung. Jahrelang hatte Frazer bei derjenigen Abteilung gearbeitet – und war zuletzt ihr Leiter geworden –, die die Verbindung mit dem britischen Geheimdienst aufrechterhielt.

»Frazer legte das Dossier an, als er als Detective Constable unter Moncrieff bei der Sonderabteilung arbeitete. Das war neunundvierzig, als noch die schottische Mafia die Abteilung beherrschte.« Und Kyriacou fuhr fort: »Der Bericht ist von ihm unterzeichnet, im Auftrag von Moncrieff.«

»Aber Moncrieff ist seit fünf Jahren tot, so daß man nicht überprüfen kann, ob er die Nachforschungen wirklich autorisiert hat.«

»Es gefällt mir nicht, was Sie daraus folgern, Owen.«

»Kümmern Sie sich nicht darum. Aber – wie liege ich mit meiner Vermutung?«

Kyriacou zögerte, schien unentschlossen. »Auf dem Dossier ist der Stempel ›Streng geheim‹.«

»Nick, das Baby bleibt Ihnen in der Hand. Und mir der Tote. Kommen Sie; Zeit, daß wir unsere Last abladen.«

»Nun, da niemand oben in der Sonderabteilung etwas davon wissen will . . .« Kyriacou schien zum Nachgeben bereit zu sein; doch zuvor versuchte er es noch mit einem Ablenkungsmanöver. »Wir wär's mit einem Tropfen Ouzo? Ich habe vier Flaschen aus Zypern mitgebracht; ein wunderbares Getränk.« Smith lehnte dankend ab. »Und Sie, Miß?« Smith lehnte auch in ihrem Namen dankend ab. Dann zeigte er auf das Dossier und sagte: »Na los, machen Sie schon, Nick.«

»Da habe ich ein schönes Schnorrerpaar hier«, beklagte sich Kyriacou und ließ danach das schlimmste Schimpfwort folgen: »Ein paar verdammte Türken hab' ich da reingelassen!« Smith streckte die Hand nach dem Dossier aus. Kyriacou kam ihm zuvor, schnappte sich den Ordner und drückte ihn an seine Brust. »Na schön, na schön«, sagte er. »Geschäft geht vor.« Er machte sich den Zeigefinger naß, um die früheren Papiere durchzublättern, die mit Eselsohren versehen waren.

»Es ist eigentlich nichts Besonderes. Ungewöhnlich daran ist wohl in erster Linie die Tatsache, daß es so lange aufgehoben worden ist. Frazer hat das Dossier bei allen westeuropäischen und südamerikanischen Zweigstellen zirkulieren lassen, soweit die Länder an Interpol angeschlossen waren, und bat um Berichte und mögliche Spuren im Hinblick auf das Subjekt, diesen Pyrnford, Antony. Er präsentiert eine genaue und ausführliche Beschreibung und erklärt dann, daß der Gesuchte damals einen niederländischen Paß auf den Namen Kerke, Arie besaß. Angenommenes Verbrechen: Mord. Aber jetzt kommt der Haken an der Sache. Frazer schließt mit dem Satz: ›Das Verbrechen trägt politische Züge, daher wird keine Festnahme gefordert, ebensowenig wird Auslieferung beantragt.‹«

Kyriacou wiederholte sein Angebot auf Ouzo und brachte sogar die Flasche zum Vorschein, doch ihm wurde erneute Ablehnung zuteil. »Ihr habt alle dieses scheiß-rassistische Vorurteil«, stöhnte er. »Von den Griechen, die Geschenke bringen.«

»Kommen Sie wieder auf das Scheiß-Dossier, sonst mach' ich Ihren Schädel so platt wie ihre Füße«, schimpfte Smith im Scherz.

Kyriacou verfluchte ihn daraufhin in fließendem Griechisch, Türkisch und Arabisch, während er die Flasche wieder in den Schrank stellte. Dann kehrte er zu seinem Bericht zurück. »Wie Sie wissen, werden politische Verbrechen von der Interpol-Charta ausgeschlossen. Er hatte also recht, wenn er keine Festnahme und keine Auslieferung beantragte. Aber warum eigentlich? Man kann davon ausgehen, daß Mord auch durch Politik nicht gerechtfertigt wird. Angenommen, es handelt sich bei dem Opfer um einen Türken, natürlich.« Smith widerstand der Versuchung, zu sagen: ›Oder um einen Engländer in den fünfziger Jahren‹. Statt dessen fragte er: »Hat Frazer denn das Opfer dieses angeblichen Mordes namentlich erwähnt?«

»Nein – darüber gibt es keinen Hinweis. Er endet seinen Bericht mit den Worten: ›Chief Inspector Moncrieff ordnet an, daß alle Berichte ausschließlich an Det. Const. Frazer und niemand anders gehen; das gilt auch für Mr. Moncrieff selbst.‹ Der Satz ist mit rotem Stift unterstrichen.« Dann fuhr Kyriacou nachdenklich fort: »Chief Inspectors waren damals wirklich große Tiere. Ganz anders als heute.« Er warf einen Blick auf Smiths verdüsterte Miene. »Okay, okay, zurück zur Sache. Von da an hat Frazer immer, wenn er Urlaub machte oder im Auftrag verreiste, eine Kontaktnummer hinterlassen. Der erste Zielbericht über Pyrnford, den wir erhielten, stammt aus dem Jahr neunzehnhunderteinundfünfzig. Er kommt mit einem liberianischen Passagierfrachter aus Leopoldville – damals Belgisch-Kongo – in Montevideo in Uruguay an. Dabei benützt er den Paß auf den Namen Kerke. Bestimmungsort Paraguay. Zweck des Besuchs: geschäftlich. Aus Paraguay haben wir nichts, weil dieses Land weder damals noch heute der Interpol angeschlossen ist. Das nächste Mal taucht Pyrnford in Lissabon auf, im Oktober dreiundfünfzig. Er ist von Buenos Aires mit einem Schiff unter der Flagge Panamas dort eingetroffen. Die Argentinier haben ihn bei der Ausreise wohl übersehen, aber die Portugiesen bei der Einreise nicht. Diesmal hat er einen in Paraguay ausgestellten Paß auf den Namen Meir, Stefan. Er wohnt drei Tage in Lissabon und fährt dann mit einem der Schiffe nach Kapstadt. Die Südafrikaner verlieren ihn aus den Augen, aus welchen Gründen auch immer. Vielleicht waren sie so ungeschickt, vielleicht hatten sie auch politische Gründe. Jedenfalls kehrt er im August vierundfünfzig nach Montevideo zurück, auf der Fahrt nach Paraguay.«

Noch einmal versuchte Kyriacou, Smith abzulenken. »Sind Sie sicher, daß Sie nicht doch einen Schluck Ouzo wollen?«

Smith steuerte ihn mit seinem Zeigefinger wieder direkt auf das Dossier. Kyriacou sagte leise »Scheiße« und lächelte zugleich die Elstow um Verzeihung bittend an. Dann fuhr er fort: »Das Subjekt trieb sich in den folgenden Jahren in ganz Südamerika herum: Buenos Aires, Rio, Montevideo, Sao Paulo, Caracas. Inzwischen hatte er sich ein Heim geschaffen in Rosario und war Teilhaber einer Import-Export Firma namens Roeder, Bergman & Santos. Neunzehnhundertsiebzig gehörte er endgültig dem Jet-Set an und reiste für vier Tage nach Madrid, dann weiter nach Johannisburg. Dort verlieren wir seine Spur, denn inzwischen ist Südafrika aus dem Interpol-Verband ausgetreten. Einen Monat danach ist er wieder in Rio, auf der Fahrt nach Rosario. Alle diese Berichte gehen an Frazer, aber wir erhalten nur ein ›Gesehen und notiert‹ als Antwort und den Auftrag, die Überwachung aufrechtzuerhalten. Jetzt wird alles durch Interpol, Paris, zentralisiert, und dort gibt man sich ein wenig ungehalten über die lange Zeitspanne und die fragliche Notwendigkeit dieser mehr oder weniger nutzlosen Überwachung. Es kommt zu der unvermeidlichen Anfrage, aber Frazer ist inzwischen das große Tier, das über engste Verbindung zum Geheimdienst verfügt, und er überzeugt Paris von der Notwendigkeit, die Bewachung fortzusetzen. – Wollen Sie immer noch keinen Ouzo?« Diesmal hatte er sich auch wieder an die Elstow gewandt. Aber nein, beide wollten noch immer keinen Ouzo. »Ach, was, rutscht mir doch den Buckel runter. Also, ich brauche jetzt einen Ouzo.« Er schenkte sich ein Gläschen ein und gab gerade so viel Wasser dazu, daß das Getränk milchig wurde. Ehe er trank, drohte er ihnen noch einmal. »Ich warne euch: In Zypern, wo ich herstamme, ist es eine Beleidigung, wenn man einen Mann allein trinken läßt und seine Gastfreundschaft ausschlägt – eine Beleidigung, die unter Umständen mit dem Tod gesühnt wird.«

»Aber Sie kommen meines Wissens aus Islington, Sie Cockney«, sagte Smith.

»Na schön – in Islington, woher ich stamme, gilt dasselbe.«

Smith und die Elstow ließen sich beide ein Glas Ouzo einschenken, und Kyriacou kehrte, jetzt wesentlich ruhiger, zum Dossier zurück.

»Vor zwei Jahren wurde Frazer pensioniert. Einer seiner letzten offiziellen Besuche bei mir hatte vor allem den Zweck, mir mitzuteilen, daß er einen Job bei den Geheimdienstlern übernahm, und da das Pyrnford-Dossier praktisch ohnehin ihr Baby sei, sollten die bestehenden Anordnungen weiter befolgt werden und alle Berichte sofort telefonisch an seine Privatadresse weitergegeben werden, also nach St. Andrews in Schottland.«

»Und – ist das das Ende der Pyrnford-Saga, Nick?« Smith war sehr ruhig und geduldig.

»Mein Gott, natürlich nicht! Der große Knüller, der meine Wenigkeit, Nicolas Kyriacou, in Grund und Boden stampfte, steht noch bevor.« Große, mitleidheischende Kastanienaugen richteten sich mehrmals auf Smith und seine Begleiterin. Und als wollte er seinen Friedhofsernst unterstreichen, korkte Kyriacou die Ouzo-Flasche zu und stellte sie wieder in den Schrank.

»Mein Herz kann erst dann für Sie bluten, Nick, wenn ich weiß, was geschehen ist.«

Da er vorläufig also keinen Trost fand, lief eine Welle des Zorns über Kyriacous edle, griechische Züge und ließ sie für einen Augenblick roh, düster und sogar häßlich erscheinen. »Was geschehen ist?« brüllte er. »Ich werde euch sagen, was geschehen ist. Onkel Tomas ist gestorben, das ist geschehen, verdammt noch mal!« Er gestattete seinem Zorn, sich in Bewegung abzureagieren: eine Bewegung, mit der er seinen Schrank aufsperrte, und sich noch ein Gläschen Ouzo einschenkte. Diesmal freilich war er so sehr in seine Probleme vertieft, daß er völlig vergaß, Smith oder der Elstow Ouzo anzubieten, deren Gläser freilich auch noch mehr als halbvoll waren. Danach setzte er sich, ruhiger geworden, an den Schreibtisch. »Es beginnt zwei Tage, bevor ich meine Mama und meinen Papa nach Paphos bringen will, weil Onkel Tomas gestorben ist und die Familie entscheiden muß, was aus seiner Taverna geschehen soll. Onkel Tomas hatte keine Kinder, und Tante Katya ist sechs Jahre zuvor gestorben.« Er begann allmählich zu kochen, aber es gelang ihm, den Deckel auf dem Topf zu lassen. »Verwandte – ihr solltet meine verdammten Verwandten einmal sehen! Sie kommen aus Nikosia, von Episkopi und Limassil, sogar aus dem verdammten Famagusta kommen sie, wo die Türken sie hinter Stacheldraht gesperrt haben. Wie die Geier kommen Sie von überall her, von –«

»Vom verdammten Islington kommen sie!« Smith schlug mit der Faust auf den Schreibtisch. »Vergessen Sie die Aufzählung des gesamten Kyriacou-Clans und kehren Sie zurück zu der Zeit, bevor Onkel Tomas starb.«

»Ja, ja«, seufzte Kyriacou bitter. »Warum soll ich Sie mit meinen privaten Problemen belasten. Ich habe genügend berufliche.« Er fingerte an den letzten Seiten des Dossiers herum, fast liebevoll. »Okay, da wären wir. Am Tag, bevor ich nach Zypern fuhr. Nein – zwei Tage davor. Ich erhalte einen Anruf aus Madrid. Pyrnford ist dort angekommen, mit einem Paß auf den Namen Tompkins. Sie wissen schon, wegen der E.T.A.-Geschichte mit den Basken sind die Spanier ein bißchen pingelig, sowie sie jemanden entdecken, der ihnen auch nur eine Spur verdächtig erscheint. Sie berichten uns, daß sie Pyrnford genau beobachten. Also rufe ich Frazer in St. Andrews an. Er wird ein bißchen nervös, als er hört, daß die Dons seinen Mann so genau beschatten, aber es bleibt ihm nichts übrig, als es zu schlucken. Am Tag danach bekomme ich einen Anruf von den Dons in Malaga. Pyrnford ist vor einer Stunde in Malaga abgeflogen, mit einem Charterflug nach Gatwick. Ich rufe gleich wieder Frazer an. ›Okay‹, sagt er, ›ich kümmere mich darum.‹ ›Fein‹, sage ich. ›Lassen Sie es mich wissen, wenn ich dieses historische Dokument ablegen kann.‹ – ›Mache ich‹, sagt er. Also erzähle ich meinem Stellvertreter von dem Dossier und sagte ihm, daß er es ablegen kann, nachdem Frazer angerufen hat – und dann ab nach Zypern. Als ich heute morgen zurückkomme – nachdem ich natürlich alles über Ihre Geschichte weiß –, bekomme ich dieses Fernschreiben aus Paris auf den Tisch. Und Frazer hat nie angerufen!«

Kyriacou schlug das Dossier zu, trommelte mit den Fingerspitzen auf den Pappdeckel des Ordners und lächelte dazu Smith hoffnungsvoll an. »Und jetzt sagen Sie mir, Owen, daß Frazers Pyrnford nicht identisch ist mit dem Ihren – das ist doch der Fall, oder etwa nicht, Owen?«

»Er ist identisch, Nick. Bis zu der Gehirnoperation.« Smith war gnadenlos. »Frazer hat Sie und Interpol jahrelang hinters Licht geführt. Ich wette jede Summe, daß sämtliche Unterschriften, die seine Anträge absegnen, Fälschungen sind.« Kyriacou schlug sich die Hände vors Gesicht: eine großartige, klassische Darstellung tiefsten Schmerzes. Dann, ganz langsam, hob er den Kopf und heulte die Decke an. »Onkel Tomas, du blöder alter Trottel. Warum konntest du mit dem Sterben nicht noch eine Weile warten?« Er stieß sich hoch und ging mit schleppenden Schritten zur Tür, öffnete sie und schaute hinaus auf den Korridor, als erwarte er von einem zufällig Vorüberkommenden die Lösung seines Problems. Aber es war nach sechs Uhr abends, und zu dieser Zeit war die Möglichkeit, jemanden auf dem Korridor zu finden, verschwindend gering. Also schloß er nach einer Weile wieder die Tür. Kam zum Tisch, nahm das Pyrnford-Dossier und schleuderte es gegen die Wand. Papiere, altersvergilbt, segelten auf den Boden, verteilten sich überall.

»Vergessen Sie es, Nick«, sagte Smith. »Es hätte nicht viel geändert. Sie haben mir den Fall gelöst, und ich bin Ihnen sehr dankbar dafür.« Erst jetzt schien die Bedeutung von Smiths vorherigen Worten zu Kyriacou durchzudringen.

»Frazer? Sie schieben also die ganze Sache auf Frazer?« Unglauben verzerrte seinen ohnehin schon breiten Mund. »Aber wie? Er hätte unmöglich in der kurzen Zeit von St. Andrews herkommen können. Die Malaga-Maschine landete pünktlich in Gatwick – eine Stunde, nachdem ich Frazer angerufen hatte.«

»Er brauchte nicht selbst auf den Flughafen zu kommen; dazu hatte er die anderen Überlebenden des vierzehnhundertvierten Zuges. Aber er war rechtzeitig her, um dem Appell für das Erschießungskommando beizuwohnen.«

»Sie sind mir schon zu weit voraus, Owen, da komme ich nicht mehr mit. Ich bin ja praktisch einen Monat aus dem Tritt. Ich weiß nur, daß Sie den Mann, von dem mein Dossier handelt, gefunden haben – voller Löcher.«

Smith ging nicht darauf ein; er wählte die Nummer in St. Andrews, die er den Papieren entnommen hatte. Dann lauschte er dem Rufzeichen länger, als es nötig gewesen wäre. Nicht, daß er irgend etwas zu sagen gehabt hätte, wenn tatsächlich jemand an den Apparat gekommen wäre – er wollte nur wissen, ob Frazer noch in St. Andrews war. Vielleicht war er sogar dort, aber jedenfalls nicht in seinem Haus, oder er ging nicht an den Apparat. »Idiot«, sagte er schließlich und meinte damit unter anderem sich selbst, seine eigene Stupidität. Ebensogut hätte er Frazer ein Telegramm mit einer Warnung schicken können. Jetzt legte er den Hörer auf und wandte sich an Kyriacou. »Sie können ein neues Dossier anlegen, Nick. Diesmal über Frazer. Meldung an alle See- und Flughäfen und an alle Zollstationen – für den Fall, daß er versucht, das Land zu verlassen. Wahrscheinlich sind wir schon zu spät dran, aber ich kann es auf alle Fälle versuchen. Außerdem soll Ihr Funker die Fahndung an alle Interpol-Stationen weitergeben. Und diesmal können Sie hinzufügen: Arrest gefordert; um Auslieferung wird ersucht werden.«

»Gott – hoffentlich wissen Sie, was Sie da tun, Owen. Ich hab' schon Ärger – auch ohne den Ihren.« Aber Smith war schon wieder am Telefon. Marraseys kurz angebundene Stimme antwortete. O'Brien war im Außendienst. Smith warf einen Blick auf seine Armbanduhr. Fast sieben. Der Bursche schluckte wohl gerade sein erstes Bier des Abends. Er beauftragte Marrasey, ihm mit der ersten Morgenmaschine des nächsten Tages einen Flug nach Edingburgh zu buchen, mit der Kriminalpolizei von Edinburgh Kontakt aufzunehmen und ihm einen Wagen mit zwei Männern an den Flugplatz zu bestellen, die ihm bei einer Hausdurchsuchung in St. Andrews behilflich sein konnten; die Männer sollten bewaffnet sein.

»Sagten Sie St. Andrews, Sir?« fragte Marrasey. Smith bestätigte es. Es entstand eine kurze Pause, ehe Marrasey erwiderte: »Sehr gut, Sir, wird gemacht. Oh, übrigens, Sir, es wird Sie interessieren: Vor ein paar Minuten war ein Gentleman auf der Station und sagte, er habe eine Patronenhülse in der Sandgrube gefunden. Er habe sie nicht angerührt, sondern die Fundstelle mit einem Stock markiert. Momentan befindet sich niemand im Büro. Soll ich einen uniformierten Beamten –«

Smith unterbrach ihn. »Nein, ich hole mir das Ding auf der Rückfahrt. Es dauert ungefähr vierzig Minuten.« Ein nachdenklicher, besorgter Smith legte langsam den Hörer auf. Kyriacou schlurfte an seine Seite und klopfte ihm auf die Schulter. »Ich muß erst die Genehmigung einholen für die von Ihnen geforderten Fahndungsmeldungen. Ich meine, um einem Mann wie Frazer das Schild ›Gesucht‹ anzuhängen, brauche ich die Genehmigung von ganz oben.«

»Was, zum Teufel, haben Sie gedacht, daß ich bin? Ein beschissener Pfadfinder?«

Kyriacou zuckte zusammen angesichts solcher Profanitäten in Gegenwart von Sergeant Elstow und schenkte ihr ein ›Entschuldigen Sie, Miß«-Lächeln. Dann wandte er sich wieder an Smith. »Okay, Owen, erledigt. Ich nehme es auf meine Kappe, Sie nehmen es auf die Ihre. Nur noch eins, bevor Sie gehen.« Er packte ihn am Ellbogen, schubste ihn zur Tür und sagte: »Nachdem man uns dann beide entlassen hat – wie wär's, wenn wir gemeinsam eine hübsche kleine Taverna in Paphos eröffnen würden? Ich könnte uns eine billig besorgen . . .«

Kapitel
15

Die abendliche Verkehrsspitze war vorüber, als die Elstow ihren kleinen, kraftvollen Wagen aus dem unterirdischen Parkplatz des Yard hinaus in den dünner werdenden Verkehr steuerte. Rasch kamen sie aus dem Zentrum heraus, durch die Cromwell Road und über die Schnellstraße Richtung Cobb Common. Dort, wo der Verkehr sie nur noch wenig in Anspruch nahm, fand Sergeant Elstow die Gelegenheit, ihre Fragen zustellen.

»Ich habe das Tagebuch nur einmal flüchtig durchlesen können. Willst du behaupten, Frazer war Sergeant Lugard?«

Smith schüttelte den Kopf. »Nein, Frazer war Bruce. Nur ein Bruce konnte ein Frazer werden.«

»Aber es heißt, Frazer soll völlig humorlos gewesen sein. Bruce dagegen kam mir wie ein Reservekomiker vor.«

»Vielleicht ist ihm der Humor vergangen, in einem Kohlenbergwerk in Polen. Vielleicht hat er ihn an einen SS-Offizier verloren, oder er ist ihm auf dem Marsch nach Regensburg gestorben. So oder so – an die Stelle seines Humors ist Haß getreten. Bruce lieferte den Haß, Lugard den Stolz. Beides dauerhafte schottische und irische Charakterzüge. Die beiden ließen ihren emotionellen Kessel über vierzig Jahre lang auf dem Feuer und hatten noch genügend Brennstoff übrig, um auch die anderen Überlebenden des Zuges wenigstens leicht köcheln zu lassen.«

»Ich hätte zumindest bei Loach angenommen, daß er aus höchst eigenem Interesse nicht mitmachen würde.«

»Mit der gemeinsamen Exekution von Boswell konnten sie Loach notfalls auf Vordermann bringen. Ich bin ziemlich sicher, daß

Loach es war, der ihn erspäht hatte, als er in Filey stationiert war. Er wußte, wo die anderen geblieben waren, und brauchte nur den 1404. Zug zusammenzurufen. Damals war ihr Haß noch glühend. Und Boswell stand zur Verfügung, im Gegensatz zu Pyrnford. Also kam Boswell auf den Stuhl, mit Meeresblick und einer Handvoll Kugeln. Es ist durchaus möglich, daß die Schlaueren unter ihnen, wie Lugard und Bruce, Boswell der Mühe unwürdig fanden, aber mitmachten, um jede Uneinigkeit zu vermeiden. Außerdem half es ihnen später, die Männer notfalls mit Erpressung bei der Stange zu halten bis zu dem Tag, an dem sie Pyrnford erledigen würden.«

»Aber warum haben Sie so lange gewartet? Frazer hatte ihn doch schon vor Jahren aufgespürt. Man könnte denken, daß er ohne weiteres in der Lage gewesen wäre, zu ihm zu fahren und ihn zu töten.«

»Das war es nicht, was Lugard wollte. Es mußte formell erledigt werden, mit Stolz und mit Würde, und es mußte die Tat aller Vierzehnhundertvierer sein, die zu diesem Zeitpunkt noch am Leben waren. Vor allem aber mußte Pyrnford wissen, daß es geschehen würde, warum und durch wen.«

Die Elstow folgte Smiths Erklärungen mit zusammengekniffenen Lidern und gefurchter Stirn. Er sagte ihr, sie solle sich entspannen, sonst bekäme sie noch Falten auf dem hübschen Gesicht. Sie riß den Ganghebel in den Zweiten und überholte einen Lastwagen mit Anhänger, der die halbe Überholspur belegte. Smith sah riesige sich drehende Reifen neben sich und rutschte ein wenig zur Mitte, aber die Elstow bahnte sich furchtlos einen Weg durch die Enge. Smith bemerkte, wie der Lastwagenfahrer über ihm mit den Lippen die Worte ›Blöde Kuh!‹ formte.

»Warum wurde Pyrnford eigentlich nicht verhaftet, nachdem er bei seinen Grenzübertritten all diese falschen Pässe benützte?« Sie sprach so ruhig, als ob ihr gewagtes Manöver das Natürlichste der Welt gewesen wäre.

»Ich kann nur vermuten, aber ich nehme an, daß Pyrnford als Kurier zwischen den nach Südamerika emigrierten Ex-Nazis diente. Ein Laufbursche, der finanzielle Transaktionen vornahm, hier ein Konto auflöste, dort Aktien kaufte. Er kam aus zwei Gründen mit den gefälschten Pässen durch: einerseits, weil er von Interpol beobachtet wurde, und andererseits, weil Frazer seinen Einfluß benützte, damit Pyrnford auch außerhalb der Netze von Interpol nicht behelligt wurde.«

Smith deutete auf die Straßenkreuzung vor ihnen. »Fahr hier

bitte links. Ich möchte die Patronenhülse im Common abholen.«

Die Elstow glättete die Stirn und lächelte. »Das ist bestimmt das erste Mal, daß man mich zum Common schickt, um eine Patronenhülse aufzusammeln«, sagte sie.

Mit der Elstow an seiner Seite schaute Smith hinunter in die Sandgrube. Die Luft duftete nach den Gerüchen des Frühsommers. In einiger Ferne tuckerte ein Rasenmäher über unsichtbares Gras; man hörte Lachen von einem Tennisplatz und das Klappern von Pferdehufen auf dem Reitweg jenseits der Bäume. Unten auf dem Sand schnüffelte ein aufgeregter Collie am Boden, wo Pyrnford vor einem Monat verblutet war. Der Hund scharrte ein wenig Sand von der Oberfläche weg, schnüffelte wieder, aber da er nichts von Interesse fand, hob er das Bein und pißte auf seinen Sandhaufen. Dann trottete er auf die gegenüberliegende Böschung zu und blieb nur noch einmal kurz stehen, um einen weiteren Beweis seiner Anwesenheit an einem dicken Stock zu hinterlassen, der im Sand steckte.

Der Stock steckte nicht da, wo Smith ihn eigentlich erwartet hatte. Er hatte angenommen, die Patronenhülsen seien dort zu finden, wo man die Schützen des Erschießungskommandos vermutete. Und es überraschte ihn noch mehr, daß man nun doch noch eine Patronenhülse gefunden hatte; er hatte angenommen, daß der Grund seinerzeit sehr sorgfältig durchsucht worden war. Aber da der Stock fast am Rand der Böschung steckte, also nicht an der Stelle, wo man die Patronenhülsen vermuten konnte, war es durchaus möglich, daß sie übersehen worden war oder daß einer von den Männern am Tatort die Patronenhülse gefühllos in den Sand getrampelt hatte. »Warte hier auf mich«, sagte er zur Elstow. »Ich gehe hinunter und sehe mich um.«

»Nein!« Ihre scharfe Weigerung erstaunte ihn. Er sah, daß sie zitterte. »Ich bleibe nicht allein hier oben, jetzt, wo die Fledermäuse überall herumfliegen. Ich kann Fledermäuse nicht ausstehen.«

Er lachte über ihre Angst, reichte ihr eine Hand, um ihr hinunterzuhelfen, überlegte es sich dann anders und nahm sie mit Schwung auf die Arme. Dann preßte er sie an sich und lief mit ihr hinunter durch den lockeren Sand; jetzt lachten sie beide über die unschuldige und kindliche Szene. Unten angekommen, stolperte er, die Elstow immer noch auf den Armen, über das unebene Gelände auf den Markierungsstock zu, küßte seine süße Last und setzte sie schließlich auf dem Boden ab. »Du hübsches Luder, du«, sagte er,

»wenn das hier vorbei ist, kaufen wir uns die Taverna in Paphos.«

Sie stieß ihn sachte von sich. »Die kannst du mit dem ›Kriechenden Griechen‹ eröffnen, wenn du willst, ich habe andere Pläne.« Er sah ihre Entschlossenheit hinter dem weichen, warmen Lächeln.

»Willst du immer noch der erste weibliche Chief Constable werden, wie?«

»Warum nicht der erste weibliche Polizeipräsident von Groß-London?«

Er war dabei, wütend nach ihr zu greifen, als er sah, wie plötzlich neben ihnen der Sand hochgewirbelt wurde. Und während er das Krachen der Schüsse hörte, spritzten schon wieder zwei Geschosse Sand auf seine Schuhe. Die Elstow hatte eine Hand vor den Mund geschlagen und schaute sich mit rollenden Augen um. Als er sie packte und mit ihr losrannte, ohne zu wissen, wohin, trafen die Schüsse nur Zentimeter hinter ihm auf den Sand. Er änderte die Richtung. Die Elstow stolperte und fiel hin. Er zerrte sie hierhin und dorthin. Noch immer waren Schüsse zu hören und riefen kleine Sanderuptionen hervor. Im Laufen richtete er den Blick auf den Rand der Sandgrube, sah aber nichts. Sie waren wie Käfer in einem Eimer, die von einem sadistischen Kind gesteinigt wurden. Wieder stürzte die Elstow zu Boden; diesmal ließ er sie liegen und ging ganz langsam auf die Mitte der Sandgrube zu, wobei er beide Arme ausbreitete und nach oben streckte. »Also schön, Lugard«, rief er und drehte sich um die eigene Achse, um den scheinbar verlassenen Rand der Grube zu überblicken. »Ist es das, was Sie wollen? Glauben Sie, es hilft, wenn ich Kamerad zu Ihnen sage? Hören Sie mich, Lugard, Kamerad? Oder soll ich –«

Die Kugel traf, und er drehte sich um, wußte nur, daß er irgendwo getroffen war. Zuerst fühlte er nichts, doch dann breitete sich betäubender Schmerz aus, das Blut begann zu laufen, dunkelrot, über seinen Arm, und zugleich überkam ihn eine Übelkeit, die ihn auf die Knie zwang. Er wußte, daß er schrie, weil die Elstow neben ihm war, bereit, ihm ins Gesicht zu schlagen.

»Wage es nicht!« brüllte er sie an, aber zu spät. Dann lächelte sie auf ihn herunter, oder täuschte er sich? War es wirklich ihr Gesicht, ein Gesicht, das schmolz und sich verzerrte? Plötzlich hatte sie zwei Köpfe, dann drei, die sich trennten. Vor ihm senkte sich ein schwarzer Vorhang. Er versuchte, darunter durchzutauchen, zu entkommen, aber der Vorhang war schneller. Und dann war alles nur noch Schwärze.

Er lag in einem engen Raum voller Lärm und Schmerzen, erkannte am hohen Taa-tüü, daß er in einem Krankenwagen lag. Die Elstow war bei ihm, mit kalkweißem Gesicht und zerzaustem Haar, Blut auf den Ärmeln ihrer weißen Bluse, sein Blut. Sie hatte ihm die Schlagader oberhalb der Wunde abgedrückt. Er versuchte ihr Knie zu berühren, konnte aber den linken Arm nicht bewegen. Also versuchte er es mit der Rechten; sie zuckte zusammen, als er sie berührte. »Marrasey«, sagte er. »Haltet ihn fest. Schickt eine Fahndung nach ihm raus, an alle Häfen und Flughäfen. Sofort.«

Von ihr ein besänftigendes Lächeln unter sorgenvollen Augen. »Erst mußt du dich entspannen. Ruh dich aus jetzt, wir sind in ein paar Minuten im Krankenhaus.« Er versuchte, sich an dem Griff über seinem Kopf hochzuziehen, mit dem unverletzten Arm. »Komm schon, sei nicht unvernünftig. Ruh dich aus.«

»Hör mir zu«, sagte er wütend. »Marrasey ist Lugard. Schick ein Team zu ihm. Er muß festgenommen werden.« Ihr Gesicht, fragend und unsicher, begann wieder zu schmelzen und verschwand hinter dem schwarzen Vorhang.

»Wann haben Sie zuletzt etwas gegessen?« Die Stimme klang scharf und professionell. Er lag nackt und ausgestreckt da, sah den Rükken eines weißen Kittels vor einer gefliesten Wand, ein Skalpell in einer Hand und die Gummibänder, die eine Chirurgenmaske festhielten. Simonson? Hatte er es schließlich doch noch geschafft? »Shepherd's Pie«, sagte er und versuchte, ein Kichern zu unterdrükken.

»Ich habe nicht gefragt, was, sondern wann.« Die Stimme noch schärfer; jetzt sah er die Augen über dem Mundschutz – nein, es war nicht Simonson.

»Tee«, sagte er überzeugend. »Tasse Tee, kurz nach vier. Davor Frühstück, um sieben Uhr morgens. Ich habe fürchterlichen Hunger«, beklagte er sich. Niemand ging darauf ein. Der Schmerz kehrte zurück, konzentrierte sich im oberen Teil seines linken Arms. Aber jetzt konnte er ihn beherrschen. Wollte die Wunde sehen, versuchte, den Arm anzuheben – dann erst merkte er, daß er mit dem Gesicht nach unten auf dem Operationstisch lag.

»Wird mein Arm wieder gut? Ich verliere ihn doch nicht, oder?« Der obere Teil der Chirurgenmaske dehnte sich ein wenig.

»Sie verlieren ein paar Gramm davon, und das meiste ist sowieso schon weg. Ich muß nur noch die Wundränder glätten und dann nähen. Legen Sie ihn auf die Seite, Schwester. Nein, nicht auf diese. Ich arbeite lieber auf dem Tisch als durch den Tisch hindurch. Gut, Digby, jetzt können Sie ihn schlafen legen.« Er hörte, wie die Stimme leise »Bye bye« sagte, als er gierig das Betäubungsmittel einatmete, denn er hatte einen langen, schweren Tag hinter sich.

Als er das Bewußtsein wiedererlangte, hatte er rasenden Hunger. Hessen saß an seinem Bett. Die *Times* auf den Knien, auf der Kreuzworträtselseite gefaltet. Aber die Kästchen waren noch leer. Hessens Gedanken waren nicht beim Rätsel und, nach dem verträumten Blick auf seinem Gesicht zu urteilen, auch nicht bei Smith.

»Sieht so aus, als ob ich das Mittagessen versäumt hätte«, sagte er.

Hessen zuckte zusammen. »Oh, Owen, Sie sind ja wach. Wie fühlen Sie sich, alter Freund?«

»Hungrig. Und mein Arm tut verdammt weh. Haben Sie Lugard erwischt?«

»Lugard?«

»Na ja, dann eben Marrasey. Lugard ist Marrasey.«

»Äh – nein. Wir hatten gedacht, Sie sagten das nur so im Delirium. Haben Sie es denn wirklich gemeint?«

Smith strich mit der heilen Hand über den dick bandagierten Arm. »Ja, ich habe es wirklich gemeint. Oder glauben Sie, ich war besoffen?«

»Die Elstow hat das auch gedacht. Ich meine, daß Sie es wirklich meinten. Sie hat sogar O'Brien gebeten, daß er bei Marrasey zu Hause nachschaut. Er war nicht da. Aber er hat gestern ohnehin seinen Urlaub angetreten.« Hessens Ton war eine Mischung aus Trost und Aufmunterung. »Er fährt immer um diese Jahreszeit in Urlaub.«

»Mit dem Motorrad?« Smith stellte die Frage scherzhaft, aber Hessen reagierte mit Überraschung. »Ja, er fährt eine riesige, alte Norton. Woher wußten Sie das?«

Smith stöhnte. »Gott, ich muß raus hier.« Er schlug die Decke zurück und hatte schon beide Beine auf dem Boden, als Hessen zu ihm kam. »Nein, kommt nicht in Frage«, befahl er und drückte Smith wieder zurück auf die Kissen. »Sie bleiben, wo Sie sind«, sagte er entschieden. »Der Schock, Sie wissen.« Tat so, als habe er es gelernt und legte jetzt seine Prüfung ab. »Bei Schock weiß man nie, was passiert. Außerdem hat es Ihnen ein ganz schönes Stück

Fleisch aus dem Arm gerissen – ungefähr so groß wie ein Golfball.«

»St. Andrews.« Smith packte Hessen mit dem unverletzten Arm. »Sie müssen sich mit der Polizei von St. Andrews in Verbindung setzen, damit man Frazer verhaftet. Ein ehemaliger Mann von der Sonderabteilung; seine Adresse steht in meinem Notizbuch.«

»Keine Sorge, alter Freund. Die Elstow hat sich bereits darum gekümmert. Sieht so aus, als wäre Frazer ebenfalls in Ferien gegangen, kurz nachdem Sie unten in der Sandgrube Tontaube gespielt haben. Aber das muß nicht unbedingt verdächtig sein, Owen, wenn jemand am Freitagabend ins Wochenende fährt. Viele Pensionisten machen gerade jetzt, Ende Mai, Ferien. Es ist schöner und billiger, wissen Sie.«

»Und – Frazer fährt um diese Jahreszeit auch immer durch die Gegend?«

»So könnte man es nennen. Ein Ferienaufenthalt drüben auf dem Kontinent. Seine Frau sagt, er fährt gern mal eine Woche allein weg.«

»Alte Gewohnheiten sind schwer auszumerzen. Frazer hat schon viele Ferienaufenthalte auf dem Kontinent hinter sich. Und Loach – machte er auch um diese Jahreszeit Ferien auf dem Kontinent?«

Die Erwähnung des Namens zog eine Wolke über Hessens bis dahin zuversichtlich strahlendes Gesicht. Er nahm seine Hand von Smiths Schultern. »Er war ja nicht so vertraut mit mir, daß ich über jede seiner Reisen Bescheid gewußt hätte«, sagte er, und ein Rümpfen der Nase deutete Entrüstung und Gekränktsein an. Danach stand ein kleines Schweigen zwischen ihnen, das durch eine weinerliche Stimme irgendwo hinter den Trennwänden unterbrochen wurde: »Schwester, Schwester! Mein Röhrchen ist rausgerutscht!« Ein Stuhl wurde zurückgestoßen, man vernahm entschlossene Schritte auf Holzboden, dann eine kurz angebundene, weibliche Stimme. »Sie müssen auf dem Rücken liegen, Mr. Parry. Nicht mehr herumwälzen, ja?« Kurz danach noch einmal die weinerliche Stimme: »Oh, tut das weh . . .«

Sie hörten, wie sich die Schritte entfernten, dann fragte Hessen zögernd: »Wie sind Sie eigentlich mit Garvey, Remson, Joyce und Partnern zurechtgekommen?«

»Die erste Fortsetzung erscheint wahrscheinlich am kommenden Sonntag.« Die Wolke verdüsterte sich, und ihr Gewicht zog Hessens Mundwinkel nach unten.

»Aber ich glaube kaum, daß echte Namen darin vorkommen«,

sagte Smith und fügte trocken hinzu: »Die Unschuldigen müssen schließlich geschützt werden.« Hessen zeigte ein schwaches Lächeln, das seinen Dank ausdrücken sollte. Noch immer hungrig, jetzt aber auch unendlich müde, drehte sich Smith auf die unverletzte Seite und schlief ein.

Er entließ sich selbst am nächsten Morgen nach dem Frühstück, trotz einer Warnung des Arztes, daß er mindestens weitere vierundzwanzig Stunden strengste Bettruhe einhalten müßte. Er versprach, den guten Rat zu Hause zu befolgen, und traf danach die Elstow und einen bekümmerten, aber mürrischen O'Brien vor dem Krankenhaus. Den linken Arm trug er in der Schlinge. Die Wunde schmerzte noch stark; man hatte ihm ein paar schmerzstillende Tabletten mitgegeben, aber er nahm sie nicht ein, wegen ihrer beeinträchtigenden Wirkung auf das Denkvermögen. Und er verwahrte sich gegen O'Briens Hilfestellung beim Einsteigen in den Wagen der Elstow und fragte ihn dann: »Haben Sie denn noch immer nichts gegen Marrasey unternommen?«

»Nein, Sir.« O'Brien war herausfordernd. »Ich nahm nicht an, daß der Auftrag eines halb bewußtlosen Mannes, der eben angeschossen wurde, mich dazu berechtigte.« Gleich danach versuchte er, seine allzu harte Verteidigung etwas abzumildern. »Aber ich habe sein Haus unter Beobachtung gestellt. Bis jetzt hat sich nichts gerührt.« Dann erwiderte er Smiths kalten, steinernen Blick mit einem herausgesprudelten Protest. »Sie können es mir nicht zum Vorwurf machen, wenn ich da vorsichtig gewesen bin. Sie brauchen sich ja nur Marraseys Handschrift anzuschauen – sie hat nicht die geringste Ähnlichkeit mit der von Lugard in dem Tagebuch, das müssen Sie doch verstehen . . .«

Smith nahm das kleine Röhrchen mit den Schmerzstillern heraus und hielt sie O'Brien unter die Nase. »Ihr ganzer Mumm geht in dieses kleine Röhrchen, Mister. Und der benützte Teil Ihres Gehirns ebenfalls. Als Lugard den Job als Police Constable übernahm, unter dem Namen Marrasey, konnte er seine Berichte schließlich nicht in seiner sehr charakteristischen Schreibweise abfassen; die halbblinden, alten Sergeants und Inspectors, die damals Dienst taten, hätten ihm sein Notizbuch glatt ins Gesicht geworfen und ihm erklärt, er solle so schreiben, daß man es auch entziffern könne. Kein Mensch schreibt von Natur aus so wie Marrasey, woraus man folgern kann, daß er Unterricht in Kalligraphie genommen hat.

Nicht, weil er annahm, es würde der Tag kommen, an dem er einen Idioten von Detective Chief Inspector reinlegen mußte, sondern weil er ganz einfach vorwärtskommen wollte in seinem neuen Beruf.« O'Brien nahm es mit zusammengebissenen Zähnen hin und sagte nichts. Smith verstand seine Position sehr gut. Er verstand jetzt überhaupt vieles, und er sagte der Elstow, sie solle zu Marraseys Wohnung fahren.

Marrasey wohnte im obersten Stockwerk eines kleinen Wohnblocks, keine zehn Minuten zu Fuß von der Polizeistation Cobb Common entfernt – das erklärte für Smith, warum man ihn nie auf seinem Motorrad gesehen hatte. Smith drückte mehrmals auf die Klingel – eine reine Formalität –, wartete, bis das Echo der Glocke verhallt war, drehte sich dann zu O'Brien um und fragte: »Haben Sie was dabei?« Wortlos zog O'Brien ein zehn Zentimeter langes, schmales Stück Plastik heraus. Smith steckte es zwischen Tür und Schnapper und öffnete das Schloß. Das Wohnzimmer war nur mit dem Nötigsten ausgestattet, aber sehr sauber und ordentlich. Es gab einen Bücherschrank, und Smith betrachtete neiderfüllt den Inhalt: Illustrierte Militärgeschichte, Biographien großer Heerführer, Arbeiten der Taktiker und Strategen. Aber Marrasey hatte auch seinen zweiten Beruf nicht vernachlässigt: die bekannten Lehrbücher waren alle vorhanden. Archbold, Stone, Blackwood, sogar der didaktische Hans Gross. Oben auf dem Bücherschrank ein gerahmtes Foto, eine leicht überhebliche Amateuraufnahme. Zehn Soldaten standen in einer unfreiwillig komischen Gruppe beisammen, magere, große Männer, die nicht lächelten, aber aufrecht in die Linse starrten. Ihre Uniformen paßten schlecht und waren offensichtlich nagelneu; sie zeigten noch die Falten vom Zusammenlegen. In ihrer Mitte stand ein junger, aber nicht jung aussehender Marrasey mit den drei Streifen des Sergeants Lugard an den Ärmeln. Ja, dachte Smith, Lugard hätte nur mit einem toten Sergeant seine Identität getauscht. Er fragte sich, ob der gefallene Sergeant Marrasey nicht nur äußerlich, sondern auch in seinen charakterlichen Qualitäten Lugard entsprach. Und da war auch Bruce – größer als die übrigen, die Lippen spöttisch geschürzt, wie man es später von Detective Chief Superintendent Dougal Frazer kannte. Und die Elstow erkannte Loach auf dem Foto. Smith hätte unmöglich feststellen können, welches von diesen hageren Gesichtern dem eines ältlichen, aufgedunsenen Leichnams entsprach, welchen er in der Leichenhalle von Farnham besichtigt hatte. Smith arbeitete mühsam und sonderbar mit einer Hand, als er das Foto aus dem Rahmen nahm und auf der Rückseite die Aufschrift ›R.A.S.C. Lager und Versand-depot, Woking, Surrey, 23. April 1945‹ las. Keine Namen bei den dargestellten Männern. Er steckte das Foto wieder in den Rahmen, stellte es auf den Bücherschrank und trat einen Schritt zurück, um zu prüfen, ob er es an die richtige Stelle gerückt hatte.

Danach wandte Smith seine Aufmerksamkeit einem langen, schmalen Schränkchen zu, das an der gegenüberliegenden Wand festgeschraubt war. Aus Eichenholz, gute Tischlerarbeit, mit dicht schließenden Türen, die von einem starken Vorhängeschloß gesi-chert waren. Smith suchte in der Küche, bis er einen schweren Ham-mer gefunden hatte, und bearbeitete dann das Schränkchen mit sei-nem unversehrten Arm, ohne daß er dabei irgendwelche Skrupel empfunden hätte. O'Brien bot sich zögernd an, ihm zu helfen, wurde aber brüsk zur Seite geschubst. Schwer atmend war Smith schließlich soweit und riß die beiden Türen auf. Im Schrank befan-den sich fünf Lee Enfield-Gewehre, ordentlich auf einem Regal an-geordnet. Alle waren sauber und leicht geölt, die Riemen gefettet, die Messingbeschläge blankpoliert. Acht andere Halterungen für Gewehre waren leer. Alles in allem bot der Schrank Platz für drei-zehn Gewehre. »Es waren also nur fünf«, sagte die Elstow.

»Nein, es waren sechs. ›Bim-Bam‹-Bailey hatte noch einmal recht«, murmelte O'Brien. Smith schaute ihn fragend an.

»Loachs Sohn, Albert, kam gestern abend völlig aufgelöst auf die Station. Er hatte ein Lee Enfield-Gewehr bei sich. Man hatte es ihm vor ein paar Tagen an seine Schwelle gelegt, mit dem Zettel, der an den Abzugbügel gebunden war. Auf dem Zettel stand: ›Auch wenn er ehrlos gestorben ist, sein Gewehr soll ihn ins Grab begleiten. Was für seine Kameraden galt, soll auch für ihn gelten.‹ und die Unter-schrift lautete: ›Sergeant Michael Lugard.‹«

»Und das ist ein paar Tage her?«

O'Brien zuckte mit den Schultern. »Drei Tage, um genau zu sein. Der Sohn vermutete natürlich, daß das Gewehr eine Verbindung zwischen seinem Vater und dem Pyrnford-Mord belegte, und er war entschlossen, der Anweisung auf dem Zettel nachzukommen, sobald die Leiche seines Vaters freigegeben sein würde. Aber als er von der Schießerei gestern abend erfuhr, bekam er es doch noch mit der Angst zu tun und brachte das Gewehr zu uns.«

»Aber Pyrnford wurde nur von fünf Geschossen getroffen«, be-merkte die Elstow.

Smith wandte sich wieder dem Foto zu. Zehn Augenpaare schauten ihn wegen seines Vandalismus vorwurfsvoll an. Er senkte langsam den Hammer, den er noch immer in der Hand hatte, bis er damit den Kopf von Sergeant Lugard auf dem Foto berührte, dann sagte er: »Dieser hier – er hat nur die Kommandos gegeben. Das ›Achtung – zielen – Feuer‹. Der einzige, auf den er in letzter Zeit tatsächlich geschossen hat, bin ich.« Er strich sich sachte über den verletzten Arm, ohne den Blick von der Fotografie zu wenden. Dann ging er zu O'Brien hin und sagte tonlos und verletzend formell: »Wissen Sie, was das bedeutet, Detective Chief Inspector?« O'Brien ließ den Kopf sinken. »Es bedeutet, daß Marrasey, während Sie zu der Entscheidung gelangten, daß ich wohl nicht ganz richtig im Kopf sei, hierherkam, sein Gewehr reinigte und es in den Schrank packte, bevor er einen Urlaub antrat, den Sie ihm vermutlich genehmigt haben, ohne mich zu fragen.«

»Marrasey ist mir unterstellt; ich bin berechtigt, seinen Urlaub zu genehmigen, was ich auch tat. Das System lief glatt, McCrae war in alles eingeweiht. Es gab keinen Grund, weshalb ich Marraseys Bitte um Urlaub nicht entsprechen sollte. Er geht immer um diese Zeit in Urlaub.«

»Habe ich bereits gehört. Glauben Sie, er schickt uns eine Postkarte?« Smith fühlte, wie die Schmerzen in seinem Arm nachließen, als ob er sie auf diese Weise an den gepeinigten O'Brien übertragen hätte.

»Jetzt sind Sie aber unfair, Sir«, zischte ihm die Elstow ins Ohr. »Es sind mehr als zwei Stunden vergangen, ehe ich Mr. O'Brien sagen konnte, was Sie im Krankenhaus angeordnet hatten. Ich dachte, es geht Ihnen ziemlich schlecht. Und Sie sahen auch so aus. Ich habe mir in erster Linie um Sie Sorgen gemacht und mich an Ihren Auftrag erst wieder erinnert, als man uns sagte, daß für Sie keine Lebensgefahr bestand.«

Der dumpfe Schmerz kehrte wieder in Smiths Arm zurück und breitete sich nach vorne auf die Brust aus. Smith wandte sich wieder dem Foto auf dem Bücherschrank zu. Es war sehr leicht, Marrasey herauszufinden. Während die anderen gelangweilt in die Kamera starrten, hielt Sergeant Lugard den Kopf hoch, stolz und herausfordernd. Smith wandte sich rasch zu O'Brien und der Elstow um. »Steht nicht herum und bemitleidet euch selbst. Sucht lieber die Wohnung durch und seht nach, ob ihr die verdammte Schreibmaschine findet!«

Sie fanden keine Schreibmaschine, und Smith war nicht sonderlich überrascht darüber. Trotz Fotos, trotz der Gewehre, die Marrasey schwer belasteten, war dieser Mann noch immer vorsichtig, behutsam und schlau. Er hatte sein grimmiges, kleines Spiel mit ihm getrieben, hatte ihn nicht töten wollen, sondern Zeit gewinnen, seine Uhr für ein paar Stunden anhalten. Verzögerungstaktik.

Das Knäuel von Reportern, das vor der Polizeistation auf ihn wartete, war besonders lästig und aufsässig, obwohl er wiederholt »Kein Kommentar« durch das geschlossene Autofenster bellte. Im ›Mordbüro‹ waren die Anwesenden seltsam ruhig und völlig auf ihre Arbeiten konzentriert. Hier und da warf einer einen versteckten Blick auf Smiths bandagierten Arm, und Smith nahm an, daß dieser, zusammen mit der Tatsache, daß Mr. Marrasey unerkannt in ihrer Mitte hatte arbeiten können, für die besonders emsige Arbeitswut verantwortlich war. Erst als er die Tür zu seinem Büro öffnete, erkannte er den wahren Grund für das bemerkenswerte Verhalten der Leute. Cyril Fairchild, der Stellvertreter des Polizeipräsidenten – Abteilung Kriminalistik – saß in seinem Sessel und aß blaue Trauben.

»Wollen Sie?« Fairchild schob die braune Papiertüte über den Schreibtisch in Smiths Richtung, aber nicht weit genug, um seinem Angebot zum Erfolg zu verhelfen. »Eigentlich waren sie für Sie bestimmt. Wenn man einen seiner Leute besucht, der verwundet im Krankenhaus liegt, kann man doch nicht mit leeren Händen kommen, oder?« In Fairchilds Worten lag ein Hauch von Frost. Und eine Frage, die er gleich danach verdeutlichte. »Auch wenn man eigentlich lieber Blumen zur Beerdigung dieses Mannes besorgen würde.« Er schob den Sessel weit genug zurück, daß er auf die beiden Hinterbeine kippen und sich so gegen die Wand lehnen konnte; dazu betrachtete er Smiths gerötetes Gesicht mit klinischem Interesse. »Sie haben wirklich ein Talent, uns Probleme zu bereiten, Owen. Da machen wir uns die größte Mühe und begraben Sie in einer Gegend der Beschaulichkeit, aber Sie wecken einen Vampir aus dem Grab, der unsere Träume stört und unseren Schlaf beeinträchtigt. Sie hätten es verdient, gepfählt zu werden, mein Lieber.« Fairchild steckte sich wieder eine Traube in den Mund und fragte dann: »Was macht der Arm?«

»Er tut weh.«

»Genau wie mein Schädel. Glauben Sie, Sie könnten mich ein wenig über die Sache informieren? Schließlich bin ich der Stellvertreter des Präsidenten.« Er kippte nach vorn. »Sie geruhten zwar, die dürren Fakten in regelmäßigen Berichten weiterzugeben«, räumte Fairchild ein, »aber jetzt machen wir – der Präsident und ich – uns die größten Sorgen über das unerwartete und plötzliche Auftauchen von Verdächtigen, wobei es sich in beiden Fällen um ehemalige Polizeibeamten von bestem Ruf und höchstem Ansehen handelt. Natürlich habe ich das Lugardsche Tagebuch gelesen, und eine von Ihnen angeordnete Fahndungsmeldung an alle Häfen und Flughäfen sowie die Einschaltung von Interpol in Sachen Frazer brachte prompt den kriechenden Kyriacou in mein Büro, zusammen mit seinem Dossier und einer überaus betrüblichen Geschichte. Und während er noch dabei ist, mir umständlich zu erklären, warum es ihm nicht gelang, den Mißbrauch des Interpol-Netzwerks zu erkennen, stellt dieser ehemalige D.I. Ihnen und einem weiblichen Sergeant einen Hinterhalt, als ob wir hier an der Nordwestgrenze wären.« Fairchild kam ein vom Thema abweichender Gedanke. »Was wollten Sie eigentlich im Gemeindewäldchen – mit einem weiblichen Sergeant?«

»Marrasey hat mich dort hingelockt, unter einem falschen Vorwand. Und Sergeant Elstow befand sich rein zufällig in meiner Begleitung.«

»Und wozu das Gewehrfeuer?«

»Ein Ablenkungsmanöver, das ihm Zeit geben sollte, Frazer zu benachrichtigen, daß ich dabei war, ihm auf die Spur zu kommen. Die beiden hatten ohnehin vor, sich zu treffen, aber für den Fall, daß Frazer zu spät zum Appell kommen würde, mußte er ihm Zeit verschaffen, damit es ihm gelang, den heimatlichen Hafen zu verlassen. Also erzählte er mir etwas von einer Patronenhülse, die jemand angeblich im Common gefunden hat, und als ich dort ankam, verpaßte er mir eine Kugel in den Arm.«

»Fragt sich nur, warum er sie Ihnen nicht zwischen die Augen verpaßt hat.« Diese Antwort schien Fairchild am meisten zu interessieren. Smith machte sich nicht die Mühe, eine Erklärung dafür zu liefern. Enttäuscht streckte sich Fairchild wieder eine Traube in den Mund. »Es ist Ihnen doch wohl klar, daß dieser Fahndungsbefehl einen Mann mit Frazers Erfahrung kaum aufhalten kann?«

»Ich rechne nicht damit, daß er sich aufhalten läßt, Sir.«

Angesichts eines solchen Eingeständnisses zeigte Fairchild die angemessene Zurückhaltung, wobei er lediglich die Lippen ein wenig schürzte. »Und wie sind Sie auf Marrasey gekommen?« fragte er.

»Ich war mir keineswegs im klaren darüber, bis er mich gestern abend beschossen hat.« Smith war überzeugt davon, daß Marrasey auf ihn geschossen hatte, aber er besaß keinen Beweis dafür. Sicher, eines der Gewehre in seiner Wohnung konnte den Verdacht bestärken, doch ein guter Anwalt wäre durchaus in der Lage gewesen, diesen doch etwas schwachen Indizienbeweis zu zerpflücken. Aber Smith hatte noch Zeit, um den Knoten fester zu schlingen. Vorläufig versuchte er, die Frage Fairchilds einigermaßen ausreichend zu beantworten. »Es war etwas an der ganzen Sache«, sagte er, »was von Anfang an nach Polizei roch. Nein«, widersprach er sich selbst, »ich will damit nicht sagen, daß ich das wußte – es war nur so ein Gefühl. Vielleicht erinnern Sie sich, daß ich über zwei parallele Einkerbungen am Schloß des Sicherheitsgurts im Wagen von Loach berichtete. Vor ein paar Tagen fand ich sehr ähnliche Einkerbungen an der Armlehne der Bank, die in der Wachstube unten steht. Vermutlich hatten sie es einmal mit einem widerspenstigen Einbrecher zu tun, der mit Hilfe der Handschellen an die Bank gefesselt wurde. Ich habe es versucht. Wenn man Handschellen über dem Schloß des Sicherheitsgurts befestigt, ist daneben nicht mehr genug Platz, um auf die Taste zu drücken, mit der der Gurt gelöst wird. Von da an dachte ich verstärkt in Richtung Polizei, und als ich mir Lugards Begleitbrief zum Tagebuch mit dem ›bin ich, Sir, Ihr ergebener Diener‹ vor Augen hielt, kam ich auf den Gedanken, daß es sich um einen älteren Polizisten handeln müßte. Sie erinnern sich bestimmt noch daran, daß diese Formel in den alten Berichtsformularen sogar vorgedruckt war.«

»Das ist nicht genug, um ausgerechnet auf Marrasey zu kommen. Und – die Formel wurde bei allen amtlichen Schreiben benützt.«

»Als ich gestern abend hier anrief und er ans Telefon kam, wurde mir zum ersten Mal bewußt, daß er ein möglicher Verdächtiger sein konnte. Also fütterte ich ihn mit der Nachricht, daß ich Frazer nahegekommen war – um zu sehen, was geschehen würde.«

Fairchild atmete tief ein und schaute Smith ungläubig an. »Das haben Sie – absichtlich getan?«

Smith stöhnte, während er die Schlinge an seinem Arm ein wenig verkürzte. Fairchild zeigte sich nicht beeindruckt. »Nun?« fragte er drohend.

»Etwa so absichtlich, wie ich eine Nadel in eine Liste von vierzig

Pferden beim Grand National stecken würde in der Hoffnung, den Sieger auf diese Weise zu ermitteln . . . Es war eine plötzliche Inspiration, Sir«, schloß er etwas lahm.

»Smith, die Konsequenz von Inspirationen lautet Erfolg.« Der Stellvertreter des Präsidenten war kalt und pedantisch. »Das Wort, das Sie hätten benützen sollen, heißt ›Impuls‹. Und dessen Konsequenz ist das, was wir jetzt haben: eine verdammte, totale Katastrophe.«

»Nein, Sir.« Smiths Gesicht war erleuchtet von – von Inspiration? »Sehen Sie, ich habe nicht nur Marrasey und Frazer, ich habe das ganze sogenannte Erschießungskommando beisammen. Ich weiß, wo sie sich treffen, und daß sie dort alle zusammenkommen werden.«

»Wie klug von Ihnen.« Jedes Wort des Stellvertreters war eine Parodie überraschter Bewunderung. »Sie werden es mir doch verraten, oder?« fuhr er spottriefend fort.

Smith verriet es ihm. Und fügte hinzu: »Kyriacous Dossier wird es bekräftigen. Frazers Kontaktnummer für eine gewisse Zeitspanne, beginnend mit dem dreißigsten Mai, muß alljährlich dieselbe sein.«

»Ich frage mich«, Fairchild schien mit der Ernsthaftigkeit eines meditierenden Mönchs zu überlegen, »warum wir häufig zu der Annahme neigen, daß diejenigen, die höher stehen als wir, jeglicher Vernunft unzugänglich sind, unzugänglich auch für die Logik des Denkens, und daß ihre geistigen Fähigkeiten im Quadrat zur Größe der Teppiche in ihren Büros abnehmen.« Jetzt schaute er Smith undurchdringlich an. »Haben Sie zum Beispiel auch nur einen Augenblick lang die Möglichkeit erwogen, daß ich nach der Lektüre von Kyriacous Dossier zu denselben, ja immerhin naheliegenden Folgerungen gekommen wäre?«

»Ich nahm nicht an, daß Sie an einem Samstagvormittag hier herausgefahren sind, nur um mir eine Tüte Trauben zu bringen.« Smith ließ nun nicht länger mit sich spielen. Schön und gut – Fairchild hatte das Recht, ihn in die Zange zu nehmen, aber es gab gewisse Grenzen.

»Wenn Sie Blut sehen wollen, Sir – ich habe gestern abend im Common ungefähr einen Liter verloren. Was übrig ist, habe ich zum Glück behalten. Haben Sie die Trauben ganz aufgegessen? Ich bin seit neuestem fürchterlich hungrig.« Fairchild schüttelte ein Häufchen Stiele aus der Tüte. Nackte Stiele, bis auf ein paar zerdrückte Trauben.

»Sie sind gut beraten, wenn Sie nicht darüber sprechen – zumindest nicht mit denen, die bei uns die Sterne und die Streifen verteilen«, warnte Fairchild. »Und jetzt kommen Sie mit mir zum Yard. Wir müssen ein paar höchst delikate internationale Verhandlungen führen. Ich nehme doch an, daß Sie gesundheitlich dazu in der Lage sind, oder?«

Kapitel
16

Am nächsten Morgen um sieben Uhr wartete Smith in Ramsgate auf die erste Hovercraft-Fähre über den Kanal. Es herrschte Ebbe; und eine Brise, erfüllt von den angenehm-unangenehmen Schmutzgerüchen des Meeres drang ihm in die Nase, als er tief einatmete, um die betäubende Wirkung der Tabletten zu vertreiben, die er abends zuvor eingenommen hatte, um wenigstens ruhig durchschlafen zu können. Bevor er früh nach Hause gefahren war, hatte er die Elstow angerufen, aber sie hatte sich geweigert, in seine Wohnung zu kommen – unter dem Vorwand, noch unter einer Art verspätetem Schock zu leiden. Nun, vielleicht war das auch wirklich der Fall. Nein – um fair zu sein: Sicher war das der Fall. Oder zog sie sich zurück, weil sie Unheil kommen fühlte? Hielt sie ihn für eine Gefahr im Hinblick auf ihre Karriere? Er kannte den Trick. Man hängte sich an einen schnellen Kletterer und ließ sich von ihm nach oben ziehen auf den Berg der Beförderung – aber wenn er ins Stolpern geriet, mußte man sich schleunigst ausklinken, um nicht mit ihm nach unten gerissen zu werden . . . Nein, das war auch unfair. Die Elstow mußte gewußt haben, daß für ihn der Vorhang gefallen war, als man ihn in den Distrikt versetzte, daß auf seiner Karte stand: ›Ein kompetenter Leiter von Untersuchungen, aber nicht zu weiterer Beförderung geeignet.‹ Trotzdem war es seltsam, daß sie gestern abend nicht zu ihm kommen wollte. Sie hätten sich gegenseitig trösten können, trotz des verletzten Armes.

Fünf Minuten, nachdem er sich in seinem Sitz niedergelassen hatte, erhob sich das Boot auf sein Luftkissen und wälzte sich hinaus auf die See. Smith hatte Fairchild vorgeschlagen, den Hubschrauber der Polizei zu benützen, doch der stellvertretende Präsident hatte abgewinkt. »Wollen Sie vielleicht auch noch vom belgischen Polizeiblasorchester begrüßt werden? Für den Fall, daß es Ihnen entgangen sein sollte: Es ist entscheidend wichtig, daß wir unser Ziel so friedlich und unauffällig wie möglich erreichen. Offen gestanden, habe ich ernsthafte Bedenken gegen das ganze Unternehmen. Wenn Sie nicht so sehr darauf aus wären, die Sache mit Gewalt zum Abschluß zu bringen, könnten und sollten wir vielleicht besser hierbleiben und hoffen, daß die Männer unversehrt zurückkehren.«

Aber zuletzt war niemand, am wenigsten Fairchild, bereit gewesen, dieses Risiko zu verantworten, und daher saß Smith jetzt auf einem brüllenden Kissen von Luft, das ihn über den Kanal trug, und las die erste Fortsetzung von Lugards Tagebuch in der Sonntagszeitung. Wie er vermutet hatte, waren die brisanteren Namen durch Großbuchstaben ersetzt worden. Das war zumindest vorläufig eine gewisse Erleichterung für Commander Hessen, jedenfalls bis ihn ein Prozeß oder die Magengeschwüre, die sein Gewissen verursachte, zugrunde richteten.

Commissaire Eugène Canier von der belgischen Polizei schüttelte seinem französischen Konterpart die Hand. Der französische Commissaire war laut Protokoll erforderlich, solange sich Smith und der belgische Commissaire auf französischem Boden befanden. Nicht, daß das Protokoll normalerweise so formell ausgelegt wurde, aber angesichts der Persönlichkeit von Smith erschien es den kontinentalen Behörden offenbar angebracht. Sie waren in Caniers' Renault auf der N 40 über Dünkirchen hinausgefahren, wo sich der Franzose nach einem gemeinsamen Kaffee an der Grenzstation verabschiedete und sich mit seinem Wagen, der ihnen gefolgt war, zurückfahren ließ. Smiths verletzter Arm, den er noch immer in der Schlinge trug, hatte bei der Ankunft einige Aufmerksamkeit erregt; nachdem Smith die Ursache erläutert hatte, war es zu einem Austausch freundschaftlicher Grimassen gekommen. Caniers war ein paar Jahre jünger als Smith, schlank, progressiv und dynamisch. Er sprach ein fließendes, wenn auch etwas steifes und förmliches Englisch. »Und nun, Mr. Smith, schreiten wir fort zum Colme-Kanal, den Sergeant Lugard in seinem Journal den Bergues-Furnes-Kanal nennt.«

»Haben Sie das Tagebuch denn gelesen?« fragte Smith überrascht.

»Natürlich. Es wird seit letztem Donnerstag in *Le Monde* abgedruckt.«

Dieser Schweinehund Kepple, dachte Smith, wie lange hat er das Tagebuch in der Hand gehabt, ehe er tätig wurde? Lange genug, um sicher zu gehen, daß es nicht lange genug war, um gegen die Veröffentlichung noch etwas zu unternehmen. Jetzt merkte er, daß Carniers ihn von der Seite anschaute. »Sehr strittig«, sagte Caniers, als er wußte, daß Smith wieder auf ihn hörte. »Dieses Tagebuch – es wird hier viel kommentiert – in den Zeitungen, im Rundfunk und im Fernsehen. Viele alte Wunden wurden neu aufgerissen. Aber das braucht uns doch nicht zu betreffen, oder?« Er sagte es so, als wollte er damit eine umfangreiche Diskussion eröffnen.

Smith wollte dieses Gebiet möglichst gar nicht betreten. Er hielt seine eigene Zeitung hoch und sagte: »Bei uns hat der Abdruck erst heute angefangen. Sie sind uns wieder mal ein bißchen voraus.«

»*Naturellement*«, erwiderte Caniers befriedigt.

Smith betrachtete die Landschaft, wie schon gelegentlich auf der Fahrt von Calais hierher. Hier also war das alles geschehen, erst 1940 und dann noch einmal 1944, obwohl von Zerstörung fast nichts mehr zu sehen war. Die Erde hatte es absorbiert, die ordnende Hand des Menschen hatte wieder aufgebaut, was die zerstörende Hand des Menschen vernichtet hatte, und ungeheilte Wunden blieben nur in den Gedanken, in den Seelen der Menschen zurück. Er hatte zumindest eine bestimmte Atmosphäre erwartet, eine gespenstische Erinnerung an jene Menschen, die in Angst und Entsetzen über diese Straßen geflohen waren, die hier gekämpft hatten und gestorben waren. Wie konnten Lugard, Bruce und ihre noch unbekannten Kameraden in einer so *normalen* Umgebung wie dieser ihren Haß lebendig erhalten haben?

Sie hatten bei Ghyvelde eine südliche Richtung eingeschlagen und fuhren jetzt über Straßen zweiter Ordnung von Honschoote nach Osten. »Die örtliche Polizei hat mir mitgeteilt«, sagte Caniers, »daß der Besitz schon vor vielen Jahren erworben wurde. Damals war das Haus noch weitgehend zerstört, und der Kaufpreis für die Ruine einschließlich zwei Hektar Land war sehr gering. Die Briten kamen jedes Jahr für eine Woche hierher, manchmal auch für zwei Wochen, um das Haus wiederaufzubauen. Gelegentlich bezahlten sie auch ortsansässige Arbeiter für gewisse Tätigkeiten, die in ihrer Abwesenheit ausgeführt wurden.« Er hielt inne, um zu fragen: »Ist das richtig ausgedrückt?«

»Sicher«, beruhigte ihn Smith.

»Als es dann, etwa neunzehnhundertzweiundfünfzig, fertig war, kamen die Briten häufiger her. Manchmal übers Wochenende, manchmal auch mit ihren Familien. Während der Sommerzeit ist es ein *maison de vacances*. Aber . . .« Caniers legte eine theatralische Pause ein, um die Bedeutung dessen, was jetzt kam, zu unterstreichen. »Um diese Jahreszeit kamen immer nur die Männer. Manche blieben drei oder vier Tage, manche eine Woche. Sie tranken Bier, sangen englische Lieder, arbeiteten im Garten, machten Landpartien. An einem bestimmten Tag beflaggten sie das Haus wie zu einer Fete, aber es ist keine fröhliche Feier. Die Männer bleiben ernst und still, als wecke dieser Tag besondere und traurige Erinnerungen. Das berichtet jedenfalls der örtliche Polizeibeamte.«

»Und was ist das für ein bestimmter Tag?«

»Der zweite Juni – also morgen. An diesem Tag sind sie alle versammelt. Als sie die ersten Male kamen, waren es vielleicht zehn oder zwölf Männer. Mit den Jahren ist ihre Zahl kleiner geworden; letztes Jahr kamen nur noch sechs. Sie sind übrigens bei den Leuten hier sehr beliebt. Man weiß, daß es sich um ehemalige britische Soldaten handelt, die für Belgiens Freiheit gekämpft haben. Jetzt freilich wissen sie, daß es die Leute aus dem Journal von Sergeant Lugard sind.« Caniers hob die Hände kurz vom Lenkrad, um seine Anteilnahme zu demonstrieren. »Die Männer, welche diese beiden Offiziere töteten – Offiziere, die sie betrogen und hintergangen, die die Alliierten verraten hatten. Was mag daraus entstehen?« Er faßte rasch mit beiden Händen ans Lenkrad, da der Wagen ins Schlingern geraten war. »Ich habe vorsichtshalber fünfzig Leute bereitstellen lassen.« Ein tadelnder Zeigefinger erschien vor Smiths Nase. »Fünfzig Mann, die an einem Sonntag bereitgestellt wurden. Ich nehme an, Scotland Yard dürfte bei ihnen nicht sonderlich beliebt sein.«

»Ihre fünfzig Männer – sind die so etwas Ähnliches wie die C.R.S.?«

»Es gibt nichts, was so ähnlich wäre wie die C.R.S.«, sagte Caniers, und er drückte damit aus, daß er keine besondere Begeisterung für die Compagnies Républicaines de Sécurité, die harte, nicht selten brutale Spezialabteilung für öffentliche Ordnung der französischen Polizei empfand. »Nein, es sind Männer aus meinem Departement – von der Kriminalpolizei. Ich mußte sie von Gent, Courtrai und Ostende herholen, gemeinsam mit meinen Leuten aus Brüssel.«

Inzwischen fuhren sie über einen Feldweg entlang der Böschung des Kanals. Kurz danach erreichten sie eine Brücke; mittendrauf stand ein Mann mit einer Angelrute und versuchte voll Optimismus, im Wasser des Kanals zu fischen. Caniers hielt an und rief dem Fischer etwas zu. Der Mann lehnte die Rute vorsichtig gegen das Geländer und kam dann lässig heran, während er seine weite, sackförmige Kordhose heraufzog. Ein vierschrötiger Mann mit blassem Gesicht und etwas verfettetem Körper, dessen muskulöse Kraft jedoch nicht zu übersehen war. Caniers hörte seinem mit rauher Stimme im raschen Stakkato vorgebrachten Bericht zu, nickte hier und da und stellte ihn, als der Mann fertig war, Smith vor. Der Mann warf einen Blick auf Smiths verletzten Arm, schüttelte ihm dann die Hand, neigte andeutungsweise den dunklen Kopf mit der Halbglatze, drehte sich um und ging wieder zu seiner Angel zurück.

Caniers nahm das Mikrophon des Funkgeräts vom Haken und begann damit, die übrigen Leute anzurufen. Die Berichte kamen, manche kurz, offenbar negativ, andere lang und ausführlich.

Smith setzte sich auf das Gras der Böschung, zog sich mit Mühe die Jacke aus und hoffte, daß die Sonnenwärme die Schmerzen im Arm mildern würde. Es fühlte sich an, als ob sich das Fleisch unter den Stichen selbst beknabbern würde bei dem Versuch, sich wieder zu verbinden und zu heilen. In einiger Entfernung kroch eine traktorengezogene Egge über ein spätgeflügtes Feld. Dahinter wirbelten Möwen hoch und nieder wie Schneeflocken im Wind. Von einer Kirche in der Nähe kam ein wiederholter, unmelodiöser Klang, ein Scheppern, als habe die Glocke einen Sprung. Caniers setzte sich zu Smith aufs Gras.

»Also, dies ist unsere Position«, erklärte er. »Einer von ihnen fuhr vor fünfzig Minuten auf einem Motorrad weg, hinein nach Dünkirchen, kaufte mehrere englische Zeitungen und telefonierte mit einem Partner, dessen Identität bis jetzt nicht festgestellt werden konnte. Vor wenigen Minuten ist der Motorradfahrer zurückgekehrt zu dem Haus. Zuvor hatten drei im Garten gefrühstückt. Momentan befinden sich alle im Haus. Haben Sie irgendwelche Vorschläge, wie wir vorgehen sollten?«

Smith schaute ein paar Sekunden lang mit zusammengekniffenen Augen in die Sonne. Er hatte den Auftrag, die Rolle eines Linienrichters zu spielen: aus dem Hintergrund mit Rat und Tat beizustehen, aber nicht in die eigentliche Aktion einzugreifen. »Ich bin Ihr Gast, Commissaire«, sagte er schließlich. »Wie käme ich dazu, Ihnen dreinzupfuschen?«

»Davon war auch gar nicht die Rede«, entgegnete Caniers, der Smiths Erklärung als eine unverrückbare Tatsache betrachtete. »Dennoch hätte ich gern gehört, was Sie davon denken. Wie würden Sie vorgehen, wenn das hier England wäre?«

»Ich würde mich dem Haus nähern, an die Tür klopfen, hineingehen und den Männern eröffnen, daß sie alle festgenommen sind.«

Caniers gestattete sich, leichte Zweifel zu zeigen. »Obwohl Sie wissen, daß Sie es mit Mördern zu tun haben, die höchstwahrscheinlich bewaffnet sind? Oder war das einer von den typischen, trockenen, englischen Witzen?«

»In einer so ernsten Angelegenheit würde ich es nicht wagen, zu scherzen. Dennoch würde ich so vorgehen, wie ich sagte, denn ich weiß, daß ich es mit Soldaten zu tun habe, Männer, die Stolz und Ehrgefühl besitzen.«

Caniers zeigte auf Smiths Arm. »Wovon Sie eine Probe abbekommen haben.«

Smith antwortete mit einem Achselzucken, das so gallisch war, wie man es sich bei einem Briten nur denken konnte. »Im Krieg ist so etwas unvermeidlich«, sagte er und mußte sich beherrschen, um nicht vor Schmerzen zu stöhnen. »Natürlich würden sie nicht ohne weiteres aufgeben, aber auf diese Weise bekämen wir eine Chance, ihre Stimmung und die gesamte Situation abzuschätzen. Wir haben es hier mit Männern zu tun, die einen Plan entwickelt und das Auge auf die Zukunft gerichtet haben, auf ihre Zukunft. Sie haben den Einsatz gewagt, um das Spiel zu gewinnen. Worum es in diesem Spiel geht? Das weiß ich nicht. Aber ich wäre geneigt, damit zu beginnen.«

Der Belgier ließ sich lange Zeit, um eine Gauloise Bleu aus dem Päckchen zu zupfen und sie dann anzuzünden. Er hatte die dritte Rauchwolke ausgestoßen, ehe er wieder zu sprechen begann. »Sehr gut, dann werden wir also beginnen, wie Sie sagen.« Jetzt stach er mit seinem Zeigefinger auf Smiths Brust. »Aber wenn wir danach Geiseln in einem von unseren eigenen Leuten belagerten Haus sind, ist meine Karriere beendet.«

»Die Ihre und die meine, Commissaire«, ergänzte Smith.

Caniers wandte sich wieder dem Funkgerät zu und benachrichtigte seine Überwachungsposten über das geplante Vorgehen. Von der Brücke aus konnte Smith das Haus sehen. Es lag etwa vierhundert Meter weiter links auf der anderen Seite des Kanals, rund fünfzig Meter davon entfernt. Die Außenwände waren weiß gestrichen, die Fensterläden grün, und auf dem Dach befanden sich die üblichen roten Schindeln. Es sah hübsch, aber nicht ungewöhnlich aus, sondern genauso wie die meisten anderen Häuser in der Umgebung. Auf dem Rasen vor dem Haus standen ein runder Plastiktisch und mehrere Stühle. In geringer Entfernung vom Haus sah man die überwucherten Reste anderer Gebäude, wenigstens ein Relikt der kriegerischen Handlungen in diesem Gebiet. Smith tippte auf den Kolben der Browningpistole, die an Caniers' Gürtel zu sehen war. »Nur noch ein Vorschlag, Commissaire. Ich würde die Kanone hier bei Ihrem Freund lassen.«

Caniers warf den Kopf in den Nacken, als suche er Rat beim Himmel, dann murmelte er phlegmatisch »Merde« und reichte seine Pistole dem Fischer, der sie in die Tasche steckte, ohne auch nur den Blick von seinem Schwimmer auf dem Wasser zu wenden. Dann gingen Smith und Caniers schweigend auf der anderen Seite des Kanals entlang, bis sie in einer Höhe mit dem Haus waren und sich einem hüfthohen, schmiedeeisernen Zaun zuwandten, der den Garten vom kultivierten Grund trennte. Lupinen, Pfingstrosen und Maßliebchen blühten in bunten Überfluß entlang der ordentlichen Blumenrabatten. Smith summte ein paar Takte von ›Country Garden‹, während sie über den Plattenweg auf das Haus zugingen, und Caniers zeigte offene Abneigung gegen ein solches Übermaß an Frivolität. Ehe sie die Haustür erreichten, wurde diese geöffnet, und Marrasey lächelte den beiden Männern entgegen. »Guten Morgen, Sir; bitte kommen Sie herein. Ein wunderschöner Tag, nicht wahr?« Zu Caniers verbeugte er sich leicht und sagte dann: »*Bonjour, monsieur. Entrez s'il vou plâit.*«

Drinnen stand Frazer, groß und aufrecht, am offenen Kamin. Es mußte drei Jahre her sein, seit Smith ihn zuletzt gesehen hatte; aber das spöttisch-sarkastische Lächeln war noch immer auf seinen Lippen, und sein Gesicht wirkte so bedrohlich-ausdruckslos wie eh und je. »Hallo, Owen«, sagte Frazer. »Nett, Sie wiederzusehen.« Er streckte ihm nicht die Hand entgegen, aber es wirkte freundlich, wie er ihn begrüßte.

»Danke – gleichfalls, Dougal«, erwiderte Smith.

»Vergessen Sie den Dougal.« Es war ein Befehl mit Nachdruck. »Von jetzt an heiße ich Bruce. Alex, wenn Sie mögen – in unserer gegenwärtigen, informellen Situation.«

»Nicht Sanny?«

»So informell ist die Situation auch wieder nicht, Owen.«

Smith wandte sich an den ehemaligen Leiter seines ›Systems‹. »Und Sie sind jetzt wieder Michael Lugard?«

»Das wäre mir recht, Sir.« Lugard war genau so ordentlich wie Marrasey, aber seine Haltung schien lässiger, entspannter. In seinem dünnen Pullover mit Polokragen, der leichten Sommerhose und den blauen Segeltuchschuhen wirkte er sehr munter und fast fröhlich. »Erlauben Sie mir, daß ich Ihnen die anderen vorstelle.« Lugard deutete auf drei Männer, die in dem hübschen Raum herumsaßen und in Zeitungen vertieft zu sein vorgaben. »Desmond Chivers, pensionierter Vorsitzender des Stadtrats von Gosport.« Ein Glatzkopf mit geröteten Wangen und untersetztem Körper erhob sich halb hinter dem *Observer,* zog seine Brille hinunter auf die Nasenspitze und brachte ein abgehacktes »How do you do« hervor. Lugard deutete auf einen anderen Stuhl. »Percy Reeves, der Besitzer der Fischrestaurantkette Merrymaid.« Die *News of the World* senkte sich einen Augenblick, und eine joviale Stimme sagte: »How do, Squire«, ehe die Zeitung wieder nach oben ging.

»Und das hier ist Ronnie Ayliffe. Ronnies Name ist nicht im System enthalten, oder besser: Ronnies Name ist in keinem System; er ist Gründungsmitglied beim Verein der Schwarzarbeiter – ein Klempner, der nur gegen Barzahlung arbeitet.« Der *Sunday Express* wurde zur Seite gelegt, und ein Gesicht, eingefallen wie das einer zahnlosen Bulldogge, zeigte breites Grinsen. »Polizisten haben bei mir Discount«, sagte Ayliffe.

Smith erwiderte die Höflichkeitsbezeugungen, indem er Carniers den Männern vorstellte. Diesmal streckte Bruce dem Vorgestellten die Hand entgegen. »Wie geht es Roger Veldegem?« fragte er.

Der überraschte Caniers zupfte sich am Ohrläppchen, als könnte er auf diese Weise sein seelisches Gleichgewicht zurückerlangen. »Sind Sie mit Monsieur Veldegem bekannt?« Die Frage klang sehr respektvoll.

»Er war im vergangenen Jahr eine Woche mein Gast in St. Andrews.« Bruces Lippen teilten sich beinahe. »Es ist mir gelungen, seinen Backswing zu korrigieren. Sein achtzehntes Handicap verdankt er ausschließlich dem Backswing.« Bruce gönnte Smith die Gnade einer Erläuterung. »Roger Veldegem ist ein . . . ein Jemand im Innenministerium.« Dann zu Caniers: »Ich hoffe, Sie haben nichts dagegen, wenn ich Monsieur Veldegem als einen Jemand bezeichne. Er ist ein Mann, den ich respektiere und bewundere.«

»Gewiß nicht«, erwiderte Caniers, der sich als einziger Nichtengländer in einer Runde von Briten höchst unwohl fühlte und nicht beurteilen konnte, ob es diese Männer aufrichtig, spöttisch oder zynisch meinten, oder ob sie sich lediglich auf seine Kosten lustig machten. »Monsieur Veldegem ist allerdings ein sehr, sehr großer . . . Jemand.« Er setzte auf Sicherheit und nahm zurecht an, daß Bruce es ernstgemeint hatte.

»Gut«, unterbrach Lugard. »Damit hätten wir die Formalitäten erledigt. Ich nehme an, jetzt sollten die Drinks folgen. Etwas Leichtes, Erfrischendes. Percy! Wärst du so nett?«

Ohne ein Wort legte Reeves die Zeitung beiseite und ging hinüber in die Küche. Smith betrachtete eine Holztafel mit hübsch geschnitztem Rand, die über dem Kamin aufgehängt war. Die goldenen Buchstaben lauteten: ›Ehrentafel des 1404. unabhängigen Munitionszuges, R.A.S.C.‹. Darunter standen die Namen der Gefallenen in schwarzer Schrift, gefolgt von Todesdatum und Todesort . . . Skiller, Quarrie, ein paar andere am 31. Mai 1940, viele am 1. und 2. Juni, weitere im März und April 1945. Mehrere nach Kriegsende, zwischen 1948 und 1980. Aber kein Turnbull, kein Loach und natürlich kein Boswell oder Pyrnford. Um hier genannt zu werden, mußte man ehrenvoll gestorben sein. Lugard trat neben Smith, nahm das Glas und salutierte damit in Richtung auf die Namen der Ehrentafel.

»Tod im Einsatz ist also nicht eine notwendige Qualifikation?«

»Für uns sind alle im Einsatz gestorben. Vielleicht steht uns in Kürze ein neuer Einsatz bevor.« Lugard ging quer durch das Zimmer und zog die bodenlangen Vorhänge neben den Fenstern beiseite. Dahinter waren drei Bren-Gewehre, ein Lewis und zwei Boyes A/Ts zu sehen. Smith hörte, wie Caniers leise »Merde!« sagte. Und Lugard war noch nicht am Ende. Aus einem tiefen Schrank nahm er ein Lee Enfield-Gewehr heraus. Mit fließenden, pfeilschnellen Bewegungen hatte er zwei Magazine zu je fünf Patronen geladen. Der Bolzen rutschte nach vorn und schob eine Patrone in die Kammer. Ein Zeigefinger legte den Sicherheitshebel um. Während des gesamten Bewegungsablaufs hatten sich Lugards stahlgraue Augen keinen Moment von Smith abgewendet. In der herausfordernden Stille mußte Smith unwillkürlich an den Unterweiser in der Chelsea-Kaserne denken, vor vielen Jahren, als er dort einen Diebstahl von Messesilber zu klären hatte. ›Schaut nicht nach unten, ihr Trottel. Tut so, als wenn ihr mit eurem Mädchen auf der hintersten Reihe im Kino sitzt. Fühlt die Waffen, berührt sie, aber schaut nicht hinunter.‹ Lugard jedenfalls konnte mit der Waffe umgehen, ohne hinunterschauen zu müssen.

»Sind Sie hergekommen, um etwas mit uns zu besprechen, Sir?« Lugard hatte sein Gewehr lose in der Armbeuge und wartete auf Antwort. Smith nahm sich einen Stuhl und setzte sich.

»Unter den üblichen und Ihnen bekannten Bedingungen. Sie sind nicht verpflichtet, Aussagen zu machen, durch die Sie sich selbst belasten könnten, und so weiter. Ja, ich dachte, wir unterhalten uns über Boswell, Pyrnford und Loach. Ach ja, und über dies hier.« Er deutete auf seinen verletzten Arm.

»Ich fürchte, wir sind nicht bereit, über diese Dinge zu sprechen. Auch wenn es mir sehr leid tut, was mit Ihrem Arm geschehen ist.«

»Heißt das, daß Sie zugeben, dafür verantwortlich zu sein?«

»Nein – ich wollte damit nur mein Mitgefühl ausdrücken.«

Caniers hatte genug. »Und was haben Sie nun vor?« Er ging angriffslustig auf und ab, die Hände in die Hüften gestemmt, und zeigte den fünf Überlebenden des 1404. Zuges die Stirn. Dabei stieß er den Kopf nach vorne, während er jeden einzelnen von ihnen ansprach. »Nun – nun – nun – nun – nun?«

»Wir haben überhaupt nichts vor, Commissaire.« Bruce antwortete im Namen seiner Kameraden und versuchte, ruhig zu sprechen.

»Nichts!« Caniers deutete auf die Waffen, dann wiederholte er, inzwischen mit einem Hauch von Enttäuschung: »Nichts?« Schließlich, tastend: »Sie sind also bereit, sich meiner Autorität zu unterwerfen?«

»Nein, Commissaire.« Bruce schüttelte entschieden den Kopf. »Unterwerfung ist ein Begriff, den wir nicht akzeptieren können. Ich meinte, wir werden nichts tun, vorausgesetzt, man läßt uns in Ruhe. Was wir wollen, ist Zeit, ein paar Tage, vielleicht eine Woche, um unsere Gemeinschaft zu genießen und über alte Zeiten zu sprechen. Vielleicht auch, um unsere Zukunft zu besprechen.« Smiths unwillkürliches, bellendes Lachen trug ihm einen langen, bösartigen Blick von Bruce ein. Dann fuhr Lugard fort: »Wir stellen keine Forderungen, Commissaire. Sie und Smith können das Haus und unser Grundstück jederzeit verlassen. Es war gut, daß Sie uns einen Besuch abgestattet haben. Hoffentlich führt er dazu, daß keine Mißverständnisse entstehen. Und keine Unannehmlichkeiten. Wie Sie sehen, sind wir auf Unannehmlichkeiten gut vorbereitet.«

»Und mit Unannehmlichkeiten werden Sie rechnen müssen,

Gentlemen«, sagte Caniers steif und ernst. Er war nicht bereit, über irgendwelche Bedingungen zu diskutieren oder auf die Folgen der unausgesprochenen Drohung einzugehen. Smith beobachtete die anderen: Chivers hatte seine Zeitung weggelegt, ein neutraler Beobachter, wie es einem pensionierten Ratsherrn anstand. Ronnie Aycliffe war aufgesprungen, jetzt ging er hin und her, mit ungelenken, affenartigen Bewegungen, die Augen tief in den Höhlen, und schaute nacheinander durch die Fenster nach draußen, aufmerksam wie der Anführer einer Affenherde. Reeves war sitzengeblieben; er trank sein Bier aus, rülpste dann vernehmlich und schien sich noch immer auf seine Zeitung zu konzentrieren, aber seine Augen richteten sich auf die Anwesenden, und jetzt legte er eine Hand ans rechte Ohr, um jedes Wort mitzubekommen.

»Sie sehen, Commissaire«, erklärte Lugard und warf sein Gewehr Ayliffe zu, als wolle er andeuten, daß er nicht mit der Waffe in der Hand verhandeln wollte, »trotz unseres Alters, oder vielleicht auch wegen unseres Alters sind wir der Tradition, dem Stolz und der Entschlossenheit treu geblieben. Unsere Tradition wurde vor vielen Jahren hier, auf diesem Boden begründet. Hier wurden wir verraten, und dieser Verrat bestärkte unseren Stolz und unsere Entschlossenheit. Unter dieser Erde liegen viele unserer Kameraden begraben; die dürfen wir jetzt nicht im Stich lassen. Ich gebe zu, daß wir nicht sicher sind gegen schwere Waffen, aber andererseits haben wir hier auch eine verhältnismäßig starke Position eingenommen. Unsere Mauern sind aus festem Stein, unser Schußfeld ist breit, und es gibt keine Deckung im Umkreis von zweihundert Metern.« Er gestattete sich ein Stirnrunzeln. »Ausgenommen natürlich die gegenüberliegende Kanalseite. Einem Mörserbeschuß von dort, unterhalb des Dammes, können wir nichts entgegensetzen. So haben uns die Deutschen neunzehnhundertvierzig schließlich überwältigt, nachdem sie meine Vorposten ausgeschaltet hatten.« Jetzt sprach er in der entrückten Art eines pensionierten Generals, der über vergangene Schlachten spricht. Ein Mann, der bereit war, dieselbe Schlacht noch einmal zu schlagen, auf demselben Boden ... Es sei denn, man ging auf seine Bedingungen ein. »Wie Mr. Bruce sagte: Wir haben nicht vor, jemanden anzugreifen, aber wir werden uns einem Angriff mit allen Mitteln widersetzen. Bieten Sie uns einen ehrenvollen Waffenstillstand, und in ein paar Tagen werden wir uns Ihren Bedingungen unterwerfen, vorausgesetzt, es handelt sich um annehmbare Bedingungen.«

»*Incroyable.*« Nur in langsamen, stark artikuliertem Französisch konnte Caniers das Ausmaß seiner Überraschung wiedergeben. Dann fuhr er Lugard an: »*Pourquoi?*«

Lugard überlegte sich seine Antwort lange. »Um unsere Ehre zu wahren, Commissaire«, erwiderte er schließlich.

Smith und Caniers gingen zurück zur Brücke, so langsam und schweigend, wie sie gekommen waren. Dort angelangt, blieben sie bei dem untersetzten Fischer stehen, der sich noch immer über das Geländer lehnte. »Glück gehabt?« fragte Smith interessiert. Statt einer Antwort spuckte der Fischer mit solcher Wucht auf den Schwimmer, daß dieser im Wasser zu tanzen begann. Dann betrachteten die drei wortlos die Wasseroberfläche. Caniers brach schließlich das Schweigen, indem er frustriert mit der flachen Hand auf das Eisengeländer schlug, hinüberschaute zu der Festung der 1404er, und von Zeit zu Zeit »*Incroyable*« murmelte.

Ihre nachdenkliche Meditation wurde gestört durch die Ankunft eines großen, mobilen Krans, der langsam den Feldweg am Kanal entlangkam. Dem Kran folgten zwei Personenwagen. Der Kran blieb stehen, ein Mann stieg aus, kletterte auf die Böschung und schaute hinüber zum Haus, dann gab er den Wageninassen ein Zeichen. Sie stiegen ebenfalls aus, und einer davon kletterte auf die Plattform des Krans. Der lange, zusammengelegte Arm begann sich nach oben zu bewegen.

»Qu'est-ce que . . .« fragte sich der äußerst verwirrte Caniers. Smith lieferte ihm eine etwas gewundene Anwort. »Ich nehme an, die Partner des Telefongesprächs, deren Identität nicht festgestellt worden war, sind inzwischen identifiziert. Schauen Sie . . .« Er deutete auf den Mann, der oben auf der Bühne des Krans stand und gerade eine Fernsehkamera von ihrer Hülle befreite. »Jetzt sind die Augen der Welt auf uns gerichtet, Commissaire«, sagte Smith freudlos.

Abgesehen von einer stimmgewaltigen, aber fruchtlosen Auseinandersetzung zwischen Caniers und dem Fernsehteam störte nichts den Frieden des restlichen Tages bis gegen vier Uhr nachmittags, als die Badelustigen an den Stränden östlich von Maloles-Bains, die inzwischen gehört hatten, daß die Männer aus dem *journal des Sergeant Lugard* ganz in ihrer Nähe erneut belagert wurden, sich entschlossen, den Strand früher als sonst zu verlassen und bei dem Ereignis zuzusehen. Gegen sechs Uhr abends hatte sich eine immer größer werdende Menge versammelt, die Caniers' wenige uniformierte Gendarmen nicht beherrschen konnten. Vor allem, als etwa zwanzig junge Frauen aus dem Osten eintrafen und die Gelegenheit wahrnahmen, ihre Transparente und Plakate mit Parolen zur Autonomie und der Zweisprachigkeit Belgiens vor die Kameras zu halten. Die Flamen durchbrachen die Absperrung der Polizei und drängten auf die Seite des Hauses zu, weil sie den Kameramann auf der Plattform des Krans entdeckt hatten. Der Anblick eines MG-Laufes aus einem der Fenster im oberen Stockwerk brachte sie zögernd zum Stehen. Während sie ihre Transparente hochhielten, rief einer von ihnen auf Englisch: »Wir sind auf eurer Seite, wir kämpfen mit euch und wir sterben mit euch.« Und ohne festzustellen, ob ihre Anwesenheit erwünscht war, bewegten sie sich weiter auf das Haus zu. Ein Feuerstoß aus dem Bren-Gewehr ließ die Erde vor ihren Füßen hochspritzen und drängte sie zurück, wobei einige von den Transparenten und Plakaten auf der Strecke blieben. Die übrigen Zuschauer, überwiegend Wallonen, spendeten begeisterten Applaus. Einige brüllten: »Zielt höher, Tommies, zielt höher!«

Die Dunkelheit hatte die Gegend eingehüllt, ehe sich die Menge endlich zerstreute; inzwischen hatte Caniers dreihundert Gendarmen samt Fuhrwerk auf die Szene gerufen, die den Neugierigen nach Hause leuchten sollten. Der erste Tag eines Unternehmens, das später nach dem nächstgelegenen Dorf ›Die Belagerung von Buiskamp‹ genannt werden sollte, war vorüber.

»Wir haben vorläufig nicht die Absicht, einen direkten Angriff zu beginnen.« So verkündete es Caniers am nächsten Vormittag den Journalisten, die sich im Pressezentrum unter dem provisorisch aufgespannten Segeltuchdach am Ufer des Kanals eingefunden hatten. Und er fuhr fort, ihnen die offizielle Entscheidung aus Brüssel durchzugeben. »Solange diese in bedauernswerter Weise verirrten alten Männer keinen Versuch unternehmen, weitere aggressive Akte zu begehen und das Leben unserer Bürger zu bedrohen, werden wir versuchen, den Vorfall mit friedlichen Mitteln zu lösen.«

Dennoch rückte eine militärische Abteilung an, und auf der dem Haus gegenüberliegenden Böschung des Kanals wurden bemannte Geschütze montiert. Smith sah Reeves und Ayliffe aus dem Haus kommen; ohne auf die Scharfschützengewehre zu achten, trugen sie den Tisch und die Stühle vom Rasen in einen Schuppen neben dem Haus. Als sie wieder aus dem Schuppen kamen, hatten sie eine lange Stange bei sich. Diese steckten sie in ein dafür vorgesehenes Loch im Rasen. Zweimal wiederholte sich dieser Vorgang, dann steckten alle drei Stangen in der Wiese vor dem Haus. Eine halbe Stunde später erschienen Bruce, Lugard und Reeves, und jeder von ihnen hatte eine zusammengerollte Fahne bei sich, die sie vor sich auf den Boden legten. Die Männer trugen die Khaki-Kampfanzüge des Jahres 1940 und hatten sich makellos weiße Gürtel umgeschnallt, deren Messingschließen in der Sonne funkelten. Weiße Gamaschen zierten ihre Fußknöchel und standen in scharfem Kontrast zu den hochpolierten, schwarzen Stiefeln. Chivers und Ayliffe, die ebenfalls uniformiert waren, postierten sich zu beiden Seiten der Fahnenträger, jeder mit einem Lee Enfield-Gewehr bei Fuß. Lugards scharfes Kommando brach das seltsame Schweigen, das in der Umgebung des Kanals herrschte, dann marschierten er und seine Leute in gemessenem Gleichschritt auf die Fahnenstangen zu. Die Fahnenträger traten vor, und gleich danach flatterten die Flaggen von Frankreich, Großbritannien und Belgien über dem grünen Rasen und den Blumenrabatten. Die drei Fahnenträger salutierten, die Wache präsentierte das Gewehr, und selbst der fette Chivers und der affenartige Ayliffe wirkten wie Soldaten aus echtem Schrot und Korn.

Dann wurden die Fahnen auf halbmast gesenkt, die Wache änderte ihre Position, während die Fahnenträger zurückkehrten ins Haus und danach bewaffnet wieder herauskamen. In der Stille hörte man, wie auf der Seite der belgischen Soldaten die Gewehre entsichert wurden. Eine Offiziersstimme mahnte zur Vorsicht: »*Pas de feu*«, nicht schießen. Bruce und Reeves bezogen gegenüber von Chivers und Ayliffe Stellung; Lugard schließlich, dessen Sergeant-Streifen deutlich zu sehen waren, stellte sich vor seine Truppe. Weitere Kommandos wurden erteilt, »Präsentiert das Gewehr!« und dann ein langsames und ernstes »Waffen nieder!« Und während sie dann dastanden und die Köpfe über die Kolben der nach unten gerichteten Gewehre senkten, ertönte durch ein offenes Fenster der Letzte Zapfenstreich. Langsam und ohne Kommando erkletterten die belgischen Soldaten die Böschung und schlossen sich dem Gedanken an die Gefallenen an. Sie blieben auch an Ort und Stelle, als Lugards Kommando die fünf Gewehre nach oben richten und je drei Schuß in die Luft feuern ließ.

Danach wurden die Fahnen wieder hinaufgezogen zur Mastspitze, man präsentierte noch einmal das Gewehr, und die Zeremonie war vorüber. Es war kurz nach 11.00 Uhr am 2. Juni.

Caniers, der neben Smith stand, schüttelte den Kopf und flüsterte sein »*Incroyable*«, während die Überlebenden des 1404. Zuges zurückkehrten in ihre Festung. Ein britischer Fernsehreporter näherte sich den beiden Polizeibeamten, streckte ihnen ein Mikrophon entgegen wie ein Exhibitionist den Phallus und verlangte in aggressiver Weise Mundverkehr. Caniers ließ sich dazu breitschlagen, während Smith die Gelegenheit wahrnehm, sich in den Hintergrund zu drücken, weil er fürchtete, irgend etwas sagen zu müssen.

Das einzige Bemerkenswerte, das sich noch an diesem Tag ereignete, fand um sechs Uhr abends statt, als die Fahnen in einer kürzeren Formalität eingeholt wurden. Danach kehrte Smith zum Abendessen in sein Hotel zurück und gab anschließend seinen Bericht telefonisch an den Stellvertreter des Präsidenten durch.

»Haben Sie die Zirkusveranstaltung gesehen, Sir?« begann er. »Die Clowns waren gut.«

»Nach den Presse- und Fernsehkommentaren war es eine einfache, rührende und würdige Zeremonie«, erwiderte Fairchild mit seinem ›Widersprich-mir-wenn-du-es-wagst-Ton‹. »Und aus meiner Sicht würde ich das nicht in Frage stellen. Aber weil Sie gerade von Zirkus sprechen: den demonstrieren wir, der Präsident und ich, in unserem Bemühen, Innen- und Außenministerium zu beruhigen. Dazu kommen noch die unersättlichen Forderungen der Medien, die verlangen, daß wir ihnen stündlich die Köpfe in die Rachen stecken. Man sieht uns zwischen einer Prozession von Veteranen der Schlacht um Dünkirchen, den Bildern ehemaliger Kriegsgefangenen und Auszügen aus Lugards Tagebuch. Keine sonderlich erbauliche Position, mein lieber Smith.«

»Das tut mir aufrichtig leid, Sir.«

»Ihre Zerknirschung hilft mir wenig. Sie, Smith, erinnern mich immer heftiger an Matthäus, Kapitel zehn, Vers dreißig.«

»Ich bin nicht sehr weit über das Alte Testament hinausgekommen, Sir.«

»»An euch aber sind sogar die Haare eueres Hauptes alle gezählt««, zitierte Fairchild und legte den Hörer auf.

Die anbrechende Nacht des dritten Belagerungstages sah eine sonderbare Gestalt, die sich aus den Abendnebeln auf der Rückseite des umstellten Hauses materialisierte. Es war ein alter Mann mit einem Spazierstock, der Zivilkleidung trug, aber die Brust mit unzähligen

Orden dekoriert und den Kopf mit dem Stahlhelm des *Poilu* geziert hatte. Die Belagerer, die sich fragten, wie der Alte durch ihre Absperrung gelangt sein mochte, sahen ihn auf das Haus zuhumpeln, wobei er sich mit seinem Stock abstützte und vorwärts stieß und dazu rief: »*Mes amis, mes amis, je suis Robert, Robert Deschamps.*« Sie sahen, wie jemand aus dem Haus kam, um dem Alten hineinzuhelfen, beobachteten, wie unter der Tür eine Umarmung stattfand und wie der Alte gleich danach im Haus verschwand. Im Verlauf dieses Abends hörten sie noch, wie drinnen viele Soldatenlieder gesungen wurden, ›Madelon‹ und ›Roll out the barrel‹ und andere Lieder aus der Kriegszeit, denn der Ex-Coporal Robert Deschamps von der 12. französischen Division war zu den Männern zurückgekehrt, die er bei der verzweifelten Verteidigung eines Frontabschnitts am Bergues-Furnes-Kanal im Jahre 1940 unterstützt hatte.

Am nächsten Tag geschah wenig Bemerkenswertes, abgesehen von Versuchen, die Verbarrikadierten per Telefon zur Aufgabe zu bewegen, was höflich, aber bestimmt zurückgewiesen wurde. Der Versuch einer militärischen Abordnung, unter dem Schutz einer weißen Fahne ein Ultimatum zu präsentieren, wurde durch eine Salve von Warnschüssen vereitelt. Die Folge war, daß sich die Lage verhärtete; in der folgenden Nacht wurden vier 105 mm-Kanonen in Position gebracht, deren Rohre auf das Haus gerichtet waren. Dann teilte man den Belagerten mit, daß sie vierundzwanzig Stunden Zeit hätten, um sich zu ergeben – beginnend mit Donnerstag, dem 4. Juni um 9.00 Uhr.

Jenseits des Kanals wurde der Antrag des Leiters der Strafverfolgungsbehörde auf Unterlassung jeglicher weiterer Verbreitung von Lugards Tagebuch wegen Störung eines möglichen Gerichtsverfahrens überraschenderweise zurückgewiesen. »Nein«, sagte Richter Springer-Field, der sich einen Orden bei der Schlacht um Arras verdient hatte. »Abgesehen davon, daß sich die fraglichen Personen zur Zeit außerhalb des Einflußbereichs der britischen Justiz befinden und daß gegen sie offiziell noch keine Strafverfolgung in Gang gesetzt wurde, ist es keineswegs sicher, daß bei ihrer Rückkehr ein Strafverfahren gegen sie eröffnet werden wird. Meine Herren, das ist alles zu vage und schlecht definiert.«

Im Parlamant gab es Anfragen von beiden Seiten des Hauses, was die Premierministerin zu unternehmen gedenke, damit die belgische Regierung nicht ihre ruchlose Drohung wahrmachte, die britischen Staatsangehörigen hinzuschlachten. Die Premierministerin teilte im üblichen Getöse mit, daß von der Regierung Ihrer Majestät jeder Versuch unternommen werde, zu einer friedlichen Lösung zu gelangen. Aber aus Frankreich kam ein offizieller Protest in Sachen Robert Deschamps, der seinerzeit, von seinen britischen Kameraden getrennt, seinen deutschen Häschern entkommen und ein bedeutender Führer der Resistance geworden war. Als er schließlich 1944 von der Gestapo wieder eingefangen wurde, hatte man ihn im Gefängnis von Fresnes zum Krüppel geschlagen, bis ihn schließlich die Alliierten befreiten. Er war später von De Gaulle persönlich dekoriert worden.

Vor der belgischen Botschaft in London wurden die Transparente rasch geändert; jetzt stand darauf: ›Rettet die *Sechs* von Buiskamp.‹

Vor der Intervention durch Deschamps war die ganze Geschichte von Paris aus mit einem gewissen Amüsement betrachtet worden, als ein weiteres Symptom der Englischen Krankheit, obwohl *Le Figaro* die Angelegenheit als ein hinterhältiges britisches Vorspiel zum Austritt aus der EG betrachtete. Jetzt allerdings hatten auch die Franzosen Demonstranten auf den Straßen, mit Transparenten wie ›*Secours Robert Deschamps et les Cinq de Buiskamp.*‹

Im Lauf des Freitagnachmittags wurden die Kanonen zurückgezogen.

Die Belagerung endete am darauffolgenden Sonntag um 08.00 Uhr, nachdem heftiges Hämmern im Inneren des Hauses die Belagerungstruppen wachgerüttelt hatte. Anschließend kam Lugard heraus und schob sein altes Norton-Motorrad ein Stück vom Haus weg, wo er einen Meißel in den Benzintank trieb und die Maschine mit dem ausfließenden Benzin in Flammen setzte. Kurz danach traten die fünf anderen Briten und der Franzose aus dem Haus, alle in Zivil; die Briten hatten Koffer bei sich. Es war, als ob alte Freunde nach einem angenehmen Ferienaufenthalt voneinander Abschied nähmen und mit Bedauern getrennte Wege einschlugen. Deschamps wurde von seinen Kameraden noch einmal herzlich umarmt, als sich Smith, Caniers und mehrere belgische Polizeioffiziere der Gruppe näherten. Im Inneren des Hauses fanden sie die Ehrentafel des 1404. Munitionszuges unversehrt an Ort und Stelle; darunter lagen säuberlich aufgestapelt die Waffen des Zuges, jede von ihnen zerstört und unbrauchbar gemacht.

Als die Belagerten abgeführt wurden, brachen die belgischen Soldaten auf der anderen Kanalseite in Hochrufe aus – vermutlich vor allem aus Erleichterung darüber, daß ihr langer, langweiliger Wachtposten nun zu Ende ging, und weit weniger als Zeichen der Billigung dessen, was hier in der vergangenen Woche geschehen war.

Kapitel
17

»Wirklich schade, daß die Belgier sie nicht noch ein bißchen länger festgehalten haben, Smith.« Archibald Yallope, der bevollmächtigte Leiter der Staatsanwaltschaft, hatte es sich selbst vorbehalten, die Vorbereitung der Anklageschrift Königin gegen Ayliffe, Bruce, Chivers, Lugard und Reeves zu überwachen, und sein Ton war ausgesprochen mürrisch, während er sich in eine Fensternische drückte bei dem Bemühen, den Flug einer einsamen Seeschwalbe über dem Teich im St. James' Park zu beobachten.

»Ich habe den Eindruck, sie waren überglücklich, die Männer loszuwerden, als sich diese nicht mehr gegen die Deportation wehrten«, antwortete Smith.

Yallope stellte sich auf die Zehenspitzen, um die Seeschwalbe weiter zu verfolgen. »Und Sie konnten keinerlei Geständnis aus ihnen herausbringen?« Die Stimme Yallopes klang seltsam hoch, was nicht zuletzt auf seinen gestreckten Hals zurückzuführen war. Und Yallope kannte die Antwort; er brauchte nur die Bestätigung, wie es sich für einen Juristen gehörte.

Smith lieferte sie ihm pflichtgemäß. »Jeder sagte das gleiche. ›Ich bekenne mich nicht schuldig, was den Vorwurf des Mordes betrifft, und werde darüber hinaus nichts aussagen.‹«

»Nicht besonders einfallsreich.« Zufrieden wandte sich Yallope vom Fenster ab; die Seeschwalbe war aus seinem Gesichtskreis geraten, ohne sich wieder in die Luft zu erheben. »Na schön«, sagte er dann und ließ sich wieder hinter seinem Schreibtisch nieder, »wollen mal sehen, was wir aus der derzeitigen Anklage machen können. Es war übrigens klug von Ihnen, sie in diesem Stadium auf den Mord an Pyrnford zu beschränken. Andererseits: Wenn Sie alles in die Anklageschrift übernommen hätten, wäre dieser blödsinnige

Gemeinderat von Cobb Common sicher nicht auf den Gedanken gekommen, die Angeklagten gegen eine Kaution auf freien Fuß zu setzen.« Also zugleich Lob und Tadel für Smith, in zwei aufeinanderfolgenden Sätzen. »Glauben Sie, die Polizeirichter waren beeinflußt von dem ganzen Getöse, das zuvor über die diversen Bühnen gegangen ist?« Yallope baute ihm eine goldene Brücke.

»Da bin ich ziemlich sicher«, sagte Smith dankbar.

»Hmm.« Yallope überprüfte nachträglich den Wert dieser goldenen Brücke. »Nun gut, schauen wir nicht auf die Schwalbe auf dem Dach, sondern auf den Spatz in der Hand«, fuhr er fort und wandte sich dann der Akte zu, die Smith zuvor in langen Stunden vorbereitet hatte. »Für den Klagepunkt Pyrnford haben wir das Tagebuch und den dazugehörigen Brief – mit allen Einschränkungen, die uns wohl bewußt sind. Dann haben wir die Gewehre und die Geschosse. Wie ich sehe, ist Palmer seiner Sache nicht ganz sicher – oder täusche ich mich? Ich meine, er erklärt, daß die Schleifspuren und Markierungen an den Geschossen, mit denen Pyrnford getötet wurde, identisch sind mit denen aus den Testschüssen, die man mit den in Lugards Wohnung gefundenen Gewehren machte. Schön und gut. Aber er qualifiziert seine Aussage und fügt hinzu, nicht ausschließen zu können, daß mit anderen Waffen desselben Fabrikats unter Umständen ähnliche Spuren an den Geschossen verursacht werden könnten, obwohl diese Wahrscheinlichkeit sehr gering sei.« Yallope trommelte mit den Fingern auf seine aufgeblasene Wange, was einen dumpfen Ton ergab. »Sie kennen Paddy Wimperton – bei seiner Verteidigung werden die unwahrscheinlichsten Dinge zu durchaus plausiblen Möglichkeiten.« Auch diesmal erwartete Yallope nicht mehr als ein Nicken von Smith.

»Na schön«, fuhr Yallope fort, »der schlaue Dickie hat schon höhere Hürden übersprungen.« Damit bezog er sich auf Richard Plaice, den Queen's Counsel, der die Anklage führen sollte. »Und jetzt tauchen wir hinein in den Busch und sehen, ob wir nicht doch noch einen Fasan aufstöbern.« Er blätterte die Seiten der Akte durch. »Der Mord an Boswell. Ein einziger noch lebender Zeuge. Der zweifellos ehrenwerte, ehemalige Detecitve Sergeant Horace Slawthorpe, dazu natürlich Lugards Tagebuch und die Übereinstimmung der beiden Methoden.« Er blätterte weiter und deutete damit an, daß noch vieles fehlte. »Kein Mensch, der Aussagen machen könnte über die Todesursache aus medizinischer Sicht. Gut, vielleicht bequemen sich die Geschworenen, die Ursache von den

Umständen herzuleiten. Wir müssen den Karren einfach laufenlassen und werden schon sehen, wo er hinfährt.« Yallope hievte ein Bündel mit Zeugenaussagen vor sich hin und sagte: »Also wieder hinein in den Busch, mein Freund.«

Smith wußte genau, daß die Akte schon Tage zuvor ausführlich studiert worden war und daß man sich längst darauf festgelegt hatte, in welcher Richtung die Anklage betrieben werden sollte. Aber ihm war die Gnade von Yallopes persönlicher Beurteilung seines Falles zuteil geworden und begrüßte diese Tatsache. »Der Liederliche, ausschweifende Loach und seine Ermordung . . .« Yallope schaute hinüber zu Smith, und sein Gesichtsausdruck sagte, daß er sich wenig davon versprach. »Das sehe ich nicht ganz. Ich meine, Ihre Prognose ist zweifellos richtig, aber sie hat keine Beine. Oder täusche ich mich? Ihre Theorie mit den Handfesseln ist sehr gut, aber sie ist nicht zu beweisen. Alles, was in dem Brief darauf hinweist, er könnte diesen Boxer umgebracht haben, ist nicht viel wert, es sei denn, wir könnten die Schreibmaschine finden und sie jemandem aus dem Kreis der Angeklagten in die Hand drücken, sozusagen. Was, glauben Sie, ist damit geschehen? Ich meine, mit der Schreibmaschine?«

Smith war froh, wenigstens eine von Yallopes Fragen beantworten zu können. »Ich nehme an, sie liegt irgendwo auf dem Grund des Kanals«, sagte er.

»Dann werden Sie wohl verstehen, daß wir uns nicht unbedingt auf dieses Eisen im Feuer versteifen wollen?«

»Ja, das verstehe ich – dennoch war ich verpflichtet, die Fakten mitzuteilen.«

»Das zweifellos. Und ich bin Ihnen sehr zu Dank verpflichtet«, sagte Yallope überaus großzügig, doch im nächsten Moment schaltete er wieder auf mitleidige Ablehnung um. »Und ich fürchte, mit Ihrem Arm kommen wir auch nicht viel weiter, ich meine jetzt, juristisch gesprochen. Wie geht es ihm – heilt er gut?«

Smith versicherte ihm, daß er nicht klagen könne.

»Die Schwierigkeit besteht darin«, sagte Yallope, »daß wir auch hier keinen spezifischen Urheber festnageln können – ich meine, keine Fingerabdrücke auf einer Waffe oder ähnliches. Ihre überaus sorgfältigen Recherchen haben ergeben, daß Personen, auf die die Beschreibung von Ayliffe, Chivers und Reeves zutrifft, bei der Ankunft in Lugards Wohnung beobachtet wurden – an dem Tag, als später auf Sie geschossen wurde. Und Mr. Marrasey, den seine

Nachbarn kennen mußten, kehrte kurz nach sieben ebenfalls nach Hause zurück. Sie erklären, daß es nicht schwer gewesen sein dürfte, sich danach ungesehen wieder zu entfernen, mit einem Gewehr, daß er unter seinem weiten Motorradmantel verbarg, hinüberzuschleichen über einen der Fußwege zum Gemeindewäldchen und dort versteckt auf Ihre Ankunft zu warten. Inzwischen konnten die drei anderen mit Reeves' Wagen nach Dover fahren, und das wird bestätigt durch den Wagen, den man dort auf dem Langzeitparkplatz entdeckte. Dann folgern Sie – und durchaus vernünftig –, daß Lugard, nachdem er Sie verletzt hatte, in seine Wohnung zurückkehrte, Bruce benachrichtigte und ihn beschwor, schneller abzufahren als ursprünglich beabsichtigt. Und Lugard tat das gleiche. Wie gesagt – in meinen Augen großartig gefolgert. Aber können Sie sich vorstellen, was der gute, alte Paddy Wimperton aus dieser hochinteressanten, aber doch auch höchst spekulativen Anklage machen wird?«

Smith wußte es nur zu gut. Wimperton würde sie nacheinander amputieren, erst Arme und Beine, dann den Kopf, und den Torso würde er zuletzt einfach in der Luft zerfetzen. Aber Yallope hatte es bisher vermieden, über seine, Smiths Vorstellung der Beweisführung zu sprechen. »Ich meine, daß die Beweise ausreichen, um die vier einer Verschwörung zu überführen. Palmer kann die Geschosse mit dem Gewehr in Verbindung bringen; Beweismittel sechzehn. Eines von den fünf Gewehren, die wir in Lugards Wohnung gefunden haben. Ich dächte, das würde ausreichen, um den Vorwurf der Verschwörung zu belegen.«

Yallope rutschte unbehaglich auf seinen Sessel hin und her. »Ja«, gab er mürrisch zu. »Aber wir müssen zwei rechtswirksame Anklagen wegen Mordes gegen alle fünf Beteiligten erheben. Dickie weigert sich, die Suppe mit dünner Verschwörung zu verwässern. Abgesehen davon würde das Bruce von der Anklage befreien. Nein, das erscheint Dickie viel zu riskant. Damit würde er der Verteidigung die Chance bieten, unsere sämtlichen Quellen zu vergiften. Aus denselben Gründen werden wir auch nicht auf die verhältnismäßig geringeren Verbrechen eingehen wie den Besitz von Feuerwaffen mit der Absicht der Gefährdung, etcetera. Nein, Smith, wir dürfen einer ohnehin gefühlsmäßig angeheizten Schar von Geschworenen nicht die Chance geben, die Angeklagten nur in den geringfügigeren Anklagenpunkten schuldig zu sprechen.«

Smith hatte schon oft an diesem Punkt gestanden: vor dem Eröffnungsgambit, der Schachpartie der Juristen. Und er wußte, daß in diesem Fall die Partie längst begonnen hatte. Eine neue, originelle Eröffnung war zutage getreten – in Form der Verteidigung Lugards.

Yallope war bedächtig, vorsichtig und objektiv. Die Polizei war bedächtig, vorsichtig, aber subjektiv. Yallope blieb innerhalb der Grenzen einer vernünftigen Anklagepolitik. Reichten die Beweise aus für eine Verurteilung? Wenn das seiner Ansicht nach nicht bejaht werden konnte, würde es keine Anklage geben – dann konnte man das Geld des Staates an ein besseres Objekt verschwenden.

Daher hatte Smith in diesem Fall besonders vorsichtig gespielt. Er wußte genau, daß alle anderen sich ebenso verhalten würden. Nein, er hatte die Anklageschrift nicht mit allem gespickt, was er an der Hand gehabt hätte. Denn ein guter Polizist kannte sein Strafgesetz ebensogut wie die meisten Fachjuristen, er kannte die Schwächen und die Regeln, mit denen Beweise beschränkt und die ganze Wahrheit behindert werden konnten. Er kannte das Spiel. Und Smith wußte, daß er gegen die starke Verteidigungsposition von Lugard kämpfen mußte. Eine Stellung, die seinerzeit ausgebaut wurde, als Lugard noch Marrasey hieß und das System leitete. Denn Marrasey mußte klargeworden sein, daß alles ans Tageslicht kommen würde, als Lady Lowderton sich meldete, um den Leichnahm ihres Bruders zu identifizieren. Nur er und Bruce, der früher Frazer war, wußten von ihrer Existenz, lange ehe ihre Intuition und ihre Neugierde sie dazu brachten, den Hörer des Telefons abzunehmen, nachdem sie das Gesicht eines Toten auf dem Bildschirm ihres Fernsehers erblickt hatte.

Fairchild hatte seine Befugnisse ausgeschöpft, um in den Archiven der Spezialabteilung zu kramen, und dabei zutage gefördert, daß Bruce, als er noch Detective Constable bei der Spezialabteilung gewesen war, die Post und das Telefon der Lady kontrolliert hatte – sechs Monate lang, im Jahre 1949 –, offiziell aufgrund der sehr naheliegenden Vermutung, die Lady könnte mit prominenten Gestalten der britischen Faschistenunion in Verbindung gestanden haben. Hinzu kam die Überzeugung – genährt durch eine verläßliche Quelle in Wien –, daß sie Kriegsverbrechern Dach und Hilfe gewährte. In den Archiven gab es nichts, was diese Vermutung bestätigt hätte, dagegen ausreichende Beweise dafür, daß sie annahm, ihr Bruder sei seit 1940 tot.

Frazer, der jetzt wieder Bruce war, hatte sie noch einmal für drei

Monate beobachten lassen, im Jahre 1952, nur um sicher zu gehen. Aber das einzige, was er dabei herausfand, war eine Demonstration der merkwürdigen Haßliebe, die zwischen Lady Lowderton und ihrem Bruder bestanden haben mußte. In einem abgehörten Telefongespräch mit einer inzwischen verstorbenen Kusine erklärte sie, warum sie den Namen ihres Hauses in ›Beaucourt‹ geändert habe: ›. . . als ich den lieben Antony zuletzt sah, war er dort stationiert – in Beaucourt, einem kleinen Städtchen in Frankreich. Wir hatten ihn von Paris aus besucht, mit den de Roches.‹ Dann, später, in demselben Gespräch, hatte sie, als die Kusine die Befürchtung äußerte, der arme Junge könne irgendwo durch Europa ziehen und sein Erinnerungsvermögen verloren haben, ziemlich scharf geäußert: ›Wenn der Trottel sein Gedächtnis verloren hat, ist es mir egal – dann nützt er mir ebensowenig, als wenn er tot ist.‹

»Ich frage mich, warum Bruce und Lugard nicht die Möglichkeit ausgeschlossen haben, daß sie ihren Bruder identifizieren könnte«, hatte Yallope gefragt.

»Weil es ihre Suche nach Pyrnford mit dem Blut einer Unschuldigen befleckt hätte. Was im Fall von Loach dann auch passiert ist«, erwiderte Smith, was bei Yallope ein amüsiertes, nachsichtiges Lächeln für solch archaische Gefühle und Anschauungen hervorrief. Und Smith fuhr fort in der knappen, abgehackten Berichterstattung des Polizeibeamten, die er nur hier und da mit ein paar Phrasen krimineller Spezialausdrücke würzte, wie sie die Juristen so gern benützen. »Es war eine Möglichkeit, die sie nicht ausschließen konnten; sie setzten auf ein altersschwaches Erinnerungsvermögen, hofften vielleicht auch, daß sich das Aussehen von Pyrnford im Lauf der Jahre stark verändert hätte. Aber dann kam der Anruf, und von da an mußten sie wissen, das Kyriacous Archiv alles zusammenkrachen lassen konnte. Aber sie haben sich nicht gedrückt, sondern rechneten mit der Möglichkeit, daß Kyriacou sich selbst drücken würde. Sobald ihm klar wurde, daß er da eine Bombe in der Hand hatte, die ihn zurückschleudern konnte bis in den Friseurladen in Islington. Sie hofften, er würde es einfach unter ›V‹ wie ›vergessen‹ ablegen. Doch sie hatten Pech. Kyriacou war nicht klar, was er für eine heiße Kartoffel in Händen hielt. Und als es ihm allmählich dämmerte, suchte er nach einem Schoß, in den er sie werfen konnte. Er hat sich für den meinen entschieden.«

»Und Sie glauben, diese –Scharade am zweiten Juni gehörte zu ihrem auf Möglichkeiten und Chancen aufgebauten Plan, zusammen mit der Veröffentlichung des Tagebuchs?« Yallope suchte Unterstützung für eine Behauptung, die Dickie vermutlich schon in seinem Eröffnungsplädoyer den Geschworenen servieren würde.

»Sie hatten bis dahin ihren Appell noch nie in dieser Weise abgehalten«, sagte Smith. »Sicher, sie hatten die Fahnen gehißt. Aber ohne Uniformen, ohne den Drill mit den Waffen. Sie standen vermutlich nur mit gesenkten Häuptern da, ehe sie wieder ins Haus gingen. Ja, ich bin überzeugt davon, daß es der Teil eines Plans war – ein Plan, nach dem ein zukünftiges Geschworenengericht beeinflußt werden sollte. Aber zugleich wollten sie sich auch stilvoll verabschieden, nach ihren eigenwilligen Begriffen von Gerechtigkeit und Ehre. Es war ein Appell, keine Scharade. Genau wie die Exekution von Pyrnford.«

Diesmal zeigte Yallope kein nachsichtiges Lächeln. Er lehnte sich über den Schreibtisch und zog die Stirn in tiefe Falten. »Dann sind sie ja wirklich sehr gefährliche Leute«, sagte er. Und Smith wußte, daß er nicht die Leute selbst, sondern ihre juristische Position meinte.

Er fuhr direkt in seine Wohnung. Die Elstow hatte ihm versprochen, ihn dort zu erwarten – sie war nicht da. Vielleicht war er zu früh eingetroffen, aber er hatte keine Lust, noch einmal zur Station in Cobb Common zu fahren oder sie in ihrem Büro anzurufen. Jetzt, nachdem er die Unterlagen des Falles abgeliefert hatte, konnte er sich entspannen und auf den Prozeß warten. Trotz seines Entschlusses nahm er dann den Hörer ab, um die Elstow anzurufen – aber er legte ihn wieder auf. Sie war zweifellos verändert seit den Schüssen in der Sandgrube. Nicht gegenüber dem Schützen, sondern gegenüber dem Opfer. Gegen ihn, der in dieser Weise das Feuer auf sich gelenkt hatte. Sie hatte sich von ihm distanziert, war zusammengezuckt beim Anblick seiner Wunde, als ob sie bis dahin noch nie das Ergebnis gewalttätiger Handlungen gesehen hätte. Er erzählte allen, die sich danach erkundigten, daß sein Arm gut heilte. Auch wenn sich die rote, kaum verheilte Narbe jedesmal, sobald er den Arm anhob zur morgendlichen Rasur, bösartig im Spiegel verzog und spöttisch zu ihm sagte: ›Mein Gott, was für ein Theater – wegen mir! Du wirst nie ein Held, der drei Kugeln in den Bauch bekommt, einen Schrapnellsplitter in den Schädel und einen ins Auge, und der dennoch wieder aufsteht, um seine Waffe zu bedienen. Du könntest nie von Krakau bis Regensburg marschieren, nicht einmal mit drei ordentlichen Mahlzeiten am Tag, geschweige in einem Krieg, mit höchstens ein paar Rüben und matschigen Kartoffeln als Proviant. Nein, du wirst niemals ein Sergeant Lugard!‹

Die Elstow kam gegen acht und brachte chinesische Gerichte in einer Alupackung mit. »Du hast doch noch nichts gegessen, oder?« fragte sie. Er hatte, aber er tat so, als hätte er noch nicht, wobei er froh war, daß seine junggesellenhafte Häuslichkeit ihn dazu getrieben hatte, gleich danach das Geschirr abzuwaschen und aufzuräumen. Sie stellte fest, daß er ohne großen Hunger zu essen schien, und machte eine Bemerkung darüber. Um irgend etwas zu sagen, fragte er sie, ob sie nicht Lust hätte, eine Woche Urlaub zu machen mit ihm. »Wir könnten eine Flugreise nach Mallorca buchen, oder wohin du willst. Einfach ein bißchen in der Sonne sitzen.« Sie lehnte ab. Er hatte es nicht anders erwartet.

»Es wäre unklug«, sagte sie. »Du weißt, wie die Leute sind. Wenn wir zur gleichen Zeit Urlaub machen, fangen sie zu reden an. Einige haben ohnehin schon etwas mitbekommen.« Dann, um das Thema zu wechseln: »Übrigens – was hast du eigentlich mit Commander Hessen angestellt? Wußtest du, daß er sich ein Jahr unbezahlten Urlaub geben ließ, um sich in religiöse Klausur zu begeben?«

Er reagierte so scharf, als ob sie ihn verletzt hätte, und brüllte sie an: »Wie, zum Teufel, kommst du auf die Idee, daß ich dafür verantwortlich bin?«

Sie erschrak über seine heftige Reaktion und sagte: »War doch nur ein Scherz. Mr. Hessen war so – aufgeschlossen, bis diese Morde passierten.« Sie wollte eigentlich sagen: ›Bevor du im Distrikt aufgetaucht bist‹, aber sein dunkelrot angelaufenes Gesicht brachte sie in letzter Sekunde davon ab. Danach fuhr sie eher gleichgültig fort: »Ist dir aufgefallen, wie mürrisch er in letzter Zeit war? Ich glaube, der Tod von Loach und Marraseys Vorleben haben sein Vertrauen in die Menschheit erschüttert. Nach Auskunft von Vince Ogden, seinem Sekretär, braucht er das Jahr, um eine Doktorarbeit über Kierkegaards christlichen Existentialismus und seine Beziehung zur Krise der Theologie zu schreiben.« Sie schnitt mit eleganter Bewegung das Fleisch von einem Knöchelchen. »Verstehst du, was er damit bezweckt?«

»Ich frage mich, ob Hessen selbst versteht, was er damit bezweckt«, erwiderte Smith.

Den Rest der Mahlzeit verbrachten sie schweigend, ein Schweigen, das nur unterbrochen wurde von seiner Bemerkung über das

Ergebnis seiner Besprechung mit Yallope und dessen Entscheidung, die Anklage nur auf den beiden Mordfällen aufzubauen. Schließlich schob die Elstow ihren Teller beiseite und erklärte entschieden und ernsthaft: »Ich finde, wir sollten zwischen uns völlige Offenheit herrschen lassen –«

»Vergeude nicht deine Zeit damit«, unterbrach sie Smith. »Nirgends in der Natur gibt es völlige Offenheit, und das, was zwischen uns besteht, ist völlig natürlich. Sei zufrieden damit, du wirst doch nie Polizeipräsidentin, solange du nicht Bescheid weißt über Kierkegaards christlichen Existentialismus und seine Beziehung zur Krise der Theologie. Und sei froh, daß ich dich nie, nie mehr als ›weiblicher Detective Sergeant‹ bezeichnen werde.«

Zögernd legte sie das Messer weg, das sie noch in der Hand hatte, ging zu ihm hin und küßte ihn. »Ich kenne ein Dorf in den Bergen von Mallorca«, sagte sie. »Es heißt Deya. Und es soll ganz besonders schön sein.«

Kapitel

18

Noch vor nicht allzuvielen Jahren, zu Anfang der Fünfziger, gab es nur vier Gerichtssäle innerhalb des Central Criminal Court, der sich westlich der St. Paul's Kathedrale in einer Straße namens Old Bailey befand, in der City von London. Die City von London, diese anachronistische Quadratmeile aus Kommerz und Kapital, neues Fleisch an alten Knochen, verteidigte ihre Traditionen und Privilegien mit symbolischem Feuer und Schwert. Sie dünkte sich erhaben über eine jenseits ihrer Grenzen sich ausbreitende Megalopolis, die sich in der Art eines durchreisenden Marktschreiers ›Groß-London‹ nannte. Die City jedoch erhielt und stützte den Central Criminal Court mit dem Reichtum ihrer Instituitionen und ihrer Kaufleute. Und wie es so geht, wurde das Gericht bekannt unter dem Namen Old Bailey, oder, einfacher, in der Sprache der Anwälte, Polizisten und Verbrecher, als ›das Bailey‹. Die Anwälte und Polizisten, die ihre Fälle hier vortrugen, bildeten eine Elite ihrer Art, während die Kriminellen die berüchtigsten und ihre Taten die ungeheuerlichsten waren, welche man sich denken konnte.

Das Bailey war bis vor einiger Zeit Schwurgericht für ganz London gewesen. Hier wurden nur schwerste und ruchloseste Verbrechen verhandelt. Sir Roger Casement, der irische Patriot und uneigennützige Rebell. Haigh, der die Leichen der Frauen, die er ermordet hatte, danach in Schwefelsäure auflöste. Christie, der seine Opfer erwürgte und in seinem kleinen Häuschen aufbewahrte, wo er sie hier und da aus ihrer Kammer nahm, um sich in nekrophiler Lust an ihnen zu vergehen. Sie alle und viele andere waren direkt von der Anklagebank des ersten Gerichts der City von London zum Galgen gewandert, unter dem Nicken eines schwarzbehüteten, rotgewandeten Richters. Rot, weil der Richter in diesen Gerichtssälen verpflichtet war, die karminrote Robe zu tragen, die seinen Rang dokumentierte. Und er wurde, wie die drei Beisitzer, täglich zu seinem Platz geleitet – vom Sheriff von London, einem Gerichtsdiener und einem Abgeordneten der Ratsherren. Der Sheriff im schwarzen Bratenrock mit abgerundeten Vorderschößen, dem Spitzenjabot, der seidenen Kniebundhose, den Schuhen mit den Silberschnallen, das Kurzschwert an der Seite; sein Gefolge weniger exotisch, in ernsten, strengen Tagesanzügen. Während der Richter und seine Begleitung ausführliche Verbeugungen tauschten, forderte der Gerichtsdiener die Anwesenden zum Schweigen auf und kommandierte dann, sich zu erheben, während er sein rituelles ›Oyez, Oyez!‹ intonierte.

Kein Wunder, daß sich Kriminalbeamte, die ihre Fälle vor den Central Criminal Court bringen durften, zur ›Bailey-Aristokratie‹ zählten. Und daß sie sich in ihre neuesten, dunkelsten und nüchternsten Anzüge warfen für diese seltene und ehrfurchtgebietende Gelegenheit.

Heute wird diese Zeremonie noch immer ausgeübt – in dem Zwischenstock, wo sich die ursprünglichen vier Gerichtssäle befinden. Doch ansonsten ist in dem ehrwürdigen Gebäude eine wachsende Gesetzlosigkeit zu beobachten, die nicht zuletzt dadurch hervorgerufen wurde, daß man in jede Ecke und jeden Winkel der einstmals weiträumigen Vorhalle weitere Gerichtssäle eingebaut hat, gefolgt von einem häßlichen Anbau an das ursprünglich ausgewogene Gebäude, so daß sich die Zahl der Gerichtssäle mittlerweile verfünffachte. In all diesen neu hinzugekommenen Gerichtssälen fehlt jegliche Zeremonie. Das Gesetz der Nützlichkeit hat die Majestät der Rechtssprechung besiegt, und die Mittelmäßigkeit triumphiert. Man unterscheidet nicht mehr zwischen Schwerverbrechen und

Vergehen, das Assisengericht und die niedrigen Gerichte vermischen sich zu einem Gesamtbegriff ›Crown Courts‹, der in jedem größeren Raum, in jeder Kirche oder Schule tagen kann. Crown Courts gab es plötzlich in allen Stadtvierteln; sie schossen aus dem Boden wie Wettbüros – wobei die einen und die anderen eine gewisse Verwandtschaft nicht mehr ganz verleugnen konnten.

Smith, der sich seine Beziehung zur Vergangenheit bewahrt hatte, war dunkel und angemessen gekleidet, als er an einem geradezu mustergültig nassen und grauen Donnerstag im November von der Newgate Street in den Old Bailey einbog und, den Kopf gegen den Wind geneigt, aus Gewohnheit dem Vordereingang zustrebte, über den ein scheinheiliger Viktorianer das widersprüchliche Motto ›Verteidigt die Kinder der Armen und bestraft die Übeltäter‹ geschrieben hatte. Smith fand die Türen geschlossen; er hatte vergessen, daß das schon seit 1973 so war, als die I.R.A. im Gebäude Bomben gelegt hatte. Jetzt waren alle, die nachweisen konnten, daß sie in dem Gebäude zu tun hatten, gezwungen, es durch den kleineren Eingang im Anbau zu betreten.

Dort prüfte man erst einmal seinen Ausweis und den Inhalt seines Aktenköfferchens. Sobald er drinnen war, ging er gleich in den Zwischenstock, um nach seinen Zeugen zu sehen. Da war Tom Palmer, der allein auf einer Bank saß und geistesabwesend seine Notizen durchblätterte. Ätherisch, friedlich und unbekümmert wie ein Sterbender, den Mantel wie ein Leichentuch um sich gewickelt. Hatte er schon zum Frühstück Kognak getrunken? Horace Slawthorpe kam von hinten auf Smith zu, schlug ihm heftig auf die Schulter und machte sich mehr als deutlich bemerkbar, als er dröhnte: »Bei Gott, alter Kumpel, nie gedacht, daß ich den Tag noch erlebe. Bin stolz, sehr stolz – endlich geklärt nach all den Jahren! Und hier im Old Bailey aussagen zu können – wirklich, nie gedacht, daß ich das noch mal erlebe.«

Lady Lowderton prüfte kritisch die Statue von Elizabeth Fry, der Gefängnisreformerin; M'lady trug eine rosafarbene Toque mit kleinem Schleier, Perlen und einen langen, dunkelroten Mantel; sie sah der späten Queen Mary nicht unähnlich. Eine große, goldgerahmte Handtasche hing an einer Kette an ihrem Arm. Dicht bei ihr wusch sich ein demütiger Sam Jones die Hände in Unschuld, als die Lady den Stock mit der silbernen Krücke erhob, um Smith zu sich herzubeordern. »Sie können dieses Schwein doch hängen, oder?« wollte sie wissen, und ihre wäßrig blauen Augen tränkten Jones mit Verachtung. Offenbar hatte sie bis vor kurzem mit ihm darüber debattiert. Jetzt warf der Anwalt Smith über die Schulter seiner Klientin hinweg einen resignierenden Blick zu. »Ich fürchte nicht, Lady Lowderton«, sagte Smith.

»Aber ist es nicht Hochverrat oder so etwas ähnliches, wenn niedere Ränge ihren vorgesetzten Offizier töten?« Sie ließ sich nicht so leicht abspeisen.

»Ich fürchte nicht, Lady Lowderton. Dies wäre nur der Fall, wenn es sich bei dem Opfer um den König selbst handelte. Außerdem waren beide schon seit vielen Jahren nicht mehr bei der Armee.« Er wandte sich um, wollte nach seinen übrigen Zeugen sehen, wurde aber durch einen Schlag mit dem Spazierstock auf den linken Arm davon abgehalten. Die Wunde war zwar gut verheilt, wie er sich befleißigte, jedermann zu versichern, aber die Nerven waren noch immer höchst empfindlich. Er zuckte deutlich zusammen und stieß ein unterdrücktes Stöhnen aus.

»Ich bin noch nicht fertig, junger Mann.« Lady Lowderton achtete nicht auf seinen Schmerzenslaut. »Im Fall dieses jungen Subalternen kann man doch darauf plädieren, daß die Tötung als rechtens anerkannt wird, sozusagen – wie heißt der Ausdruck, Sam?«

»Rückwirkend«, sagte Jones ein wenig müde.

»Ja – warum kann man dieses Schwein nicht rückwirkend zum Tod durch den Strang verurteilen?« Der Gummistopsel trommelte ungeduldig auf die Fliesen, während sie darauf wartete, daß Smith aufhörte, seinen Arm zu massieren.

»Niemand wird heute zum Tod durch den Strang verurteilt, Lady Lowderton«, sagte er schließlich. »Weder rückwirkend noch sonstwie.«

Ihr Ärger machte sich in einem verdrießlichen Zischen Luft, dann verfiel sie in eine Gleichgültigkeit, die alle Zeichen der Entlassung Smiths in sich trug, und gestattete Jones, daß er sie zu einem Sitzplatz führte. Smith ging weg, um endlich die übrigen Zeugen zu treffen.

Unter ihnen entdeckte er Mr. Victor, der untröstlich war und versuchte, die von Regen und Wind in Mitleidenschaft gezogenen Bügelfalten seiner Hose vor dem Spiegelbild des gegenüberliegenden Fensters in Ordnung zu bringen. Er wurde vor Gericht gebraucht, um die Existenz von Green Briars zu belegen, aber auch die Verbindung zu Albert Loach und damit zu den Männern des 1404. Munitionszuges. Und aus der Cafeteria kam Mr. Kepple, der seine Vorladung förmlich vor sich schwenkte wie ein Fähnchen – jetzt dem Anlaß entsprechend in dunkelblauen Samt gekleidet. Er war hier, um das Original von Lugards Tagebuch vorzulegen, nachdem sein Mandant vor zwei Wochen darauf verzichtet hatte, daß sich der Anwalt auf seine Schweigepflicht berief. Die Elstow kam durch die Schwingtüren und hatte den arthritischen Colonel im Schlepptau, der Zeuge, der seinerzeit die ›Salve nach allen Regeln der Schießkunst‹ zeitlich festgelegt hatte. Er hatte sich bei der Elstow untergehakt und drückte sich an ihre Brust – nicht so sehr, um Halt zu suchen, vielmehr zum offensichtlichen Vergnügen. Die Elstow war in dieser Hinsicht entschieden zugänglicher geworden, und der Gedanke freute Smith.

Natürlich konnte er Alfie Joss nicht als Zeugen aufmarschieren lassen, denn das, was ihm sein Junge, ›Bim-Bam‹-Bailey, mitgeteilt hatte, galt nach den Spielregeln der Justiz als Aussage nach dem Hörensagen und war als solche nicht zugelassen. Und Professor Simonson fehlte ebenfalls, denn der Professor war nur bereit, vor Gericht aufzutreten, wenn man ihn in seinem Labor anrief und ihm mitteilte, daß sein Auftritt unmittelbar bevorstand. Smith hatte sich schon oft gewünscht, Simonson würde durch den Verkehr aufgehalten werden oder durch irgendeine andere Kalamität, wie sie normalen Menschen passierte – nur um zu sehen, was geschehen würde, wenn er einen wütenden Richter warten ließ. Aber bisher war das noch nicht vorgekommen, denn kaum hatte der Gerichtsdiener mit Bedauern die Nichtanwesenheit dieses Zeugen vermeldet, da war Simonson stets hereingekommen, mit kühnen Schritten auf den Zeugenstand zugegangen und hatte ihn betreten, kurz nachdem der vorherige Zeuge entlassen worden war. Und der Richter, die Anwälte und alle diejenigen, die seine Auftritte schon von früher kannten, nickten sich lächelnd zu in der Bestätigung der erstaunlichen Tatsache, daß Simonson es wieder einmal geschafft hatte.

Zufrieden darüber, daß alle seine Zeugen anwesend waren, sah sich Smith nach dem Queens Consel Richard Plaice um, der die Anklage übernommen hatte. Er fand ihn auf der Treppe, die von der Garderobe der Richter herunterführte. Plaice war ein magerer Mann, ›so mager, daß er sich hinter einer Busfahrkarte verstecken kann‹ –, wie O'Brien es einmal beschrieben hatte. Und trotz all seiner Winterwochenenden auf der Jagd und gelegentlichen Exkursionen mit dem Poloschläger hatte er jene staubiggraue Gesichtsfarbe, wie sie Anwälten eigen ist, die ihr Leben vorwiegend vor den Schranken und in den Kammern verbringen. Ganz im Gegensatz zu Wimperton, einem emsigen, kurzsichtigen kleinenMann, dessen Wangen maseriert waren vom Burgunder, und der seinen übergroßen Kopf zwischen Elefantenohren trug, die so groß und so dünn wie Pfannkuchen waren. Nach allen Naturgesetzen hätten diese Ohren wie Segel im Wind flattern und sich wellen müssen, aber sie blieben dicht am Schädel, als wären sie dort festgeklebt ... Smith fragte sich, ob das nicht sogar wirklich der Fall war. In einer Zeit, wo die Rechtsprechung ein Mittelstadium zwischen dem Ritual einer japanischen Teezeremonie und der Unausweichlichkeit einer vollautomatisierten Fließbandfabrik erreicht hatte, war Wimperton ein lebender Anachronismus, ein Rückschritt in Zeiten von Marshall Hall und weiter. Der letzte noch übriggebliebene Kenner des klassischen Kreuzverhörs in Form von respektloser Herabsetzung der Zeugen, oder, als Alternative, von schmeichelnder Kriecherei vor den Zeugen, was diese mit honigsüßen Komplimenten und Liebesdienerei davon überzeugte, daß man auf ein und derselben Seite focht, bis aus der geheuchelten Sympathie wüste Schmähung, aus sanftem Flüstern bösartiges Zischen und aus Schmeichelei Peitschenhiebe wurden. O'Brien sagte von ihm: ›Er bringt es fertig, einem vertrockneten Esel zehn Liter Pisse abzuzapfen, mit ihm in den Zoo zu reiten und ihn dort als pelzbesetzte, einszwanziglange Klapperschlange zu verkaufen.‹ Trotz – oder gerade wegen – einer Frau und sieben Kindern war er obendrein ein Weiberheld von vulgärnaiver Ungehörigkeit.

»Na, wie geht's?« knurrte er, als Smith die Treppe heraufkam. »Bei mir ist's das letzte Mal noch gegangen.« Smith grinste und bestätigte ihm, daß auch er nicht klagen könne. Wimperton tänzelte ein paar Schritte nach unten und bellte: »Aber nicht übertreiben, ja? Lassen Sie uns auch noch ein paar Röcke übrig.« Das Gesicht von Richard Plaice registrierte das völlige Desinteresse eines Mannes, in dessen Gegenwart eine Konversation in einer ihm unbekannten Sprache geführt wurde.

»Nun, Mr. Smith?« Die Frage von Plaice klang kalt und sachlich.

»Die Zeugen sind alle anwesend, Sir.«

»Eine Angelegenheit ohne Bedeutung. Die Verteidigung erkennt die Beweise an.«

»Heißt das, sie haben auf schuldig plädiert?« Smiths Überraschung war kurzlebig.

»Das habe ich nicht behauptet.« Das Verbrechen, einem Anwalt
Worte in den Mund zu legen, wurde mit Strenge geahndet. »Nein,
sie haben auf gar nichts plädiert, sie erkennen lediglich die Beweise
an. Wimperton ist bestrebt, die Zeugenaussagen von einem brab-
belnden Juniorpartner verlesen zu lassen, aber das werde ich nicht
zulassen.« Plaice ging in würdevoller Haltung weiter nach unten.
»Ich habe diesen Trick vorhergesehen. Ich erklärte Yallope, er solle
nicht gestatten, daß die wichtigsten Zeugen unter dieser Bedingung
von ihrer Aussagepflicht vor Gericht entbunden würden. Deshalb
sind sie jetzt alle hier . . . Und sie werden auch alle aufgerufen werden. Wimperton kann sie ins Kreuzverhör nehmen oder nicht, ganz
wie es ihm beliebt.«

Richter Kingston ließ sich in dem großen Thronsessel neben einem
noch größeren Thronsessel in der Mitte der Richterbank nieder.
Kein Richter sitzt jemals in diesem ganz großen Thronsessel; er ist
traditionell dem Lord Mayor, dem Bürgermeister von London, vorbehalten, der höchst selten an Gerichtsverhandlungen teilnimmt,
aber dessen Platz grundsätzlich freigehalten wird. An der Wand dahinter ist – mit der Spitze nach oben – das Schwert der Justiz angebracht.

»Wie lautet der Spruch?« fragte der Gerichtsschreiber die fünf
Männer, die steif und aufmerksam auf der Anklagebank saßen. »Er-
klären Sie sich für schuldig oder für nicht schuldig des Mordes an
Antony Pyrnford?«

»Nicht schuldig«, erwiderte jeder der Reihe nach. Und in derselben Weise beantworteten sie auch den zweiten Punkt der Anklage,
der den Mord an Derek Boswell betraf. Dann, als die Geschworenen an die Bibel treten mußten, um vereidigt zu werden, kam Wimperton in Bewegung. »Einspruch«, donnerte er angesichts einer fro-
stigen Matrone in konservativem Tweed, die, verwirrt und aufgeregt, aus der Reihe der Geschworenen entfernt wurde, um von
einem jungen Mann mit buschigem Bart und in einem Jeans-Anzug
ersetzt zu werden, der einen ›Stoppt Atomkraftwerke‹-Knopf an
der Brust trug, und dem Wimperton gütig zulächelte.

Während die nur gelegentlich erfolgende Ablehnung von Geschworenen durch die Anklage stets zu einem ausgedehnten Schar-
mützel führte, wurde das Recht eines jeden Angeklagten, bis zu drei
Geschworene abzulehnen und sie ohne Angabe von Gründen aus-

zutauschen, nur selten in Frage gestellt. Wimperton tauschte sieben von den fünfzehn möglichen Geschworenen erfolgreich aus. Während er alle diejenigen ablehnte, deren äußere Erscheinung auf wohlgeordnete Mittelklassenverhältnisse und ein gewisses Pflichtgefühl schließen ließen, nickte er freundlich und akzeptierend denjenigen zu, deren Kleidung auf die Arbeiterklasse oder deren Alter auf eine mögliche Beteiligung am letzten Weltkrieg in höherer Position schließen ließ. Gegenüber den Jungen äußerte er keinerlei Einwände, ganz gleich, wie wenig angemessen ihr Äußeres auch sein mochte; je anarchistischer ihre Kleidung wirkte, desto bereitwilliger nickte er seine Zustimmung.

In früheren Jahren hielt man es, wenn nicht für ein Zeichen von schlechtem Stil, so doch für Zeitverschwendung, falls der Vertreter der Verteidigung dieses sein Recht wahrnahm; damals bedeutete es freilich nur, daß der eine, rechtschaffene Mittelklassen-Haushaltsvorstand oder kleine Geschäftsmann von einem anderen derselben Gattung ersetzt werden konnte. Aber seit die Listen der Schöffen erweitert wurden, um auch andere Gruppen der Gesellschaft zur Geschworenenbank zuzulassen, war die Ablehnung von Geschworenen nach Aussehen oder Gefühl durch die Verteidigung ein immer beliebteres Spiel geworden, ein mehr und mehr gewohntes Gambit. Während der ganzen Prozedur saß Richard Plaice stoisch auf seinem Platz und machte sich Notizen in seine Akten, weil er nichts dagegen und auch sonst nicht viel anderes unternehmen konnte. Endlich wurden die Geschworenen vereidigt, wobei der junge Mann mit dem buschigen Bart von der Beschwörung Gottes Abstand nahm, sehr zum Mißfallen des schmallippigen Richters Kingston.

Plaice war kaum auf die Beine gekommen, um seine Eröffnungsrede zu beginnen, als Wimperton schon wieder die Offensive ergriff, diesmal, indem er heftig mit einer Handvoll Dokumente wedelte.

»Mylord, ich darf um Verzeihung bitten, daß ich meinen gelehrten Kollegen in diesem frühen Stadium schon wieder unterbrechen muß.« Plaice, der inzwischen wieder saß, ignorierte die hochtrabende Verbeugung. »Aber ich muß diesen Einwand stellen angesichts der Art und Weise, wie die Anklage diesen Fall vorzutragen entschlossen ist. M'lord, und ich bin der Ansicht, daß dieser mein Einwand aus gutem Grund in Abwesenheit der Geschworenen vorgetragen wird.«

»Ja, Mr. Wimperton«, sagte der Richter. »Die meisten Ihrer Anträge werden aus gutem Grund in Abwesenheit der Geschworenen vorgetragen. Sie mögen sich zurückziehen.«

Nachdem die Geschworenen, kaum, daß sie sich gesetzt hatten, wieder hinausgescheucht worden waren, wandte sich Wimperton an den Richter.

»M'lord, es dürfte Ihrer Aufmerksamkeit nicht entgangen sein, daß die Anklage zwei zeitlich und räumlich weit voneinander entfernte Punkte betrifft; die Verteidigung sieht sich in der Tat einer Umkehrung des chronologischen Ablaufs von gespenstischem Ausmaß gegenüber. Anklagepunkt eins befaßt sich mit einem Mord, der im Frühjahr dieses Jahres stattgefunden hat, während wir in Anklagepunkt zwei mit einem Mord zu tun haben, der vor mehr als fünfunddreißig Jahren begangen wurde, und zu dem es unglücklicherweise nur einen einzigen Zeugen gibt. Nun scheint es mir kristallklar, M'lord, daß die Anklage ihre erkennbare Schwäche beim Nachweis von Punkt zwei durch ihre Stärke beim Anklagepunkt eins kompensieren möchte, das heißt dadurch, daß sie sich beinahe ausschließlich auf die zugegebenermaßen sehr ähnliche Mordmethode stützt. Mein gelehrter Kollege mag sich vielleicht auf den Fall Boardman berufen, wo bei mehreren ähnlichen Verbrechen darauf geschlossen wurde, daß sie die Taten ein und derselben Person darstellten. Aber M'lord – nach beinahe vier Jahrzehnten? Tritt nach einer so langen Zeitspanne nicht das Gesetz der Wahrscheinlichkeit hinzu? Kann man da nicht mit der Möglichkeit rechnen, daß selbst die unwahrscheinlichsten Ereignisse sich nach einer gewissen Zeit wiederholen, ohne daß –«

»Sie meinen, wie wenn die *Titanic* ein zweites Mal sinken würde, Mr. Wimperton?« unterbrach ihn der Richter. »Ich muß gestehen, ich kann mich an keinerlei derartige Wiederholungen erinnern. Ebensowenig, wie ich mich daran erinnern kann, daß es jemals einen ähnlichen Mord gegeben hätte, bei dem das Opfer an einen Stuhl gebunden und auf barbarische Weise erschossen worden wäre. Wie es im Fall Boardman heißt: Es wäre ein Affront gegen die Vernunft und den Verstand, davon auszugehen, daß die Ähnlichkeit in beiden Fällen reiner Zufall sei.« Und mit Augenbrauen, die er fast bis zum unteren Rand seiner Perücke hochgezogen hatte, befahl der Richter Mr. Wimperton, er möge seine Forderung in vernünftiger Weise untermauern.

Wimperton versuchte es.

»M'lord, ich folge den Beispielen Euer Lordschaft mit großem Respekt und der gebotenen Aufmerksamkeit. Aber, und auch dieses mit großem Respekt, M'lord, ich muß auf gewisse Schwachstellen in einer ansonsten zweifellos zutreffenden und angemessenen Zurückweisung aufmerksam machen. Wenn man das Ausmaß der von Euer Lordschaft als Beweis erwähnten Katastrophe und die kümmerliche Tragödie vergleicht, mit der wir es hier zu tun haben, was ich vermeiden möchte, dann darf ich auch bitten, zu bedenken, welche Anstrengungen von der Wissenschaft unternommen wurden, um eine zweite Katastrophe in der Art des Untergangs der *Titanic* zu verhindern.«

Zufrieden darüber, daß die *Titanic* auf dem Meeresgrund blieb, sammelte Wimperton jetzt seine Robe um sich, um ein anderes Schiff wieder flottzumachen. »M'lord, ich akzeptiere voll und ganz, was Sie über den Fall Boardman sagten, aber die darin geschilderten Ereignisse erstreckten sich über wenige Monate, nicht über Äonen von Zeit und nicht über Hunderte von Meilen voneinander entfernte Orte. Bedenken Euer Lordschaft doch, wenn ich darum bitten darf, die bekannten Fakten. Der verstorbene Boswell war mit dem unglücklichen vierzehnhundertvierten Munitionszug kaum mehr als sechs Monate verbunden, und während die Überlebenden dieses Zuges die Schrecken des Gefangenenlagers und der Kohlenbergwerke ertragen mußten, diente Boswell mit einigen anderen Einheiten vor seinem unglücklichen Dahinscheiden mindestens fünf Jahre in der Heimat. M'lord, in dieser Zeit des Krieges – bedenken Sie, wie viele Soldaten er durch sein Verhalten dazu gebracht haben könnte, einen ähnlichen Vergeltungsakt an ihm zu verüben! Ah, ich höre Sie schon einwenden: Aber diese exotische, diese auffällige, diese einmalige Methode!« Hier ließ Wimperton seine Stimme ganz leise und düster werden: ernst, drohend und morbid. »M'lord, meine Solicitors haben sich erlaubt, vom Verteidigungsministerium die Zahl von Ereignissen in den beiden Weltkriegen zu erfragen, bei denen die Methode, die Sie als barbarisch bezeichnen, als Exekution für verschiedenartige militärische Verbrechen benützt wurden. M'lord, es ist ein Gegenstand, den das Ministerium zu diskutieren sich geweigert hat und über den es auch keinerlei Auskünfte erteilen will. Daher bleibt mir nichts übrig, als mich auf Euer Lordschaft großes Wissen in Geschichte und menschlicher Erfahrung zu verlassen, welches zweifellos einräumen wird, daß derartige Exekutionen nicht selten stattgefunden haben, namentlich im Krieg des Kaisers. M'lord, ich bin sicher, es ist Ihnen bekannt, daß eine große Zahl von Soldaten aus diesem ersten Weltkrieg danach auch in Hitlers Krieg gedient haben. Vielleicht nicht an der Front, aber zumindest in der Heimat, und gerade dort war Boswell ja fünf Jahre gewesen. M'lord, es stünde mir fern, zu behaupten, daß Männer unserer tapferen Bürgerwehr für diesen Mord verantwortlich wären. Ich möchte nur klarstellen, daß Exekutionen von der Art, wie ich sie zuvor erwähnte, schon früher von Soldaten ausgeübt wurden; fest steht, daß diese Methode der Exekution, die Formalitäten, wenn wir sie einmal als solche bezeichnen dürfen, als bekannt vorauszusetzen sind.«

Oben in der bis auf den letzten Platz besetzten Galerie sah Smith einen alten Mann eifrig nicken. Der Mann packte seinen Nebenmann am Arm und riß dann die Hand mit zwei ausgestreckten Fingern hoch, um die Zahl solcher Exekutionen anzudeuten, die er gesehen oder sogar ausgeführt hatte.

Wimperton fuhr fort: »M'lord, zu dieser Zeit, im Jahre fünfundvierzig, befand sich das Land noch im Krieg, standen Millionen Soldaten unter Waffen, und es besteht die Möglichkeit – nein, ich möchte es stärker formulieren, die durchaus *vernünftige* Möglichkeit, daß andere, bisher unentdeckte Hände den unglücklichen Boswell getötet haben.« Jetzt nahm Wimperton den Rand seiner Robe in beide Hände, streckte die Arme dann weit aus und stand sekundenlang wie eine riesige Fledermaus im Saal. »M'lord«, sagte er und ließ die Stimme anschwellen und die Arme sinken, »ich brauchte es nicht zu sagen, werde es aber dennoch tun: mein gelehrter Freund kann dieses Tagebuch von Sergeant Lugard nicht hinzuziehen, um seinen Anklagepunkt Nummer zwei zu manifestieren. Die Beziehung im sogenannten Postskript im Hinblick auf Boswell kann in verschiedener Weise ausgelegt werden und muß keineswegs darauf hindeuten, daß meine Mandanten einen Mord begangen haben.« Noch lauter deklamierte er jetzt: »Denn ich weiß, und mein gelehrter Freund hier weiß es, und auch Sie, M'lord, müssen es wissen, daß dieses Tagebuch nur gegen eine einzige Person als Beweismittel zu verwenden ist – nämlich gegen diejenige, die es verfaßt hat: der Angeklagte Lugard.«

Wimperton lehnte sich vor und stützte seinen kurzen Rumpf mit den Ellbogen, die er über den kleinen, tragbaren Pultaufsatz legte, und sein großer Kopf wirkte völlig unproportioniert über den inzwischen verschränkten Armen, während er hinüber zur Richterbank schaute. Seine Worte waren jetzt glatt und weich wie Seide. »M'lord, so sehr ich darauf bedacht bin, diesen Prozeß nicht zu verzögern, bin ich doch verpflichtet, darauf hinzuweisen, daß sich angesichts der einander widersprechenden und widersprüchlichen Beweise und Beweisführungen der Anklage kaum eine Alternative bietet, als die beiden Anklagepunkte in zwei voneinander getrennten Prozessen zu behandeln.« Die Robe flatterte wieder fledermausartig, und der große Kopf verschwand wie bei einem Zaubertrick hinter dem kleinen Pultaufsatz.

Eine ganze Weile verharrte Richter Kingston auf seinem Thronsessel in einem Zustand richterlichen Nachdenkens – die Augen geschlossen, die Arme mit den roten, hermelinbesetzten Ärmeln über der Brust verschränkt: ein Kardinal in einer prekären Situation. Dann beugte er sich fast lässig nach vorn, öffnete dabei die Augen, streckte die Arme aus und fächerte die Finger auseinander. »Mr. Plaice«, sagte er leise, »die Vorlage, die Ihr gelehrter Freund zur Sache eines Antrags macht, hat meine Gedanken in der Tat schon beschäftigt, ehe dieser Antrag gestellt oder auch nur ausgesprochen wurde, wenn auch nicht bis zu dem Ausmaß der Folgerungen, die wir eben so – so deutlich vernommen haben. Ich bin in der Tat der Ansicht, daß es die Geschworenen in unrechtlicher und unfairer Weise beeinflussen würde, wenn man die Ergebnisse im Anklagepunkt eins auf den Anklagepunkt zwei übertragen wollte. Was ist Ihre Ansicht zu diesem Problem?«

Plaice gab kampflos auf. »M'lord, wenn die einzelnen Anklagepunkte isoliert behandelt werden, dürfte die Anklage mit Punkt zwei auf verlorenem Posten stehen. Ich räume selbstverständlich ein, daß Lugards Tagebuch nur als Beweismittel gegen ihn selbst wirkungsvoll ist. Es wäre jedoch unerträglich und gegen jedes natürliche Rechtsgefühl, wenn man Lugard in diesem Punkt allein anklagen würde, namentlich, da das Fehlen von umfangreichen Beweismitteln den Ausgang fraglich erscheinen läßt. Ich bin nicht in der Lage, dem Vorschlag meines gelehrten Kollegen etwas Substantielles entgegenzusetzen, und lege die Entscheidung daher völlig in die Hand von Euer Lordschaft.«

Wimperton hatte es versucht – und gewonnen, wie er im voraus wußte.

Als er jetzt wieder auf der Anwaltsbank Platz genommen hatte, hörte Smith, der am Tisch der Solicitors vor ihm saß, wie er einem seiner Junioren zuflüsterte: »Dies der erste Streich. Der zweite folgt sogleich, Charlie.« Der Richter hatte sich wieder an Plaice gewandt. »Unter diesen Umständen werde ich den Geschworenen zu gegebener Zeit die entsprechenden Instruktionen erteilen.« Und dann erfolgte eine Warnung an die überfüllte Pressegalerie. »Ich wende mich jetzt an die vielen fremden Gesichter unter Ihnen, die möglicherweise nicht wissen, was publiziert werden darf und was nicht im Hinblick auf Vorlagen, welche den Geschworenen unbekannt sind und in ihrer Abwesenheit vorgebracht wurden. Die Antwort ist kurz und klar; sie lautet: nichts – absolut nichts von dem, was in Abwesenheit der Geschworenen besprochen wird vor diesem Gericht, darf in diesem Land publiziert werden, bevor dieser Prozeß zum Abschluß gekommen ist. Und ich werde sehr genau darauf achten, daß jeder, der diese Anordnung törichterweise mißachtet, auf das strengste bestraft wird. Ist das klar?« Ohne eine Antwort zu erwarten, wandte er sich an den Anklagevertreter und sagte: »Und nun, um Himmels willen, sollen die Geschworenen wieder hereinkommen, damit endlich ein Anfang gemacht werden kann.«

Die erste Szene des ersten Akts in einer jener bekannten juristischen Komödien war vorüber. Sie war natürlich von den Darstellern zuvor sorgfältig in der Richterkammer geprobt worden, aber sie mußte der Öffentlichkeit präsentiert werden, denn der Gerechtigkeit muß öffentlich zum Durchbruch verholfen werden.

Richard Plaice begann mit seiner lange verzögerten Ansprache an die Geschworenen und ließ sorgfältig jede Bezugnahme auf den Mord an Boswell aus – der Richter hatte sie bereits darüber informiert, daß sie alles über Boswell vergessen könnten; er würde ihnen später die entsprechenden Instruktionen übermitteln.

Als die Eröffnungsrede des Anklagevertreters zu Ende war, wurde die Sitzung zur Mittagspause unterbrochen. Der Richter zog sich zurück, und Wimperton, der an seinem Pult stand und kritzelte, langte mit der freien Hand nach der Robe seines Juniors, der im Begriff war, sich ebenfals zurückzuziehen, wobei er nicht aufhörte, zu schreiben; dann riß er den jungen Mann zur Seite und sagte: »Nicht so schnell, Charlie, ich habe noch eine Instruktion für Sie. Nach dem Essen gehe ich hinüber in Margies Wohnung und trinke ein paar Glas Wein mit ihr. Kann sein, daß ich etwas später komme.«

»Ich werde schon sehen, daß alles schön am Kochen bleibt«, versprach der junge Mann voll Zuversicht.

»Den Teufel werden Sie! Sie werden hier sitzen und nett dreinschauen, aber keinen Pieps von sich geben. Die Zeugenvernehmung wird mit diesem Colonel Irgendwas beginnen, der die Schüsse gehört hat, dann kommen ein paar Blaue, die als erste am Tatort waren, und diese Tunte von Grundstücksmakler dran. Keine Unterbrechungen, klar? Ich bin sicher rechtzeitig zurück, um selbst festzustellen, was danach noch kommt.« Jetzt schlug er seinen Notizblock zu, ging zur Tür und bellte, ohne sich noch einmal umzuwenden: »Vergessen Sie nicht! Keinen Pieps, Charlie.«

Smith schaute sich nach der Elstow um, aber man bestellte ihm von ihr, daß sie die Lunch-Einladung des Colonels angenommen hatte. Ob sie nicht doch ein wenig zu sehr aufgetaut war? Tom Palmer, dessen Entziehungssymptome sich an den zuckenden Schultern und den zitternden Händen deutlich zeigten, sagte, er wolle ins Magpie gehen, erklärte Smiths für spießig, weil er sich weigerte, mitzukommen, und stampfte in höchstem Groll davon. Smith ging in die Cafeteria; Slawthorpe saß dort an einem der Tische und hielt ein paar jüngeren, uniformierten Polizeibeamten eine Predigt über die makellose Konzeption von Goeff Boycott. Smith setzte sich an einen leeren Tisch, um die Einsamkeit, den Kaffee und eine Fleischpastete zu genießen, doch die Einsamkeit wurde sogleich von Mr. Kepple vertrieben.

»Was dagegen, wenn ich mich zu Ihnen setze?« Mr. Kepple schien sich unbehaglich zu fühlen. »Hier herumzusitzen ist ab-so-lut nervenzerfetzend. All diese schrecklichen Leute, wie bei Hogarth! Scheußlich, wirklich scheußlich. Und gefährlich, ab-so-lut gefährlich.«

»Bis jetzt ist immerhin noch niemand im Old Bailey überfallen und ausgeraubt worden, Mr. Kepple.«

»Nur eine Frage der Zeit, sollte man meinen. Und ich will nicht der erste sein.« Kleine Finger klopften die Brösel des Knäckebrots von den Revers. Wenn er das ganze Paket ißt, wird er einiges zu tun haben, dachte Smith.

»Ich meine, sehen Sie doch bloß diese zwei dort drüben an.« Mr. Kepple richtete die Augen auf den Ecktisch, ohne dabei den Kopf zu bewegen. »Sie standen vor mir in der Schlange an der Theke, und einer sagte zum anderen: ›Was hast du mit dem Schweinehund vor, Dave?‹ Darauf der andere, der mit der langen Narbe am Hals: ›Schlagstock in die Visage, dann pack' ich ihn von hinten.‹« Mr. Kepple schickte seine Brille wieder auf die Reise, erschauerte und sagte noch einmal: »Scheußlich, wirklich scheußlich.«

Smith unternahm nicht den Versuch, der elliptischen Umlaufbahn von Mr. Kepples Blicken zu folgen.

»Glauben Sie, ich bringe meine Zeugenaussage heute nachmittag noch hinter mich?« Mr. Kepple klopfte schon wieder Knäckebrotbrösel von seiner Samtjacke. »Dieses Warten ist doch wirklich enervierend.« Smith versicherte Kepple, daß seine Aussichten ziemlich gut stünden, dann erhob er sich und ging hinaus.

Die Sitzung wurde nach der Mittagspause wieder aufgenommen und tröpfelte danach öde dahin. Mr. Wimpertons Junior begann unruhig zu werden, als die Uhr auf halb vier rückte. Zeugen über Zeugen wurden gehört, aber sein Chef ließ sich nicht blicken. Jetzt stand Lady Lowderton auf der Bank und hatte gerade die Identifizierung ihres Bruders mit glühenden Details aus seinem Vorleben ausgeschmückt. Als nächster war Simonson an der Reihe. Smith hatte ihn eine halbe Stunde zuvor angerufen, um es ihm zu sagen. Der Gerichtsschreiber sprach in ein Haustelefon. Vielleicht war es das, dachte Smith: Simonson schleicht sich ins Büro des Gerichtsschreibers und wartet dort, bis alles auf seinen Auftritt vorbereitet ist. Der Gerichtsdiener kam zurück vom Korridor, niedergeschlagen und sozusagen mit leeren Händen. Lady Lowderton wandte sich um, weil sie den Zeugenstand verlassen wollte. Charlie, Wimpertons Junior, kaute an der Kante seines Ärmels – als sich gleichzeitig beide Türen auf der Rückseite des Gerichtssaals öffneten und durch die eine Simonson, durch die andere Wimperton eintrat.

»Bitte, bleiben Sie im Zeugenstand, Lady Lowderton.«

Simonson blieb stehen, um Wimperton einen wütend-entrüsteten Blick zuzuwerfen, der ohne darauf zu achten die breiten Treppen herunterkam und sich beim Richter mit einigen gemurmelten Worten entschuldigte: ». . . aufrichtiges Bedauern, aber andere Aufgaben . . . unvorhergesehene Verzögerungen . . .« Mr. Wimperton machte das sehr gut.

Lady Lowderton oben auf dem Zeugenstand starrte entrüstet auf den Zwerg, da plötzlich erschienen war, und zischte und puffte wie eine Lokomotive. Zuvor hatte sie auf ihre Umgebung mit hochmütiger Haltung reagiert und das Angebot des Richters, sie möge sich setzen, abgetan wie die Bitte eines lästigen Hausierers. Auf die Fragen von Plaice hatte sie mit jener geduldigen Ungeduld geantwortet, welche die Intoleranten für Halbblöde und Vollidioten reserviert haben. Jeder Narr mußte wissen, daß es sich bei dem Toten,

den sie identifiziert hatte, um ihren Bruder Captain Antony Pyrnford gehandelt habe.

»Ich werde Sie nicht mehr allzulange aufhalten, Lady Lowderton.« Wimperton fächelte sich mit ein paar Blättern aus seinen Akten zu. »Wäre es korrekt, zu sagen, daß damals, in jenen sorgen-
freien Tagen vor dem Krieg, Sie und Ihr Bruder über den Scharf-
sinn und die Weitsicht verfügten, das Übel des internationalen
Kommunismus heraufkommen zu sehen?«

Richard Plaice war auf den Beinen, wurde aber von der abwehr-
renden rechten Hand des Richters zurückgeschleudert auf seinen
Platz, während die linke Hand von Mr. Kingston Lady Lowdertons
sich bereits öffnenden Mund zum Schließen bewegte.

»Worauf wollen Sie hinaus, Mr. Wimperton?« Er stellte die Frage
mit drohender Einfachheit.

»Auf eine Provokation, M'lord«, erwiderte Wimperton knapp.
Der Richter und Mr. Plaice tauschten unausgesprochene Fragen
und kamen zu unausgesprochenen Antworten. Plaice nahm schließlich seinen Platz wieder ein.

»Sie können jetzt die Frage beantworten, Lady Lowderton«,
sagte der Richter.

Kochend vor Zorn über die Ungeheuerlichkeit, daß er sie zuvor
zum Schweigen gebracht hatte, stieß sie ihren Stock auf den Boden
vor dem Zeugenstand, ehe sie zu sprechen begann. »Nun, natürlich
sahen wir das voraus. Jeder Mensch, der auch nur ein wenig Voraussicht besaß, mußte erkennen, was da vor sich ging – was noch
immer vor sich geht.«

»Und was haben Sie dagegen unternommen?«

»Wir haben diejenigen unterstützt, die etwas dagegen unternah-
men.«

»Wen?«

»Die Patrioten.« Ein euphorisches Krächzen. »Die britischen Patrioten.« Ein schriller Triumphgesang. Wimperton nickte ihr ermutigend zu, verführerisch.

»Und haben diese Ihre Voraussicht und Befürchtung, hat ihr pri-
vilegierter Kreis von Bekannten Sie und Ihren Bruder auch darin
bestärkt, andere Quellen zu erkennen, die seinerzeit die Traditionen und Werte unserer Nation in tödliche Gefahr brachten?«

Sie zögerte und tippte mit dem Stock auf den Boden, als prüfe sie
dessen Tragfähigkeit; sie sah die Pfähle unter dem saftigen Gras,
die dazu bestimmt waren, sie aufzuspießen, holte tief Luft, während

sie einen Ausweg suchte, und entschloß sich für einen Sprung zur Seite.

»Was meinen Sie damit?«

Jetzt war Wimperton an der Reihe, mit der Antwort zu zögern; er hätte sagen können: ›Ich stelle hier die Fragen, und es ist an Ihnen, sie zu beantworten‹, aber das hätte die Sparring-Runde nur verlängert. Er präsentierte statt dessen den Stachel seines Skorpionschwanzes. »Ist Ihnen und Ihrem Bruder niemals zum Bewußtsein gekommen, daß eine weitaus größere Gefahr für die Nation darin begründet lag, was damals in gewissen Kreisen als die jüdische Verschwörung bezeichnet wurde?«

»Nein, Mr. Wimperton!« Wieder brachte der Richter den bereits geöffneten Mund von Lady Lowderton zum Verstummen und rief dann Wimperton streng zur Ordnung. »Ich gestatte nicht, daß Sie in dieser Richtung fortfahren. Ich bin stets bereit, der Verteidigung gewisse Freiheiten einzuräumen, aber Sie gehen zu weit, und ich denke nicht daran, zuzulassen, daß Sie meine Gutmütigkeit in dieser Weise strapazieren.«

Wimperton verbeugte sich unterwürfig. »M'lord, ich bitte Sie um Nachsicht. Ich ziehe die Frage zurück und beschließe mein Kreuzverhör.« Er hatte die Frage vorbringen können – das war mehr als die halbe Schlacht. Er hatte es mit Umwegen versucht, durch die kalte Küche, in der Hoffnung, der Richter würde nicht merken, worauf er hinauswollte, aber er hatte es schließlich doch gemerkt. Die alte Krähe kam durch den Einspruch des Richters nicht mehr dazu, ihre Gesinnung in die Welt hinauszukrächzen, aber die Geschworenen hatten zweifelsohne kapiert. Eine gute Frage war besser als eine schlechte Antwort. Manchmal sogar besser als eine gute Antwort – die Geschworenen erinnerten sich danach vor allem an diejenigen Fragen, die unter die Gürtellinie gingen. Sollten sie sich doch die Antwort selbst geben.

Mit markiger Präzision trug Simonson das Ergebnis seiner Untersuchung vor und wartete am Ende mit gefletschten Zähnen darauf, daß Wimperton den Fehdehandschuh aufgriff. Aber statt dessen gab es nichts als ein herablassendes Handzeichen, das die Entlassung des Zeugen bedeutete. Wimperton hatte keine Fragen an ihn und auch keine an die anderen Zeugen, die bei der Verhandlung aufgerufen wurden.

Pünktlich um vier erhob sich das Gericht und vertagte den Prozeß auf den kommenden Vormittag um halb zehn.

Slawthorpe wurde regelrecht melancholisch, als Smith ihm mitteilte, daß der Mord an Boswell von der Tagesordnung abgesetzt worden war und vermutlich nie vor Gericht kommen würde. Es hätte dem alten Kriminalbeamten nichts ausgemacht, wenn er wenigstens seinen Auftritt gehabt hätte, einen letzten Kampf mit dem Verteidiger – wenn er den Kerlen hätte zeigen können, daß er noch immer sein Geld wert war. Kämpfend untergehen . . . Selbst Smiths Versicherung, daß die Festnahme und die Anklage einen Abschluß seiner Ermittlungsarbeit darstellte, konnte ihn nicht trösten. Er schlug Smiths Angebot, bei ihm zu übernachten aus und erklärte, daß er unter diesen Umständen zum King's Cross fahren und den Viertelnachfünfuhrzug nach York erwischen wollte. »Die Jungs fahren mich von dort nach Scarborough. Auf bald, alter Freund, und passen Sie gut auf sich auf.« Eine freundliche Hand auf Smiths Schulter, dann trat er wie ein Panzerwagen einem ankommenden Taxi in den Weg, was den Wagen zum Halten zwang und den Fahrer dennoch zu keinen Beschimpfungen herausforderte. Es war deutlich zu sehen: Horace Slawthorpe hatte sich zuletzt doch noch aus dem Polizeidienst zurückgezogen, und nur sein Gesichtsausdruck zeigte an, daß er darüber alles andere als glücklich war.

Am Freitag, dem zweiten Verhandlungstag, führte Richard Plaice seine Zeugen durch das umfangreiche Anklagematerial, wobei er geduldig seine Fragen stellte in einer lange geübten, leisen fast lässigen Art, wie sie den guten Anklagevertretern eigen ist. Bei ihm gab es kein theatralisches Hände-in-die-Hüften-Stemmen, keine extravaganten Gesten, nur hier und da eine beredte Pause, die ruhige Wiederholung einer bedeutsamen Antwort. Angemessen – und langweilig. Und währenddessen saß Wimperton auf seinem Platz, spielte mit einem goldenen Kugelschreiber und gab sich uninteressiert, als sei das, was gesagt wurde, von keiner Bedeutung für ihn und seine Verteidigung. Es war genauso langweilig, wie er es sich wünschte, und innerhalb einer einzigen Stunde nach der Mittagspause mußten drei der Geschworenen vom Richter wegen Einschlafens gerügt werden.

Oben auf der Anklagebank saßen die Überlebenden des 1404. Zuges in götzenhafter Würde und sprachen kein Wort, da es bei der Taktik des hier gezeigten Spiels keines ihrer Worte bedurfte. Sie standen hoch über dem monotonen Gemurmel, unbeteiligt, weil man für sie keine Rolle in dem Spiel vorgesehen hatte, abgesehen von ihrer schweigenden Anwesenheit. Sie wurden ausgestellt wie Trophäen, die je nach dem, was dort unten vor sich ging, verloren oder gewonnen werden konnten. Ein Kampf, bei dem Eloquenz die Lanzen und Rhetorik die Schwerter ersetzte. Waffen, deren Wirksamkeit sich erst dann zeigen würde, wenn beide Gegner zu ihrem Schlußplädoyer kamen ... Und danch würde der Richter einen Mittelweg finden, wobei er möglicherweise der einen oder anderen Seite einen etwas größeren Anteil an den Trophäen zusprach.

Kapitel
19

Das Wochenende unterbrach den Prozeß, und obwohl die Verhandlung erst zwei Tage dauerte, schienen die Geschworenen froh zu sein über die Unterbrechung. Der Freitag war ein sehr langweiliger Tag gewesen, belebt nur durch eine überlange Einlassung von Wimperton, daß die Geschworenen berechtigt seien, Kopien von Beweisstück 21, dem Tagebuch Lugards, zu erhalten, zusammen mit der Ermahnung, das Dokumunt »in Ruhe und Muße zu studieren, den Inhalt ganz in sich aufzunehmen und zu versuchen, den wahren Charakter der Angeklagten zu begreifen und die Natur jenes Mahlstroms, der sie in jenen Tagen der Not aneinandergeschweißt hatte.«

Plaice widersetzte sich heftig, und Richter Kingston lehnte den Antrag der Verteidigung ab, wobei er bereits andeutete, in welche Richtung sein Schlußresümee gehen würde: »Lugards Tagebuch hat, wie ich es sehe, wenig Beziehung zur Verteidigung der Angeklagten. Es wurde nicht unter die Beweismittel eingereiht, damit einzelne Geschworene es in Isolation studieren und begutachten, sondern damit sie es zu ihren Beratungen heranziehen, soweit es in einzelnen Passagen für diesen Prozeß von Bedeutung ist.« Wimperton hatte gewußt, daß man seinen Antrag ablehnen würde. Aber er hatte damit dennoch ein Ziel erreicht. Auch dies war wieder etwas, woran sich die Geschworenen erinnern würden, ein Punkt, den er für sich buchen konnte.

Während des ganzen Verhandlungstages hatte Lady Lowderton aufrecht auf der harten Bank gesessen, hatte aufmerksam jedem Wort gelauscht, sich mit düsterem Blick geduckt, wenn Abträgliches gegen Antony verlautbart wurde, und geradezu begeistert genickt, sobald man über die ruchlose Brutalität seiner Hinrichtung sprach.

Am folgenden Tag, einem kühlen, regnerischen Sonnabend, befand sich Smith in seinem Büro in der Zentrale des Distrikts und beschäftigte sich mit einigen administrativen Problemen, als Commander Hessen hereinkam, um sich von ihm zu verabschieden. Hessen war auf dem Weg nach Norfolk, seiner religiösen Klausur. Und er hatte sich bereits das härene Gewand des Büßers übergeworfen. Das heißt, eine dicke Flanellhose und einen noch dickeren Rollkragenpullover, und seine bläulichen Füße steckten strumpflos in offenen Sandalen. Er war offenbar bereit, auf alle Annehmlichkeiten der Zivilisation zu verzichten, was die Fahrradklammern an seinen Hosenbeinen und der Umhang aus gelbem Ölzeug um seine Schultern bewiesen.

»Ich freue mich ungeheuer auf die nächsten zwölf Monate, Owen. Der Präsident war sehr verständnisvoll, ja, er hat meinen Entschluß gutgeheißen.« Regentropfen funkelten auf seinem Gesicht, was ihm eine gewisse Verklärtheit verlieh. »Ich werde weiser und geläuterter zurückkehren, wenn nicht sogar wie neugeboren. Kommen Sie, begleiten Sie mich hinunter in den Hof.« Sein Arm legte sich um Smiths Schultern und trieb ihn den Korridor entlang. »Eines zumindest habe ich von Ihnen gelernt, Owen. Und wenn ich zurückkomme, werde ich die Lektion in die Praxis umsetzen. Ich werde mehr Zeit den Aussätzigen widmen. Man kann das Übel nur mit reinen Händen bekämpfen, aber es dürfen nicht die tastenden Hände eines Blinden sein. Die Hände müssen erkennen, was das Übel ist, müssen mit der Sicherheit des Wissenden zupacken können. Das war mein Fehler, Owen: ich habe hinuntergeblickt auf das Übel, aber ich bin nie hinabgestiegen in seine Niederungen, um es mit eigenen Händen zu vernichten.«

»Aber man macht sich die Hände schmutzig dabei. Wer wüßte das besser als ich.«

»Wir können sie wieder säubern mit der Reinheit unserer Gedanken. Nicht einmal Gott hat diese Welt erschaffen können, ohne sich die Hände zu beschmutzen.«

»Ich wollte, ich wäre davon überzeugt. Dann würde ich mich wohler fühlen.«

»Sie können es, Owen, Sie können es. Haben Sie Vertrauen. Denken Sie sauber. Ich muß weg, muß noch zu einer halbwegs vernünftigen Zeit in Cambridge ankommen. Ich kenne da ein Fleckchen am Fluß – alte, liebe Erinnerungen. Dort werde ich übernachten, im Freien. Bin vielleicht ein bißchen erschöpft, die Kondition, die mir fehlt. Aber auch Erschöpfung reinigt den Geist, damit man danach besser meditieren kann.«

»Wird das nicht eine ziemlich feuchte Angelegenheit?«

»Ich habe ein Zelt dabei. Mehr brauche ich nicht.« Hessen knöpfte sich den gelben Umhang zu und schwang das lange Bein über den Sattel. »Adieu für heute, Owen. Und vergessen Sie nicht: Sauber denken.« Ein kräftiger Druck auf die Pedale brachte ihn bis ans offene Tor, wo er ein paar Sekunden lang schwankte, ehe er eine Lücke im Verkehr erspäht hatte. Dann duckte er den Kopf und bog nach rechts, war gleich danach verschwunden. Smith rief ihm nach: »Meine besten Grüße an Kierkegaard.« Und statt zurückzugehen ins Büro, entschloß er sich, dem ›Cock and Hen‹ einen Besuch abzustatten. Jetzt hatte er gar keine Lust mehr zur Arbeit. Erst ein paar Bierchen, danach konnte ihn O'Brien zum Selhurst Park begleiten. Im Crystal Palace spielten die Spurs. Konnte ein gutes Spiel werden. Die Elstow war übers Wochenende zu ihrer Mutter nach Somerset gefahren. Wenn Sie am Montag zurückkam, wartete eine Überraschung auf sie. Sie war zur Rauschgiftfahndung versetzt worden, sollte Ende des Monats bereits dort anfangen. Vielleicht kam es ihr sogar gelegen; es schien ein guter Posten zu sein, auf dem sie sich auch einen Namen machen konnte. Kein Mensch hatte etwas über die Beziehung zwischen ihr und Smith verlauten lassen, aber man hatte zweifellos intern darüber gesprochen; jemand wollte den Gerüchten einen Riegel vorschieben und hatte veranlaßt, daß sie versetzt wurde. Nun ja – er wußte ja, wo sie wohnte.

Unmittelbar nach der Mittagspause am folgenden Dienstag begann Richter Kingston mit seinem Schlußresümee an die Geschworenen.

Ungehindert durch längere Kreuzverhöre oder andere Anträge der Verteidigung, vertreten durch den Queen's Counsel Patrick Wimperton, war es einer der schnellsten Sensationsprozesse seit Menschengedenken gewesen. Smith hatte nicht viel länger als eine Stunde auf dem Zeugenstand ausharren müssen – eine vergleichsweise kurze Zeit für den Leiter einer Ermittlung in einem so umfangreichen Mordfall. Er machte seine Aussagen mit der ruhigen Präzision des erfahrenen Zeugen, immer einen Blick auf den Stift des Gerichtsschreibers gerichtet, damit dieser auch nachkam und der Richter nicht eingreifen mußte. Wenn Smith von Zeit zu Zeit von seinen Notizen aufblickte, merkte er, daß er von Lady Lowdertons wäßrig blauen Augen unverwandt und haßerfüllt angestarrt wurde. Augen, vergrößert durch Tränen, die nie flossen – was mit der Oberflächenspannung der Wassermoleküle zu tun hatte, wie er einmal irgendwo gelesen hatte. Er fragte sich mit einiger Unruhe und einer bösen Vorahnung, was denn nun die Verteidigung für einen Trumpf im Ärmel haben mochte, als am Ende seiner Ausführungen Wimperton aufstand und mit dem räuberischen Ritual des Verteidigers ein vernichtendes Kreuzverhör in die Wege leitete. Ihn zum Beispiel dem langen, durchdringenden Bohrer einer vorauszusetzenden Allwissenheit durchlöcherte, nachdrücklich auf seine Unterlagen klopfte, drohende Pausen entstehen ließ und schließlich Silbe für Silbe die Frage betonte: »Ist es denn nicht eine Tatsache, Mr. Smith ...« Um dann mit verfaulten Tomaten zu werfen: »... daß meine Klienten, die fünf Angeklagten in ihrer Gesamtheit, Personen von untadeligem Charakter sind?«

Er räumte ein, daß dies durchaus der Fall sein könne, und Wimperton ließ sich wieder nieder. Smith hätte ihn nicht so leicht davonkommen lassen dürfen; noch dazu, wo er mit einer solchen Einlassung rechnen mußte. Guten Charakter konnte man sich in den meisten Fällen bestätigen lassen, und sobald dazu die Möglichkeit bestand, würde kein Verteidiger der Welt zögern, diese Bestätigung zu erhalten.

Aber ›untadelig‹? Das war schon etwas stark, sogar für Wimperton. Hätte er ihm lediglich erwidern sollen: ›Es sind keine Verurteilungen im Strafregister über die hier Angeklagten eingetragen?‹ Und wenn Wimperton dann auf das ›untadelig‹ hinauswollte, konnte er immer noch behaupten, daß er die fünf Angeklagten ja so gut auch wieder nicht kannte. Wimperton hätte dann nur erwidern können: ›Sie haben also keinen Grund zu der Annahme, daß es sich bei meinem Klienten um Menchen von nicht tadelfreiem Charakter handelt?‹ Und darauf hätte er nur mit einem ›Nein, Sir‹ zu antworten brauchen.

Für ihn war der Prozeß danach vorüber; er war von da an nur Zuschauer, mußte sich nicht mehr darum kümmern, daß die Zeugen oder Beweismittel rechtzeitig zur Verfügung standen, brauchte sich nicht mehr zu überlegen, ob er nicht doch vielleicht noch etwas Bedeutendes übersehen hatte. Das geflüsterte »Diesmal bist du noch davongekommen, du geiler Bock« von Wimperton beantwortete er mit einem entsprechenden Satz und dem schmückenden Beiwort »Hurentreiber«. Man war berechtigt, sich bei Wimperton Freiheiten herauszunehmen, denn immerhin war er selbst derjenige, der sich die meisten Freiheiten herausnahm in einem Beruf, bei dem es um die Freiheit ging.

Wie eine Doppelreihe von Büsten im Halbprofil beobachteten die Geschworenen den Richter. Die präzise Eloquenz von Richard Plaice, Queen's Counsel, war gerade zuvor noch in einem kurzen, aber effektiven Schlußplädoyer bestaunt worden. Die gefühlsbeladene Ansprache von Wimperton hatte länger gedauert, aber jetzt schwieg auch er. Der eine, der nur beweisbare Fakten verwendete, hatte versucht, so etwas wie Sicherheit zu vermitteln. Der andere, der nichts weiter als Zweifel unter die beweisbaren Fakten anzubringen brauchte, in der Art von kleinen Sprengsätzen, hatte ihnen diese Sprengsätze in der Form von Mutmaßungen, Möglichkeiten, Spekulationen und Hypothesen dargeboten. Jetzt lag es an Richter Kingston – und daran, ob die Saat von Lugards Verteidigung, die er selbst gesät hatte, aufgehen würde.

Richter Kingston legte seinen Kugelschreiber zur Seite. Alles war notiert, die Rechnung war vollständig, blieb nur noch die Addition. »Meine Damen und Herren Geschworenen, wenn Sie sich an den Eid halten, den Sie vor diesem Gericht geleistet haben, werden sie in diesem Fall kaum Schwierigkeiten haben, zu einem Spruch zu gelangen. Ich darf Sie noch einmal daran erinnern, daß Sie geschworen haben, ein *wahres* Urteil getreu den bei Gericht vorgebrachten Beweisen zu sprechen. Nicht wie manche mißgeleiteten Menschen zu sagen geneigt sind, ein *gerechtes* Urteil. Die Gerechtigkeit hat nichts mit Ihrem Spruch zu tun. Dies ist mein Vorrecht. Sie sind Richter über die Fakten, Sie haben Gewicht und Bedeutung der Fakten zu beurteilen, ohne Vorurteile und entsprechend ihrem Wert für die eine oder die andere Seite. Dabei müssen Sie sich beschränken auf diejenigen Fakten, die innerhalb der Mauern dieses Gerichts bekanntgeworden sind, aus dem Mund von Zeugen, die hier vor Ihnen aufgetreten sind und Zeugnis abgelegt haben. Nichts von dem, was in den sogenannten Medien aufgetaucht ist, darf Ihr Urteil in irgendeiner Form beeinflussen. Einige von meinen Richter-Kollegen würden vielleicht zu Ihnen sagen: Verscheuchen Sie alles, was Sie vor diesem Prozeß gesehen, gehört oder gelesen haben, aus Ihren Köpfen. Ich will nicht Ihre Intelligenz beleidigen durch den ohnehin nutzlosen Appell, das zu entfernen, was sich unwiderruflich und oft auch heimtückisch dort festgesetzt hat. Wenn Sie tatsächlich so töricht sein sollten, solchen Unkräutern den Wuchs im Garten der Vernunft nicht zu wehren, kann ich es nicht ändern. Die großen Rasenflächen englischer Justiz sind zu umfangreich, als daß man nicht hier und da auf ein Beet voller Nesseln stoßen würde.

Aber sind Sie wirklich so töricht, meine Damen und Herren Geschworenen? Ich glaube es nicht. Heute herrscht die Tendenz, von dem breiten Spektrum unserer Bevölkerung als gedankenlose Masse zu sprechen; ich verfolge solche ungerechten Verleumdungen mit Feuer und Schwert, denn ich habe zu lange an der Quelle der Justiz gesessen, hier auf dieser Bank, und habe zu viele Geschworenenversammlungen gesehen, um etwas anderes als größte Hochachtung und tiefsten Respekt für diese Männer und Frauen zu empfinden, für die unterschiedlichsten Bevölkerungsgruppen, aus denen Geschworene wie Sie ausgewählt worden sind. Ich bin davon überzeugt, daß Sie sich Ihrer Vorgänger auf der Geschworenenbank als würdig erweisen werden, und daß Ihr Spruch das Ergebnis der Beweise sein wird, die vor Ihnen dargelegt wurden, und nichts anderes.«

Die Lugard-Verteidigung wankte in ihren Grundfesten. Smith schaute zu den Geschworenen hinüber. Die Büsten im Halbprofil glänzten, als hätte der Richter sie mit Wachspolitur und weichem Lappen behandelt. Bis auf einen – den jungen Mann in Jeans, der den Blick nicht mehr auf Kingston gerichtet hatte; sein Kopf hatte sich gesenkt, der Bart ruhte auf seiner Brust – er sah aus wie ein jugendlicher Shaw. Womit mochte dieser Bursche seinen Lebensunterhalt verdienen? fragte sich Smith. Ein ewiger Student? Ein Lektor an einem Polytechnischen Institut? War die Erhebung zwischen seinen Brauen das Zeichen von Zorn, Zynismus oder Nachdenklichkeit? Immerhin, wenn er die Plattitüden des Richters erkannte, dann mußte er auch die Rhetorik von Wimperton durchschaut haben ... Der Richter bat den Gerichtsdiener, eines der Gewehre heraufzureichen; vielleicht hatte er sich entschlossen, den jungen Mann zu erschießen.

Er nahm jetzt das Lee Enfield-Gewehr etwas linkisch in die

Hand und präsentierte es den Geschworenen. Dabei hielt er es genau richtig in der Balance, dicht vor dem Magazin.

»Betrachten Sie diese Waffe, meine Damen und Herren Geschworenen. Der Verstorbene, Antony Pyrnford, wurde mit diesem Gewehr und vier anderen identischen Waffen erschossen; auch diese Waffen befinden sich als Beweismittel hier in diesem Saal. Ich würde meinen, über diese Tatsache herrscht kaum ein Zweifel. Mr. Wimperton hat völlig richtig Ihre Aufmerksamkeit auf die Aussage von Mr. Palmer, den Experten für Waffenkunde und Ballistik, gelenkt, der Ihnen berichtete – und wir brauchen nicht in seinen technischen Jargon zu verfallen –, daß jedes der fünf Geschosse, die den Körper des Getöteten durchbohrten, Spuren trägt, die Palmer gestatten, mit großer Wahrscheinlichkeit daraus zu schließen, daß alle fünf am Tatort aufgefundenen Geschosse durch jeweils einen Lauf dieser fünf Gewehre geschossen worden sein müssen. Mr. Wimperton hat zu Recht darauf hingewiesen, wie es seine Pflicht als Verteidiger ist, Palmer könne angesichts von Millionen gleichartiger Waffen, die hergestellt wurden, nicht die entfernte – und er sagte ausdrücklich ›entfernte‹ – Möglichkeit ausschließen, daß ähnliche Spuren auch mit einem anderen Gewehr aus derselben Fabrikation entstanden sein könnten.«

Kingston gab das Gewehr an den Gerichtsdiener zurück, als sei er froh, es loszuwerden.

»Meine Damen und Herren Geschworenen, wenn wir es nur mit einer einzigen Waffe zu tun hätten, würden Ihnen daraus vielleicht Schwierigkeiten entstehen. Aber wir haben fünf zur Verfügung. Oder, genau gesagt, sechs, aber beschränken wir uns vorderhand auf fünf. Eine entfernte Möglichkeit multipliziert mit fünf – das entschwindet in die Unendlichkeit einer mathematischen Absurdität! Bleibt also die Gewißheit, daß der Getötete mit diesen hier vor uns liegenden Waffen getötet worden ist. Vier von den Gewehren, die zum Töten Pyrnfords benützt wurden, fand man in einem Raum, der von dem Angeklagten Lugard gemietet war und der knapp eine Meile vom Tatort entfernt ist. Ein Raum, der auch von anderen Angeklagten häufig betreten wurde, von Ayliffe, Chivers und Reeves – sie alle waren Experten in der Bedienung solcher und ähnlicher Waffen, wie Sie aus der Wiederholung der Fernsehaufzeichnung ersehen konnten, welche in Belgien gedreht wurde und die uns die Verteidigung trotz der offensichtlichen Irrelevanz zu dieser Verhandlung vorführen zu müssen glaubte. Das fünfte Ge-

wehr wurde heimlich vor dem Heim eines Mannes namen Loach abgegeben, der ebenfalls mit den Angeklagten beim vierzehnhundertvierten Zug gedient hat. Dieser Loach ist tot; daher ist es nicht nötig, wenn Sie sich über Gebühr mit ihm beschäftigen. Zum sechsten
Gewehr schließlich gibt es kein entsprechendes Geschoß. Die Anklage erklärt das damit, daß es sich bei dieser um die Waffe des
Kommandoführers beim Erschießungskommando handelte. Eine
durchaus vernünftige Annahme im Hinblick auf die militärische
Tötungsmethode und die Neigung der Angeklagten.«

Richter Kingston wandte sich jetzt gnadenlos dem Lugard-Tage-
buch zu. »Kein sonderlich begeisterndes Dokument, wie Sie möglicherweise empfunden haben, diese weitschweifige Auslassung eines Emporkömmlings. Nichts, was nicht von Tausenden anderer,
edler und mutiger Männer ertragen worden wäre. Aber sicherlich
ein Beweismittel gegen Lugard . . . Doch warum gesellten sich die
anderen zu ihm, warum traten sie die Flucht an, als ihre Festnahme
bevorstand? Und warum nahmen sie teil an etwas, was Sie vielleicht
für einen verlogenen Humbug halten, diese von der Presse so bezeichnete ›zweite Belagerung‹ am Bergues-Furnes-Kanal?«

Dann kam er auf das Dossier von Kyriacou: »Beweise, die sich
nur gegen Bruce richten, sicherlich. Aber zeigt nicht die Zahl der
Telefongespräche zwischen Lugards Wohnung und dem Heim von
Bruce in St. Andrews, daß es da eine Verbindung gibt – zu einer
Zeit, als die übrigen sich zur Flucht entschlossen hatten, um der
drohenden Festnahme zu entgehen?«

Er stürzte sich wie ein Geier auf Wimpertons Übertreibungen bei
dessen Verteidigungsplädoyer. Benützte im Überfluß Phrasen wie
›Was halten Sie von einer solchen Beweisführung?‹ Oder: ›Nun, benützen Sie einfach Ihren gesunden Menschenverstand!‹ – ›Können
Sie so etwas akzeptieren? Es liegt natürlich an Ihnen, ganz allein an
Ihnen.‹ – ›Ist so eine Hypothese vertretbar?‹ Vernünftige Worte in
einem Gerichtsbericht, vielleicht auch in einer Eingabe zum Apella-
tionsgericht, aber gesprochen, mit der Betonung der Unglaubhaf-
tigkeit und des Lächerlichen, erhielten sie ganz andere Bedeutun-
gen. Doch auch dies waren Spielzüge, an die sich die Geschworenen
erinnern würden.

»Sie werden vielleicht überrascht sein, wie ich selbst es auch war,
zu erfahren, daß keiner der Angeklagten irgend etwas zu seiner eigenen Verteidigung vorgebracht hat. Sie haben sich nicht einmal
entschließen können, auch nur ein Wort vor diesem Gericht zu

sprechen. Aber Ihre Gefühle, meine Damen und Herren Geschworenen, dürfen nicht über die verständliche Überraschung hinausgehen, denn es ist das gute Recht der Angeklagten, vor Gericht zu schweigen, und diese Tatsache darf nicht zu ihren Ungunsten ausgelegt werden. Sie ist kein Zeichen von Schuld. Die Verteidigung hat durchaus recht, wenn sie behauptet, daß es Sache der Anklage ist, die Schuld der Angeklagten so zu beweisen, daß sie über jeden Zweifel erhaben ist. Es ist nicht Sache des Beklagten, seine Unschuld zu beweisen. Und denken Sie nicht, es ist stolze Überheblichkeit. Wenn es das sein sollte, dann haben die Angeklagten das Recht, eine solche Überheblichkeit zu zeigen – wie auch immer die Folgen sein mögen. Sie sagen, daß sie unschuldig sind, also bleiben sie es auch, bis Sie, meine Geschworenen, zu einem anderen Spruch gekommen sind.

Aber das ist noch nicht alles. Mr. Wimperton, der ihre Interessen vertritt, legt Ihnen nahe – falls Sie entscheiden sollten, die Angeklagten hätten diesen Pyrnford tatsächlich getötet –, daß sie es taten, weil sie von den Ereignissen in der Vergangenheit provoziert worden seien, eine Provokation, die weit über das hinausging, was ein Mensch ertragen könne. Ich würde dies als eine Art Rückversicherung bezeichnen – die Wahl des geringeren von zwei Übeln, sozusagen. Eine Aufforderung, zu erkennen, daß die Angeklagten in diesem Fall die Tat unter Provokation begangen haben und deshalb nur wegen Totschlags angeklagt werden können. Es liegt an Ihnen, darüber zu entscheiden, aber lassen Sie mich folgendes sagen: Es kann durchaus sein, daß Pyrnford im Schicksalsjahr neunzehnhundertvierzig der brutale Mörder war, als der er in Lugards Tagebuch erscheint. Daß er in Wahrheit ein lasterhafter, betrügerischer Verräter seines Königs und seines Vaterlandes gewesen ist, verantwortlich für eine ganze Reihe von Toten, bekannte und unbekannte, und die Ursache dafür, daß diese Männer lange Jahre der Gefangenschaft ertragen mußten. Selbst wenn er all dessen schuldig wäre, und noch unzähliger anderer Verbrechen, keine dieser Untaten . . .«

Kingston verstummte, als ein katzenartiges Wimmern den Gerichtssaal erfüllte. Stärker als ein Zischen, aber schwächer als ein Knurren, war es dennoch hörbar – und durchdringend. Köpfe wandten sich um, manche Zuschauer standen halb von ihren Plätzen auf, der Gerichtsdiener befahl Ruhe, aber das Geräusch setzte sich fort. Es drang durch die geschlossenen Lippen von Lady

Lowderton, die im hinteren Teil des Gerichtssaals saß und ihren hemmungslosen Zorn über die schrecklichen Andeutungen von seiten des Richters Stimme verlieh. Sam Jones, der neben ihr saß und vergeblich versuchte, sie durch Schütteln zum Schweigen zu bewegen, war kalkweiß, so peinlich berührte es ihn, neben einer derart diskriminierenden Mandantin sitzen zu müssen.

»Bringt diese Frau hinaus.«

Die Anordnung des Richters klang mäßig und ruhig – die Tatsache, daß er den Titel von Lady Lowderton ausließ, war der einzige Hinweis auf seinen Zorn. Die Lady war auf den Beinen und stampfte zur Tür, ehe der Gerichtsdiener sie erreichte, blieb kurz stehen, als sie an der Anklagebank vorbeikam, um denen, die dort saßen, drei Worte zuzukrähen: »*Canaille* . . . Judenknechte . . . Bolschewiken!« Die einzigen Häupter, die sich nicht umwandten, waren die der Gefangenen. Sam Jones, der besorgt voranstolperte, hielt die Tür auf, um Lady Lowderton wenigstens einen gebührenden Abgang zu sichern.

»Sie wird ab sofort aus diesem Gerichtssaal ausgeschlossen.« Damit nahm Richter Kingston seinen Faden wieder auf, spleißte ihn und machte sich daran, das entstandene Loch zu flicken.

»Keines dieser Verbrechen kann die Ermordung der dafür verantwortlichen Person rechtfertigen – außerhalb einer gesetzesmäßigen und ordentlichen juristischen Autorität. Eine Provokation, die ausreicht, um einen Mord in Totschlag zu verwandeln, muß stark genug sein, daß sie einen vernünftigen Menschen dazu bringt, jegliche Selbstkontrolle zu verlieren. Sie mögen vielleicht annehmen, daß in diesem Fall eine derartige Provokation bestanden hat – das überlasse ich Ihrem Urteil. Aber ich muß Ihnen mit aller Eindringlichkeit klarmachen – und Sie dahingehend bestimmen –, daß es sich dabei nicht um ein Gefühl handelt, das gehortet und gepflegt werden kann über die Jahre hinaus, um periodisch erneuert zu werden, bis der Tag der Vergeltung gekommen ist. Denn dann wird daraus Rache, eine Befriedigung blutdürstiger Gefühle, ein niedriges Verbrechen. Provokation ist nur dann in der Lage, einen Mord auf den Vorwurf des Totschlags zu reduzieren, wenn die Reaktion unmittelbar der Provokation folgt. Um es einfacher auszudrücken: Wenn erst genügend Zeit verstrichen ist, daß das aufbrausende Blut abkühlen konnte, dann vergeht die Provokation in Staub. Lassen Sie nicht zu, daß man Ihnen diesen Staub in die Augen streut, meine Damen und Herren Geschworenen, denn von diesem Staub hat es mehr als genug gegeben, vor und während dieses Prozesses.«

Kingston blätterte in seinen Unterlagen, um seinen Worten Zeit zu gönnen, daß sie sich in die Köpfe der Geschworenen senken konnten. Smith beobachtete die Gesichter der Angeklagten von links nach rechts. Ayliffe, dessen Emotionen begraben lagen in den Nischen seines Gesichts, kratzte sich mit den Fingern im Nacken. Bruce blieb so hart und tot wie eine Granitstatue, die darauf wartete, zum Leben erweckt zu werden. Chievers, auf dessen glattem Schädel sich das Licht von oben spiegelte, war blasser geworden. Lugard saß steif und gespannt da; er entgegnete den Kampf mit Blicken, die er in den Richter zu bohren schien. Reeves, dem der Schweiß von den Brauen in die Augen lief, wischte sich die neu entstehenden Tröpfchen von der Stirn. Sie alle wußten, daß die Granaten der Mörser jetzt immer näher bei ihnen einschlugen. Richter Kingston hatte sie ein drittes Mal belagert.

»Die Verteidigung der Angeklagten kennt zweifellos die Grenzen der Provokation und hat versucht, ihr eine fortdauernde Bedeutung beizumessen. Mr. Wimperton hat angedeutet, es könnte sich etwas im Keller des Hauses Green Briars ereignet haben, wo der Getötete eingesperrt worden war und wo man ihm eine Travestie von Gerichtsverfahren gönnte, ehe man ihn tötete. Vielleicht, sagte Mr. Wimperton, hat Mr. Pyrnford die Angeklagten erneut als Feiglinge bezeichnet, weil sie seinen Befehlen nicht gehorcht hatten und nicht auf ihren Posten gestorben waren. Vielleicht, sagte Mr. Wimperton, hat er sich seiner verräterischen Taten noch gebrüstet und geschwelgt in der Schilderung der unsäglichen Grausamkeiten, die gegen die jüdische Rasse begangen wurden – und so weiter, und so fort. Vielleicht hat der Getötete auf diese Weise – um Mr. Wimpertons eigene Worte zu verwenden – jegliche vernünftige Erörterung unmöglich gemacht und den alten Haß zu neuem Leben erweckt. Das alles mag so gewesen sein, meine Damen und Herren Geschworenen. Aber es ist der Verteidigung nicht gelungen, diese Annahmen mit dem Hauch eines Beweises zu belegen, und wir alle haben kein einziges Wort vernommen, das dieses dürftige Gebäude auch nur in irgendeiner Weise gestützt hätte.«

Als ob er dem Druck von Lugards Blicken entgegenwirken wollte, schaute ihn der Richter jetzt an und zog die Stirn in Falten ob dieser Unverfrorenheit. »Lugard, hören Sie auf, mich in dieser herausfordernden und impertinenten Art und Weise anzustarren.« Lugard wollte aufstehen, um etwas zu erwidern, wurde aber durch einen zweiten Befehl daran gehindert. »Und versuchen Sie nicht, mir irgend etwas zu entgegnen, Lugard. Verhalten Sie sich entsprechend meinen Anweisungen.« Ein leichtes Neigen des Kopfes zeigte an, daß Lugard sich zwar beugte, aber nicht unterwarf. Die Intensität seines Blicks, der jetzt auf das Schwert der Justiz gerichtet war, blieb unverändert. Fast zögernd brach Richter Kingston die einseitige Auseinandersetzung ab und wandte sich wieder den Geschworenen zu.

»Der ganze Fall läßt sich auf einen einzigen Punkt reduzieren, nicht wahr? Sind Sie davon überzeugt, daß die Angeklagten jahrzehntelang geduldig gewartet haben, bis sie Pyrnford in den Keller von Green Briars schleppen konnten und dort eine Farce von Gericht über ihr Opfer ergehen ließen, was damit endete, daß sie ihren ehemaligen Kommandeur ermordeten? Wenn Sie von diesem Tatbestand überzeugt sind, meine Damen und Herren Geschworenen, und wenn diese Überzeugung über jeden Zweifel erhaben ist, dann handelt es sich um Mord und um nichts anders. Sollten dagegen vernünftige Zweifel darüber bestehen, dann werden Sie die Angeklagten freisprechen müssen.

Aber bedenken Sie, daß man unter ›vernünftigem Zweifel‹ keineswegs eine vage oder eingebildete, gefühlsmäßige Laune verstehen darf. Ihr Zweifel muß Substanz besitzen. Betrachten Sie die Ihnen übertragenen Aufgabe wie eine schwerwiegende persönliche Entscheidung. Zum Beispiel wie den Erwerb eines neuen Wagens. Vielleicht gefällt Ihnen das Modell, vielleicht ist der Klang des Motors gesund, sind die Sitze komfortabel, ist die Anzugskraft stark, aber wenn Sie den Wagen probefahren, hören Sie ein sonderbares Heulen, das vom Getriebe stammen kann. Sie haben einen vernunftbegründeten Zweifel an der Zuverlässigkeit des Fahrzeugs. Kommen wir auf unseren Fall zurück: Haben Sie sonderbare, beunruhigende Geräusche aus der Gegend der Anklage gehört? Ich kann Ihnen diese Frage nicht beantworten. Aber wenn das der Fall ist, müssen Sie die Angeklagten freisprechen. Lassen Sie mich jetzt . .«

Kingston ging nunmehr in die Details und behandelte jeden der einzelnen Angeklagten. »Sie können nicht den einen von Schuld freisprechen und den anderen nicht. Dennoch müssen Sie die Angeklagten als Individuen mit ihren Taten betrachten . . . Betrachten Sie sie nur in der Hinsicht als Gruppe, als ihre miteinander verbundenen Schicksale sie unwiderruflich aneinanderketten . . . Sicher werden sie den einen mehr, den anderen weniger schuldig finden . . .«

Um vier Uhr nachmittags brach Richter Kingston sein Resümee abrupt ab und erklärte, er würde es am folgenden Morgen beenden. Es gab nicht mehr viel, was er hätte sagen können, aber prinzipiell lassen es nur wenige Richter zu, daß sich die Geschworenen am Nachmittag zur Beratung zurückziehen, denn das würde bedeuten, daß das gesamte Gericht bis tief in die Nacht hinein zur Verfügung stehen müßte, nämlich bis die Geschworenen zu einem Spruch gelangt sind. Ein vernünftiges Prinzip, wie ihm alle Anwesenden gern bestätigt hätten.

Wimperton beobachtete die Geschworenen, die sich tief in Gedanken aus ihrem hölzernen Käfig bewegten. Dann wandte er sich an Plaice und sagte: »Der Schoß der Götter, was, Dickie?«

»Sie sind wirklich ein unverbesserlicher Optimist, Paddy.« Plaice knotete das rote Band um seinen Schriftsatz und brachte eine wunderschöne Schleife zustande.

»Ich weiß. Ich dagegen würde sogar auf die Pferde setzen, die Sie reiten. Haben Sie einen guten Tip für Sandown am kommenden Samstag?«

Smith ging hinaus in die Vorhalle. Lady Lowderton stand an einem der Fenster in ihrem knöchellangen, altmodischen Mantel, die Beine gespreizt, und beugte sich, gestützt auf ihren Stock, nach vorn, als beobachte sie einen Vorgang draußen auf der Straße. Mit einem Gefühl des Mitleids wurde Smith klar, daß sie unbekümmert auf den Boden pinkelte. Lady Lowderton trat vorsichtig über den kleinen Teich auf den Steinfließen, als sie Smith erblickte, und wedelte mit ihrem Stock durch die Luft. »Hat dieser scheinheilige Kretin aufgehört, den Namen meiner Familie in den Dreck zu ziehen?« Smith wich vorsichtig dem Stock aus, der auf seinen Bauch zielte, und schaute sich nach dem besänftigenden Sam Jones um. Er war nirgends zu erblicken.

»Es wurde nicht mehr über das Thema gesprochen«, erklärte er.

»Sie und Ihre verdammten Versprechungen von Diskretion und so weiter! Sie haben mich vernichtet. Ist Ihnen das eigentlich klar? Genau wie diese verdammten Dreckskerle Antony vernichtet haben.« Sie war ihrer Sinne mächtig und fluchte mit der Haltung, die eine gute Erziehung vermittelte. Er konnte wenig erwidern und bot ihr statt dessen seinen Arm, um ihr die Treppe zur Straße hinunterzuhelfen. Hinter ihm fragte eine Reinmachefrau in klagendem Ton: »Uuuh, wer war denn das hier? So 'ne Sauerei!«

Er konnte nicht umhin, sie zu bemitleiden; sie war nichts weiter als ein Relikt voll verlorener Privilegien und behaltener Vorurteile, eine Überlebende, genau wie die Männer des 1404. Zuges. Außerdem war er für sie verantwortlich, sie war seine Zeugin. Ohne sie würde er vermutlich jetzt noch ganz England durchkämmen auf der Suche nach Le Enfield-Gewehren und den dazugehörigen Mörderhänden.

Die Reporter, die draußen herumlungerten, betrachteten sie mit gierigen Blicken. Während der Prozeß lief, war sie geschützt vor Aasgeiern, selbst noch kein Aas, keine leichte Beute. Ein Rolls hielt am Randstein, und der Chauffeur in Livree riß ihr die Fondtür auf, während sie den Wagen bestieg. Er erkannte den Fahrer – er arbeitete bei einer Mietwagenfirma in Knightsbridge. »Zum Savoy«, sagte sie ein wenig zu laut. Jemand saß bereits im Fond und versteckte sein Gesicht hinter einer Zeitung. Nicht Sam Jones – die Hüften waren nicht breit genug, der Bauch zu flach. Als der Wagen losfuhr, konnte Smith einen Blick auf ein dunkles, gutaussehendes Profil werfen, das sich ein wenig zur Seite wandte, um mit der Lady zu sprechen. Hatte sie auch ihren Begleiter gemietet? Er ging zurück in das Gebäude, um dafür zu sorgen, daß Sergeant Blake die Beweisstücke für die Nacht unter Verschluß brachte. Sie wurden in einer ehemaligen Zelle im Keller aufbewahrt. Die Ehrentafel des 1404. Munitionszuges, Beweisstück Nummer 27, lehnte an der zerbrochenen Toilettenschüssel.

Nachdem er Blake zurückgeschickt hatte nach Cobb Common, spazierte er am Embankment entlang und vorbei an der Abbey zur Victoria Street und dem New Scotland Yard. Er mußte Fairchild über die Fortschritte des Prozesses unterrichten. Anschließend kehrte er nach Cobb Common zurück, wo die Elstow ein paar Flaschen zur Feier ihrer Versetzung spendierte. Sie hielt es für eine Beförderung, eine Chance: einen Schritt weiter im Korridor der Macht, einschließlich der Möglichkeit, dem Polizeipräsidenten ›Gutern Morgen, Sir‹ sagen zu können. Saure Trauben, Smith? Das Mädchen war in Ordnung. Würde das Inspectorexamen mit besten Ergebnissen ablegen und ganz bestimmt noch weit kommen! Ob sie wohl jemals noch in seine Wohnung in Kensington kommen würde?

Am nächsten Morgen nahm er einen Brummschädel mit ins Bailey. Er hätte es besser wissen müssen, sagte er sich; Bier und stärkere Alkoholika vertrugen sich bei ihm nicht gut. Er hätte entweder beim einen oder beim anderen bleiben sollen. Dennoch hatte er genügend Selbstbeherrschung gezeigt und war gegangen, ehe er zu betrunken wurde. War gegangen und hatte die Elstow zurückgelassen – und sie kam danach natürlich nicht nach Kensington. Schön, vielleicht war sie selbst auch ein bißchen beschwipst.

Lady Lowderton war schon vor ihm eingetroffen, noch immer in königlicher Würde, wenn auch in einer anderen Aufmachung. Heute trug sie einen losen, scharlachroten Seidenmantel mit riesigem Hermelinkragen. Wollte sie Kingston damit ausstechen? Sie stand am Eingang und befand sich in wildem Streit mit einem Polizeisergeant – das heißt, zumindest von ihrer Seite war der Streit wild.

»Nicht gestorben würde ich mich ohne Anlaß in diesen Gerichtssaal begeben, aber ich habe jedes Recht, an diesem abscheulichen Ort anwesend zu sein. Sie haben Huren eingelassen, die ihre Verbrecherfreunde vors Gericht begleiteten, und wagen es, der Witwe eines Baronet den Eingang zu verwehren, die obendrein als Zeugin für die Krone auftritt? Holen Sie augenblicklich Ihren Vorgesetzten!«

Die Menge hinter ihr wurde ungeduldig. Zögernd ließ der Sergeant Lady Lowderton durch. Immerhin hatte sein Vorgesetzter an der Tür zum Gerichtssaal Nummer eins die strikte Anweisung, sie nicht einzulassen. Sollte er sich doch mit ihr streiten, oder, noch besser, sollte sich doch die Alte da drinnen weiter wie eine Wahnsinnige gebärden und wegen Mißachtung des Gerichts in Haft genommen werden.

Richter Kingston entließ die Geschworenen um 10.45 Uhr, nachdem er ihnen eingeschärft hatte, daß sie ein ›Nicht schuldig‹ im Anklagepunkt zwei sprechen sollten, dem Mord an Boswell. Eine Formalität, wie er ihnen klarmachte, aber eine notwendige, da die Angeklagten sich jetzt unter der Rechtsprechung der Geschworenen befänden. Sie taten, was man von ihnen verlangte, wobei der junge Mann in Jeans als ihr Obmann auftrat.

»Ich wollte, er hätte ihnen die Anweisung vor seinem Schlußresümee gegeben, nicht danach«, beklagte sich Plaice bei Smith. »Ich mag es nicht, wenn sie sich im ›Nicht schuldig‹-Sprechen üben, bevor sie sich zur Beratung zurückziehen.«

Die Journalisten eröffneten eine Lotterie über die Zeit, welche die Geschworenen brauchten, um zu ihrem Spruch zu finden, kombiniert mit der üblichen Wette auf das Urteil. Von denjenigen, die keine Übung in Gerichtsreportagen hatten, tippte keiner auf einen Zeitpunkt, der später als drei Uhr nachmittags lag, und alle tippten auf schuldig. Die älteren, erfahrenen Gerichtsreporter tippten auf spätere Termine, zwischen vier und fünf, aber auch sie waren überwiegend davon überzeugt, daß es nichts anderes als einen Schuldspruch geben konnte. Nur zwei von den Älteren tippten auf ›Nicht schuldig‹?

Smith spazierte durch die Korridore und Vorhallen, denn er wußte, daß es mindestens zwei Stunden dauern würde, aber die Ungewißheit hielt ihn innerhalb des Gebäudes. Er unterhielt sich mit ehemaligen Kollegen vom Yard, die dort waren, um in anderen Fällen auszusagen. Von Zeit zu Zeit sah er Lady Lowderton. Sie war jetzt immer allein; vermutlich hatte Sam Jones sie im Stich gelassen. Auch sie unterhielt sich mit den Leuten, wenn auch auf ihre Art. Sie näherte sich Gefängnisbeamten, weiblichen Polizisten, Beisitzern und jüngeren Anwälten, einmal in der Rolle der gebrechlichen Alten, dann wieder mit herablassendem Lächeln. Als Antwort erhielt sie freundliche Erklärungen, verstehendes Nicken oder hilfreiche Hinweise. Vielleicht sucht sie nach der Damentoilette, dachte Smith. Er umsteuerte sie in weitem Bogen; nach ihrer Aussage hatte er ihr klargemacht, daß sie als Zeugin entlassen war und daß keine Notwendigkeit für sie bestand, sich länger hier im Old Bailey aufzuhalten. Aber sie schien hierbleiben zu wollen bis zum Tode . . .

Der Vormittag zog sich dahin, ohne daß sich etwas tat. Richter Kingston hatte im Gerichtssaal Nummer eins eine neue Verhandlung begonnen, einen Mord in der Familie, ein Samstagabend-Verbrechen. Die Frau hatte ihrem Mann mit dem Hammer den Schädel eingeschlagen, als er betrunken vor dem Fernsehgerät lag. Sie plädierte auf verminderte Zurechnungsfähigkeit angesichts ihrer Wechseljahr-Depressionen. Es war ein Fall für einen Kriminalinspektor und für den Mittelteil der Lokalpresse.

Gegen Mittag hatten schon die meisten ihre Lotteriezettel zerrissen, und diejenigen, die sie noch besaßen, strebten den nahegelegenen Tränken in der Fleet Street zu. Smith ging hinüber zum Hatton Garden, dem einzigen exklusiven Zentrum von Londons Juwelen- und Diamantenhandel. Ursprünglich eine eher schäbige Durchgangsstraße mit ausstellbaren Bürofenstern über der Straße, hatte man das untere Ende in den letzten Jahren aufgemöbelt, und die Geschäfte putzten sich heraus mit falschen Marmorfassaden und verlockenden Werbeangeboten. ›Fünfundzwanzig Prozent Discount auf Brillantringe‹ – ›Großhandelspreise‹ – ›Höchste Preise für Ihr Gold‹. Die Straßenhändler von ehedem waren verschwunden, das ›Globe‹-Pub, wo sie sich zu treffen pflegten, war abgerissen. Smith wußte, daß er nicht nur aus Langeweile hierhergekommen war, sondern um seine Erinnerungen aufzufrischen. Erinnerung an jene Zeit, als er noch neu war bei der Kriminalpolizei, und als die Leute noch einen Scherz verstanden.

Er bestellte sich ein Salz-Beef-Sandwich und eine Tasse Kaffee in der Nosherie, um der alten Zeit willen, und kam kurz nach zwei zurück ins Old Bailey. Die Gruppe von Reportern vor dem Gerichtssaal Nummer eins teilte ihm mit, daß die Geschworenen noch berieten. Lady Lowderton war wieder drüben an ›ihrem‹ Fenster und lehnte mit dem Rücken an der Brüstung. Dabei starrte sie den Polizeibeamten am Eingang mit bösen Fischaugen an. Smith fragte sich, ob sie auf eine oberflächliche Konversation eingehen würde, die er in Richtung auf den dunklen, gutaussehenden Mann steuern wollte, welchen er in dem gemieteten Rolls gesehen hatte. Aber angesichts ihrer in heftiger Bewegung befindlichen Kiefernmuskeln verzichtete er darauf. Wie Sam Jones wollte er nicht im Mittelpunkt von einem ihrer Ausbrüche stehen, und es war durchaus möglich, daß sie sich in Richtung auf einen solchen bewegte. Abgesehen davon, hatte sie sich von der Fensterbrüstung abgestoßen und befand sich auf einem ihrer Rundgänge durch das Gebäude.

Um vier vertagte Richter Kingston den Fall von Familienmord und rief die langvermißten Geschworenen herein.

»Nicht, daß ich Sie bei Ihrem Bemühen, zu einem Spruch zu kommen, drängen möchte, aber falls Sie sich in Schwierigkeiten befinden sollten, bin ich gerne bereit, klärend einzugreifen.«

»Nein«, erklärte der junge Obmann mit dem Bart. »Wir sind nur noch nicht zur Übereinstimmung gekommen.«

»Sehr gut.« Kingston akzeptierte es mit gespielter Leutseligkeit. »Lassen Sie sich ruhig Zeit. Wenn Sie später noch immer unentschlossen sind, melde ich mich bei Ihnen und informiere Sie über die Möglichkeiten eines Mehrheitsurteils.«

Smith schaute sich nach zusammengepreßten Mündern bei den Geschworenen um. Einen entdeckte er an einer unauffälligen jungen Frau mit riesigem Busen, der wie ein Sofakissen unter ihrem

Pullover hing. Einen an einem Mann in mittleren Jahren, der versuchte, verlorenes Haar und verlorene Jugend durch ein überaus lockiges, aber wenig überzeugendes Toupé zu ersetzen. Und einen an einem jungen Mann, der wie ein erfolgreicher Geschäftsmann aussah, in einem untadeligen, dunkelgrauen Westenanzug. Er wußte, woran es lag, daß sie nicht zu einer Entscheidung gelangten. Aber – in welche Richtung? Schuldig oder nicht schuldig? Weitere Lotteriezettel wurden zerrissen. Die älteren Bailey-Reporter schauten nach dem Kollegen, der die Kasse führte.

Um acht Uhr abends rief Kingston sie zurück in den Saal und fragte, ob mindestens zehn von ihnen zu einem Urteil gelangt seien. Die zusammengepreßten Münder waren noch immer so hart wie zuvor, obwohl die Mundwinkel des Mannes mit dem Toupé ein wenig mehr nach unten gesackt waren. »Nein«, sagte der Obmann, »es sind keine zehn von uns zu einer Übereinstimmung gelangt.« Kingston stieß einen Seufzer der Resignation aus. »Sehr schön – man wird eine Möglichkeit finden müssen, wo Sie übernachten. Und bedenken Sie: Es ist absolut unstatthaft, daß Sie mit irgend jemand über die Angelegenheit diskutieren, es sei denn . . .«

Wieder half Smith der alten Lady die Treppe hinunter und hinaus zu ihrem gemieteten Rolls, wobei er hoffte, noch einen Blick auf ihren dunklen Begleiter werfen zu können, aber diesmal war der Rücksitz unbesetzt. Sie kletterte hinein und drückte sich dabei mit der Hand auf den Leib, als verspürte sie Schmerzen. Smith fragte, ob sie sich nicht wohl fühle, denn sie habe immerhin einen schweren Tag hinter sich, aber sie schnauzte ihn an und erklärte ihm, daß sein Bedauern nicht erwünscht sei. Inzwischen war er ziemlich neugierig, was diesen dunklen Mann betraf. Konnte es möglich sein, daß sie *dafür* bezahlte? In ihrem Alter? Er befand sich im Zustand einer euphorischen Müdigkeit, weil er wußte, daß das Ende seines Falles in Sicht war. Und plötzlich kam ein Kichern über ihn, während er sich vorstellte, wie sie ihre knochigen Glieder im Hotel von einem bezahlten Liebhaber kosen ließ. »Stompin at the Savoy«, lachte er.

Am nächsten Morgen war sie wieder früh im Bailey, lange vor der Ankunft von Smith. Die Männer an der Tür sagten ihm, daß sie schon vor zehn dort eingetroffen sei. Jetzt lehnte sie an der Fensterbrüstung in ihrem losen, karminroten Mantel mit dem Hermelinkragen und schaute von weitem aus wie die Kaiserinwitwe aus China zur Zeit der Boxeraufstände. Ihre Haltung drückte eine steife Unversöhnlichkeit aus, als unterdrücke sie peinigende Schmerzen.

Von Zeit zu Zeit stützte sie sich auf ihren Stock und preßte die freie Hand gegen die Rippen, als versuche sie auf diese Weise, einen inneren Schmerz zu stillen. Er ging zu ihr hinüber. »Guten Morgen, Lady Lowderton. Wollen Sie sich nicht auf eine der Bänke setzen?«

Sie lehnte den Vorschlag mit einem ätherischen Lächeln ab. »Nein, danke, Mr. Smith. Sie sind ziemlich niedrig, und es ist schwer für eine Frau meines Alters, sich danach wieder zu erheben.«

Er hoffte, daß ihre Ruhe diesen letzten Tag durchhalten würde. Vielleicht ging es ihr auch gar nicht schlecht. Er erinnerte sich daran, daß sie auch schon tags zuvor mehrmals die Hand gegen die Rippen gedrückt hatte . . . Vielleicht war ihr auch nur das Korsett zu eng.

»Sie kommen zurück.« Kurz vor Mittag ging die Nachricht durch Vorhallen und Korridore, und es entstand ein allgemeiner Sog in Richtung auf die Türen zum Gerichtssaal Nummer eins, wo sich ein Gezeitenwechsel entwickelte zwischen denen, die hineinwollten und denen, die hinausgescheucht wurden.

Smith beobachtete die Geschworenen, wie sie ihre Plätze einnahmen. Die Frau mit den riesigen Brüsten schien sich hinter dieses Bollwerk zurückgezogen zu haben. Das Toupé saß etwas verschoben auf dem Schädel des Mannes in mittleren Jahren, als hätte er bei einer Büroparty zuviel getrunken. Und auf den Wangen des jungen Geschäftsmannes im Westenanzug standen hochrote Flecken.

Es gibt eine sehr populäre Ansicht, welche besagt, daß die Geschworenen, wenn sie bei der Rückkehr in den Gerichtssaal den Angeklagten ansehen, zu einem Freispruch gekommen sind. Aber diese Geschworenen waren nicht anders als die Hunderte von Geschworenenversammlungen, die Smith erlebt hatte. Die einen schauten die Angeklagten an, die anderen nicht. Der Gerichtsschreiber rief den Obmann auf, er möge sich erheben, und der junge Mann im Jeansanzug stand auf. Richter Kingston dräute mit grimmiger Miene über dem Ganzen und machte sich Notizen in seine Unterlagen wie ein Engel der Rache. Man wartete. Der Obmann verlor einen Teil seines früheren Selbstbewußtseins und war nicht mehr sicher, ob er das Richtige getan hatte, wußte aber, daß es zu spät war, seine Meinung noch einmal zu ändern. Die Angeklagten standen auf, um ihr Urteil zu hören. Der Obmann warf einen Blick auf sie, und ihr Anblick schien ihn seelisch zu festigen. Der Gerichtsschreiber begann mit dem Zeremoniell.

»Sind alle von Ihnen zu einem übereinstimmenden Urteil gelangt?«

»Nein.«

»Sind mindestens zehn von Ihnen zu einem übereinstimmenden Urteil gelangt?«

»Ja.«

Der Gerichtsschreiber blickte zum Richter hinauf und bat um dessen Zustimmung. Ein kurzes Kopfnicken des Richters bestätigte sie.

»Wie lautet Ihr Urteil? Befinden Sie Ronald John Ayliffe für schuldig oder nicht schuldig des Mordes an Antony Corbin Pyrnford?«

»Nicht schuldig.«

Und auf dieselbe Frage, die danach im Hinblick auf Bruce, Chivers, Lugard und Reeves gestellt wurde, gab er seine Antworten mit immer rauher werdender Stimme, als ob ihm der Atem in der Kehle erfrieren würde. Viermal wiederholte er: »Nicht schuldig.«

Füße scharrten lautstark auf der Pressegalerie, im Saal entstand eine Kakophonie des Flüsterns, ein Reporter am Ende der Sitzbank versuchte, sich an seinen Kollegen vorbeizuzwängen, der Gerichtsdiener brüllte nach Ruhe im Saal. Der Schreiber wandte sich wieder an den Obmann der Geschworenen und fragte nach einem Spruch im Hinblick auf den Vorwurf des Totschlags. Fünfmal erhielt er die kurze, aber deutlich vernehmbare Antwort »Nicht schuldig.«

Richter Kingston ragte drohend über der Geschworenenbank auf und verschränkte die Unterarme, während er sich nach vorne neigte, um all seine Bitterkeit auf sie zu ergießen, ein Fluch, der um so bösartiger wirkte, als er unausgesprochen blieb. Die Lugard-Verteidigung hatte gehalten. Die fünf Angeklagten schwiegen und wirkten fast so düster und ernst wie ihr Richter. Dieser hob jetzt einen Arm in ihre Richtung und sagte: »Dann möge man sie entlassen.« Nachdem er sich flüchtig in Richtung auf die beiden Anwälte verbeugt hatte, verließ er rasch den Saal.

»Das Äußerste an Perversität, was mir je untergekommen ist«, sagte Plaice düster. »Dies ist wirklich ein schwarzer Tag für die Justiz.«

»Absolut lausiges Wetter«, stimmte ihm Wimperton zu. »Aber für die Justiz ein Erfolg.«

»Wollen Sie die Jagdsaison auf Faschisten eröffnen?«

»Guter Gott, natürlich nicht. Ich bin selbst so was Ähnliches wie ein Faschist. Genau wie meine Mandanten. Man muß schon ein Faschist sein, wenn man sich an Verrat erinnert und seinen Haß so lange am Leben erhält.«

»Dann kann ich Ihnen nur raten, Paddy, daß Sie sich nicht allzu sicher fühlen vor Ihren Mandanten – angesichts dessen, was Sie gegen sie in der Verhandlung vorgebracht haben.«

Smith drückte sich durch die wild diskutierende Menge in der Vorhalle. Lugard und seine Kameraden waren vermutlich unten im Zellentrakt, wo man ihnen ihre Halbseligkeiten aushändigte. Er wollte ein paar Worte mit ihnen sprechen, ehe sie freigelassen wurden und ehe die fleischfressenden Medien ihre Zähne in sie schlugen. Er wollte vor allem ein paar Worte in Ruhe mit Lugard sprechen.

Billy Fowler, der leitende Beamte des Gerichtsgefängnisses, saß am Empfang; Smith kannte ihn gut. »Das war mal wieder einer für die Annalen, was?« sagte Billy, der seinen Arbeitstag damit verbrachte, daß er die Gefangenen in den Gängen zwischen den verschiedenen Angeklagtenbänken unter den Gerichtssälen hin und her manipulierte. »Verdammtes Glück für die, möchte ich sagen. Ich hab' das Tagebuch gelesen. Hab' auch solche Schweinehunde wie diesen Pyrnford gekannt. Verdammtes Glück. Sie sind im Sprechzimmer der Solicitors, am Ende des Korridors, letzte Tür links.«

Smith ging darauf zu. »Moment noch, Chef.« Billy Fowler rief ihn zurück. »Lassen Sie ihnen ein paar Minuten Zeit. Ich hab' gerade die Schwester von einem von ihnen reingelassen.«

»Die Schwester?« Er hatte nie etwas von einer Schwester gehört. Welcher von ihnen hatte eine Schwester? »Wessen Schwester?« Sein Magen fühlte sich an wie leer. Ausgepumpt.

»Lugards Schwester.« Billy Fowler lächelte freundlich. »Eine reizende, alte Ente. Sieht aus wie der Weihnachtsmann. Hab' ihr ein paar –«

Smith stürmte in den Durchgang, als er ganz deutlich sah, wie eine schwere Tür quer über den Korridor flog und gegen die Wand auf der anderen Seite krachte. Ein brüllendes Ungeheuer, von den Wänden eingeengt, donnerte auf ihn zu, grau-schwarz und wirbelnd, füllte den Durchgang vom Boden bis zur Decke, leckte mit feuriger Zunge nach seiner Haut, warf ihn zurück gegen Fowler und wirbelte die beiden wie zerknülltes Papier in die nächste Ecke. Er fühlte, wie Fowler unter ihm hustete, wie sich seine Brust unter Hustenkrämpfen bewegte. Aber es war alles völlig geräuschlos, das Ungeheuer hatte seine klebrigen Tentakel über seine Ohren gelegt und drückte zu, immer fester; hornig-harte Klauen bohrten sich in sein Gehirn. Er wollte schreien, hatte aber nur den Atem, um zu heulen, kroch elendiglich auf allen vieren herum wie ein kranker Hund. Kam irgendwie auf die Beine, schwankte wie betrunken im dünner werdenden Rauch, hustete, als er ihn in die Kehle und in die Lunge stach, fühlte, wie der Schmerz in seinen Ohren nachließ und ging dann geduckt den Durchgang entlang, wobei er immer noch von der einen Seite auf die andere schwankte und versuchte, sich an den Wänden festzuhalten, die nicht fest zu sein schienen, sondern weich wie ungebrannter Lehm. Hörte jetzt wieder Geräusche. Fowler, der immer noch hustete. Auf halbem Weg blieb er stehen und versuchte, den Schmerz in seinem Schädel zu lindern, drückte vorsichtig die Hände auf seinen Kopf. Stellte fest, daß dort anstelle seines Haars nur harte Stoppeln waren. Seine Gesichtshaut fing zu brennen an. Aber er ging weiter – er mußte sie sehen, und er konnte sehen!

Gott sei Dank, er konnte noch sehen!

Wasser tropfte aus den geplatzten Rohren und trommelte auf einen menschlichen Rumpf. Das oberen Drittel von Lady Lowderton lag in den Armen eines kopf- und beinlosen Torsos. Fetzen von roter Seide bedeckten die Leere darunter. Ihr Hermelinkragen, bemerkenswert weiß noch immer, verhüllte gnädig das, was früher ihr Gesicht war. Ein klagendes, mäuseartiges Piepsen rief ihn hinter einen umgekippten Tisch. Bruce lag dort, noch lebendig, das spöttische Lächeln fortgewischt von dem verkohlten Gesicht. Seine Lippen waren ganz rund und stießen das leise Piepen aus. Sein Bauch war aufgeplatzt, und er brauchte seine großen, breiten Hände, um die Öffnung zu bedecken. Das Piepsen hörte plötzlich auf, die Hände rutschten zur Seite und ließen das, was sie bedeckten auf den Boden gleiten. Durch ein Loch in der Decke kam Sonnenlicht herein und beleuchtete die Staubpartikel in der Luft, Plankton in einem nahrungsreichen Ozean. Sonst war nichts und niemand ganz geblieben, am Leben. Er sah Lugards Unterarm, wußte, daß er es war, weil irgendein Zufall bei der Explosion seine goldene Uhr umgedreht hatte, ohne daß sie ihm vom Handgelenk gerissen worden wäre.

Er las die Inschrift: ›Für Det. Insp. John Marrasey zu seiner Pensionierung.‹

Jetzt hörte er Stimmen am anderen Ende des Durchgangs. Hörte Billy Fowler sagen:

»Genau wie der Weihnachtsmann war sie. Angezogen wie der Weihnachtsmann.« Auf den Gedanken war er bis dahin noch gar nicht gekommen.

Sie ließen ihn eine Woche im Krankenhaus und versicherten ihm, daß sein Haar bald wieder nachgewachsen sein würde. Die Haut an den Händen und am Gesicht befand sich schon im fortgeschrittenen Zustand der Heilung. O'Brien besuchte ihn und schmuggelte eine Flasche Scotch ins Krankenhaus. Die Elstow kam mit Blumen und Mitleid; von Lady Lowderton sagte sie mit leuchtenden Augen: »Du mußt zugeben, daß es irgendwie großartig war. Superb.« Am nächsten Tag begann sie auf dem Polizeicollege mit ihrem Inspektors-Kurs. Fairchild kam mit Trauben und Erklärungen. Nach der Rekonstruktion des Labors hatte sich Lady Lowderton ungefähr vier Pfund Sprengstoff samt Batterien um die Taille geschnallt. Der Draht verlief an ihrem rechten Arm entlang. Sie brauchte nur die kleinen Kupferelektroden über einen Finger und den Daumen zu stecken und sie im geeigneten Augenblick zusammenzubringen. Der Sprengstoff? ›Semtex-H‹ der Firma ›Ostböhmische Chemikalien‹, Semtin, Tschechoslowakei. Zusammensetzung? Etwa 44% R.D.X. plus 40% P.E.T.N., der Rest Füllstoff. Endverbraucher? Zu geringen Anteilen die I.R.A., die Roten Brigaden Italiens, die E.T.A. in Spanien, vor allem aber die Gruppe ›Schwarzer September‹ und andere Splittergruppen, die sich aus der P.L.O. abgespalten haben. Fairchild aß den größten Teil der Trauben selbst.

Danach wurde Smith zwei Wochen zur Erholung ins Polizeisanatorium nach Brighton geschickt. Eine Woche, nachdem er den Dienst wieder aufgenommen hatte, besuchte er das Revier von Cobb Common. O'Brien bereitete gerade die Aufbewahrung der Beweisstücke im Archiv vor; er stand gedankenverloren da, als Smith eintrat, und betrachtete die Ehrentafel des 1404. unabhängigen Munitionszuges.

Dann wandte er sich um und sagte mit gespielter Ehrfurcht: »Wissen Sie, Chef, es wäre eine nette Geste, wenn wir die Namen von Lugard, Bruce und den anderen unten anbringen würden. Was meinen Sie dazu?«